KB112073

바이블 제주

바이블 제주

발행일 2019년 8월 30일

지은이 강창형
펴낸이 손형국
펴낸곳 (주)북랩
편집인 선일영
편집 오경진, 강대건, 최예은, 최승헌, 김경무
디자인 이현수, 김민하, 한수희, 김윤주, 허지혜
제작 박기성, 황동현, 구성우, 장홍석
마케팅 김회란, 박진관, 조하라, 장은별
출판등록 2004. 12. 1(제2012-000051호)
주소 서울시 금천구 가산디지털 1로 168, 우림라이온스밸리 B동 B113, 114호
홈페이지 www.book.co.kr
전화번호 (02)2026-5777
팩스 (02)2026-5747

ISBN 979-11-6299-834-2 03800 (종이책)
979-11-6299-835-9 05800 (전자책)

이 도서의 국립중앙도서관 출판예정도서목록(CIP)은 서지정보유통지원시스템 홈페이지(http://seoji.nl.go.kr)와 국가자료공동목록시스템(http://www.nl.go.kr/kolisnet)에서 이용하실 수 있습니다.
(CIP제어번호: CIP2019032738)

세계 7대 경관, 제주도의 모든 것

바이블 제주

유네스코 세계 자연유산이자
세계 7대 경관 중 하나인 제주도를
수필가 강창형이 5년 동안
발품 팔아 취재한 **新 제주 지리지!**

강창형 지음

북랩 book Lab

프롤로그(Prologue)

제주(濟州)는 대한민국 한반도에서 유일하게 한라산(漢拏山), 성산 일출봉(城山日出峯) 그리고 거문오름계 용암 동굴(lava tube) 등 섬의 명소 세 곳이 유네스코(UNESCO, United Nations Educational, Scientific and Cultural Organization)의 세계 자연유산으로 지정된 보물섬이다. 섬은 화산(volcano) 활동으로 이루어진 곳이며 용암(lava)으로 섬 전체가 덮여있는 땅이다. 또한, 세계 7대 자연경관으로 선정되는 영광을 안기도 했다. 제주도는 우리나라 남쪽 바다 끝에 있는 막내둥이 섬임에도 불구하고 우리 국민에게 가장 자랑스러운 영토임에 틀림이 없다. 우리가 사는 지구 전체를 통틀어 봐도 가장 신비롭고 경이로우며 아름다운 곳이라고 해도 전혀 손색이 없다고 말할 수 있다.

필자는 지난 5년여 동안 제주 섬에 미쳐서 섬의 구석구석을 한 발씩 디디며 방랑하며 돌아다녔다. 그뿐만 아니라 섬에 딸린 부속 섬들까지도 발길을 돌리며 섬의 아름다움을 보고 느끼며 기록했다.

제주도 하면 바로 떠오르는 것들이 있다. 한라산, 성산 일출봉, 우도, 마라도, 돌하르방, 감귤 그리고 해녀 등이 머리를 스치고 지나갈 것이다. 이외에도 제주 섬은 수만 가지 얼굴을 하고 있다. 또한,

제주 섬 하면 연상되는 이미지의 단어가 있다. 뷰티풀(beautiful), 원더풀(wonderful), 판타스틱(fantastic), 내추럴(natural), 프레시(fresh), 클린(clean), 미스터리(mystery), 로맨틱(romantic) 그리고 힐링(healing) 등이 그것이다. 이런 말들은 사람의 마음을 들뜨게 하고 넘치는 기대감을 갖게 하는 것들이다.

이제 제주는 더 이상 수려한 자연 풍광만을 관광(sightseeing)하기 위한 섬이 아니다. 온갖 스트레스로 인해 피로하고 지친 현대인의 영혼과 육체를 치유(healing)하기 위한 장소로 탈바꿈하고 있다. 전에 제주를 찾는 사람들은 한라산, 성산 일출봉 그리고 우도 등 이름이 알려진 명소나 해안 경관을 찾으며 관광 여행을 즐겼다. 그런데 현재는 그러한 명소뿐만 아니라 제주의 오름(제주도의 370여 개의 기생 화산)과 곶자왈(용암, 덤불 그리고 나무 등으로 이루어진 제주의 원시 숲을 말하는 제주 방언)에 다녀가는 것이 필수 코스가 되었다. 도시 생활에서 찌든 정신을 카타르시스(catharsis) 하여 힐링하기 위함일 것이다. 이처럼 제주 섬에는 한라산을 비롯하여 올레길, 오름, 곶자왈, 한라산 둘레 길 그리고 밭담 길 등 자연을 벗 삼아 오래도록 마냥 걸을 수 있는 곳들이 잘 조성되어 있다. 그래서 필자는 섬의 다수 오름들과 곶자왈 등을 오르고 탐방하여 소개하였다. 제주시는 얼마 전부터 관광객을 위해서 2층 투어 버스를 운행하고 있다. 이 버스를 이용하면 빠르고 편안하며 저렴한 비용으로 섬의 명소를 구경할 수 있을 것이다.

이 책은 단순히 제주도의 여행과 관광만을 위하여 쓴 것이 아니다. 필자는 섬의 곳곳을 유랑하며 그곳의 소리를 듣고 느끼며 체험하며 기록하였다. 그리고 자연과 인간이 공감하는 방법에 대하여 깊이 성찰하였다.

부디 제주를 찾는 많은 분이 빼어난 자연경관을 감상하는 것뿐만 아니라 모든 스트레스를 다 날려버리고 돌아가기를 소망한다.

끝으로 이 글을 쓰는 데 듬뿍 조언을 쏟아 주시며 격려해 주신 대진대학교 공명수 교수님께 감사를 드린다.

※ 이 책의 일부 사실은 디지털 제주 문화대전을 참고했다.

※ 자료 출처: 제주 해녀 박물관

차례

오름에 오름 I(동부) 255

오름에 오름 II(북남서부) 298

제주 곶자왈(Gotjawal) 364

제주도(濟州島)

아, 제주!
이백을 넘겨 일흔 날수를 소우주에서 또박또박 세며 꿈틀거리다
미지의 세상으로 낙하한 핏덩이는
젖빛 얼굴로 천지에 투명한 미소를 지었다.
억만년을 심연(深淵)의 어둠 속에 이글거리던 불덩이는
땅과 바닷물을 뚫고 검붉은 핏물을 토해내며
삼천리 금수강산에 화룡점정(畵龍點睛)을 찍었다.

태아(胎兒)는 아홉 달, 이백하고도 일흔의 밤을 숫자를 세며 긴 시간 동안 어머니의 안락한 자궁 속에서 꿈틀거린다. 그리고 용트림을 하며 또 다른 새 세상으로 뛰쳐나가기를 끝없이 망설인다. 깊은 고민 끝에 운명의 결단을 내린다. 극심한 공포 속에서 "으아앙!" 비명처럼 울음소리를 내며 신생아는 자신의 출현을 세상 만물들에 보여준다. 아기는 산모의 찢어지는 고통의 보상으로 뽀얀 젖빛 얼굴을 세상에 내민다. 가장 아름답고 해맑은 천사의 미소를 짓는다. 아기의 미소는 기독교에서 말하는 원죄(原罪)가 없는 바로 그 지고지순한 모습이다. 그 미소는 우리에게 희망과 기쁨을 주며 미래를 약속해

준다.

우리 땅 한반도의 막내둥이 제주도도 꼭 그렇다. 제주도는 사람의 모습 가운데서 가장 아름다운 얼굴인 아기의 미소를 우리에게 보여준다. 저 깊고 어두운 지하 심연 속에서 이글거리던 마그마는 어두운 땅을 뚫고 차디찬 바닷물 위로 솟아올라 시뻘건 용암을 뿜어댔다. 그리하여 지구상의 가장 아름다운 삼천리 금수강산에 화룡점정을 찍었다. 그곳이 바로 한반도 남쪽 끝에 위치한 신비롭고 아름다운 섬 제주도이다.

제주도는 발길이 닿는 어느 곳이나 천의 모습을 드러낸다. 그곳은 신이 준 천혜의 아름답고 빼어난 절경을 간직하고 있는 곳이다. 그래서 제주는 섬 전체가 휴식처와 관광지라 해도 그 누구도 시비를 걸지 않는다. 우리나라는 자연이 가져다줄 수 있는 모든 것, 즉 산, 강, 들판 그리고 바다가 서로 아름답고 조화롭게 어우러진 땅이다. 그래서 예로부터 삼천리 금수강산이라 불렀다. 그 가운데서도 제주는 진주 속의 진주라고 해도 전혀 손색이 없는 곳이다. 우리나라에 제주도가 없었다면 큰일 날 뻔했을 만한 섬이다.

제주도에 가면 섬의 탄생 설화가 떠오른다. 옥황상제의 따님인 설문대 할망이 지상에 내려와 아름다운 제주를 만들었다. 한라산과 370여 개의 오름, 백록담과 기암괴석의 오백 장군 그리고 산방산 등에는 섬과 잘 맞아떨어지는 수많은 전설이 즐비하다. 제주도는 유네스코(UNESCO)가 선정한 세계 자연유산이며 세계 7대 경관 중의 하나인 한반도의 보물섬이다.

조선 시대까지 제주도는 전라도에 소속되었던 행정 구역인 군(郡)

에 불과했다. 그런데 일제 강점기에서 해방된 후 섬은 1946년에 행정 구역이 도(島)가 아닌 도(道)로 승격되어 타 시·도와 어깨를 나란히 하였다. 그리고 마침내 2006년 7월에 제주특별자치도로 승격하여 대부분의 행정을 제주도지사의 주관하에 관리하고 있으며 중앙 정부에서는 제주도를 우리나라 최대의 관광지로 개발하여 자치도의 행정을 지원하고 있다.

유네스코 3관왕 제주 섬

한라산(漢拏山)

대한민국 남한에서 가장 높은 한라산(1,950m)은 공교롭게도 육지가 아닌 제주 섬 한가운데에 우뚝 솟아 있다. 산 정상의 명칭은 백록담 남서쪽에 위치한 최고봉인 혈망봉(穴望峰)이다. 유네스코로부터 세계 자연유산으로 등재(2007년)되었다. 그리고 제주 10경 중 백록담의 아름다운 겨울 풍경을 그린 제6경 녹담만설(鹿潭晩雪)과 영실의 기이한 바위들이 병풍처럼 펼쳐진 제7경 영실기암(靈室奇巖)을 간직하고 있는 명산이다. 한라산은 1970년에 국립 공원으로 지정되었고, 해마다 1월에 어리목을 중심으로 하는 눈꽃 축제가 열린다.

한라산에는 시로미(crowberry)라는 귀한 나무 열매가 있다. 시로미는 맛이 시지도 않고 달지도 않다고 하여 붙여진 이름이다. 전설에 의하면 기원전 3세기에 진시황(秦始皇)이 중국을 천하통일하고 불로장생을 위하여 불로초(不老草)를 찾았다고 한다. 그래서 사신을 동쪽 섬 제주도로 파견하여 한라산에서 시로미를 구해 갔다고 한다. 또 다른 이야기도 있다. 제주를 멸망시키고자 하는 우주의 대별왕을 물리칠 수 있는 사람은 오백 장군밖에 없다고 한다. 그런데 시로미는 한라산 영실에 잠들어 있는 오백 장군을 깨어나게 할 수 있는 유일한 열매라고 전해진다. 즉, 시로미는 제주도를 멸망의 위기에서 구해줄 수 있는 유일한 영약이라는 것이다. 그 나무가 윗세오름에서 자생하고 있다는 것이다.

태양이 동녘 하늘에 얼굴을 내밀자마자 이른 아침부터 한라산 등반을 위하여 서둘렀다. 아침 일찍 서둘지 않으면 하산길이 어두워져 낭패를 볼 수 있기 때문이었다. 자동차는 5·16 남북 횡단 중산간 도로를 달려 한라산 등반 시점인 성판악 휴게소에 다다랐다. 한라산은 휴화산이다. 현무암으로 이루어져 있으며 줄기는 제주도 중앙에서 동서로 뻗는다. 남쪽은 경사가 심하지만, 북쪽은 완만하고 동서쪽은 비교적 높으면서도 평탄하다. 한라산은 예로부터 금강산, 지리산과 함께 삼신산(三神山) 가운데 하나로 쳤다. 한라산은 남한에서 최고봉인 명산이며 육지 남쪽의 지리산(1,915m)과 함께 영(靈)산으로서 바다를 사이에 두고 마주 보고 있다. 산 이름의 한라(漢拏)는 산이 매우 높아서 하늘의 은하수와 맞닿은 곳이라는 뜻이다. 화산의 산물인 정상에 움푹 파인 칼데라호 백록담(白鹿潭)은 신비 그 자체이다. 백록담 정상에 오르기는 그리 녹록지 않다. 섬에 여러 번 왔지만, 번번이 성공하지 못했다. 영산인 한라산과 그동안 궁합이 맞지 않았던 모양이다. 그래서 이번 여행만큼은 꼭 가 봐야겠다고 다짐하면서 아내와 함께 서울에 위치한 수락산과 도봉산을 등산하며 훈련을 반복했다. 휴게소 주차장에서 만반의 준비를 마치고 드디어 첫발을 힘차게 뻗었다. 그런데 우리나라에만 있는 아홉수의 마력이 등반 내내 나의 몸을 괴롭혔다. 성판악 출발 지점의 이정표에는 성판악과 한라산의 약 9.6㎞를 왕복하는 데 아홉 시간이 소요된다고 표시되어 있다. 크게 심호흡을 한 번 하고 산을 오르기 시작했다.

산 정상에는 겨울철에 하얗게 눈 세상으로 덮인 호수 안에서 사슴이 뛰어노는 모습을 보고 이름을 붙인 화구호인 백록담이 있다. 그리고 주위 사방으로는 흙붉은오름(土赤岳), 사라오름(砂羅岳), 성널오름(城板岳) 그리고 어승생오름(御乘生岳) 등 수백 개의 크고 작은 측화산을 거느리고 있다. 또 해안 지대에는 폭포와 주상 절리 등 아름다운 화산 지형이 펼쳐지고, 해발 고도에 따라 낮은 곳으로부터 아열대, 온대, 냉대 등 이루 헤아릴 수 없는 원시림을 간직하고 있다. 봄철에는 참꽃, 철쭉, 진달래, 유채 등 소박한 봄꽃들이 만발하고 여름철에는 산 전체가 초록의 향연을 펼치는 곳이다. 가을의 형형색색 단풍과 겨울의 흰 눈으로 가득 찬 세상과 운해의 춤사위는 절경을 이루며 탐방객들을 유혹한다. 한라산에는 기이한 꽃들도 있다. 암매화, 금새우란 그리고 참꽃 등이다. 거의 제주도 한라산에서만 볼 수 있는 귀한 꽃들이다. 특히 돌매화나무는 크기가 5㎝ 안팎으로, 나무 중에서 가장 작은 식물이다. 한라산 꼭대기의 바위틈에 붙어서 자라는 상록 반관목이며 한 군데에서 많이 모여서 자란다. 우리나라에서는 남북한을 통틀어 한라산 정상 밖에는 없다. 그래서 이 놈을 감상하려면 엄청난 시간과 노력을 들여야만 가능하다. 산 곳곳에서는 한라산의 상징인 앙증맞은 노루들이 자유롭게 뛰노는 모습을 볼 수 있다.

등산 중 두어 시간 정도를 오르면 사라오름(Trees of the Saraorem Lake, 1,324m)으로 가는 이정표가 눈에 띈다. 제주도의 오름 중에서 가장 높은 오름이며 한라산 정상에서 남동쪽으로 내려다보인다. 이

오름은 정상 분화구에 물이 고여 있다. 그래서 '작은 백록담'이라 부를 수 있을 만큼 비밀스러운 호수가 분화구 속에 숨겨져 있다. 제주도는 지질이 현무암으로 되어 있어 물이 담겨 있는 호수가 거의 없다. 그래서 사라오름의 가치가 더 소중하다. 어쩌면 이렇게 백록담을 닮았는지, 백록담에서 보지 못한 물을 보며 충분히 대리만족할 수 있는 경관이다. 오름은 과거에 제주도의 명당으로 소문이 나서 이곳에 묘를 쓰려고 주검을 지고 오르는 이들이 많았다고 한다. 아직도 가을 벌초 시기가 되면 묘지 주인의 후손들이 땀을 뻘뻘 흘리며 올라와서 벌초하고 성묘하는 모습을 볼 수 있다. 그러나 오름은 지금도 태고의 자연을 간직한 채로 탐방객을 맞이한다. 특히 봄, 여름, 가을도 좋지만, 겨울의 설국도 빼놓을 수 없다. 호숫가를 따라서 펼쳐지는 은빛 상고대와 맑은 날 위로 마주하는 백록담은 눈부시게 아름답다. 설령 백록담을 오르지 못한다고 하더라도 아쉬움이 없을 만큼 특별한 조망을 뽐낸다.

진달래 대피소로 오르는 길은 울창한 활엽수의 원시림으로 가득하다. 태고의 기운이 풍겨져 나오는 숲속의 시원한 바람은 막힌 내 가슴을 순식간에 뚫어 주는 듯하다. 한 걸음, 두 걸음 위로 향하니 이제부터는 한라산의 진경(珍景)을 볼 수 있다. 우선 하나밖에 없는 한라산 약수터에 도착하여 온몸을 짜르르하게 울려 줄 시원한 약수를 한 모금 들이키고 마음가짐을 다시 정비했다. 진달래 대피소에 올라서 잠시 휴식을 취하며 얼마 남지 않은 정상을 위하여 재충전했다. 대피소에서는 하산 시의 안전을 위하여 정오가 조금 지나면 등산로 입구에 바리케이드를 설치하여 정상으로 향하는 길을 통제

한다. 부지런한 자에게만 백록담을 품을 수 있는 기회가 주어진다. 진달래 대피소부터는 주목, 구상나무 등 침엽수가 산을 뒤덮으며 푸른 기상을 온 천하에 선포한다. 정상 부근에 다다르면 그놈들의 고사목 군락지가 장관을 내보인다. 거의 흰색으로 도금한 듯한 고사목의 속살을 바라보니 제 주인들의 지난 삶의 애환의 모습이 파노라마처럼 머릿속을 스쳐 갔다. 또한, 한반도의 5천 년 영욕(榮辱)의 역사를 묵묵히 내려다보고 있었으리라 생각하니 괜히 몸 전체에 소름이 돋기까지 했다. 정상의 백록담, 서남방에 조면암(粗面岩, Trachyte)으로 이루어진 우뚝 솟은 정상의 얼굴과 윗세오름의 기암괴석으로 펼쳐진 오백 장군의 기상은 장엄하기 그지없다. 우리가 관음사 방향이나 성판악 탐방로를 이용하여 올라서는 위치는 사실 정상이 아니다. 사람의 발자국을 허용치 않는 서남쪽 조면암의 뾰족한 봉우리가 바로 정상이다.

숨이 턱까지 차오르고 두 다리가 흔들거릴 때쯤에 마침내 정상에 섰다. 그 감격스러움에 눈물이 날 정도였다. 백록담의 날씨는 쾌청했다. 제주와 서귀포를 비롯하여 동서남북으로 섬 전체를 한눈에 내려다보니, 마치 내가 세상에서 제일 높은 곳에 있는 듯한 착각에 빠졌다. 백록담은 그녀의 고고한 자태를 여간해서는 잘 보여 주지 않는 것으로 유명하다. 그런데 푸르른 하늘과 함께 온 세상을 다 볼 수 있었으니 복권에 당첨된 것과 진배없다고 여겨져 뿌듯한 마음을 감출 수가 없었다. 며칠 전에 폭우가 와서 호수에는 물이 약간 괴어 있었다. 호수의 물을 본다는 것은 여름철 우기를 빼고는 좀처럼 어려운 일인데 운이 좋았나 보다. 백록담 표지석을 배경으로 사진을 찍으려고 긴 줄 끝에 섰다. 우리나라 사람들은 흔적 남기기를 좋아한다. 드문드문 보이는 외국인들은 우리의 모습을 신기하고 의아하게 바라보았다. 나도 내 모습을 바라보며 멋쩍은 웃음을 보였다. 기념 촬영을 마치고 잠시 쉬려고 하니 역시나 갑자기 서쪽 하늘부터 밤새 세상을 휘젓고 다니는 들고양이처럼 흰 구름이 몰려와 백록담을 감추기 시작했다. 그래서 서둘러서 하산 준비를 했다. 서두르지 않고 조금만 뜸을 들이면 이내 어둠이 몰려온다. 등산 중에는 잘 느끼지 못했는데, 하산하는 길에 그렇게 크지도 않은 어린아이의 머리통만 한 고만고만한 현무암 덩어리들은 나의 발목과 무릎에 심하게 충격을 가했다. 바윗덩이처럼 무거운 발걸음의 하산은 지옥의 길이 따로 없었다. 탐방로 옆으로 미끄러지듯이 달려 내려가는 화물용 모노레일은 사람을 더욱 지치고 맥 빠지게 했다. 거의 하산을 마칠 때쯤에는 무릎 관절이 이상 징후를 보이기 시작했다. 휴게소에서 만난 제주의 한 아주머니의 말이 생각났다. 한라산을 우습게 보다가는 큰코다친다는 말이 괜한 허언이 아님을 알았다. 어둑어둑해질 무렵에 성판악 휴게소에 안착하여 피곤한 다리를 쉬게 했다. 고통과 고난 속의 탐방이었지만, 그래도 정상에 오르는 자만이 백록담과 온 제주도를 감상할 수 있는 보상과 권리를 가질 수 있다.

등산로 관음사 코스(8.7㎞)는 주차장(620m)에서 시작된다. 여름철과 비가 많이 오는 때를 빼고는 상시 건천(乾川)인 한천(韓/大川, 한라산 백록담에서 발원하여 제주시 앞바다로 이어지는 약 16㎞ 길이의 대협곡)을 만나면서 우리나라 3대 계곡(설악산 천불동 계곡, 지리산 칠선 계곡, 한라산 탐라 계곡) 중의 하나인 탐라 계곡(耽羅 溪谷)에 이른다. 이곳에서부터 한라산의 가을 단풍이 시작되며 백록담까지 화려한 오색 단풍을 수놓는다. 우람한 현수교를 건너 122개의 수직 목(木) 계단을 숨을 헐떡이며 오르면 작은 탐라 대피소(975m)가 산객을 마중 나온다. 평상에 누워서 지친 몸을 쉬게 하며 파란 창공을 쳐다본다. 잠시 쉬고 나면 활력이 다시 몸속에서 솟아나 뚜벅뚜벅 정상을 향해 오를 수 있다. 삼각봉 대피소 우측으로는 직각 삼각형처럼 생긴 삼각봉이 우뚝 솟아 있다. 서울 북한산의 삼각산 모양새를 똑 닮았다. 한라산은 사계절이 모두 빼어나지만, 특히 삼각봉 대피소부터 백록담 정상까지 펼쳐지는 하얀 겨울의 풍경은 윗세오름과 함께 사람의 혼을 빼앗아 갈 정도로 화려하고 환상적이다. 샘터에서 노루와 산토끼 등이 나눠 마시는 약수로 목을 축이고 용진각 현수교를 건너 용진각 대피소 터(2007년에 태풍으로 인한 산사태로 돌로 지은 대피소가 사라졌다)를 만난다. 좌측 땅속에서 솟아 나온 검은 왕관인 왕관 바위를 바라보며 장군봉을 지나 매바위 북벽을 오르면 백록담 정상이다.

백록담의 유래는 신비롭고 애처롭다. 아득한 옛날 한라산 백록담에서는 매년 복날이면 하늘에서 선녀들이 내려와서 목욕했는데, 그때마다 한라산 산신들은 방선문 밖의 인간세계로 나와 선녀들이 목욕을 마치고 하늘로 올라갈 때까지 머물러 있어야만 했다. 그런데 어느 복날, 미처 방선문으로 나오지 못한 어느 한라산 산신이 그만 선녀들이 목욕하는 모습을 보고 말았다. 이에 당황한 선녀들이 이 사실을 옥황상제에게 알리자 격노한 옥황상제는 한라산 산신을 흰 사슴으로 만들어 버렸다. 그 뒤부터 하얀 사슴으로 변한 한라산 산신은 매년 복날이면 백록담에 올라가 슬피 울었다고 한다.

올해(2019년) 가을부터는 폭증하는 등산객들로 인한 생태계 파괴를 방지하고 자연보호를 위하여 한라산 국립 공원 관리 공단에서 한라산 탐방 예약제를 시행한다고 한다.

성산 일출봉(城山 日出峯, 182m, 천연기념물 제420호)

제주특별자치도 서귀포(西歸浦)시 성산읍 성산리에 소재하고 있다. 제주도의 자연은 그 빼어난 풍경을 영주(瀛州) 10경이라 하여 자랑하고 있다. 그 제1경이 성산일출(城山日出)이다. 바로 성산 일출봉에서 맞이하는 해돋이 모습의 장관이다. 제주의 많은 명소 중에서 이곳을 첫 번째로 정한 것은 아마도 동녘에서 하루를, 한 해를 시작하는 처음이라는 의미가 있기 때문이라고 본다. 이른 새벽에 오름 정상에서 붉게 타오르는 태양을 맞이하는 사람들의 마음은 자신도 모르게 감동에 사로잡혀서 뭉클하고 신비로워진다. 유네스코는 이곳을 세계 자연유산으로 등재(2007년)하여 잘 보호하라고 명령하고 있다.

일출봉은 섬의 360여 개의 오름 중 하나이며 동녘 끝의 성산 반도에서 우도를 바라보며 동해를 향하여 늠름하게 우뚝 서 있다. 중기 홍적세(洪積世, Pleistocene, 180만 년 전~10,000년) 지질 시대 때 바닷속에서 분출된 화산으로 생성되었다. 삼면이 깎아지른 듯한 해식애(海蝕崖, sea cliff)를 이루고 있고 분화구 위의 둘레에는 백에서 하나 모자라는 아흔아홉 개의 크고 작은 바위 봉우리가 왕관 모양을 뽐내고 있다. 하지만 그 봉우리들을 누가 세어 보랴. 그 모습이 거대한 성과 같다 하여 성산이라 불린다.

본래 성산 일출봉은 바로 옆의 우도와 같은 섬이었다. 그런데 육지와 일출봉 사이로 바다의 모래가 조금씩 몰려와 누천년 동안 쌓여서 연결되었다고 한다. 분화구는 커다란 사발 모양을 하고 있다. 분화구 안에는 들어갈 수 없으나 봉우리에서 둥그런 초록의 분화구를 내려다보는 것만으로도 보는 이의 마음을 상쾌하고 통쾌하게 해준다. 바다와 같이 드넓은 초록의 평원은 마치 원형 경기장을 방불케 한다. 푸른 풀밭은 분화구 밖의 푸른 바다와 환상의 조화를 이루며 넘실거린다. 예전에 마을에 땔감이 없던 시절에는 주민들이 분화구 안에 들어가 나무와 억새 등을 채취하였다. 그리고 소와 말을 키우기 위한 방목지(放牧地)로 이용하기도 했다. 그래서 지금 분화구 안에는 작은 나무들과 덤불이 우거져 있는 상태다.

정상까지 가는 길은 어렵지 않으며 붐비는 관광객을 위하여 등산로와 하산로를 분리해서 설치하여 놓았다. 성산 일출봉에서의 기념사진 한 컷은 선택이 아닌 필수로써 아마도 영원히 간직될 순간일 것이다. 매년 새해 첫날 새벽에는 해돋이 인파로 인산인해를 이룬다. 평상시에도 맑은 날에는 언제나 해돋이를 맞이하려는 사람들이 찾는 곳이다. 아마도 인간 생명의 원천이 해에서 나와서인지, 해바라기처럼 사람들도 태양을 좇는 존재임을 부정할 수는 없는 것 같다. 정상에 올라서면 보이는 동쪽으로 펼쳐진 분화구와 우도 사이의 경관은 세계 제일의 그림 같은 풍광이다. 관람하는 사람들의 눈을 삽시간에 사로잡아 버린다. "신은 어찌 이러한 환상적인 자연을 창조하셨는가!" 하고 감탄사가 절로 나온다. 그 순간만은 옆에 서 있는 모르는 사람들마저도 한 가족이 되어 사랑스럽고 친밀하게 느껴진다. 내려오는 길에 보이는 성산리와 광치기 해변의 아름다운 모습은 저 멀리 한라산과 함께 더욱 빛을 발한다.

이곳은 제주를 찾는 내외국인 관광객들에게 바다 건너에 있는 우도와 함께 필수 관광 코스가 되었다. 절벽 아래 해녀의 집에서는 성산리 해녀들이 물질로 잡은 전복, 문어, 해삼 소라 등을 판매하고 있다. 일출봉을 감상하고 바다 내음이 듬뿍 스며있는 해산물과 함께하는 소주 한 잔의 맛은 여행에서 또 하나의 추억이 될 것이다. 푸른 바다 위로 몰려오는 파도가 기암절벽에 부딪히며 내는 포효(咆哮)와 포말이 하늘로 치솟으며 하얀 거품을 토해내는 장면은 영원히 기억되어 추억으로 자리 잡으리라.

거문오름계 동굴군(만장굴, 벵듸굴, 용천굴, 당처물 동굴 등, 拒文岳, 防下岳, 456m, 천연기념물 제444호)

이 신비는 제주시 조천읍과 서귀포시 남원읍, 표선면의 경계를 이루고 있는 오름이다. 흙이 유난히 검다 하여 붙여진 이름이다. 정상의 분화구의 형태는 등성이를 기준으로 동서로 나누어진 복합 형식으로 되어 있다. 오름은 아홉 개의 봉우리를 거느리고 있는 특이한 모양을 갖고 있어서 아홉 마리의 용이 여의주를 가지고 노는 것 같다 하여 구룡농주(九龍弄珠)의 오름이라고도 일컫는다. 아홉 개의 봉우리는 왕관처럼 생긴 특이한 구조로 되어 있다. 그래서 왕관오름이라고도 하며 제1봉 봉우리(456m)가 정상이다. 제주의 오름 중에서 이렇게 많은 봉우리를 가진 오름은 이 오름뿐이다. 다른 오름과 달리 분화구 곶자왈과 능선 모두를 탐방할 수 있는 것이 이 오름의 매력이라고 할 수 있다.

이 오름이 보물 같은 이유는 화산체로부터 흘러나온 용암류가 지형 경사를 따라서 북동쪽의 방향으로 해안선까지 이르며 새로운 신비의 세상을 만들어 놓았다는 점 때문이다. 그리고 그 진행 중에 만장굴(萬丈窟, 총 길이 약 7.4km, 천연기념물 제98호)을 비롯하여 이십여 개의 동굴(선흘 수직굴, 김녕굴, 용천굴, 벵뒤굴 및 당처물 동굴 등)을 포함하는 용암동굴 구조를 완성한 근원지이기 때문이다. 학술적·자연유산적 가치가 높아 2007년 6월에 유네스코 세계 자연유산으로 등재되어 보호 중이다. 유네스코 세계 자연유산으로 지정되기 위해서는 다음 세 가지 조건을 충족해야만 한다. 첫 번째는 누가 보아도 보편적 가치로 인정되어야 하고, 두 번째는 'the best of best'이다. 그리고 마지막으로는 'the only one in the world'이다. 탐방은 반드시 인터넷으로 사전에 예약해야만 가능하고 그룹을 이뤄서 가이드 겸 해설사와 동행한다. 해설사는 제주에 대한 역사와 거문오름에 대하여 박식하여 재미있고 구수한 입담을 자랑한다. 제주 방언도 몇 마디 건질 수 있다. 입구에는 제주 세계 자연유산 센터가 우아하게 건축되어 있어 이곳을 관람하면 제주의 생성 기원을 자세히 들여다볼 수 있다.

최근에는 2018년도 유네스코의 세계 자연유산 조사 위원회에서 기존 지정 동굴들 외에도 상류 동굴군(웃산전굴, 북오름굴 그리고 대림굴)

들을 확대 지정하여 더 큰 영광을 얻게 되었다. 매년 7월 말부터 8월 초에는 세계 자연유산의 달 기념으로 도에서 국제 트래킹 대회를 개최하여 사전 예약 없이 언제든지 무료로 탐방할 수 있다.

특히 김녕 해안가에 위치한 당처물 동굴과 용천 동굴은 2005년에 전신주 공사를 하기 위해 구덩이를 파던 중에 땅이 꺼지는 바람에 발견되었다. 해당 공사자는 용암 동굴을 의심하여 공사를 중지하고 당국에 신고하는 현명한 기지를 발휘하였다. 신고를 접수한 기관은 즉시 동굴 조사에 착수하였다. 그런데 동굴 안쪽으로 들어가면서 환상적인 풍광을 맞닥뜨렸다. 이전까지는 듣지도, 보지도 못한 용암 동굴에 석회암 동굴이 혼재하여 꽃같이 피어 있는 장관이 펼쳐져 있었다. 그야말로 벌린 입이 다물어지지 않는 순간이었다. 거문오름을 세계 자연유산에 등재하기를 주저하던 유네스코 관계자들도 즉시 현장 조사를 실시하자 환성을 금치 못했다고 한다. 그리하여 오로지 지구상에 단 하나뿐인 보물을 영구히 보존하기 위하여 대중에게 공개하지 않는 조건을 달아서 거문오름을 세계 자연유산으로 등재하게 되었다. 제주도에서는 탐방객이 직접 동굴에 들어가지 않아도 신비스러운 이 동굴을 관람할 수 있도록 4D 영상을 거문오름의 세계 자연유산 센터에 준비 중이다. 참으로 기대가 되는 바이다. 다시 한번 동굴을 발견하여 세상에 알려지게 한 해당 공사 관계자에게 찬사를 보낸다.

현재 센터 내에서는 만장굴을 비롯하여 거문오름계 동굴군들을 재현해 놓아 이곳에서 동굴 체험 등을 할 수 있으며 스크린, 사진 등을 상설 전시하고 있다. 영상관에서는 아름다운 보물섬 제주도를

4D 영상으로 홍보하고 있다. 제주를 찾는 여행객은 반드시 방문하여 제주를 만끽하기를 바란다. 오름 트래킹 코스로는 태극길, 용암길 그리고 진물길 등이 있으며 태극길은 정상, 분화구 그리고 능선 코스 등의 세 가지 코스를 탐방할 수 있다. 용암길과 진물길은 거문오름 국제 트래킹 대회 기간에만 개방하며 코스 끝 지점에서 센터까지 셔틀버스가 운행된다. 이 두 트래킹 코스에는 마치 정글 같은 원시 밀림이 존재하고 있다. 사람의 발길이 통제되었기 때문이다. 연중 한 번뿐인 코스 개방은 호기심이 가득한 탐방꾼들이 눈독을 들이는 곳이다. 자연과 나 자신뿐인 숲속에서 모든 심신이 치유되는 기분을 느낄 수 있다. 푸르른 숲속을 거닐며 자연이 나 자신이고 내가 자연과 하나 됨을 느끼게 되면 어느새 나는 순수 자연인이 되는 것이다.

태극길 코스는 오름 정상에 올라서 오름 전체를 조망할 수 있으며 동서남북 사방으로 한라산을 비롯하여 멋진 제주 동부의 수많은 오름을 감상할 수 있다. 또한, 분화구(둘레 약 4.5㎞)를 마치 태극기의 원을 타원형으로 가로지르듯 하며 분화구 곶자왈을 탐방할 수 있다. 그래서 이름이 태극길이다. 이 숲은 천년을 간직한 원시림과 인공 조림인 삼나무 숲으로 나누어져 있다. 빽빽한 침엽수림 삼나무 숲 아래에서는 온갖 동식물이 공존하는 천연 원시림 숲이 우리를 맞이해 준다. 분화구 안을 탐방하다 보면 화산 용암이 꿈틀거렸던 자취를 다 엿볼 수 있다. 한여름에는 에어컨 바람보다 시원한 바람을 내뿜고 겨울에는 따스한 온기를 쉬지 않고 뿜어내는 풍혈(風穴)과 숨골, 용암이 흘러 지나간 자리인 용암 협곡, 지표면이 함몰되어 발견된 수직 동굴 등이 고스란히 남아있다. 용암 덩어리를 비틀어 쥐어 잡고 우뚝 솟아 있는 각종 활엽수들과 으름, 새우 그리고 주걱난 등의 희귀한 난들도 꼭꼭 숨어 있다.

오름의 서북으로는 원당, 서우봉, 세미, 당, 알밤, 우진제비, 것구리, (큰, 족은)지그리 그리고 민오름 등이 볼록볼록 솟아 있다. 또한 동남쪽으로는 다랑쉬, 용눈이, 사근이, 거친, 체, (안, 밧)돌, 칡, 당, 민, 성불, 가문이, 돌리비, 개, 둔지, 돗, 모지, 손지, 따라비, (물)영아리, 백약이, 동검은이, 문석이, 번널, 병곳, 아부, 거슨새미, 높은, 영주산, 대록산 등 헤아릴 수 없는 오름 등이 줄지어 서 있다.

거문오름 탐방을 마치고 다시 세상으로 나오면 달라진 나의 모습을 발견하게 된다. 마치 오염된 하얀 옷이 세탁기에 들어가서 다시 새하얗게 되어서 나오는 것처럼 오름에 들어가기 전의 세상 풍파에 찌들고 지친 나 자신이 아니라, 깨끗하게 씻겨지고 정화된 나의 모습을 볼 수 있다.

제주 섬을 지은 설문대 할망(한라산의 여신)은 최초의 섬의 모습에 크게 실망하였다. 검은 용암으로 뒤덮인 땅은 거칠고 볼품없이 밋밋했다. 그래서 할망은 서쪽 바다에 차귀도를 만들고 남쪽 바다 끝에 마라도를 만들었다. 그래도 할망에 눈에는 차지 않았다. 그래서 동쪽 바다에 우도를 만들고 나서 바로 옆에 성산 일출봉을 왕관처럼 솟게 하였다. 이제 섬의 자태가 어느 정도 갖추어졌다. 할망은 자신의 작품이 맘에 들었으나 2% 부족하다는 생각이 들었다. 그래서 곰곰이 생각한 끝에 한라산의 아우들을 섬 전체에 하루에 하나씩 솟게 하였다. 바로 오름들이다. 일 년이 지나가자 마지막 오름을 솟게 하니, 바로 거문오름이다. 이 오름으로 인하여 제주도 탄생에 화룡점정(畵龍點睛)을 찍은 것이다. 중앙에 한라산을, 중산간에 거문오름을 그리고 바다 위에 성산 일출봉이라는 걸작(masterpiece)을 창조함으로써 제주도의 랜드마크를 우뚝 세우고 흐뭇한 미소로 바라보며 섬의 창조 작업을 마무리했다고 한다.

거문오름의 화산체에서 흘러나온 용암류가 북동쪽 해안가의 20여 개 동굴의 직접적인 근원지로 인정됨에 따라서 2005년 1월에 전국 최초로 국가 지정 문화재인 천연기념물 제444호로 지정되었다. 600여 종의 자연 동식물이 서식하고 있는 원시 자연의 보고이다. 동쪽에는 삼나무, 편백나무 등 상록수림이 무성하고 그 이외의 지역에서는 낙엽수림이 자란다. 특히 거문오름은 제주에서 가장 긴 용암 협곡을 지니고 있는데 오름이 생성될 당시 흘러나온 용암이 경사 지형을 따라서 흘러내리면서 용암 동굴이 생성되었다고 여겨져 만장굴, 김녕굴, 당처물 동굴은 규모와 생성물이 생태학적으로 세계적인 수준으로 손꼽힌다.

제2차 세계대전 당시 패전을 앞두고 악랄한 일제는 거문오름 분화구 안에 수많은 갱도 진지와 병참 도로를 구축하였다. 물론 수많은 제주 양민이 이 작업에 강제로 동원되었다. 지금도 진지의 아픈 상처는 아물지 않았다. 그래서 과거 역사의 잔재물인 일본군 동굴 진지 등은 역사 탐방지로도 활용되고 있다. 우리 민족의 비참하고 우울했던 역사 속에서 교훈을 배우게 한다.

오름 분화구 속의 곶자왈은 깊은 분화구 안에 태초의 원시 숲이 빽빽하게 들어서 있는 곳이다. 어두운 기운이 감돌아서 음산함과 신령스러움을 동시에 갖춘 매력적인 오름이다. 곶자왈 안에는 깊이가 무려 35m가 넘는 수직 동굴이 있다. 그러나 접근이 불가하다. 밖에서 들여다보는 것만으로 만족해야 한다. 용암 함몰구는 항상 사계절 내내 일정 온도를 유지하여 겨울철에도 울창한 숲을 유지한다. 또한, 이곳에서는 여느 곶자왈과 달리 용암 협곡을 뚜렷하게 볼 수 있다. 자생 식물로는 식나무, 붓순나무, 삼나무 군락지가 있다. 풍혈(風穴, 숨골)과 예전에 화전민들이 사용했던 숯 가마터가 있다. 곶자왈과 오름의 능선을 동시에 즐길 수 있는 환상적인 곳이라고 할 수 있다. 탐방은 온라인 예약제로 하루 관람 인원이 450명으로 제한되어 있다. 오름 해설사가 동행하며 자세한 설명이 곁들여져 더욱더 이해하기 쉬워서 실속 있는 탐방이 가능하다. 이곳은 연중 사계절 어느 때나 찾아도 좋은 곳이다. 이 거문오름계 동굴군을 볼 수 있다는 것을 무한한 영광으로 생각하며 감동일 뿐이다. 또한, 이런 명소가 우리나라에 있다는 것에 대하여 어깨가 으쓱해질 수밖에 없다.

우도(牛島)

우도에 입도(入島)하여 섬의 최고봉인 한 세기가 넘는 역사를 간직하고 있는 우도 등대가 우뚝 서 있는 우도봉에 가 보라. 순간 믿을 수 없는 장관이 눈앞에 펼쳐진다. 한눈에 내려다보이는 아름다운 섬, 새파란 바다 건너에서 그 자태를 뽐내며 태평양을 호령하고 있는 성산 일출봉 그리고 멀리 늠름함이 넘쳐흐르는 한라산의 얼굴을 보라. 나그네는 그림 같은 풍광에 벌어진 입을 다물 수가 없을 것이다. 그야말로 요즘 사람들이 따지는 가성비(價性比, cost-effectiveness)가 최고이다.

우도(제주시 우도면)는 제주 섬에 여행을 오는 남녀노소, 내·외국인 모두 첫 번째로 관광하는 섬 속의 섬이 되어버렸다. 여행객의 마음은 기다리는 여유를 용서하지 않는다. 그래서 서둘러서 여행지의 랜드마크가 되는 명소를 찾아가서 우선 여행의 본전을 빨리 빼려고 한다. 그래야만 맘이 편해지고 머릿속이 정리되기 때문이다.

섬은 배를 타야만 발을 디딜 수 있다. 여객선 선착장인 성산항에 도착하여 승선 신고를 마치고 우도행 페리호를 탄다. 약 십여 분 정도의 짧은 항해를 마치고 천진항에 도착하여 하선해서 본격적인 우도 관광에 돌입한다. 우도는 제주가 품고 있는 섬 속의 섬이다. 본섬인 제주시 구좌읍 종달리 해안가에서 바라보면 마치 황소 한 마리가 고된 밭갈이를 끝내고 편안하게 옆으로 누워 있는 형상을 하고 있다 하여 우도라고 명명하였다. 우도봉이 소의 머리 부분이 된다. 종달리에서 직선거리로 약 2.8㎞ 정도 떨어진 곳에 위치하고 있다. 이곳에서는 약 600여 세대가 농업과 어업에 종사하며 살고 있다. 항구의 버스 정류장에서 셔틀 관광버스에 승차하면 기사가 마이크를 켜고 전문 관광 가이드 못지않게 맛깔나게 너스레를 떨며 우도를 자랑한다. 우도는 제주에서 차를 가지고 갈 수 없다. 교통사고와 체증을 해소하고 청정 자연을 보호하고자 자가용은 바다를 건널 수 없다. 셔틀버스도 친환경 전기 자동차이다. 대신 자전거를 빌리거나 사륜 바이크 및 오토바이를 렌트해서 여행할 수 있다. 물론 도보로 서너 시간 백패킹을 하면 금상첨화다. 우도는 아름다운 해안 절경과 해녀들 그리고 제주 전통 밭 구조와 돌담, 돌무덤 등이 남아 있어서 제주를 찾는 여행객들에게 가장 제주다운 모습을 선사하는 곳으로 알려져 있다. 소의 허리처럼 완만한 경사로를 따라 약간의 발품을 팔면 섬에서 가장 높은 우도봉(제주시 우도면 조일리, 약 32m)에 오르게 된다. 능선에 다다르면 우리 집 안마당에 몰래 옮겨놓고픈 아기자기한 비경의 우도 풍경이 한눈에 들어온다. 그리고 좌측으로 세계 자연유산인 그림 같은 성산 일출봉이 보이고 오른편으로는 종달리 지미봉과 제주도 본섬의 모습이 또렷하게 들어온다. 정상에 서면 특이하게 등대 두 개가 서 있는 것을 볼 수 있다. 새하얀 작은 등대 옆에 신설 등대가 나란히 서 있다. 작은 등대는 르네상스 건축 양식으로 지어진 아름다운 모습을 하고 있다. 이국적인 멋을 듬뿍 풍기며 방문객을 맞이한다. 그러나 그 아이는 우리 국민에게는 아픈 상처를 간직하게 한 놈이다. 그 등대는 1906년의 구한말에 조선을 넘보던 일본인들이 전략적 요충지인 대한해협 해상을 선점하고자 건축한 등대이다. 옆에 있는 형이 되는 등대는 정부가 2004년부터 운영하는 등대이다.

우리 선조들은 예로부터 그 지역의 빼어난 절경을 관동 8경이니, 금강 8경이니 하면서 8경으로 나누어 자랑하는 풍습이 있었다. 역시 우도에서도 우도 8경이라 하여 반드시 봐야 할 것을 구분하여 치켜세운다. 제1경은 낮 시간에 동굴 속 바닷물에 비친 태양광이 달처럼 보이는 현상의 주간명월(晝間明月)이며 보트를 타고 해안 동굴 안으로 들어가면 천정에 달이 비치는 모습을 볼 수 있다. 제2경은 우도 밤바다에 대낮같이 불을 밝히고 떼를 지어 떠 있는 고기잡이배를 바라보는 야항어범(夜航漁帆)으로, 한여름철에는 한치, 갈치잡이가 유명하다. 제3경은 천진리의 동천진항에서 멀리 바라보는 한라산과 성산 일출봉의 천진관산(天津觀山), 제4경은 우도봉 정상(등대)에서 내려다보는 우도 모습의 지두청사(指頭青沙), 제5경은 제주시 구좌읍 종달리에서 바라보는 우도 전경의 전포망도(前浦望島), 제6경은 검멀레(검은 모래) 해안에서 바라본 절벽 풍경의 후해석벽(後海石壁)이다. 해안에 펼쳐진 검은 현무암 덩어리가 비경이다. 그 모습은 등대봉 쪽에서 보면 사자 얼굴이고 검멀레 쪽에서 보면 킹콩의 모습을 하고 있다. 제7경은 전설로 전해지는 고래가 살았다는 해안가 검멀레 동굴의 동안경굴(東岸鯨窟)이다. 이곳에서는 매년 9월경에 동굴 콘서트가 열리는데 수백 명 정도의 인원이 입장할 수 있다. 검멀레 해수욕장에서 출발하는 쾌속 보트를 타고 바다에서 보는 풍경은 과히 비경이라고 할 수 있다. 또한, 청량한 바닷바람을 맞는 그 상쾌함은 말로 표현하기 힘들다. 밀물 때는 바닷물이 입구를 막아서 들어갈 수 없다. 끝으로 제8경은 천연기념물(제438호)인 홍조단괴(紅藻團塊) 해수욕장(해수욕장의 산호모래는 절대 반출 금지다. 들키면 벌금을 부과한다. 검은 현무암에 하얀 산호모래의 조화)의 서빈백사(西濱白沙) 등이다. 이 경치를 빼놓고서는 우도를 다 즐겼다고 할 수 없을 것이다. 이곳 백사장에서 맨발로 거닐며 해변 좌측 본섬의 성산 일출봉과 멀리 가운데에 자리 잡은 한라산을 보는 즐거움은 오직 우도에서만 느낄 수 있는 즐거움이다.

항구 뒤쪽에 있는 하고수동 삼색 해수욕장에 도착하면 두 눈이 휘둥그레진다. 바닷물이 흰빛, 검은빛 그리고 옥빛의 세 가지 색깔을 띠고 있기 때문이다. 모래사장에 가까이 가서 보니 물이 너무도 투명하여 흰 모래 위의 물은 하얀 색, 검은 현무암 위의 물은 검은 색 그리고 해변에서 조금 떨어진 물은 진한 옥빛을 나타내고 있는 것이다. 맑고 깨끗한 삼색의 해수욕장의 물을 관찰하며 한참이나 바다를 바라본다. 아마도 여름 휴가철 해수욕장으로 으뜸이라 할 것이다.

제주도에는 비양도가 두 개 있다. 한림읍 협재 해수욕장 맞은편의 큰 비양도와 우도의 비양도가 그것이다. 그런데 이곳의 비양도는 이제 섬이 아니다. 전설에 의하면 비양도의 이장은 그곳 소왕국의 왕이었는데, 강력한 권력으로 연륙교를 놓았다고 한다. 하고수동 해수욕장에서 홍조단괴 해수욕장으로 넘어오는 우도의 면사무소가 있는 중앙동 삼거리에 대하여 맛깔나게 설명해 주는 셔틀버스 운전사의 입담 덕분에 승객들 모두 배꼽을 잡는다. 이곳에는 우도의 금융가 또는 월스트리트라고 하는 농협과 우체국이 있으며, 우도의 명동이라 하는 백화점인 마트, 이발소, 노래방이 하나씩 있다. 우도에서 이발하러 가는 사람은 머리 스타일에 대해서는 선택의 여지가 없다. 엿장수가 엿가위를 제 맘대로 두들기듯이 우도 남자들의 머리를 독점하는 이발사의 한 가지 스타일밖에 없다. 그나마 여성들의 미용실은 없다. 파마머리를 하려면 배를 타고 성산항에 가야 한다. 굳이 우도에서 머리를 손질하고자 하는 여인네는 남성용 커트 머리를 감수해야만 한다. 작은 섬에서 사는 사람들의 여유와 유머를 보니 흐뭇하기도 하면서 부끄러움을 감추지 않을 수 없다.

우도에 가면 반드시 맛보아야 할 음식이 있다. 우도봉 등대 아래에서 파는 우도 땅콩 아이스크림이다. 우도는 토질이 척박하여 농사가 잘 안된다. 그래서 땅콩 농사를 주로 하는데 크기가 콩알만 하다. 그렇게 달지 않은 땅콩의 고소함이 가득한 부드러운 맛이 혀끝을 자극한다. 아울러 땅콩 막걸리도 역시 고소한 맛이 진하게 풍기며 아주 순하다. 해녀들이 직접 물질로 잡은 뿔소라는 기가 막힌 맛이다. 검멀레(검은 모래) 동안경굴 해변에서 해삼, 멍게, 문어 등을 안주로 삼아 소주 한 잔을 들이켜면 모든 피로가 싹 풀린다. 아마도 지상의 파라다이스가 여기가 아닌가 한다. 하나 더, 하고수동 해수욕장의 전복 보말(제주도의 고둥) 칼국수를 추천한다. 그 맛은 혀가 돌아가게 할 정도로 끝내 준다.

바람의 나라, 삼다삼무(三多三無)의 섬 제주

제주도는 세계 생물권 보전 지역 지정(2002년), 세계 자연유산 등재(2007년) 그리고 세계 지질 공원 인증(2010년) 등 세계에서 유일하게 유네스코 자연 과학 분야에서 삼관왕을 달성한 우리나라의 보물섬이다. 이 아름답고 신비스러운 섬은 화산 활동이 빚어 놓은 걸작품이 아닐 수 없다. 또한, 세계 7대 자연경관으로 선정되는 영광을 안게 된 자랑스러운 우리 대한민국의 영토이다.

제주도는 예전에 탐라(耽羅) 또는 영주(瀛州)라고도 불렸다. 그 밖의 문헌을 보면 탐모라, 서모라, 섬라, 담라, 둔라, 모라 그리고 탁라 등으로 많은 이름을 가지고 있다. 제주(濟州)라는 말은 '바다를 건너가는 고을'이란 뜻이다. 옛 이름인 탐라의 의미는 '깊고 먼바다의 섬나라'라는 뜻이라고 한다. 영주라는 이름은 '신선이 사는 곳'을 뜻하며 중국의 신선설에서 비롯되었다고 한다. 그래서 한라산을 영주산이라고도 불렀다. 탁라는 '풀로 짠 옷을 입은 사람들이 사는 나라'의 의미라고 한다. 지금의 제주란 명칭은 고려 고종(1214년) 때부터 사용하기 시작하였다.

우리는 제주가 보름(바람의 제주 방언), 돌 그리고 여자가 많다는 삼다(三多)의 섬이라고 알고 있다. 그리고 삼무(三無)는 도둑이 없고, 거지가 없고, 대문이 없다는 것을 의미한다. 삼다는 척박한 자연과 유달리 어려웠던 제주인의 환경을 집약하고 있으며, 삼무는 견디기 힘들었던 궁핍 속에서 갖은 고난에도 굴하지 않은 제주인의 순수하고도 강인한 의지를 함축하는 제주도의 상징어다.

또한, 제주도를 두고 바람의 나라라고도 한다. 제주는 바람의 섬이라고 해도 지나치지 않을 정도다. 일 년 열두 달 바람 잘 날이 별로 없다. 바람의 종류는 부는 방향과 그 세기 등에 따라서 여러 가지로 구분한다. 샛, 하늬, 높, 높새, 마파람, 산들, 피죽, 고추, 회오리바람(돌개바람), 폭풍 그리고 가장 무시무시한 태풍까지, 제주에는 여러 종류의 바람이 분다. 겨울철에 제주에 부는 바람은 거의 소형 태풍급이다. 제주는 연중 사계절 동안 바람을 피하고서는 살 수가 없는 곳이다. 모든 바람을 다 체험할 수 있는 곳이다.

그런데 제주의 바람은 그냥 바람이 아니다. 그 바람은 제주 섬사람들의 삶 자체이자 역사의 상징이기도 하다. 제주 바람은 춘풍으로 부드럽고 포근하며 살랑거리는 모습을 보이기도 하고, 때로는 화가 많이 난 거칠고 날카로운 바람이 되어서 뭇 사람들의 볼때기를 에이고 가슴을 후벼 파기도 한다. 제주의 바람에는 제주인들의 고단한 삶의 역정이 고스란히 묻어 있다. 지난 세월 동안 함께했으며 지금도 함께하며 앞으로도 영원히 같이 갈 것이다. 제주에서 지내며 바람이 불지 않는 날이면 밥 한 끼니를 건너뛴 것처럼 뭔가 이상하고 허전하며 옆구리가 시리다. 태풍의 길목에 앉아 있는 제주는 바람이 모든 생활에 영향을 끼친다. 지붕을 단단하게 얽어매고 물건 등을 등짐으로 운반하는 생활 방식 등이 좋은 예라 할 수 있다.

색도, 형체도 없는 것이 바람이다. 그러나 바람이 눈에 보이지 않는다고 해서 과연 보이지 않는다고 말할 수 있는가. 지금의 우리는 바로 눈앞에 있는 것을 보면서도 느끼지 못하고 살아가고 있지 않은가. 섬의 바람에는 고향의 냄새가 풍기며 고향의 소리가 들려온다. 그 바람 속에서 제주 사람들의 참모습을 볼 수 있다.

제주 섬사람들은 육지처럼 집 바깥마당에 물건을 내놓지 않는다. 바람에 다 날아가 버리기 때문이다. 제주의 전통 초가는 바람의 영향을 최소화하기 위하여 키가 작고 아담하다. 그래서 집을 억새(제주에는 볏짚이 없다)로 엮어서 지붕을 덮고 새끼줄을 꼬아 지붕을 비롯하여 모든 부분을 꽁꽁 싸매 놓는다. 제주도 전통 가옥에 가 보면 바깥마당 풍경은 매우 잘 정리정돈이 되어 있고 깨끗하게 보인다. 집 안을 들여다봐도 마찬가지다. 왜냐하면 생활하는 데 꼭 필요한 가재도구 및 농기구 등만을 가지고 살아가기 때문이다. 물론 부유하지 못한 살림살이의 영향도 있었겠지만, 사람들의 검소하고 소박한 생활상을 엿볼 수 있다. 그래서 제주 전통 가옥 지붕의 억새 냄새가 정겹게 느껴진다.

과거 제주에는 돌(농사를 지으려고 땅을 파면 돌덩이만 나왔다)이 많아 기름진 땅을 찾을 수가 없었고 물 또한 매우 귀했다. 한반도에서 강수량이 가장 많은 지역인데 이게 웬 말인가 싶다. 그러나 빗물은 내리자마자 구멍이 숭숭 난 현무암 속으로 다 스며들어버린다. 그러하다 보니 마실 수 있는 물은 해안가의 용천수밖에 없었다. 그러니 제주의 물은 생명수나 다름없었다. 현재 우리가 마시는 제주의 지하수는 십수 년 전 내린 빗물이라고 생각하면 된다. 지금은 지하수 개발로 물 걱정에서 벗어났지만, 예전에는 물을 얻기 위해서 갖은 노력을 하지 않으면 안 되었다. 그 검은 땅에서 나온 돌들은 농사에 지장을 주는 바람을 막기 위해 돌담이 되었다. 그것이 제주의 어디에서나 볼 수 있는 밭담이다. 밭담을 보면 제주 사람들의 지혜를 엿볼 수 있다. 쓸모없는 돌을 잘 이용하여 자연재해를 방지했다. 돌담은 태풍에도 무너지지 않는다. 돌 사이의 구멍이 강한 바람을 통과시키기 때문이다. 또 검은 돌은 해안가 용천수 우물의 세찬 바닷바람을 막아주고 빨랫돌이 되었다. 요즘 제주에서는 아무 생각 없이 무작정 밭담을 따라서 걷는 트래킹이 늘어나고 있다. 옛 정서가 깃든 정담(情談) 있는 돌담 곁을 걸으며 힐링한다는 것이다. 그이들의 걷는 모습을 보기만 해도 편안해지는 마음은 왜일까.

제주의 여성들은 고된 물질이나 밭일 또는 집안일을 담당해 내며 격랑의 세월을 살아야 했다. 제주에서는 여성이 가장이었다. 요즘도 시골에 가보면 바깥일, 집안일 모두를 여자가 책임지고 사는 여성들이 많다. 제주에 여자가 많다는 말은 헛말이다. 남자들은 배 타고 바다에 나가서 물고기를 잡다가 풍랑으로 죽거나 실종되는 일이 다반사였다. 또 힘든 섬 생활을 견디다 못해 섬에서 도망치거나 가족의 생계를 위하여 돈벌이하러 육지로 떠나고는 했던 것이었다. 옛말에 "사람은 서울로 보내고 말은 제주로 보내라."라고 했던가. 제주의 여성은 제주를 이끌어 온 산증인이고 역사이다. 내리쬐는 햇볕에 그을리고 매서운 바람에 찢긴 제주 여인의 얼굴이 아름답다.

제주 섬사람들은 그렇게 들판 위의 잡초 같은 삶을 살면서도 순수하고 정직한 마음을 간직하며 상부상조를 아름답게 이어가고 있다. 그러한 모습을 우리는 제주 해녀의 공동체 생활에서 잘 들여다 볼 수 있다. 그 사람들은 노동의 대가 없이 남의 물건을 함부로 취하거나 뺏는 일이 없다. 어떤 어려움이 닥치더라도 범죄를 저지르지 않는 인내와 순박함을 갖고 있다. 또 근검절약, 자립 자족의 생활 원리가 그들의 일상생활에 뿌리 깊게 자리 잡고 있어 섬에는 거지가 없다고 한다. 그들은 노동을 외면하거나 남에게 의지하는 삶을 절대로 경계하며 살았다. 도둑과 거지가 없다 보니 대문을 만들 필요도 없었다. 대문 대신에 정낭(제주에서 집으로 들어오는 길목에 대문 대신 가로로 걸쳐 놓는 길고 굵직한 나무를 말한다)을 내리거나 걸쳐 두어 주인이 있고 없음을 알렸다.

하지만 최근의 제주는 삼다삼무의 의미가 퇴색되어 가고 있다. 그래서 그 단어를 사용하기가 민망할 정도가 되어버렸다. 급격한 인구증가와 밀려드는 관광객으로 인하여 오히려 육지의 대도시보다도 범죄가 자주 발생하고 있다. 그리고 교통 사망 사고는 전국에서 상위에 랭크되어 있으며 쓰레기 발생이 많은 섬으로 전락해 버린 실정이다. 이러다간 다른 의미의 '삼다의 섬'으로 오명을 갖게 되지 않을까 걱정이다. 또한, 무분별한 개발이 늘어나 소중한 자연경관이 파괴되고 있으며 커져 가는 콘크리트 건축물의 도시 형태는 육지의 모습과 별반 차이 없이 일률적으로 획일화되어 가고 있다. 좋지 않은 모습으로 변하는 섬을 바라보니 안타깝다.

제주는 어디에 내놔도 조금도 처지지 않는 빼어난 비경을 가진 섬이다. 그리고 제주특별자치도에서는 관광객을 유치하기 위해서 지난 기간 동안 심혈을 기울여 왔다. 그 결과 제주도는 연간 1,500만

명이 넘는 여행객이 찾는 우리나라의 명실상부(名實相符)한 최고 국제 관광지가 되었다. 현재도 제주 인구의 순 유입은 계속 증가하고 있으며 내·외국인 등의 관광객도 폭발적으로 증가하고 있다. 그런데 우리가 이용하는 제주 공항은 수용 인원 능력이 포화 상태가 넘어 버렸다. 단일 공항으로는 터키의 국제공항 다음으로 두 번째로 붐비는 공항이다. 그래서 정부와 제주도는 서귀포시 성산읍 일대에 제2 공항 개항을 부랴부랴 추진(2025년 개항 목표)하고 있는 실정이다.

지금 바람의 섬, 바람의 나라 제주는 역동적으로 변모하고 있다. 그러한 변화가 긍정적이고 발전적이었으면 하는 바람이다. 지구상에 하나밖에 없는 천혜의 아름다운 자연이 파괴되고 훼손된다면 그것은 돌이킬 수 없는 비극이 될 것이다. 오늘도 제주의 바닷바람은 얼굴을 스치며 지나간다.

영주 12경(瀛州 十二景)의 제주

우리나라는 예전에 중국의 영향을 받아 풍광이 빼어난 곳을 8경 등으로 나누어 자랑했다. 그래서 관동 8경이니, 영서 8경이니, 단양 8경이니 했다. 그런데 제주는 8경 가지고는 모자란 듯싶다. 그리하여 제주도는 8경이 아닌 영주 10경 또는 12경이라고 해서 섬에서 경관이 특히 뛰어난 열두 곳을 선정했다. 제주로 여행을 와서 이들 명승지를 다 보게 되면 실로 제주도를 다녀왔다고 자랑해도 되지 않겠는가. 관광객들은 부디 빠뜨리지 말고 잘 챙겨서 찾아다니기를 바란다.

제1경 성산일출(城山日出)은 이른 아침 성산 일출봉에서의 찬란한 해돋이 풍경을 말한다. 동방의 아름다운 나라답게 우리나라에서는 어디를 가든지 일출 장소를 제일의 명소로 지정하는 것 같다.

제2경 사봉낙조(沙峯落照)는 제주시 사라봉(沙羅峰)에서의 해 지는 아름다운 저녁노을을 말한다.

제3경 영구춘화(瀛邱春花)는 제주시 오등동(梧登洞)에 있는 방선문(訪仙門), 곧 한라산 북쪽에서 발원한 제주의 가장 큰 하천인 한천(漢川) 상류 부근의 철쭉과 유채꽃의 절경 장면을 일컫는다. 아마도 조선 시대에 여유 있는 양반들이 봄 꽃놀이를 즐기지 않았나 싶다.

제4경 정방하폭(正房夏瀑)은 서귀포시 정방 폭포에서 바다로 쏟아지는 시원한 여름 풍경을 그렸다. 땅끝 단애(斷崖)에서 떨어지는 하얀 물줄기는 상상만 해도 시원하지 않은가.

제5경 귤림추색(橘林秋色)은 제주도의 과일의 상징인 귤림의 탐스럽고 노란 가을빛을 말한다. 제주도의 늦가을에는 푸른 상록수 감귤나무에 황금색의 열매들이 주렁주렁 열려서 섬을 뒤덮는다.

제6경 녹담만설(鹿潭晩雪)은 말 그대로 영산 한라산의 호수인 백록담에 소복이 쌓인 눈밭에서 뛰어노는 겨울의 모습을 그렸다.

제7경 영실기암(靈室奇巖)은 한라산 서쪽 영실의 기이한 바위들, 즉 오백 장군이 줄지어 서 있는 장관을 말한다. 제주도 사람들은 예로부터 이곳을 신성시하며 보호하고 있다.

제8경 산방굴사(山房窟寺)는 용머리 해안을 내려다보는 고즈넉한 산방산의 굴 절(寺)의 모습을 표현했다.

제9경 산포조어(山浦釣魚)는 산지포(山地浦, 지금의 제주항) 포구에서 제주 섬의 한량과 선비들이 도성 한양을 바라보며 한가로이 고기잡이(낚시)하는 광경을 말한다.

제10경 고수목마(古藪牧馬)는 제주도의 상징인 풀밭에서 힘차게 달리는 말의 모습을 말한다. 우리 속담에 "사람은 서울로 보내고 말은 제주로 보내라."라는 말이 있다.

제11경 용연야범(龍淵夜帆)은 제주시 용담동(龍潭洞) 해안에 있는 한천(漢川)의 하류 계곡 용연에서 여름철 달밤에 뱃놀이하는 풍류를 그린 것이다. 지금 용연은 아름다운 조명으로 인하여 야간 풍경이 절경이다. 여름이면 매년 야간 선상 음악회가 열린다. 그때 이곳을 찾으면 영원한 낭만의 추억거리를 하나 만들게 될 것이다.

마지막으로 제12경 서진노성(西鎭老星)은 천지연(天池淵) 하류, 서귀포구(西歸浦口)의 높은 언덕 위에 있었던 서귀진(鎭)이라는 성(城)을 이른다. 남쪽 밤하늘 끝에 있는 남극노인성(南極老人星)을 관찰할 수 있는 곳이다. 그러나 지금은 그 흔적도 찾을 수 없으니 매우 아쉬울 뿐이다.

제주도의 생성(生成)과 역사

극동(極東)의 찬란한 황금빛의 해가 솟아오르는 땅. 조용하고 소담한 한반도의 남쪽 바다 깊숙한 곳에서 마그마가 끓고 있었다. 가장 많은 조화를 부리는 자연의 바람 신이 창조한 바람의 나라, 아름다운 섬 제주도는 약 200~120여만 년 전에 깊은 바닷속의 화산 폭발과 함께 시뻘건 용암이 솟아오르며 생성되었다. 그리하여 지금의 형태로 발달한 것은 4만~2만5천 년 전으로 지질학자들은 추정하고 있다. 그리고 그 섬이 세계에서 가장 아름다운 정원을 가진 지표면이 되었다. 그리고 수만 년 전에 이르기까지 360여 개의 작은 기생화산이 섬의 전역에서 터져 나와 주봉인 한라산을 둘러싸며 어울렸다.

화산섬 제주에는 오래전부터 사람이 살았다. 제주시 삼양동에 있는 구석기 선사 유적지가 그것을 말해 주고 있다. 고, 양, 부의 삼성(三姓)이 건국하였다는 신화가 있으나 그 정확한 연대는 아직 알려지지 않았다. 고려『삼국사기』에는 탐라국이 고구려, 백제, 신라 등 삼국 시대에 서로 교역을 했다는 기록이 쓰여 있다. 그런데 결국 탐라국은 신라의 침략으로 신라에 복속되어 독립 국가로서의 자격이 소멸된다. 고려 숙종 10년(1105년)에 비로소 고려의 중앙집권제 밑에 들어가 탐라군(耽羅郡)이 되었으며 제주라는 명칭은 고려 고종 때(1214

년) 사용을 시작하였다.

제주도는 고려 시대 원(元, 몽골족의 왕국, 1271~1368년)나라가 한반도를 침략하자 이문경이 삼별초(三別抄, 1270년 10월경, 원종 11년)를 이끌고 와서 끝까지 항몽한 것으로 유명하다. 한반도 북쪽에서 원나라가 쇠(衰)하고 명나라가 신흥국으로 부상하자 고려도 긴 원나라 종속 국가의 세월에서 벗어났다. 원나라는 제주도를 직접 통치하며 관리했는데 끝까지 항복하지 않았다. 그래서 개경(開京)에서 최영 장군이 직접 군대를 이끌고 와 몽고군을 토벌(1374년, 공민왕 23년)했다. 원나라 최후의 군사들은 서귀포시 법환동 앞바다에 있는 범섬에 숨어 있다가 장군에게 몰살당하며 고려에서의 역사를 마감했다. 그런데 재미있는 것은 고려가 끝까지 원에 대항한 곳이 제주였는데 원이 망하면서 거꾸로 고려에 마지막까지 항쟁한 곳도 제주였다는 사실이다. 참 아이러니한 일이다. 아마도 바다가 없었던 몽골인들은 아름다운 제주 섬을 목숨보다 더 귀하게 여겼는지도 모르겠다.

그 후 조선조에서는 섬들을 등한시했는데 제주도 역시 마찬가지였다. 그래서 제주 섬을 비롯하여 전라도 흑산도를 비롯하여 경기도 강화도에 이르기까지 섬들은 주로 역적 등의 정치적인 유배지로 활용되었다. 조선 세종 때에는 제주에 인구가 무려 63,400여 명이나 거주했었다고 한다. 그래서 왕은 너무 많은 섬사람을 줄이기 위하여 육지로 강제 이주시키기도 했다고 한다. 인조(제16대 왕, 재위 1623~1649년) 때 왕명으로 이루어진 17~19세기의 약 200년 동안의 제주민에 대한 출륙금지령(出陸禁止令)은 육지 사람들과의 엄청난 차별이자 학대였다. 이곳은 광해군의 최후의 유배지로써 1641년에 그가 한

많은 인생을 마감한 곳이기도 하다. 효종 30년(1653년)에는 그 유명한 서양인인 네덜란드의 하멜 일행이 대정현 남쪽 해안에 상륙하여 서양에 알려지기 시작했다. 일제 강점기 때는 제주도민들이 항일 운동에 적극적으로 참여했다. 제주 여러 곳(제주시 조천읍 등)에는 해녀들 등이 일제에 맞서서 대항한 유적지가 많이 남아 있다.

해방 후인 1946년에는 도(道)로 승격되었는데 대한민국 정부가 수립되기 전인 1948년에는 기억하기조차 싫은 악몽인 4·3 사건이 발생했다. 그 결과로 제주도는 제주도민 14,000여 명이라는 엄청난 소중한 생명이 희생되는 뼈아픈 근대사를 간직하게 되었다. 현재 제주도에서는 4·3 사건의 진실을 파헤치고자 다각도로 분주하게 움직이고 있다. 다시는 절대 평화의 섬에서 그러한 비극적인 사건이 발생하지 않기를 바라마지 않는다.

섬의 지리적 환경은 화산섬이며 한반도의 3,400여 부속 도서 중에서 가장 큰 섬이다. 서남단 해상에 위치하며 추자도, 우도, 마라도 등 60여 개의 부속 도서(유인도 9개)를 거느리고 있으며 우리나라에서 가장 작은 도(道)이다. 동서의 길이가 길고 중앙에 한라산(1,950m)이 있는 타원형의 화산섬으로 고도에 따라 한대에서 아열대에 이르는 각종 식물이 분포한다. 영양분이 풍부하여 식물 성장에 최적인 제주도의 화산토는 수만 종의 식물들을 받아들여서 섬을 푸르게 가꾸어 놓았다.

천연기념물로 지정된 제주도의 주요 식물은 아래와 같다. 섭섬 파초일엽 자생지(서귀포시 보모동 섭섬 일대), 하도리 문주란 자생지(제주시 구좌읍 하도리 산1), 신예리 왕벚나무 자생지(서귀포시 남원읍 신예리), 곰솔(제주시 아라동), 성읍리 느티나무와 팽나무(서귀포시 표선면 성읍리), 도순동 녹나무 자생지 군락(서귀포시 도순동), 담팔수나무(서귀포시 서귀동), 한란(제주도 일원), 평대리 비자나무 자생지(제주시 구좌읍 평대리 비자림 일대), 납읍리 난대림 지대(제주시 애월읍 납읍리), 산방산 암벽 식물 지대(서귀포시 안덕면 사계리 산방산 일대), 안덕 계곡 상록수림 지대(서귀포시 안덕면 감산리), 천제연 난대림 지대(서귀포시 색달동) 그리고 천지연 난대림 지대(서귀포시 서귀동) 등이다. 이처럼 섬은 전역이 자연 식물원이나 다름없다. 또한, 각종 텃새와 겨울 철새가 서식하고 있으며 특히 섬 곳곳은 꿩의 천국이다. 이에 사냥꾼들은 겨울이면 꿩을 사냥하며 섬의 산야를 누비며 수렵 스포츠를 즐긴다. 한때 마구잡이 포획으로 인해 노루의 개체 수가 급격히 줄어들었다. 그래서 도에서는 노루를 한라산에 방사하고 철저하게 보호 관리하여 지금은 많은 수의 노루가 번식 중이다. 그러나 지나치게 많아진 노루는 농작물 피해의 원흉으로 취급되고 있으며 최근에는 로드 킬(road kill)로 인하여 행정 당국에서 개체 수를 조절하는 중이다. 해양 생태계는 그야말로 해양 동식물의 낙원이다. 제주 앞바다는 돌고래들이 춤추며 노는 곳이다. 돔, 옥돔, 자리돔, 자바리(다금바리), 갈치, 고등어, 한치 그리고 조기 등 다양한 물고기가 풍부하여 어선들이 몰려온다. 바닷속에는 산호초 등이 있어서 아름다운 장관이 극치를 이룬다. 섬은 유네스코가 인류의 무형 유산으로 지정한 해녀의 발생지이기도 하다.

현재 제주도는 인구가 70만 명이 넘었으며 국내외의 관광객이 물밀 듯이 들어와 최고의 부흥기를 누리고 있다. 그렇기에 관광과 천혜의 자연환경 보호라는 두 마리 토끼를 잡기 위한 노력이 그 어느 때보다 절실하게 요구된다.

삼성혈(三姓穴, 사적 제134호)

제주시 이도동에 있는 사적지이다. 탐라국의 신화에 따르면 이곳은 제주도 원주민의 발상지로서 고(高), 양(良: 梁), 부(夫)씨의 시조인 고을나(高乙那), 양을나(良乙那), 부을나(夫乙那)의 삼신인(三神人)이 솟아났다는 구멍이다. 이 귀공자들은 수렵 생활로 가죽옷을 입고 고기를 먹으며 살았다. 그런데 어느 날 오곡의 씨를 비롯하여 송아지와 망아지를 가지고 온 벽랑국(碧浪國, 또는 日本國)의 세 공주를 각각 맞이하여 혼인하고 농경 생활을 시작하여 삶의 터전을 개척하고 제주섬의 원조(元祖)가 되었다.

세 혈은 땅 표면에 품자(品字) 모양으로 패어 배치되어 있다. 위쪽 구멍은 고을나, 왼쪽 구멍은 양을나, 오른쪽 구멍은 부을나가 솟아난 곳이라고 전해진다. 1964년 6월에 도에서 이곳을 사적으로 지정하였다.

삼성혈은 성역화되어 잘 관리되고 있다. 조선조 1526년(중종 21년)에 이수동(李壽童) 목사가 돌 울타리를 쌓고 혈 북쪽에 홍문(紅門)과 혈비(穴碑)를 세워 삼성의 후예로 하여금 춘추제를 모시게 하고, 매년 11월 상정일(上丁日)에 도민으로 하여금 혈제(穴祭)를 모시게 한 데서 비롯하였다. 그 뒤 1698년(숙종 24년)에 유한명(柳漢明) 절제사가 혈 동쪽에 삼을나묘(三乙那廟), 즉 지금의 삼성전(三聖殿)을 세우게 하고,

1772년(영조 48년)에는 양세현(梁世絢) 방어사가 바깥 담장을 쌓아 소나무를 많이 심게 하고 제전(祭田)을 마련하여 향청(鄕廳)으로 하여금 혈제를 지내게 하였다. 1827년(순조 27년)에는 이행교(李行敎) 방어사가 전사청(奠祀廳)을 창건하고, 1849년(헌종 15년)에는 장인식(張寅植) 방어사가 숭보당(崇報堂)을 세워 오늘의 규모가 갖춰졌다.

현재 제례는 향교의 석전(釋奠)과 같이 제복을 갖추고 매년 봄(4월 10일)과 가을(10월 10일)에 삼성전에 삼성의 후손들이 모여 춘추대제(春秋大祭)를 지낸다. 삼헌관은 고, 양, 부의 세 성씨가 윤번제로 한다. 매년 12월 10일에는 삼을나의 탐라 개벽을 기려 봉향하는 건시대제(乾始大祭)가 제주도민제로 열린다. 초헌관은 도지사, 아헌관과 종헌관은 기관장이나 유지 중에서 선임한다. 춘추대제(春秋大祭)는 삼을나 위패를 모신 삼성전에서 지내고, 건시대제(乾始大祭)는 삼성혈단에서 지내므로 혈제라고도 한다. 1997년에는 1735년(영조 11년)에 제주목사 김정이 세운 삼사석비(三射石碑)를 발굴하였고, 이듬해에 표석을 건립하여 지방 문화재 제4호로 등록되었다.

삼성혈은 국가 소유가 아니어서 삼성씨 재단법인에서 관리하고 있다. 그래서 관리비조로 입장료를 받는다. 제주 시내에 있기 때문에 방문이 어렵지 않다. 제주도의 기원을 알 수 있는 장소이니 찾아가 보면 흥미로울 것이다.

삼성혈은 진입로부터 예사롭지 않은 기운이 흐른다. 양옆에 서 있는 거목들은 지나는 사람들을 무섭게 내려다보고 있고 음산한 기운이 등골을 오싹하게 한다. 출입문을 지나서 안으로 들어가면 가장 먼저 500년 동안 자리를 지키고 있는 거대한 소나무 숲을 맞이하게 된다. 이름하여 장수로이다. 경내에서도 싸늘한 기운이 한여름에도 계속된다. 고·양·부 삼신인이 잠들어 있는 곳이 틀림없다는 느낌이 들었다.

경내에는 여러 전각이 세워져 있다. 삼성혈의 신화와 탐라국의 역사, 영상 등을 전시하는 전시관이 있고 고·양·부 삼 씨 원조의 위패를 모신 삼성전(三聖殿)이 삼성문 안에 세워져 있다. 제향(祭享)을 관리하는 전사청(典祀廳)과 유생들이 학업을 했던 숭보당(崇報堂) 등이 있다. 바로 지척에는 제주 민속사 박물관이 세워져 있다. 제주 섬사람들의 생활 풍습 등이 현대적으로 상세하게 잘 정리되어 꾸며져 있다. 부디 방문하여 제주도를 한눈에 들여다보고 섬 여행을 더욱 보람차게 하기를 바란다.

제주시 애월읍 유수암리에는 고·양·부 삼 씨 중 양씨의 조상들을 숭배하기 위한 건승원(乾承原)이라는 사당이 넓게 조성되어 있다.

혼인지(婚姻池, 제주 기념물 제17호)

혼인지는 서귀포시 성산읍 온평리에 소재하고 있다. 그곳에 가면 물이 꽤 많이 고여 있는 연못이 하나 나온다. 제주도에서는 보기 어려운 자연 연못이다. 한라산 남쪽에 있어서 이른 봄에도 참 따뜻하다. 혼인지 또한 신비한 전설을 지니고 있다. 삼성혈에서 지중용출(地中聳出)하여 솟아난 삼신인(고·양·부의 삼 씨)은 수렵을 하며 살고 있었다. 어느 날 예사롭지 않은 기운을 느껴 말을 달려 성산읍 온평리 해안가에 이르니 바닷속에서 떠오르는 석함(石函)이 눈에 들어왔다. 삼신인이 굉음을 지르며 말을 달리니 석함이 그들의 발 앞에 멈춰 섰다. 그 안에서는 사신과 말, 동쪽 나라 벽랑국(碧浪國)의 세 공주가 오곡의 씨앗들과 송아지, 망아지를 데리고 나왔다. 사신이 먼저 말을 타고 내렸는데 그 발자국을 성개라 하며, 삼신인은 세 처녀를 맞이하여 함께 '횐죽(혼인지)'에서 목욕재계하고 합동 혼인식을 올렸다. 삼신인과 벽랑국의 세 공주가 혼인하여 살았다는 신방굴에 들어가 보았다. 전설은 전설일 뿐이라는 생각이 들었다. 아마도 섬에 동굴이 많아서 나온 이야기가 아닌가 한다.

혼인지는 엄숙하면서도 아름답게 잘 단장되어 있다. 결혼을 앞둔 예비부부의 웨딩사진 촬영 장소로 유명하며 실제로 이곳에서 전통 혼례도 치른다. 아마도 연인들과 예비 및 신혼부부들이 혼인지에 방문하여 소원을 빌면 사랑이 영원히 이루어지지 않겠는가. 실제로 이곳에서 결혼식을 올리면 부부의 금슬이 좋아져 백년해로한다고 한다.

경내는 매우 넓고 산책로 잔디밭도 잘 조성되어 있어서 가족들이 피크닉하기에 최적의 장소가 아닌가 싶다. 올레길의 제3코스이기도 하다. 10월이면 성산읍 온평리 사람들은 이곳에서 가을 혼인지 축제를 개최한다. 전통 혼례, 해녀 춤 등 제주 섬사람들의 여러 민속 행사가 공연된다. 물론 제주 토속 먹을거리도 풍부하다. 봄에는 핑크빛 철쭉이 화려하게 그 자태를 뽐내고 여름에는 연못에서 피어나는 연꽃이 우아한 자태를 수줍은 듯이 자랑한다.

제주시 봉개동에는 삼을나가 활을 쏘며 수렵했다는 사시장올악

(射矢長兀岳, 쌀손장오리, 쌀손장올, 쌀손오름, 912m)이 있다. 삼사석지(三射石址)는 제주시 화북동에 있는데 삼을나가 활을 쏘아 맞혔다는 돌 과녁을 말한다. 성산읍 온평리 포구의 연혼포(延婚浦)는 벽랑국 세 공주를 만났다는 해안을 말한다. 제주도의 시조에 관한 전설은 아름답고 신비스럽다는 생각이 든다.

삼양동 선사 유적지(濟州 三陽洞 先史 遺蹟, 사적 제416호)

제주시 외곽 삼양동 일대에서 발견된 선사 시대의 유적이다. 1970년대에 선사 시대 무덤인 고인돌 3기가 학계에 보고되면서 알려졌다. 초기 철기 시대, 원삼국 시대의 구멍띠토기, 점토대토기, 적갈색 항아리 등 600여 점의 토기류와 돌도끼, 대패, 갈돌, 숯돌 등 150여 점의 석기류, 철제 도끼, 손칼 등의 철기류, 동검, 검파두식 등의 청동기류, 콩, 보리 등의 탄화곡물 그리고 중국제 한옥 등 다양한 유물이 출토되었다. 기원전 1세기를 전후한 시기의 집터 236기를 비롯하여 당시의 석축 담장, 쓰레기 폐기장, 마을 외곽을 두르고 있던 도랑 유구 등을 발견함으로써 대규모 마을 유적으로 확인되었다.

유적지는 선사 시대에도 섬에 사람이 살았었다는 중요한 증거로서의 의미가 있다. 지형적인 특성을 살펴보면 유적지 좌우로 동쪽에는 원당봉(172m)이, 서쪽에는 별도봉(148m)이 있고 바닷가에는 사빈(沙濱)이 발달하여 모래사장을 이루고 있다. 선사 시대 거주자들은 바람이 심한 섬의 특성을 알고 주거지를 방풍이 되는 곳에 마련하여 어패류를 잡아서 주식량으로 삼았다는 생각이 든다.

삼양동 유적이 육지인 한반도 본토나 일본의 야요이 시대의 주거지와 다른 특징적인 요소는 집(주택) 자리 유구 자체가 완전한 정형성을 띠고 있다는 점이다. 작은 광장이 배치되어 있고 그 주위로 원형 움집 다수가 둥그렇게 들어서 있는 단위 주거군의 정형성을 보인다고 학자들은 말한다.

정부에서는 지난 2004년 전시관 2동, 선사 움집 14동 등을 아담하게 복원을 완료하여 공개하였다. 도민들과 관광객들은 아이들의 손을 잡고 유적지를 찾아 제주의 역사를 탐방하고 있다. 제주를 손쉽고 빠르게 알고자 하면 이 유적지 외에도 제주 시내에 있는 제주 국립 박물관, 제주 민속사 박물관 그리고 남쪽 서귀포시 표선면에 있는 제주 민속촌에 방문하면 되겠다.

제주의 문화

제주도의 문화는 한마디로 말하면 한(恨)과 고난의 문화라고 할 수 있다. 섬은 사람이 살기에 정말 열악한 환경이었다. 비가 내려도 땅에 물이 고이지 않아 벼농사를 지을 수가 없었다. 밭은 괭이질을 하면 검은 돌만 나오는 척박한 땅이었다. 제주 섬사람들의 노래와 춤은 살아남기 위한 몸부림이었다. 그래서 섬은 화려하고 아름다운 모습과는 거리가 멀었다. 귀중품도, 우아한 도자기도, 아름다운 그림 한 점이나 고상한 글씨 한 점도 없었다. 그저 고단하고 배고픈 생활 자체가 문화였다. 그것은 단순하고 소박했다. 그러나 절실했다. 섬사람들의 목숨과 가족의 생계가 걸려 있었다. 특히 조선조 이조의 도민 출륙금지령(1629~1830년)은 육지와의 인적 교류와 문화의 단절을 초래하여 폐쇄된 고유성을 더욱 굳어지게 하였다. 그래서 현재도 제주도 원주민의 말이 외계인처럼 소통이 불가한 것일지도 모르겠다. 그래서 해녀들이 물질하러 가면서 부르는 노래를 듣고 있노라면 가슴이 답답해지고 우울해진다. 섬사람들의 고달팠던 인생 역정을 어찌 말로 다 표현하겠는가.

섬은 지형적으로 고립된 여건과 척박한 풍토라는 자연환경적 원인으로 인해서 사람이 살기에 힘든 곳이었다. 게다가 삼국 시대에 신라에 복속되면서부터 끊임없는 정치적인 수탈로 경제적인 빈곤이 계속되었다. 그래서 다른 지역과는 달리 복식 문화가 발달하지 못했다. 서민들은 외출복, 일상복, 노동복 등의 구별이 없었다. 감잎으로 물들인 갈색의 독특한 노동복만 존재했다. 따라서 그들의 생활은 노동을 떠나서는 존재할 수 없었다. 이런 환경적 특성 속에서 살아가야만 했던 생활상은 물질 또는 정신문화를 빈약하게 만들었다. 이러한 반증은 섬사람들의 속담이나 노동요 등에 잘 나타나고 있다.

주민들은 이러한 최악의 환경 속에서 생존의 방법과 의미를 터득하는 것이 전부였다. 그래서 그들은 궁핍한 생활 여건을 극복해 나가기 위한 극기심과 자립심을 생활신조로 세우게 되었다. 제주인들은 자신들의 삶의 철학으로 천재 지화인 태풍, 폭우, 가뭄 등과 정치적 현실의 냉대 속에서 배고픔을 참아 내면서 무대문, 무도적, 무걸인 등 삼무의 아이러니한 신화를 창조할 수 있었다. 이는 없는 살림으로 인하여 누구에게도 의지하지 않으면서 근검절약하고 강인한 의지와 정신력을 스스로 키우면서 치열하게 살아온 삶의 결과였던 것이다.

현대인들은 이해가 잘 안 되는 일이지만, 제주도에는 샤머니즘 무속 신앙이 아직도 존재하고 있다. 이는 주로 어업으로 생계를 이어가는 섬사람들에게는 절대적인 것이었다. 허술한 어선을 이용한 남자들의 조업은 목숨이 더 이상 자신의 것이 아닌 바다의 용왕님 것이라는 의미였다. 섬에 여자가 많다는 얘기는 바다 때문에 남편과 자식을 잃은 과부들이 많다는 의미였다. 그러니 자연 신에게 빌고 또 빌 수밖에 없었다. 지금도 새해 봄에 해녀가 물질을 시작할 때

거행하는 영등신 환영제를 비롯하여 송당리 본향당굿, 산천단에서 올리는 한라산제는 우리나라에서 유일하게 정부의 지원을 받아서 대대적으로 시행하고 있다.

또한, 제주에는 특이한 가족 제도가 있었다. 섬에는 육지와는 구별되는 가족 제도가 있는데, 아들이 결혼하면 새로 집을 지어서 안거리에는 부모 세대가, 밖거리에는 아들 세대가 살았다. 주거 단위를 보면 한 울타리 안에서 사는 한 가족이지만, 독립적인 생활을 꾸려갔다. 즉, 시어머니와 며느리가 딴 살림을 하는 것이었다. 그래서 경제적 단위로는 두 가족인 셈이었다. 이는 육지처럼 고부간의 갈등이 없었다는 것을 의미한다. 이 또한 먹을 것이 풍족하지 못한 이유에서였다고 하니 씁쓸하다. 아직도 시골에서는 이 문화가 이어지고 있으며 도시에 사는 사람들도 독립적인 경제 주체가 되는 육지와는 달리 남다른 모습을 읽을 수 있다.

한편 제주도에는 아름답고 슬픈 사랑 이야기도 전해진다. 의녀 홍윤애(洪允愛, 미상~1871년, 정조 5년)의 정절 이야기다. 제주도의 춘향전이라고도 하는데 홍윤애 이야기는 실화이다. 당파 싸움으로 치열했던 조선 정조 때 섬으로 유배 온 조정철(趙貞喆)과 홍윤애의 사랑 이야기다. 홍랑은 정철의 무죄를 주장하고 정절을 지키기 위하여 김시구(金蓍耉) 제주 목사에게 모진 고문을 받다가 목을 매어 죽는다. 그녀가 죽은 후 석 달 동안 극심한 가뭄이 이어졌다고 한다. 그리고 바로 뒤이어 몰려온 폭풍우는 제주 사람들을 공포와 배고픔으로 끌어들였다고 한다. 애월읍 유수암리에 있는 그녀의 묘에서는 매년 제를 올리고 혼을 위로하는 문화제를 거행하며 이 이야기를 사람들에게 알리고 있다. 제주시 삼도동에는 그녀의 이름을 딴 홍랑길이 있다. 연인들이 손을 꼭 잡고 이 길을 거닐면 사랑이 이루어진다고 한다.

제주도의 꽃, 나무, 새, 색

제주도의 꽃은 참꽃이다. 참꽃은 철쭉과 비슷하고 섬의 산야에서 어렵지 않게 볼 수 있는 옅은 적색의 꽃이다. 나무 전체를 뒤덮은 꽃은 나그네의 길을 멈추게 하는 가장 아름다운 자태를 뽐낸다.

제주도의 나무는 녹나무다. 이 나무는 섬의 어디서나 만날 수 있으며 사시사철 푸른 상록수이다. 척박한 제주 땅에서도 잘 자라는 모습이 강인한 생활력을 가진 제주 사람들과 많이 닮았다고 할 수 있다.

제주도의 새는 제주큰오색딱따구리(white-backed woodpecker)다. 이 새는 제주도의 텃새로서 매우 아름답고 고귀한 색을 가지고 있어서 보게 되면 한눈에 반하게 만들고 마음을 순식간에 앗아가 버린다.

제주도를 상징하는 색은 파랑이다. 파랑은 섬의 푸른 바다와 푸른 산야를 의미한다고 한다. 이는 열악한 자연환경에도 굴하지 않고 버티며 끈기 있게 살아가는 제주인들의 고귀한 정신을 표현한다. 그리고 영원히 변치 않고 번영하는 평화의 섬 제주도를 잘 설명해 준다.

영등(靈登)굿(중요 무형 문화재 제71호), 송당(松堂)리 본향제(本鄕祭, 堂祭)

영등굿은 음력 2월에 영등신(영등 할망)에게 올리는 제주 고유의 무속제이다. 이 굿은 제주인들 특유의 신앙이며 생활 민속으로 사람들의 몸속에 깊숙이 스며들어 있다. 할망은 제주 바다를 다스리는 신으로서 음력 2월 초하루에 제주를 찾아와서 보름에 떠나간다고 하는 전설이 있다. 그래서 이 굿은 2월 1일에 영등신 환영제를 하고 2월 14일에 영등 송별제를 올리는 것으로써 대단원의 막을 내린다. 이 행사에서는 특히 어촌에서 어민들의 바다 조업 중의 안전과 해녀들의 해산물 채취를 풍요롭게 해 달라는 간절한 기도가 행해진다. 이 기간 동안에는 바다에 나가서도 안 되며 지붕을 이거나 밭에 나가 김을 매는 등의 금기시되는 일들을 지키면서 지내야 한다. 그리고 가족의 무사함과 건강을 빌고 살림이 더 발전하게 해 달라고 비는 기간이다.

섬의 곳곳에서 열리는 대표적인 굿으로는 제주시 건입동에서 벌어지는 속칭 칠머리당굿이 있다. 송별제는 거대하게 치러지며 섬사람들뿐만 아니라 많은 관광객이 함께 참여한다. 모든 사람이 풍족하게 먹을 수 있게 제물 음식을 준비하고 굿이 끝나면 실컷 나누어 먹으며 풍류를 즐긴다. 육지에서는 거의 볼 수 없는 무당의 방울과 칼춤은 보는 이들도 어깨가 들썩거리게 한다.

또한, 음력 정월 열사흗날에는 제주시 구좌읍 송당(큰 소나무가 있는 당)리에서도 대단한 굿판이 거의 온종일 벌어진다. 바로 본향당에 모셔진 금백조 할망에게 올리는 굿(제)을 말한다. 제는 음력 정월, 2, 7 그리고 10월 13일에 지내는데 정월의 굿판은 무속인들이 참여하는 대규모 행사이다. 당은 당오름 아래의 개울가에 있는데 그곳에 가게 되면 한여름에도 음산한 기운이 감돌아 등골이 오싹해진다. 당 석함에 모셔져 있는 할망이 가늘고 긴 눈을 마치 뱀처럼 살짝 뜨고 쳐다보고 있는 것 같은 기분이 든다. 그래서 잠시 휙 둘러보고 도망치듯이 빠져나오게 된다. 이 제는 제주에서 가장 큰 제라고 할 수 있는데 이는 송당이 섬의 일만팔천 제주 신들의 종가(宗家)이기 때문이라고 한다.

이 굿은 특이하게 여자들만 참여할 수 있게 되어 있다. 제물로는 육고기는 절대 올릴 수 없으며 주로 곡물과 해산물로 이루어진 음식을 가정별로 준비하여 제단에 올린다. 제사는 아침부터 오후 늦게까지 계속 이어진다. 참여한 아낙네들은 할망에게 가족의 건강과 가정의 무사 그리고 번영을 기원하는 소원을 손이 닳도록 빌고 또 빈다. 제물을 올리고 추운 날씨에도 가족을 위해서 비는 무디고 거친 손을 바라보면 우리 어머니의 모습을 보는 것처럼 마음이 찡하다. 검푸른 거친 손바닥을 비비며 주름진 얼굴의 할망들이 빌고 서 있는 모습은 애처롭기까지 하다. 그녀들의 촉촉이 젖은 눈빛을 보고 있노라면 그 속의 애절함을 느끼지 않을 수가 없다. 제는 길게 이어지기 때문에 여러 명의 무속인이 번갈아 가며 굿을 시행한다. 당으로 들어가는 길옆에는 소원 나무가 늘어서 있다. 필자도 간절한 소망을 리본에 적어서 걸어 놓았다. 할망에게 잘 빌면 대부분 소원이 이루어진다는 설이 전해져 오고 있다.

이 굿은 예부터 성행하여 현재까지 그 풍습이 그대로 전해져 오고 있다. 그래서 당에 속한 오름의 명칭도 당오름이다. 일부 제주인들과 관광객은 이러한 행사를 두고 손가락질하며 비난하기도 한다. 필자도 현대에 이렇게 미신 행위를 성대하게 거행하는 모습이 처음에는 이해가 가지 않았다. 그러나 제주를 점점 알게 되면서 이러한 굿과 제사 등은 제주 섬사람들의 생활 자체임을 인정할 수밖에 없었다. 필자는 제주도를 조금씩 알아 가면서 제주인들이 왜 그렇게 굿과 제사 등의 비는 일에 집착하는가를 이해할 수 있었다.

돌레떡은 본향제를 마치고 동그란 흰떡을 나눠 먹으며 액땜하는 행위이다.

산천단(山川壇)

제주시 아라동 한라산 북쪽 기슭에는 산천단이라는 곳이 있다. 제주특별자치도 한라산신제 봉행위원회는 매년 음력 2월(2018년은 3월 22일에 거행) 중에 한라산 산신제(山神祭)를 대규모로 봉행(奉行)한다. 이 행사는 제주도에서 주최하는 것이기도 하다. 아마도 대부분의 현대인들이 미신 행위라고 보는 섬의 지방 풍속을 정부가 예산을 들여서 시행하는 것은 한라산신제가 유일한 것으로 알고 있다. 이 행사는 제주도민의 무사함과 발전은 물론이고 대한민국의 평안과 안녕을 기원하는 큰 의미가 담겨져 있는 제사이다.

산천단 안에는 천연기념물 제160호인 곰솔이 600여 년을 버티고 장대하게 하늘을 뚫어 버릴 듯한 까마득한 높이로 서 있다. 고개를 들어 추상(秋霜)같은 기상을 품은 푸르른 솔잎을 바라보면 묻지 않아도 이곳이 신성한 제단임을 알 수 있다.

산천제는 탐라국 시절부터 국태민안(國泰民安)을 빌기 위해 명산대천의 신에게 제사를 지내는 예에 따라 거행되어 온 것으로 추정할 수 있다. 고려에 의해 탐라국이 멸망한 이후에도 계속 지냈으며 장소는 한라산 정상 북벽에서 봉행되었다. 그런데 산신제는 이른 봄과 늦가을에 시행하는 이유로 동원된 많은 도민이 추위로 동사하는 등 여러 폐단이 많았다고 한다. 그래서 어질고 현명했던 이약동(李約東) 목사(牧使)가 1470년(조선조 성종 원년)에 산제 장소를 한라산 정상에서 산천단으로 옮겨와서 거행했다고 한다. 그래서 산신제 때는 목사의 후손들이 의상을 갖춰 입고 참석한다.

산신제는 대단한 볼거리를 제공해 준다. 음력 10월에 열리는 서울 종묘의 제례(祭禮)에서나 볼 수 있는 유교 전통 그대로의 제사 모습을 재현한다. 초헌(初獻), 아헌(亞獻), 종헌(終獻)관의 삼헌관과 참석자들은 전통적인 제례 복식을 갖춰 입고 엄숙하고 복잡한 제사를 거행한다. 부대 행사로는 가훈 써 주기와 올해의 관상 운수 점치기 체험 등이 있다. 신제를 보면서 굿 등의 무속 신앙이 제주도민들에게 뿌리 깊이 박혀 있음을 알았다. 역시 고난의 삶의 역사를 지닌 사람들이 매달릴 것이라고는 자연 신이 전부였을 것이다. 하늘을 뒤덮고 있는 솔잎들이 햇빛에 반짝거렸다.

산신제를 마치고 산천단에서 관음사까지의 아라동 역사 탐방로(3.4㎞)는 이른 봄철에 트래킹하기에 꼭 맞는 코스이기도 하다.

돌하르방

제주도의 대표적인 랜드마크가 되어버린 돌하르방(돌로 만든 할아버지, 翁仲石, 제주민속자료 제2호)은 주로 동네 어귀, 성곽 앞, 건물과 주택 대문에 주로 세워졌었다. 현재도 섬의 곳곳에서 어렵지 않게 눈에 띈다. 하르방은 구멍이 숭숭 뚫린 제주도의 현무암으로 만들어져 둔탁하며 예쁘지도 않다. 아마도 섬사람들처럼 그냥 있는 그대로의 수수한 모습을 한 것 같다. 툭 튀어나온 동그란 두 눈, 굳게 다문 입, 벙거지 같은 모자를 쓰고 있는 머리, 구부정한 자세에 어깨는 치켜 올라가 있고 움켜쥔 두 손은 배를 감싸 안고 있는 모습이다. 아무리 보아도 우리 민족의 얼굴 형상은 아닌 듯싶다. 현무암의 특성상 섬세한 조각이 힘들었으리라는 생각이 든다. 그래서 그 모습으로 탄생했으리라 추측해 본다. 어쨌든 돌하르방을 보면 괜히 편안하고 친근감이 들어서 좋다.

돌하르방은 조선 시대 1754년(영조 30년)에 김몽규가 세운 것이 기록으로 남아 있는데 언제 최초로 만들어졌는지는 정확히 모른다고 한다. 하나의 설에는 몽골 사람같이 생겼다 하여 고려 시대에 원나라의 침입을 받아서 만들어졌다는 얘기도 전해져 온다.

돌하르방은 육지의 장승과 비슷한 역할을 하고 있다고 보면 맞을 것이다. 그러나 장승과는 아주 다르다. 재질이 다르고 생김새가 많이 다르다. 장승이 신앙적 기능이 강하다고 한다면 돌하르방은 그렇지만은 않은 것 같다. 오히려 성곽과 깊은 관련이 있다. 돌하르방은 예전에는 성곽 앞에 많이 세워져 있었다. 그래서 주로 읍성 수호신의 역할을 했을 것이라 짐작한다. 몸통에 정낭을 걸쳐놓았던 구멍이 있어 수문장의 역할을 했을 것으로도 추정된다. 방사탑과 함께 제주 사람들을 보호해 주는 수호신 같은 존재였다고 보면 될 것 같다. 제주 박물관, 제주 민속사 박물관, 관덕정 그리고 천지연 폭포 등 제주 곳곳에서 찾아볼 수 있다. 제주의 상징인 만큼 제주에서는 요즘도 중요하거나 큰 건물을 건축하면 정문 앞에 돌하르방을 세워놓기도 한다.

섬을 돌아다니면서 돌하르방이 눈에 보이면 잠깐 눈을 감고 소원을 비는 버릇이 생겼다. 아마도 조금씩 제주 섬사람으로 물들어 가는 것 같다는 생각이 든다.

방사탑(防邪塔)

제주도의 방사탑은 마을에 불행한 일이 생기는 것이나 액운(厄運)을 막으려고 세운 현무암 돌탑이다. 돌하르방과 거의 같은 기능을 한다고 보면 맞을 것이다. 대표적인 방사탑은 제주 민속사 박물관, 산굼부리, 산방산과 송악산 사이에 있는 단산 앞 들판 그리고 차귀도를 바라보는 한경면 용수리 해안가에서 찾아볼 수 있다. 또한, 마을 입구 등 제주 곳곳에 세워져 있다. 이렇게 제주인들은 때와 장소를 가리지 않고 탑을 세웠다. 그만큼 자연 신이 두렵기도 했고 오로지 믿을 것은 그것밖에 없었음을 짐작할 수 있다. 도에서는 탑을 민속 문화재 제8호로 지정했다.

예전에 마을에서 어선이나 해녀가 사고를 당하거나 하면 불길한 징조라 하여 주민들은 십시일반(十匙一飯)하여 방사탑을 세웠다. 또한, 무속 신앙이 강했던 제주민들은 탑이 마을의 안녕을 보장하고 수호하며 전염병과 화재를 예방하고 아이를 점지해 주며 보호해 주기도 한다고 믿었다.

탑을 쌓을 때는 땅속에 밥주걱, 무쇠솥 등을 묻었다. 밥주걱은 솥의 밥을 긁어 담듯이 바깥의 재물을 집 안으로 끌어들이려는 의미이고, 솥은 뜨거운 불에도 잘 견디는 만큼 마을의 재난도 막아달라는 뜻에서였다고 한다. 탑 위에 사람이나 새 모양의 형상을 만들어서 꽂아 놓기도 했다. 제주의 돌은 검은색의 현무암이기에 주로 한라산의 영물인 큰 까마귀 석상을 조각하여 올려놓았다.

예전에 등대가 세워지기 전에 제주 사람들은 방사탑을 등대로 사용하기도 했다. 연료는 주로 소나무의 관솔이나 석유 등을 사용하였는데 불이 꺼지면 탑 아래에서 밤새도록 대기하고 있다가 불을 다시 밝히는 수고를 마다하지 않았다고 한다. 이처럼 섬사람들은 돌하르방과 방사탑을 세워 놓고 소원을 빌고 의지하며 고난의 긴 세월을 견뎌왔다. 필자는 제주를 돌아다니면서 돌하르방과 방사탑을 보면 만지기도 하며 소원을 빌고 있다. 그리하면 내 마음이 제주 사람들의 마음을 닮아 가는 것 같기도 하며 편안해지는 것을 느끼게 된다.

제주 향교(濟州 鄕校)

學而不思則罔, 思而不學則殆

(학이불사즉망, 사이불학즉태. 배우기만 하고 생각하지 않으면 얻는 것이 없고, 생각만 하고 배우지 않으면 위태로우니라. He who learns but does not think, is lost! He who thinks but does not learn is in great danger)

[공자, Confucius, 『논어』 2-15]

躬自厚, 而薄責於人, 則遠怨矣

(궁자후, 이박책어인, 칙원원의. 스스로 자신에게 엄중하게 책망하고 남에게 가볍게 책망한다면 원망을 멀리하게 된다)

[『논어』 15-15]

공자가 제자들에게 가르친 대표적인 글귀이다. 현대를 살아가는 우리도 마음속에 깊이 새겨둘 만하다고 생각하여 수록하였다.

제주 향교는 제주시 용담일동에 있는 조선 시대의 향교이다. 조선 시대에 제주민을 교육, 교화하고 현유(賢儒)의 위패를 봉안, 배향하기 위하여 1392년(태조 원년)에 제주성 교동(校洞)에 창건했다. 그리고 여러 차례 이전을 거듭하다가 1872년(순조 27년)에 제주 목사 이행교(李行敎)가 현(現) 위치에 세웠다. 제주 공항에서 걸어가도 그다지 힘들지 않게 갈 수 있는 거리에 있다. 관덕정에서 용담 로터리 쪽으로 가다 보면 길 오른편에 제주 향교가 있다.

향교에 발을 딛는 순간 코끝으로 유학(儒學)의 진한 향기가 스쳐 지나간다. 육지의 그 어느 곳보다도 향교 본래의 모습을 온전히 보전하고 있다는 생각이 든다. 제주 관광의 명소는 아니지만, 제주를 찾는 이들에게 꼭 방문하기를 권하고 싶은 곳이다. 유교는 불교와 함께 우리 민족의 역사이며 숨결이었기 때문이다.

제주 섬은 예전에 경제적인 여건이 부유하지 않았기에 기와지붕 건물을 쉽게 볼 수 없다. 현존하는 것들도 대부분이 정부의 건물이다. 그중에서 관덕정을 가지고 있는 제주 목관아와 제주 향교가 대표적인 건물이라고 할 수 있다. 이 향교는 제주도 유형 문화재 제2호로 지정되었다(1971년). 또한, 향교의 중심 건물인 대성전(大成殿)은 보물 제1902호(2016년)이다. 이 전각은 공자를 위주로 공문 10철(孔門十哲), 송조 6현과 한국의 18현을 모시고 있다. 매년 봄가을에는 공자에게 제사를 올리는 석전제(釋奠祭)를 봉행한다. 대성전 뒤에는 공부자동상(孔夫子銅像, 공자의 동상)이 서 있다.

향교 울타리 안에는 대성전을 비롯하여 명륜당(明倫堂), 5성(聖)의 위패를 모시고 있는 계성사(啓聖祠), 전사청(典祀廳), 행단정(杏亶亭), 충효관(忠孝館) 등의 건물이 남아 있다. 후원에는 하늘을 찌르는 낙락장송이 가득 차 있다. 말 그대로 선현들의 푸른 기상이 서려 있는 듯싶다. 고송(古松) 아래에서 잠시 눈을 감고 명상하고 나면 현인들의 지혜가 살포시 내려앉는 기분이다.

이곳에서는 가끔 전통 혼례가 치러진다. 조선 시대에는 국가로부터 토지와 노비 등을 하사받고 교생을 가르쳤다. 지금은 도내 유림의 모임과 사무를 관장하는 곳으로 남아 있다.

법화사(法華寺址)

육지에서는 산세가 좋고 풍광이 빼어난 곳, 즉 명당에는 거의 사찰이 자리 잡고 있다. 그러나 제주에는 사찰이 많이 보이지 않는다. 아마도 섬이라는 지정학적 위치상의 이유에 더해 궁핍한 제주 사람들의 생활 특성상 절을 지을 여유가 없었을 것으로 추측된다. 그래도 제주시의 관음사와 천왕사, 서귀포시의 약천사와 법화사가 제주의 남과 북을 굳건히 지키고 있다.

법화사는 서귀포시의 남쪽 바다를 내려다보는 하원동에 위치하고 있다. 서귀포시 시내에서 중문 관광단지로 가는 중간쯤에 대로 오른편에 자리 잡고 있다. 통일신라 시대 때 장보고(張保皐) 장군이 창건(840년)했다고 전해지는 천년 고찰이다. 절 안으로 발을 옮기는 순간 장군이 멀리 끝없는 바다를 내려다보며 호령하는 모습이 떠올랐다. 절의 특이한 점은 대웅전에만 단청이 채색되어 있고 나머지 건물들은 햇볕에 검게 그을린 민낯의 모습을 그대로 드러내고 있다는 점이다. 왜 그런지는 아무도 알려 주지 않는다. 그래서 더 친근감이 생기는지도 모르겠다. 대웅전으로 오르는 뜰 돌에 마냥 앉아 사색에 잠겨 보았다.

여름에는 넓은 정원의 연화지(蓮花池)에 있는 깨끗하고 아름다운 연꽃이 고상함을 자랑한다. 연못 주위에는 커다란 배롱나무들이 늦여름부터 가을까지 백 일 동안 연분홍의 화려한 꽃을 쉴 새 없이 피어내며 사람의 마음을 홀린다. 저녁노을이 지는 때에 찾아가면 더욱더 고즈넉한 모습을 보여 준다. 가족들과 함께 방문하여 정원을 거닐기에 딱 맞는 장소라고 생각한다.

육지에도 산수가 수려한 명승지에 좋은 사찰이 많기는 하지만, 제주도 여행 중에 약간의 짬을 내서 법화사를 한번 찾아가 보자. 제주 섬에서 바다 내음을 맡으며 조용하고 한적한 사찰에서 명상하며 뜰을 걸어 보라. 찌들고 힘들었던 인간의 영혼과 육체가 동시에 깨끗해지고 치유되는 것을 단박에 느끼게 될 것이다.

약천사(藥泉寺)

약천사(藥泉寺)는 서귀포시 대포동에 위치하며 제주에서만 볼 수 있는 동양 최대의 대적광전(大寂光殿)이 세워져 있는 거대한 사찰이다. 도약샘(道藥泉)이라고 불리는 약수가 있었다고 한다. 불치병을 앓던 사람들은 이 약수를 마시고 병이 나았다고 한다. 이에 좋은 약수가 흐르는 샘이 있는 근처에 절을 지었다고 하여 명칭을 약천사라 명명하였다고 한다. 절에 오르니 그 웅장함에 사람들이 압도당하여 감탄사를 연발한다. 알 수 없는 힘에 이끌려 저절로 대웅전에 모셔진 부처님에게 깊이 절하며 경의를 표하게 된다. 사찰은 우리 국토의 막내인 마라도를 향하고 있고 광활한 태평양을 내려다보며 대한민국의 안위를 책임지고 있는 형상이다. 대적광전 연화대좌 위의 동양 최대의 비로자나불상(毘盧遮那佛像)을 중심으로 양옆에 아미타불과 석가모니불, 협시보살을 모시고 있다. 그리고 무려 팔만 금불상이 모셔진 모습이 장관이다. 한편 오백 나한전에는 한라산 영실 계곡에 잠자고 있는 오백 장군이 각기 다른 얼굴을 하고 호령하며 나란히 앉아 있다.

법당 앞 종각에는 효도를 강조하는 글과 그림이 새겨진 약 18t 무게의 범종이 걸려 있다. 사찰에는 조선 시대의 임금인 문종과 현덕왕후, 영친왕(李垠), 이방자 여사 등 4인의 위패가 모셔져 있다. 여행 중에 발걸음을 멈추고 잠시 사찰에 들러서 가족의 건강과 평안을 빌어 보았다.

관음사(觀音寺)

관음사(觀音寺)는 제주시 아라동 한라산 기슭에 있는 사찰이다. 제주 시내에서 가장 가까운 절이다. 원래의 이름은 법정암(法井庵)이다. 사찰의 창건자 및 연대는 미상이나 조선 숙종 때 제주 목사였던 이형상(李衡祥)이 제주에 잡신(무속 신앙이 많았던 제주에는 일만팔천 신이 있다고 한다)이 많다 하여 많은 사당과 함께 무려 사찰 오백여 동을 폐사시켰을 때 폐허가 되었다고 한다.

현재의 관음사는 1912년에 본래 무당이었던 비구니 봉려관(蓬廬觀)이 창건한 것이다. 스님은 제주도 한림항 북쪽에 있는 비양도(飛揚島)로 가는 뱃길에 심한 풍랑을 만나 사경을 헤맬 때 관음보살의 신력으로 살아나게 되었다고 한다. 그래서 비구니 승이 되어 절을 짓고 불상을 모셨다고 한다.

관음사는 한라산을 오르는 성판악 코스와 함께 관음사 코스로 더 유명해졌다. 음력 사월 초파일의 부처님 오신 날에는 넓은 절 뜰이 사람들로 인산인해를 이룬다. 무료로 제공되는 절밥과 떡을 맛있게 얻어먹으면 나 자신도 불자가 된 기분으로 석가모니불을 제창하게 된다. 가을에 단풍이 들면 관음사를 꼭 찾게 된다. 붉게 타오르는 울긋불긋한 단풍이 절 주변을 뒤덮는다. 현존하는 당우로는 대웅전을 비롯하여 종루, 산신각, 불이문(不二門), 대방(大房) 등이 있다. 현재 대한불교조계종 제23교구의 본사로서 제주도의 말사 약 30여 개를 관장하고 있다.

천왕사(天王寺)

천왕사(天王寺)는 제주시 노형동 한라산 기슭에 있는 사찰이다. 규모가 상당히 큰 절이다. 대웅전은 2층으로 높이 축조되어 있고 단청이 곱게 그려져 있어 장엄하다. 비룡 스님이 창건했다고 전해진다.

제주 시내에서 서귀포로 넘어가는 한라산 1100번 도로를 따라가면 아흔아홉 골 또는 구구곡(九九谷)이라고 불리는 골짜기가 나온다. 절은 금봉곡 아래쪽에 자리 잡고 있다. 대웅전 외에도 명부전, 나한전, 삼성각 등의 전각과 스님들이 수행하는 선방과 요사채 등으로 이루어져 있다. 삼성각으로 오르기 위해서는 수많은 돌계단을 올라야 하는데 숨이 턱까지 차야만 도착할 수 있다. 그러면 인자한 부처님이 우아한 미소를 지으며 헐떡이는 중생을 반갑게 맞이한다. 경내에 황금 해수관음상과 동자탑 등이 구축되어 있다.

도로에서 사찰로 가는 입구부터 사람을 압도한다. 진입로 좌우측에 도열하고 있는 삼나무 군락지는 하늘의 햇빛을 완전히 차단할 정도로 기세등등하게 허세를 부린다. 이 삼나무 길은 유명해져서 제주를 찾는 연인들의 단골 포토 존이 되었다. 진한 삼나무 냄새를 맡으며 터벅터벅 걷다 보면 세상의 모든 시름이 다 사라지는 것을 느끼게 된다.

대웅전 바로 뒤로는 신기한 바위 하나가 우뚝 솟아 있다. 용 바위라 불린다. 사찰의 풍광은 가히 절경이라 할 수 있다. 기암괴석들과 어우러져 있는 울창한 숲은 산세를 수려하게 수놓았다. 가을 단풍은 찾는 이들의 눈이 시릴 정도로 아름다운 장관을 이룬다. 좌측으로는 충혼각을 지나서 산속의 암자 석굴암으로 올라가는 오솔길이 있다. 웅장한 적송(赤松) 길에는 오로지 솔향기만이 탐방객을 안내한다. 절 같지 않게 가정집처럼 지어진 건물 안쪽에 석굴암이 보인다. 초라한 모습이 사람의 기대를 허물어 버린다. 사찰의 울타리를 지나 한라산 속으로 깊이 들어가면 계곡에 선녀 폭포가 있다. 그러나 현재는 관리 공단에서 접근 금지를 내렸다. 언젠가는 폭포에 찾아가 목욕하는 선녀들을 볼 수 있으리라.

발걸음이 느린 나그네는 대웅전 지붕 모서리에서 들려오는 풍경 소리를 듣는다. 그리고 약수 한 모금으로 목을 축이고 잠시 명상에 젖어 든다. 그리하면 부처님의 자비를 알 수 있을지도 모르겠다.

제주 섬의 백중(百中)

백중날을 예전에는 머슴 날(생일)이라고 했다. 음력 8월의 한가위를 한 달 앞둔 7월 보름날에 해당하며 세벌김매기가 끝난 후 여름철 농한기에 휴식을 취하는 날이었다. 백중은 24절기는 아니지만, 처서와 백로 사이에 있다. 우리 조상들은 여름 농사를 마치고 가장 한가한 7, 8월에 한숨을 돌리며 쉬는 시간을 가졌다. 그래서 "어정칠월 건들팔월."이라는 말과 "백중날은 논두렁 보러 안 간다."라는 말도 전해지고 있다. 그래서 농민들과 서민들의 여름철 축제로 깊게 자리 잡았다. 음식과 술을 듬뿍 장만하여 나누어 먹으며 백중놀이를 즐기면서 하루를 보내던 농민의 명절을 말한다. 머슴을 부리는 만석지기 등의 양반댁에서는 맛있는 음식을 푸짐하게 장만하여 그날 하루만큼은 머슴들을 실컷 먹이고 놀게 했다.

제주도의 백중은 육지에서의 의미와 행사가 사뭇 다르다. 예전에 제주 사람들은 이날을 큰 명절로 생각하여 지내왔다. 주로 말테우리(목동)들이 중산간오름에 올라 백중 고사(告祀)를 지내는 것으로 시작한다. 육지에서는 거의 자취를 감추었지만, 지금도 제주시 구좌읍 송당리 중산간 마을에서는 아부오름에 올라 쇠멩절이라 부르며 백중제를 지낸다. 무더운 여름에 고단한 몸을 하루 동안 쉬게 하며 많은 음식을 장만하여 먹고 마시는 날이다. 남녀노소 모든 마을 사람이 참석하는 공동체 행사이기도 하다.

제주의 축제(Festival)

제주 섬에서는 일 년 열두 달, 봄부터 겨울까지 크고 작은 축제가 끊임없이 펼쳐진다. 모든 축제와 콘서트가 다 의미가 있고 소중하다. 그러나 모두 소개하지 못하는 것이 섭섭하다. 그 많은 축제 중에서 제주도의 특색을 가장 많이 엿볼 수 있고 규모가 큰 축제를 따라가 본다.

제주 국제 관악제(濟州國際管樂祭, Jeju International Wind Ensemble Festival, JIWEF), 용연(龍淵) 선상 음악제(Yongyeon On-Board Musical Concert), 탐라 문화제(耽羅文化祭, Tamra Cultural Festival) 그리고 서귀포 칠십리 축제(西歸浦 七十里 祝祭)는 제주를 대표하는 축제이다. 이들 축제를 제주를 여행하는 목적으로 삼아서 섬을 방문하여도 절대 후회하지 않을 것이다.

제주 국제 관악제

이 페스티벌은 평화의 섬 제주도에서 개최하는 세계적인 관악 축제이다. 1995년에 제주 토박이 관악인들의 격년제 개최를 목표로 시작되었지만, 인기가 급격히 상승하여 요즘은 매년 열리고 있다. 정열의 계절인 한여름의 8월이면 전 세계의 내로라하는 관악 연주자들이 그들의 연주를 뽐내려고 모여든다. 뜨거운 여름을 즐기려는 관광객과 제주도민은 향기롭고 감미로운 관악의 향연에 빠져 어깨춤을 절로 춘다. 제주도 곳곳에서 펼쳐지는 축제이며 섬 전체가 들썩거린다.

주요 행사로는 환영 음악회, 대규모 관악 밴드 축제, 국내외 관악단의 순회 연주, 관악 거장 초청 공연, 관악 앙상블 공연, 국제 관악 콩쿠르 등이 개최되며 또 국내외 참가 관악단의 시가 퍼레이드, 관악기 전시 및 수리 서비스, 초등학교 및 동호인 관악단의 합주 경연 대회 등이 펼쳐진다. 한편 축제 기간 중에는 축제 사진 전시회, 관악 발전을 위한 심포지엄, 전통 타악 공연 등이 보너스 행사로 행해진다. 특히 제주시 탑동 야외 음악당에서 벌어지는 음악 축제는 장엄하면서도 신나서 관람객들을 소리 향연의 도가니 속으로 빠뜨린다.

이 행사는 소리 음악의 백미라고 할 수 있는 관악의 소리 하모니로써 평화의 섬 제주의 이미지를 전 세계 지구인들에게 알리고자 하는 의미가 있다. 한여름에 온몸에서 풍기는 땀 내음을 진한 소리의 향기로 승화시키는 축제이다.

용연 선상 음악제

깊은 바닷속의 용들이 놀다가 승천하던 연못이라는 뜻의 용연은 취병담(翠屛潭) 또는 선유담(仙遊潭)이라고도 부른다. 그렇게 부른 이유는 용연 좌우에 백옥같은 암석들이 병풍처럼 둘러쳐져 있기 때문이다. 그 석벽은 깎아지른 수직 벽으로 용들이 암벽을 타고 오르는 모습을 연상시킨다. 또 주변에 울창한 수목의 초록빛이 석벽과 함께 물에 비치면 마치 푸른 유리 같다고 하여 그렇게 부르기도 했다. 전설에 의하면 이 연못은 경치가 빼어나 신선들이 물놀이를 즐기던 곳이었다고 한다. 용연은 제주성(城) 서문 밖에서 지척이며 바닷가 한천(漢川)의 하류 지역에 위치한다.

옛 선인들은 용연에서 쟁반 같은 둥근달이 동쪽 바다 끝에서 솟아오르는 보름날 밤이면 배를 띄워 풍류를 즐겼다고 한다. 그래서 그 풍경이 매우 아름다워서 용연을 제주 영주 12경 중 제11경인 용연야범(龍淵夜泛)이라고 한다. 아름다운 연못 위에서 휘황찬란한 보름달 아래 둥근달을 품은 술 한잔에 뱃놀이와 노래, 시화를 즐기던 양반과 선비의 모습이 아련하다.

현대에 들어와 용연의 백미는 여름이 끝나고 가을을 맞이하는 계절에 벌어지는 용연 선상 음악회가 아닌가 싶다. 땅거미가 지는 초저녁에 사람들은 용연 좌우측으로 인산인해를 이루며 모여든다. 행여나 늦으면 앞사람의 뒤통수만 쳐다봐야 한다. 그래도 다행인 것은 문명의 혜택으로 대형 스크린이 설치되어 있어서 화면으로도 감상할 수 있다는 점이다. 음악회의 시작은 조각배 위에서 펼쳐지는 용(선)왕굿이다. 연못 좌우측과 구름다리에서 비추는 은은하면서도 화려한 조명은 사람들의 마음을 흥분시킨다. 흰 저고리와 치마를 차려입은 굿 무형 문화재의 슬픈 목소리는 관람객들의 심금을 파헤쳐 애달프게 한다. 음악회는 점점 깊은 어둠 속으로 파고들어 간다. 용연 주위로 울려 퍼지는 합창단의 아름다운 화음이 이어지고 클래식 연주회, 가수들의 노랫소리 그리고 성악가의 목소리는 청중의 발걸음을 꼼짝 못 하게 한다. 자연이 주는 최상의 무대에서 열리는 이 음악회야말로 지상 최고의 공연이라는 생각이 든다. 단란한 가족들의 행복한 모습, 아름다운 조명이 비추는 용연 구름다리 위의 사랑스러운 모습을 바라보는 것만으로도 인간이 얼마나 소중하고 아름다운가를 충분히 느끼게 한다. 제주를 찾는 여행객이 반드시 놓치지 말아야 할 음악회라 자신 있게 추천한다. 잠시 길을 걸으면 노란 석양 노을빛으로 빛나는 용두암이 나타난다.

탐라 문화제

탐라 문화제는 제주의 진경(眞景)을 보여 준다. 문화제는 제주시 탐라 문화 광장(동문 시장, 동문 로터리) 등 여러 곳에서 풍요의 계절인 가을(10월)에 개최된다. 거의 일주일가량의 긴 시간 동안 열리며 제주가 보여 줄 수 있는 모든 것을 선보인다고 하면 틀림없는 말이라고 본다. 가을에 제주를 찾는 여행객들은 놓치지 말아야 할 것이다.

문화제는 1962년에 제주 예술제로 시작되어 한라 문화제 그리고 탐라 문화제로 바뀌어 개최되고 있다. 이 문화제는 제주 섬에 사람의 향기가 퍼진 이래로 고난의 자연환경과 싸우며 버텨온 발자취 그 자체라 할 수 있다. 제주 고유 민속 예술을 발굴하여 발전시키고 현대의 새로운 문화를 창조하여 계승하려는 제주 사람들의 노력을 볼 수 있는 축제이다.

주된 행사로는 한라산신제, 만덕제, 개막식, 여는 마당, 개막 축하 공연, 학생민속예술제, 제주민속예술축제, 연극 및 국악 등의 공연 축제, 전시 대전 등이 있고 이밖에 향토 음식점, 향토 물산전이 펼쳐진다. 개막 축제인 만덕제는 조선 시대 때 사재를 털어서 기아에 허덕이던 제주도민을 구한 제주 사람들의 구세주인 의녀반수(醫女班首) 김만덕(金萬德)을 기리는 행사이다.

특히 빠트리면 안 될 것으로 많은 주민이 함께하는 거리 퍼레이드, 중요 무형 문화재인 칠머리당굿, 제주도 무형 문화재인 해녀 노래, 제주어 경연 대회, 영감놀이, 오메기술, 정동벌립장, 허벅장 등이 있다. 음악회, 무용제, 문학 백일장, 미술전, 사진전, 분재전 등 제주의 모든 문화 예술이 총망라된다. 제주 초가 및 전통 혼례 체험 등도 할 수 있다.

먹을거리는 제주 전통 향토 음식부터 현대 퓨전 음식까지 그야말로 없는 것 빼고는 다 있다. 제주항으로 흐르는 산지천 물 위에 설치해 놓은 예쁜 조형물과 오색 찬란한 유등을 보는 아이들은 눈을 떼지 못하며 갖다 달라고 떼를 쓴다. 찬 바람이 부는 저녁나절에 연인의 손을 잡고 붉게 타오르는 노을과 더불어 항구의 진한 풍미를 즐겨 보자. 개천 예술제, 백제 문화제와 함께 우리나라 3대 문화제로 자리 잡았다.

서귀포 칠십리 축제

1995년부터 개최되기 시작한 서귀포 칠십리 축제는 서귀포시의 축제 중에서 가장 규모가 크다. 또 제주에서 펼쳐지는 제주국제관악제, 탐라 문화제 등과 함께 제주의 3대 축제라고 할 수 있다. 본래 '칠십리'라는 의미는 조선 시대 정의현청(旌義縣廳)이 있었던 성읍 마을에서 서귀포 포구까지의 거리가 칠십 리쯤 되어 거리적 개념으로 사용되었었다. 그런데 지금은 서귀포항 부근의 비경인 천지연 폭포를 중심으로 칠십리 공원이 생겨 서귀포의 아름다움과 신비경을 대변하는 고유 명사로 사용되고 있다. 축제는 모든 사람과 말이 살찌는 풍요로운 가을(10월)에 서귀포 칠십리 시(詩) 공원, 자구리 문화 예술 공원 일대와 도심에서 사나흘 동안 진행된다.

주요 이벤트로는 거리 퍼레이드를 들 수 있다. 제주자치경찰단의 기마대를 필두로 해서 해녀, 최영 장군 부대 행렬, 다문화 그리고 서귀포시 등 각 지역의 특색을 살린 퍼레이드가 끝이 보이지 않을 정도로 이어진다. 더구나 개막식에서는 퍼레이드에 관하여 시상식이 있는데, 그 경쟁은 뜨거운 열기로 거리를 달구어 버린다. 또 개막식에 보여 주는 화려한 콘서트, 사물놀이, 제주 전통 풍습 체험, 각종 거리 공연 그리고 전통 공예품 전시전 등의 헤아릴 수 없는 행사들이 관람객들을 유혹하고 있다.

역시 축제는 먹을거리가 빠지면 매우 허전할 것이다. 축제 기간 중에 선보이는 향토 음식 축제장에는 먹을거리가 차고 넘쳐난다. 무료 시식 코너에서 제공하는 음식만으로도 배를 채울 수도 있지만, 맛있는 음식과 민속주를 주문하여 즐긴다면 더 이상 무슨 바람이 있겠는가. 제주에 와서 여행 중에 이 축제 기간에 따스한 서귀포에 머무르면서 축제를 즐기면 가을의 풍성함을 배가(倍加)시킬 수 있을 것이다. 함께 벌어지는 천지연 유등 축제에서는 개울에 두둥실 떠 있는 수많은 오색등이 여러분의 소원을 이루어지게 할 것이다. 이 축제는 문화체육관광부에서 문화 관광 유망 축제로 선정하기도 했다.

제주인의 삶(생활)

제주 섬사람들의 삶은 말 그대로 고난과 역경의 세월이었다. 인류가 가질 수 있는 자연유산 중에서 가장 빼어난 풍광을 가지고서도 가장 빈곤하고 어려운 생활을 한 사람들이다. 넓고 넓은 중국에서도 세상에서 최고의 화려한 산수를 가진 장자제(張家界, Zhangjiajie, 장가계) 사람들이 기아에 허덕이는 최악의 궁핍한 생활을 했다는 것과 같다. 현재의 시각으로는 이해할 수 없는 얘기지만, 예전의 농경 문화에서는 아름다운 경치란 아무 쓸모없는 것이었다. 기본 식량인 벼농사를 지을 수 없는 제주 사람들도 굶주림에서 벗어날 수 없었던 것일 게다. 그러했던 제주 섬이 지금은 우리 한반도에서 으뜸가는 대표적인 관광지로 180도 변하여 우뚝 서 있다. 그래서 이제 제주인들은 그 어느 곳보다도 풍요를 누리고 있으며 섬에는 국내외의 관광객들이 물밀 듯이 들어오고 있는 형편이다.

'제주도' 하면 바로 떠오르는 것들이 있다. 한라산, 성산 일출봉, 우도, 마라도, 돌하르방, 감귤 그리고 해녀 등이 머리를 스치고 지나갈 것이다. 이외에도 제주 섬은 수만 가지 얼굴을 하고 있다. 제주의 의복은 흰색 아니면 감물로 물들인 갈옷이 전부였다. 오색 비단 저고리는 소문으로만 듣고 살아왔다. 지금은 갈옷이 전통 의복이 되었다. 행사 때 입기도 하고 문화 예술 분야의 사람들이 즐겨 입는다.

제주도 전통 음식으로는 흑돼지 고기, 몸국, 돔베고기, 고기 국수, 오메기떡(차조), 돌레떡(메밀), 배대기떡(고구마) 등이 있다. 물론 해산물이 주식이었음은 말할 나위 없다. 쉰다리는 제주 섬사람들이 여름철에 자주 마시는 음료이다. 재료는 먹다 남은 쉰밥으로 누룩을 발효시켜서 만든다. 육지의 식혜라는 음료와 유사하다. 여행 중에 한 잔 들이켜면 갈증을 싹 가시게 하는 달콤하고 시원한 청량음료이다.

제주에는 아직 토속 및 무속 신앙이 깊이 자리 잡고 있다. 바다의 안전을 위해서 영등 할망에게 제를 올리는 칠성당 영등굿, 중산간 지방 송당리에서 금백조 할망에게 바치는 당굿, 한라산신제 등이 아직도 거대하게 치러지고 있다. 그러한 관계로 불교와 기독교 등 외부에서 들어온 종교가 주민들에게 스며들지 못했다.

제주의 삼다라고 하는 돌, 바람, 여자 중에서 두 가지는 이곳에 발을 들여놓자마자 바로 느낄 수 있었다. 첫째, 어디에서나 흔하게 볼 수 있는 제주의 돌담들이다. 심지어 도심 곳곳에서도 흔하게 볼 수 있으니 아마도 제주는 바닥의 흙들을 걷어내면 돌들이 계속해서 나올 것만 같다. 현무암 특유의 그 거친 느낌을 그대로 살렸지만, 자연스러운 돌담들. 이제는 제주의 명물이 되어 한두 개쯤 기념 삼아 슬쩍 가져가 보고 싶지만, 아시다시피 반출 금지(?) 품목이 되어 있다. 아마도 그런 규제가 풀린다면 도심 곳곳에 인테리어 자재로 팔려나갈 것 같다. 그러면 제주의 그 멋들어진 돌담들도 하나둘씩 없어지려나? 어허, 절대 그러면 안 될 것 같단 생각이 확 밀려온다.

둘째, 영상의 날씨임에도 불구하고 옷깃을 여미고 모자를 찾게 만드는 엄청난 세기의 바람이다. 연신 볼을 쳐대는 바람 때문에 숙소에 들어오면 얼마나 얻어맞았는지 볼이 벌겋게 달아올라 있었다. 그리고 내일은 제발 바람이 그만 좀 불었으면 하고 바랄 뿐이다. 제주에 사는 지인의 이야기로는 바람이라도 심하게 부는 태풍권에 들라치면 밖으로 아예 못 나가고 두 명이 들어도 겨우 든다는 나무 그네가 바람에 둥둥 떠다닌다는 약간은 농 같은 진담을 들은 적이 있다.

제주에는 삼무(三務)도 있다. 거지, 도둑, 대문이 그것이다. 거지가 없으니 도둑이 없을 거고 도둑이 없으니 당연히 대문도 필요 없었다. 대문이 있다손 치더라도 돌담이 얕으니 넘어가면 그만이고 돌담 자체도 그저 돌들을 하나씩 얹어 놓은 것들이라 다시 손으로 하나 둘씩 내려놓으면 그만일 뿐이다. 돌담은 동물의 출입과 흙의 날림을 방지하고 땅에 대한 단순 경계의 표시 정도다. 대문이 없다고 하는데 정확히 말하면 대문의 역할을 하는 것들이 있다. 바로 정주석과 정낭인데 그것들의 역할이 재미있고 독특하다.

양쪽에 구멍이 세 개씩 뚫려 있는 돌이 바로 정주석이고 그 돌구멍에 끼워 넣는 나무가 정낭이다. 기록에 의하면 정낭은 1234년경부터 사용했었던 것 같다. 정낭이 하나도 없다면 그건 주인이 집 안에 있는 것이고 정낭이 하나만 있으면 가까운 곳에 갔다가 금방 돌아온다는 것이다. 정낭이 두 개 끼워져 있다면 오늘 늦게까지 없다는 표시요, 정낭이 셋 다 끼워져 있다면 그건 장기 출타 중이니 이웃 중의 누군가가 내 가축이며 집을 좀 대신 봐달라는 표시인 게다. 이 얼마나 정감 가는 이웃 공동체의 실현인가? 현대인들은 밀집한 아파트에 살면서도 이웃이 누구고 어떻게 살고 있는지 전혀 모르고 살지 않는가? 혹여 외출이라도 할라치면 최신식 시건장치도 모자라 CCTV까지 달아 놓는다. 거기에 하루 이틀이라도 집을 비울라치면 라디오도 켜 놓고 방과 거실에 전등도 켜 놓는다. 제주의 대문과는 너무도 상반되는 개념이다. 내가 집에 없으니 이것저것 확인도 좀 해 보시고 신경 좀 써 주십사 하는 제주의 삶과 없어도 있는 것처럼 살아야 하는 현대인의 삶이 비교된다. 그런데 여자가 많다는 것과 삼무의 세 가지는 제주인들의 슬프고 아픈 역사를 보여 주는 것이기도 하다.

각박한 경쟁 속에 내몰리고 너무 많은 일을 해나가야 하는 현대인의 삶에는 남의 세계는 존재하지 않는지도 모른다. 대부분 내 삶에 치여서 타인에 삶에는 관심조차 두지 않는다. 소위 말하는 봉사는 내 삶과 관계없는 먼 곳에서 하길 원한다. 가까운 가족이 아파도 직접 수발들기보다는 내가 하는 봉사 단체에 가서 수발드는 게 편한 세상이다. 봉사도, 협동도, 거기에 친구도, 이웃도 가려가면서 그저 내 입맛에 맞게 재단되어야 편하게 살 수 있는 각박한 세상이 되었다.

제주 사람들의 눈여겨볼 만한 미풍양속이 하나 더 있다. 제주에는 신구간(新舊間)이라는 것이 있다. 이 낯선 단어는 대한(大寒) 5일 후부터 입춘(立春) 3일 전까지의 기간을 말한다. 제주인들은 예로부터 이 기간 동안은 땅의 모든 잡신(雜神)이 임무를 교대하기 위하여 하늘로 회의하러 올라가서 액운이 없는 기간이라 여겼다. 그래서 제주 사람들은 대체로 이 기간 중에 이사를 하며 집수리 등 금기시했던 일들을 한다.

제주 초가에는 바람을 견뎌내기 위한 건축 기술이 담겨 있다. 육지 초가와 달리 제주 초가에는 굴뚝이 없다. 세찬 바람에 굴뚝이 성할 날이 없기 때문이다. 부엌의 아궁이는 방과 연결되지 않는다. 온돌용 아궁이가 따로 있다. 굴뚝이 없기에 연기가 지붕으로 스며든다. 연기는 잦은 비에 따른 초가의 습기를 효과적으로 없애 준다. 초가 뼈대는 나무 기둥으로 세운 뒤 굵은 화산석으로 벽을 쌓았다. 육지 토담집과 다른 돌담 집이다. 지붕은 띠로 덮었다. 바람에 날리지 않도록 띠 밧줄로 바둑판처럼 촘촘히 얽어 놓았다.

제주의 집세 지불 방법은 육지와는 사뭇 다르다. 타지의 사글세와 비슷한 죽어지는 세(죽는 세)라는 제도가 있다. 사글세는 매월 주인에게 집세를 지불하는 반면에 죽어지는 세는 일 년 분을 지불하는 연세 개념이다. 그래서 주택 임차인은 한꺼번에 많은 돈을 준비하느라 허리를 졸라매야 했고, 그 때문에 계를 이용하는 경향이 많았다.

제주를 편안하게 여행하는 방법은 시티 투어 버스(city tour bus)를 이용하는 것이다. 버스는 오픈형 2층버스라 상쾌한 바다 내음을 실컷 마시며 여행을 즐길 수 있다. 제주 국제공항에서 출발하여 제주 시내의 명승지 등을 순환하는 관광버스이다.

섬에는 허 서방(차량 번호판 '허, 하, 호' 자의 렌터카를 말함)이 나타나셨다는 우스갯소리가 돌아다닌다. 이는 관광객이 렌터카를 타고 과속, 신호 위반 등을 하며 운전하는 것을 빗대어서 하는 말이다. 현재 제주도에서는 교통 사망 사고가 빈발하게 일어나고 있다. 운전에 특히 조심해야만 한다.

또 제주에는 요새 신(新) 삼다가 유행어이다. 삼다의 섬 제주에 펜션, 카페, 식당 등 새로운 삼다가 생겼다는 말이다. 이처럼 제주는 급격하게 변화하고 있다. 유입 인구와 관광객의 급증으로 천혜의 아름다운 자연 생태계가 위협받고 있다. 농지에는 화학 비료와 농약으로 각종 동식물이 사라지고 있고 축산 폐수와 생활 하수 등으로 인해 지구상에서 가장 깨끗한 용천수(지하수)가 날로 오염되고 있다. 또한, 해안가 해조류 및 어패류도 사라지고 있는 실정이다. 심지어는 섬에서 발생하는 생활 쓰레기를 처리할 능력이 부족하여 톤당 20만 원의 비용을 들여서 외국으로 반출하는 현실이다. 제주는 현재 우리나라에서 가구당 차량 보유 대수가 가장 많은 지역이 되었다. 아무래도 특단의 대책이 필요한 것 같다.

그러나 제주의 밤바다는 여전히 아름답다. 8월의 여름밤, 타원형의 섬 전체 바다 위의 한치, 갈치잡이 배에서는 대낮 같은 불빛이 빛나고 있다. 마치 빛의 향연을 보는 듯한 환상적인 장면이다.

제주의 오일장

오일장은 우리나라 어디에서든지 볼 수 있는 풍경의 재래시장을 말한다. 역시 제주에서도 오일장은 도민들의 생생한 삶의 활력과 생기가 묻어나는 곳이라 할 수 있다. 이 장마당은 우리나라의 전통적인 시장 형태의 하나인데 지역별(시, 읍, 면 단위)로 돌아가며 5일마다 한 번씩 개장한다. 제주도의 오일장은 십여 군데서 열린다. 제주 섬 사람들의 진한 향기가 풍기는 장으로는 제주 시장, 중문장, 서귀포장, 대정장, 표선장, 조천장, 세화장, 성산장, 고성장, 고산장 등이 있다. 제주에서 유난히 오일장이 많이 서는 것은 고정 전통 시장이 제주시와 서귀포시 중심의 두 군데밖에 없기 때문이다. 지역상 원거리 이동 수단 또한 마땅치 않아서 결국 상인들이 찾아가는 형상이 되어 버린 것이다. 또 다른 이유로는 제주 농어촌 주민들은 새벽부터 눈코 뜰 새 없이 생업에 종사하기 때문에 장 보러 갈 시간조차 없기 때문이라는 생각이 든다. 그중 추천할 만한 장으로는 제주시, 서귀포시 그리고 구좌읍 세화장이다. 제주 장터는 제주 공항에서 가까운 남서쪽 서중 근처로 장날마다 이 일대가 사람들과 차들로 붐빈다. 서귀포장은 시내에서 한라산 쪽으로 언덕배기에 큰 장이 선다. 세화장은 세화리의 바닷가가 바로 장터이다. 장이 서는 날이면 장돌뱅이들은 장에서 팔 것들을 모두 가져 내온다. 그야말로 없는 것 빼고는 다 있다. 시골의 어르신들은 오일장이 열리기만을 기다렸다가 장날에 신이 나서 장터로 모여든다.

제주도 오일장은 육지보다 일찍 열려서 보통 점심시간이 지나면 주섬주섬 짐을 거두기 시작한다. 왜냐하면 다음 날에는 다른 곳에서 새벽을 열어야 하기 때문이다. 제주 사람들은 부지런하여 대체로 이른 아침부터 오전 중에 거의 장을 보는 습관이 있다. 그래서 여유를 부리고 오후에 장을 보러 간다면 이미 장이 파해서 허탕을 치기 일쑤이다. 장이 열리면 상인들은 마수걸이(장에서 맨 처음으로 물건을 파는 일)를 위하여 손님을 끌려고 힘껏 목청을 높인다. 이리 밀리고 저리 밀리는 사람들 사이에서 벌어지는 시끄러운 장터의 풍경은 사람들이 사는 참모습을 보여 주는 듯하다.

여행 전문가들은 여행을 가게 되면 그 지역의 시장을 꼭 가 보라고 권한다. 일리가 있는 말이라고 본다. 제주 오일장에 가게 되면 유명 관광지에서는 볼 수 없었던 제주의 속 모습이 보인다. 장에서만 맛볼 수 있는 토속 음식과 길거리 음식은 장을 찾는 사람들의 발걸음을 멈추게 한다. 싸고 맛있는 음식을 보고 누가 눈요기만 하겠는가. 제주에서만 찾을 수 있는 지역 토산품과 전통 공예품 등도 손님의 선택만을 기다리며 가슴 졸이며 앉아 있다. 제주 오일장에는 육지보다 유난히 싱싱한 해산물이 차고 넘친다. 장의 갈치, 고등엇값은 거의 거저라는 생각이 들 정도다.

요즘은 제주에 관광객이 몰려 오일장 손님으로 섬 토박이보다 관광객들이 더 붐비고 있다. 필자는 동부 세화장을 자주 간다. 바다에서 가장 가까운 장이고 푸른 바다의 파도 소리를 들으며 보는 장 풍경이 이색적이기 때문이다.

제주의 전통 시장

신비의 섬 제주에는 전통 시장이 세 군데 있다. 제주시의 동문, 서문 시장 그리고 서귀포시의 올레 시장 등이다. 제주 섬은 지역 특성상 시내 중심 지역에 대형 마트가 있지만, 대부분의 주민은 전통 시장, 오일장 그리고 지역 농협 마트에서 장을 본다.

제주시 관덕정 근처 동문 로터리에 위치한 동문 시장은 그 규모가 어마어마하다. 그야말로 육해공의 모든 것 중에서 있어야 할 것은

다 있다. 물론 가격도 파격적으로 저렴함은 말할 필요가 없다. 시장 안은 주민들뿐만 아니라 여행객으로 인산인해라 서로 등이 떠밀려서 이동할 정도다. 자칫 잘못하여 가족 단위 나들이로 시장을 찾았다가 아이의 손을 놓쳐버리면 찾기가 쉽지 않을 정도다. 시장을 방문하게 되면 특히 주의를 기울여야 한다. 섬의 특산물인 감귤 섹터는 감귤, 한라봉, 레드향, 황금향, 천혜향 그리고 금귤 등의 과일들이 노란색의 황금 물결로 출렁거린다. 시장 구석의 한정식 식당에서 고등어구이 및 갈치조림으로 한 끼 식사를 한다면 밥도둑이 따로 없을 것이다.

또 2018년 봄부터는 야시장을 개장해 젊은 퓨전 요리사들이 수십 개의 간이음식점을 개장하여 맛있는 음식을 판매한다. 제주를 찾는 관광객들 사이에 입소문이 퍼져서 사람들로 발 디딜 곳이 없을 정도다. 외국인들이 음식 접시를 들고 "원더풀!"을 외치며 서서 먹는 모습이 재밌다. 특히 제주도의 특산물인 전복, 소라, 문어 그리고 흑돼지 등으로 만든 독특한 음식은 이곳에서만 맛볼 수 있는 음식들이다. 식탁도 없는 노상에서 벤치에 앉거나 선 채로 먹는 풍경이 이색적이기도 하고 정겨워 보인다. 제주도 여행 시에 꼭 방문해야 할 명소가 하나 더 생긴 셈이다.

서귀포 올레 시장은 그리 크지는 않다. 생선회 식당이 줄지어 있다. 아주 싼 가격에 신선하고 최고의 식감으로 자연산 회를 즐길 수 있다. 사시사철 청정 자연에서 양식한 광어회는 그 맛의 달콤함으로 사람들의 입맛을 끌어들인다. 여름철에는 갈치, 고등어 그리고 한치의 깊은 회 맛이 미식가를 유혹하고 찬 바람 부는 겨울철에는 방어가 여행객들을 집합시킨다. 특히 올레 시장만의 특별 요리인 꽁치 김밥(꽁치 한 마리를 통째로 넣어서 만들었다)은 그 맛이 정말 일품이다. 원래 꽁치는 비린 생선임에도 그 김밥은 전혀 비린내 없이 고소하며 감칠맛이 난다. 이 시장에는 제주민들의 토산품이 유난히 많이 진열되어 있다. 서귀포 관광을 마치고 시장에 와서 배고픔을 달랜다면 후회 없는 여행이 될 것이다.

제주 서문 시장은 제주 한우 및 흑돼지 오겹살을 전문으로 하는 정육 식당들로 특화된 시장이다. 양질의 품질로 그렇게 비싸지 않은 가격을 무기로 하여 성공한 시장이다. 모처럼 허리띠를 느슨하게 하고 맹꽁이 배를 만들며 실컷 포식하여 위에 부담을 느껴도 후회하지 않을 것이다. 맛있는 고기는 정육점에서 구입하여 전문 식당에 가져가면 취향대로 구워 먹을 수 있다. 섬에서 키우는 한우와 흑돼지구이는 유난히 더 맛있다는 것을 강조하고 싶다. 필자도 가끔 들러서 실컷 포식한다. 서문 시장에서 파는 오메기떡과 호떡은 고기를 맘껏 먹고 난 후의 디저트로 딱 제격이다. 특히 오메기떡은 아마도 우리나라의 떡 중에서는 가장 맛있는 떡이라 해도 욕먹지 않을 것이다.

여행에서 빼놓을 수 없는 것은 맛있는 음식을 맛보는 것이라 할 수 있다. "금강산도 식후경이다."라고 했던가. 그러니 여행은 관광과 먹거리 중에서 어느 하나 소홀히 할 수 없다. 둘의 균형이 맞을 때 가장 이상적인 여행이 될 것이다. 제주에 가면 반드시 들러야 할 곳이 전통 시장이다. 그곳에서는 사람들의 진정한 모습과 냄새를 경험할 수 있다. 제주에서 보고 싶고 찾고 싶은 모든 생산물을 볼 수 있고 가격도 저렴하다. 제주 시장에서는 제주의 전통술도 맛볼 수 있다. 고소리술(모향주 또는 한주)과 오메기술은 제주도의 토속적인 맛이 그대로 배어있다고 말하고 싶다.

또한, 주로 청년들을 주축으로 하여 아름다운 해안가에서 열리는 벨롱장, 맨도롱장 등은 다분히 신선하고 이색적이다. 특히 제주시 삼양동의 검은 모래 해수욕장 광장에서 매주 토요일에 열리는 직거래 장터는 소문이 파다하게 퍼져 있다. 지역 주민들과 젊은이들이 생산한 여러 농산물과 생필품 등을 저렴하게 구입할 수 있다. 덤으로 주는 인심 속에는 사람들의 정이 듬뿍 함께 묻어서 실려 온다. 여행 중에 장이 서면 잠시 발걸음을 멈추고 구경만 해도 여행의 맛을 충분히 즐기지 않겠는가.

제주 섬 둘레의 올레길에는 해녀의 집이라는 곳이 있다. 말 그대로 해녀들이 물질해서 잡은 해산물을 직접 요리해서 판매하는 식당이다. 특히 애월읍 해녀의 집에서 운영하는 절경의 해안가 식당에서 파는 뿔소라, 해삼과 전복죽의 맛을 보지 않고서는 제주의 맛을 논할 수 없다.

밭담(Batdam)과 잣성(담)

제주도에서는 어디를 가든지 검은 현무암 덩어리의 돌담들을 흔히 볼 수 있다. 그 대표적인 것이 밭담이다. 제주의 밭담은 대략 2,200㎞ 정도 된다고 한다. 검은 돌담이 구불구불 이어져 있다 하여 흑룡만리(黑龍萬里)라고도 한다. 제주 사람들의 삶의 흔적이며 긴 세월을 함께한 밭담은 이제 섬의 역사가 되었다. 그래서 2014년도에 FAO(Food and Agriculture Organization of the United Nations, 국제연합식량농업기구)는 세계 중요 농업 유산으로 지정하기도 했다.

제주인들이 밭담을 쌓은 이유는 몇 가지가 있다. 제주는 화산으로 생긴 땅이다 보니 예전에는 흙보다는 검은 돌이 더 많았다. 농지를 일구려고 땅을 파면 끝없이 지긋지긋하게 돌이 나왔다. 그래서 돌의 활용도를 찾아서 지혜를 짜냈다. 밭과 밭 사이의 경계를 구분하고자, 우마가 밭에 들어와 농작물을 훼손하는 것을 방지하고자 함이었다. 또한, 바람이 거센 제주에서는 방풍이 농사를 짓는 데 매우 중요한 사항이었다. 그래서 밭둑에 돌담을 쌓고 방풍림을 심었다. 제주도를 여행하다 보면 섬의 밭은 육지와 달리 도로보다 낮은 위치에 있는 것을 볼 수 있다. 밭에서 그만큼 돌을 많이 주워냈다는 방증이다. 여기서 제주 사람들이 얼마나 척박한 자연환경에서 살아왔는가를 가히 짐작할 수 있다.

섬의 돌담은 제주 사람들의 공동체 생활 모습을 보여 주고 있다. 끊어지지 않고 길게 이어져 있는 검은 돌담은 시멘트 등으로 붙여놓지 않았다. 그냥 돌들이 톱니바퀴들이 엉키어 있듯이 서로 이를 물고서 섬의 세찬 바람에도 쓰러지지 않고 수천 년을 버티고 있다. 제주인들이 그렇게 살아왔다. 그 험난한 삶을 서로 끌어 주고 밀어주고 받쳐 주며 견디어 왔다. 돌담의 모습은 바로 제주 사람들의 모습이다.

제주의 밭담은 동서가 뚜렷하게 구분된다. 동쪽은 높고 서쪽은 낮은 편이다. 그 이유는 동토(東土)는 흙의 성질이 주로 화산회토(火山灰土)로 구성되어 있어서 돌이 많은 편이었고 반대로 서토는 비화산회토가 많아 돌이 비교적 적은 편이었기 때문이다.

제주에는 밭담과 함께 잣담과 묘지 돌담이 많이 보인다. 잣성(담)은 주로 중산간 지역의 말테우리들이 우마가 멀리 도망가지 못하게 하려고 산기슭에 쌓아 놓은 돌담이다. 잣성은 1480년경부터 쌓기 시작했다. 우마가 밭으로 들어와 농작물을 망치는 것을 방지하기 위하여 농경지 쪽으로 쌓은 것을 하잣성이라 하고 우마가 산속으로 도망하지 못하게 산(한라산) 쪽으로 쌓은 것은 상잣성이라고 했다. 또 섬에는 밭 가장자리에 묘지를 많이 볼 수 있는데 거의 사방으로 둘레에 산 담을 쌓아 놓았다. 이 또한 우마와 들짐승이 묘지에 들어와 조상의 묘지를 망치는 것을 방지하기 위함이었다. 밭담은 쌓는 방식에 따라서 외, 접, 잡굽담으로 구분하고 있다. 특히 외담을 눈여겨볼 필요가 있다. 말 그대로 외담은 돌을 한 겹으로 쌓는 방식이다. 옆에 서 있으면 금방이라도 무너져버릴 것 같은데 강한 태풍에도 천년을 버텨 오고 있다. 버티는 원리는 의외로 단순하다. 구멍이 숭숭 뚫려있는 현무암은 돌기가 있어서 서로 잘 맞물려 쌓을 수 있다. 그래서 태풍이 불어도 돌 사이에 뚫린 구멍 사이로 이른바 파풍효과(破風效果)라는 현상이 발생한다. 강한 바람은 돌담을 밀어내지 못하고 그 힘이 분산되어 빠져 나가 버린다. 제주인의 삶의 지혜를 엿보게 한다. 도에서는 밭담과 잣담을 지방 유적으로 지정하여 보호하려고 노력하고 있다. 그러나 밭담은 대부분 사유지여서 개발로 인하여 조금씩 사라지는 안타까운 실정이다.

요즘 섬에서는 해안가 위주로 조성된 올레길과 더불어 밭담을 트래킹하는 사람들이 점차 증가하는 추세이다. 도시의 생활에 지친 현대인들은 섬으로 여행 와서 아무 생각 없이 밭담을 따라 마냥 걸으며 힐링하는 시간을 보내고 있다. 사람들은 섬의 바닷바람을 맘껏 맞으며 이마에 송골송골 맺히는 땀방울을 닦으며 무아지경으로 걷는 데에만 몰입한다. 제주의 여러 시민 단체는 앞장서서 제주의 곶자왈과 밭담을 보호하자고 외치고 있다. 요즘에는 밭담 축제라는 행사도 시행하고 있다.

현재 제주 밭담 길은 애월읍 수산리 물메, 한림읍 동명리·수류촌, 구좌읍 월정리 진빌레, 구좌읍 평대리 감수굴, 성산읍 신풍리 어멍아방 그리고 성산읍 난산리 난미 등 6곳에 조성되어 있다. 이것들은 제주 전역의 밭담 길 가운데에서도 특히 아름다운 곳을 주민들이 자발적으로 조성하여 운영하는 곳이다. 밭담 길 트래킹 코스는 점차 늘어나고 있다. 또한, 밭담 축조 기술을 보존하고자 여러 곳에서 밭담 전문가를 초빙하여 돌담 학교를 세워 가르치며 홍보에 주력하고 있다. 푸르른 농작물이 자라는 밭 사이의 검은 돌담길을 몇 시간이고 한번 걸어 보라. 분명코 세속의 모든 때가 벗겨진 순수한 자아를 발견하게 될 것이다.

제주 음식 박람회(Jeju food Expo)

여행에서 결코 소홀히 할 수 없는 것이 먹거리가 아닌가 싶다. 특히 제주도에서는 더욱더 그렇다. 그동안 제주 섬 여행은 아름다운 경관을 구경하고 공연장을 찾는 것이 주를 이루었다. 요즘은 제주에서도 전통 음식을 비롯하여 퓨전 음식과 외국 음식까지 다양한 먹거리를 만나 볼 수 있다. 그래서 제주도에서도 최근에 테마가 있는 음식 박람회를 개최하고 있다. 먹거리가 차고 넘치는 풍요의 계절인 가을에 펼쳐진다. 2018년도에는 '탐라순미도(耽羅巡味途)-제주 음식이 펼쳐진 맛의 길을 따라 눈으로, 입으로, 몸으로 즐기다'라는 주제로 진행됐다. 이번 음식 박람회는 제주 흑우, 흑돼지, 제주마, 감귤 등 제주의 우수한 식재료를 활용하여 셀 수 없는 다양한 음식이 얼굴을 내밀었다.

박람회에는 제주마, 제주 흑우, 제주 흑돼지 그리고 광어, 방어 등의 각종 해산물과 농산물 등 제주의 식재료로 만든 음식들이 총출동한다. 특히 제주마로 만든 여러 가지 음식이 인기가 높았다. 그리고 제주 흑우, 방어, 다금바리 등의 해체 쇼가 능수능란한 셰프들의 손놀림으로 무대에서 펼쳐졌다. 또한 전국 유명 셰프와 대학생 등이 참여한 경연 대회에서는 화려한 음식의 향연이 벌어졌다.

광장을 꽉 메운 부스에는 제주 음식존, 건강 환경존, 교육 홍보존, 식도락존, 제주 로컬푸드 전시 홍보, 판매존 등이 설치되어 관광객과 도민들을 기다렸고 무료 시식 부스에서는 사람들의 줄이 그 끝을 모를 정도였다. 많은 부스에서 다양하고 색다른 볼거리, 즐길 거리, 먹을거리, 체험 거리를 제공하였다.

이 박람회의 바람직한 방향은 쓰레기 없는 행사로 진행되고 있다는 것이다. 쓰레기로 몸살을 앓는 천혜의 자연 제주를 보호하기 위하여 일회용 그릇이 사용되지 않았다. 조금 불편하더라도 환경을 생각하는 느린 음식을 맛볼 수 있었다. 매우 인상적인 모습이었다.

박람회는 비록 역사는 짧지만 제주 시민 복지 타운 광장 일원에서 성대하게 펼쳐졌다. 가을에 제주 여행을 계획하는 여행 마니아들은 음식 박람회에 꼭 가 보기를 권해 본다.

광어와 방어 축제

제주 섬에서는 10월에 섬 곳곳에서 양식되는 광어 축제가 매년 제주시 시민 복지 센터 광장에서 펼쳐진다. 광어로 만든 활어회, 스시, 스테이크 그리고 튀김 등 신선하고 맛있는 각종 음식을 선보인다. 도민 노래자랑, 맨손으로 광어 잡기 등 여러 재미있는 행사도 진행한다. 필자는 생선회를 매우 좋아한다. 제주에서 맛보는 광어회의 맛은 달콤한 맛이 난다. 부드럽고 쫄깃한 식감도 잊을 수가 없다. 제주의 광어회를 제주에 와서 맛보시라.

또 11월에는 서귀포시 대정읍 모슬포항에서 대대적으로 제주 방어 축제가 개최된다. 방어는 겨울철인 11월부터 제주 남쪽의 앞바다로 몰려오기 때문이다. 우리나라의 막내 땅인 최남단 마라도 앞바다에는 방어를 낚으려는 어선이 바다를 꽉 메운다. 푸른 등과 하얀 배를 반짝이며 펄떡이는 방어의 모습은 경이롭기까지 하다. 어른의 팔 길이보다도 긴 대방어의 활어회는 여러 부위별로 그 맛을 즐길 수 있으며 쫄깃쫄깃하고 기름진 고소한 맛이 사람들을 끌어들인다.

축제장으로 여행객이 모일 수 있도록 무료 방어 요리 시식을 충분히 준비해서 기다리고 있다.

행사 기간에는 길놀이와 풍어제를 올리는데, 요즘은 보기 드문 광경이다. 맨손으로 방어 잡기, 가두리 방어 낚시 체험 등 여러 공연 및 도민 노래 대회도 열리고 있다. 또한, 지역 특산물 판매장과 향토 음식점, 기념품 판매장 등을 운영하여 관광객에게 많은 편의를 제공하고 제주 관광 홍보에도 심혈을 기울이고 있다. 이처럼 모슬포항을 찾는 관광객과 도민들에게 제철 방어의 맛과 다양한 체험을 할 수 있게 한다. 겨울 남쪽 바닷가에서 초고추장을 찍은 방어회 한 점을 입에 넣으면 더 바랄 것이 있겠는가.

또한, 매년 5월 말에는 푸르고 아름다운 섬인 섶섬 앞의 서귀포시 보목항에서 자리돔 축제가 펼쳐진다. 자리돔의 자리는 제주 남부 바다의 작은 돔들이 한자리에 머물러 있다고 해서 붙여진 뜻이라고 한다. 자리돔 물회는 초고추장으로 비비는 것이 아니라 제주 토속 된장으로 비벼서 물에 말아 취식하는 것이 특징이다. 서울 입맛에 길든 사람들은 독특한 맛을 느끼게 될 것이다. 절대로 한 번 먹어봐서는 그 깊은 맛을 알 수 없으니 자주 맛보기를 바란다. 제주 여행으로 제주 바다의 대표적인 세 종류의 물고기 축제를 즐기기를 바란다.

김만덕(金萬德)의 애민심

만덕은 조선조 영조(英祖) 15년(1739~1812년)에 양인(良人)인 상인의 여식(女息)으로 제주에서 태어났다. 12세에 조실부모(早失父母)하고 입에 풀칠이라도 해 볼 양으로 기생이 되었다. 뛰어난 외모로 기녀로서 돈을 많이 모았으나 신분의 부담 때문에 다시 양인으로 환속(還屬)하려 했다. 그러나 한 번 기녀 세상에 발을 들여놓은 것이 끝내 발목을 잡고 놓아 주지 않았다. 그래서 평생 독신으로 지내며 상인이 되었다. 상인으로서도 수단이 좋아서 제주의 특산물인 말총, 미역, 전복, 우황 그리고 진주 등을 육지로 내다 팔았다. 그 돈으로 당시 사치품이었던 양반층 부녀자의 옷감, 장신구, 화장품 등을 사다가 제주에서 팔았다. 또한 섬에는 쌀 등의 곡물이 거의 없었기 때문에 곡물을 사다 팔며 장사 수완을 발휘하였다. 그리하여 큰돈을 벌었고 제주에서는 전무후무한 여성 거상(巨商)이 되었다.

그런데 만덕이 유명해진 것은 거상이 되어서가 아니었다. 사실 제주에서만 부자였지, 한양에서 봤을 때는 별것도 아니었다. 정조(正祖) 19년(1795년)에 조선에 큰 기근이 들었다. 곡물을 구하지 못한 제주 사람들은 아사(餓死) 직전에 이르렀다. 조정에서는 부랴부랴 구휼미(救恤米)를 급히 보냈으나 곡식을 실은 배가 그만 풍랑에 전복(顚覆)되어 침몰해 버렸다. 그녀는 그 소식을 듣고 대단한 결심을 하였다. 자신의 전 재산을 팔아서 쌀을 사다가 제주 사람들의 목숨을 구한 것이었다. 그리하여 만덕의 이름은 조선 팔도에 퍼져 나가게 되었다. 정조는 만덕에게 가장 큰 상인 면천(免賤)을 주려 했다. 그러나 그녀는 엉뚱한 소원을 말하였다. 금강산 구경을 하게 해달라고 왕에게 요청했다. 당시의 제주 여성은 출륙(出陸)이 엄격히 금지되어 있었다. 만덕의 요청은 받아들여졌고 남성도 감히 엄두를 못 낸 금강산 여행을 마치고 섬으로 돌아왔다. 아마도 그녀는 200년 후 관광 제주의 모습을 예견하지 않았는가 싶다.

현재 김만덕을 기리고자 제주항과 동문 전통 시장 사이에 김만덕로가 조성되었으며 김만덕 기념관이 세워졌다. 김만덕 기념 사업회에서는 매년 그녀를 추모하고 여러 행사를 치르고 있다. 제주 사람들은 만덕을 가장 존경하는 인물로 꼽는다.

제주 의녀(義女) 홍윤애(洪允愛)의 사랑 이야기

제주에는 허구가 아닌 실제 춘향전 이야기가 전해지고 있다. 슬프고 애달픈 사랑, 지고지순한 사랑 이야기, 순애보(純愛譜)이다. 윤애의 본관은 남양이며 다른 이름으로는 홍랑(洪娘)이라고도 한다. 고려 말기에 정승을 지낸 홍언박의 후예이다. 아버지는 향리를 지낸 홍처훈(洪處勳)이며 어머니는 전주 이씨이다. 유배를 온 후 제주 섬에서 유유자적하게 살았던 집안이었다.

윤애의 사랑 이야기는 이렇다. 1777년(정조 1년) 9월 11일, 노론 벽파에 속하였던 조정철(趙貞喆)이 제주로 유배되었다. 그녀는 조정철의 귀양지를 드나들며 시중을 들었고 결국 사랑에 빠져 1781년(정조 5년)에는 눈에 넣어도 아프지 않은 조정철의 딸을 낳았다. 그런데 1781년에 조정철의 반대파인 소론파의 김시구(金蓍耉)가 제주 목사로 부임하였다. 노론의 조정철 집안과는 할아버지 때부터 대립하였던 김시구는 제주에 도착하자 조정철을 죽일 뜻을 갖고 죄상을 만들기 시작하였다. 아마도 제주로 부임하는 관리는 최고의 한직 좌천이었기에 공을 세워서 한양으로 복귀하고자 함이 아니었을까 추측해 본다.

제주 목사는 홍윤애를 참혹하게 고문하여 조정철의 죄상을 캐고자 하였다. 그렇지만 윤애는 자신의 말 한 마디가 사모하는 서방님의 목숨을 빼앗아간다는 사실을 알고 허위의 모든 사실을 부인하였다. 결국 죽을 정도의 곤장을 맞고 끝내 대들보에 목을 매 자결함으로써 조정철의 목숨을 구하였다. 김시구는 조정철이 정조를 시해(弑害)하려는 역모를 꾸민다는 거짓 장계를 올렸다. 제주순무안사시재어사(濟州巡撫按査試才御使) 박천형(朴天衡)이 제주도로 와서 조사했지만, 무혐의로 결론지었다. 그 후 조정철은 1782년(정조 6년)에 정의현으로 이배되어 그곳에서 9년의 세월을 보내고 다시 1790년(정조 14년)에 추자도로 이배되어 13년의 세월을 보냈다. 마침내 1805년(순조 5년)경에 유배에서 풀려나 한양으로 복귀했다.

조정철은 복직 후 1811년(순조 11년)에 제주 목사 겸 전라 방어사로 자원하여 제주에 부임하게 되었다. 부임하자마자 자신을 위해 죽은 홍윤애의 무덤을 찾아가 통곡하였다. 그 울음소리가 제주 전역에 들렸다는 얘기가 전해진다. 그리고 자신의 명의로 묘비를 세웠으며 사랑하는 딸도 만났다. 현재 윤애의 묘소는 제주시 애월읍 유수암(금덕)리에 소박하게 앉아 있다. 제주시 삼도동에는 최초 묘터의 표지석이 세워져 있다.

홍윤애 묘소로 가는 유수암리 절동산 길에는 금덕무환자(今德無患者)나무 및 팽나무 군락지(제주특별자치도 시도 기념물 제6호)가 보이는데,

예전에 일어났던 홍랑의 애달픈 역사를 묵묵히 보고 있었으리라 여겨진다. 봄을 알리는 푸른색 꽃을 피우는 큰개불알꽃과 분홍빛의 나도물통이꽃이 서럽게 홍랑의 슬픔과 절개를 대신해서 보여 주고 있다.

제주도는 이러한 아름답고 슬픈 사랑 이야기를 온 세상에 알리고자 여러 노력을 기울이고 있다. 따스한 해풍이 불어오면 그녀의 묘지에서 추모제를 올려 윤애의 영혼을 달랜다. 연극, 뮤지컬 등의 다양한 문화 행사도 가진다. 제주로 여행을 온 연인들은 홍윤애의 묘소를 찾아서 그들의 사랑을 확인한다. 이야기가 있는 제주의 사랑 명소로 알려지고 있다. 제주도는 그녀의 묘소를 조금 더 아름답게 꾸며 주기를 바란다. 애월읍 바닷가에서 서울 한양을 바라보는 종탑의 슬픈 종소리는 누구에게 무엇을 알리려 함인가.

조정철은 홍랑의 묘소를 만들고 그녀를 향한 애통한 사랑의 추모시를 손수 지어 바쳤다.

구슬과 향기 땅에 묻혀 오래된 지 몇 해던가
그동안 누가 그대의 원통함 저 하늘에 호소했나
머나먼 황천길 누굴 의지해 돌아갔을까
푸른 피 깊이 묻혀버린 죽음은 나와의 인연 때문
영원히 아름다운 그 이름 형두꽃 향기처럼 맵고
한 집안의 높은 절개는 아우와 언니 모두 뛰어났어라
가지런히 두 열녀문 지금은 세우기 어려워
무덤 앞에 푸른 풀 해마다 되살아나게 하려네.

오백 장군 영실의 지붕 윗세오름

하늘 벗 삼아 나란히 앉아있는 윗마을 오름 삼 형제
아랫말 삼백육십 어린 오름들 품는다.
뒤로 영산 한라의 백록담 큰형이 우뚝 서 있다.
천길 절벽 병풍바위 비단 울타리 둘러치고
기골장대(氣骨壯大) 오백 장군 대문 앞 지킨다.
감히 누가 제주 섬을 이 땅의 막둥이라 깔보며 놀려대는가.
하늘 아래 가장 높은 곳 조릿대(山竹) 깔아
끝없는 천상정원 꾸미었다.
헐떡이며 지나가던 노루 한 마리
노루샘에서 마른 목을 축이고 하늘을 올려다본다.

윗세오름은 제주특별자치도 제주시 애월읍(涯月邑) 광령리(光令里)에 위치한 기생 화산(寄生 火山)이다. 한라산은 경기도 포천의 광릉 수목원 숲과 함께 천년의 신비를 그대로 간직한 원시림이다. 윗세오름은 크고 작은 봉우리 세 개가 연달아 이어져 있는데, 제일 위쪽에 있는 큰 오름을 붉은오름(1,740m)이라 하고, 가운데 있는 오름을 누운오름(1,711m) 그리고 약간 아래쪽에 있는 것을 족은오름(1,698m)이라 한다. 그래서 세 오름을 두고 예로부터 윗세오름 또는 웃세오름으로 부른다. 윗세오름의 동북쪽에는 한라산 정상과 백록담이 있으며, 족은오름 북쪽에는 촛대봉 또는 민대가리오름이 있다. 서남쪽에는 영실(靈室) 계곡이 있다. 누운오름 아래에는 사시사철 물이 마르지 않는 노루샘이 있고 그 주변으로는 백리향, 흰그늘용담 그리고 설앵초 등 고지 식물이 널려 있는 고원 습지도 예쁜 손으로 다듬은 것처럼 잘 가꾸어져 조성되어 있다. 오름에 오르면 육지에서는 강변이나 바닷가에서만 볼 수 있는 습지를 하늘 꼭대기에서 볼 수 있는 행운을 얻게 된다.

한라산은 우리나라 한반도에서 금강산 그리고 지리산과 함께 신선이 산다는 삼신산(三神山)으로 여겨지고 있다. 육지에서 흙을 치마폭으로 옮겨다 제주도를 만들고, 마지막으로 퍼온 흙을 쌓아 올려 한라산을 만들었다는 '설문대 할망의 전설'은 한라산을 더욱더 신비롭게 만든다. 할망은 제주 섬을 다 짓고 바라보다 섬의 밋밋한 모습에 크게 실망하였다. 그래서 서쪽에 차귀도와 마라도를 만들어 바다에 심고 산방산과 용머리 해안을 꾸며 놓았다. 그리고 마지막으로 한라산에 병풍바위와 오백 장군을 세워 절경의 영실 계곡을 만들어서 그곳에 들어가 쉬었다. 한라산을 오르는 탐방로는 현재 모두 다섯 개로만이 허락되어 있다. 그중 성판악 코스와 관음사 코스는 한라산 정상 백록담까지 이어지고, 어리목 코스, 영실 코스, 돈내코 코스 등의 세 곳 길은 모두 윗세오름 평원이 마지막 목적지이다. 시원하여 여름철에 오르기 좋은 어리목 코스는 깊은 계곡을 끼고 올라야 한다. 그리고 서귀포의 푸른 남쪽 바다를 감상하며 즐길 수 있는 돈내코 코스는 주로 하산길로 이용된다.

어리목은 '좁다란 길목'이라는 뜻을 가지고 있으며 한라산 기슭 제주 방향의 제주도 동북쪽의 반 이상을 한눈에 내려다볼 수 있는 어승생오름(1,169m)으로 가는 짧은 계곡이다. 역시 제주의 오름에서 상쾌한 바람을 맞으며 탁 트인 바다를 바라보는 것은 보는 것 자체만으로도 행복하다. 게다가 전망이 빼어난 경관이라면 더 말해야 무슨 소용이 있으랴. 제주를 찾는 이는 반드시 약간의 수고를 들여서 어승생오름에 올라 봐야 할 것이다. 그래야 제주에 대한 아름다운 추억을 또 하나 만들게 될 것이다. 다시 발길을 돌려 남쪽 계곡 능선 언저리를 타 보자. 어리목에서 윗세오름으로 오르는 능선은 가파르다. 되도록 서두르지 말고 자연 속에 동화되어 꽃과 나무와 새 울음소리를 벗 삼아 마냥 한 발짝씩 오르면 된다. 다리에 힘이 빠지고 숨을 헐떡이며 오르다 보면 끝없는 사제비 동산에 오르게 된다. 모가지를 길게 빼서 숙이고 오르다가 고개를 바로 쳐드는 동시에 한라산 까마귀가 코앞에서 "까아악! 까아악!" 하며 반갑게 인사한다. 순간 아이들은 놀라서 울음을 터뜨리기 십상이다. 그러나 사람에게 절대 해를 입히지 않는 새이다. 과자라도 하늘로 던질라치면 어느새 까마귀들이 날아올라 먹이를 낚아챈다. 한라산 사제비 동산에서만 볼 수 있는 신기한 야생 동물 쇼이다. 맑은 샘물에서 물 한 모금을 떠서 갈증으로 마른 목을 축이면 오르는 도중에 지쳤던 심신에 가뭄에 단비가 내리듯이 생기가 되살아난다. 사제비 동산에 도착하면 윗세오름을 중심으로 광활한 평원이 펼쳐진다. 온통 조릿대 세상이다. 조릿대가 군무를 추며 출렁이는 파란 파도 물결은 사람의 마음을 편안하게 안정시켜 준다. 이곳이 바로 힐링(healing)의 세상이다.

그런데 조릿대의 천하가 다른 한라산의 고유한 희귀 식물을 절멸시키는 단계까지 왔다. 그래서 한라산 국립 공원에서는 산의 식물을 보호하고자 금지되었던 말의 방목을 한시적으로 허용했다. 말들은 조릿대 초원을 누비며 맛있는 조릿대를 마구 먹어 버릴 것이다. 이제 윗세오름에 오르면 말들이 조릿대를 뜯어 먹는 멋진 모습을 감상할 수 있게 되었다. 부드럽고 편안하게 조성된 탐방로를 따라가다 보면 만세 동산에 이르게 된다.

전망대에 올라가 예쁜 사진을 찍고 나서는 한라산 백록담 정상과 윗세오름은 물론이고 사방으로 펼쳐진 제주도의 아름다운 모습을 눈이 시리도록 구경하면 된다. 또 백록담은 만대가리 동산과 붉은, 장구목오름을 거느리고 있다. 그리고 멀리 서북부를 내려다보면 자연이 그어 놓은 최상의 곡선을 뽐내며 불래(佛來)오름이 그 자태를 살짝 보여 준다. 이 오름을 통해서 섬에 불교가 들어와 존지암에 전달되었다고 한다. 또한 한대, 노로, 이스렁, 망체, 돌, 붉은, 삼형제, 노루, 바리메, 큰노꼬메, 작은노꼬메, 첫망오름 등이 줄지어 서서 나그네의 눈길을 유혹하고 있다. 윗세오름 전망대에 오르면 그동안 도시 생활에서 느꼈던 답답한 가슴이 뻥 뚫리는 순간을 맞이하게 된다. 전망대에서는 섬의 동부 일부를 제외하곤 제주의 거의 모든 부분을 조망할 수 있다. 멀리 제주 국제공항이 있는 제주시와 서귀포시가 한눈에 들어온다. 그리고 산방산, 용머리 해안, 송악산, 모슬포항, 차귀도, 마라도까지 지도를 보듯이 다 볼 수 있다. 5월 하순경에는 사제비에서 만세 동산까지 펼쳐진 산철쭉이 연분홍의 물감을 뿌리듯이 꽃망울을 터뜨린다. 자연의 신비에 인간은 한참이나 벌린 입을 다물 수 없게 된다.

또 돈내코는 예로부터 이 지역에 멧돼지가 많이 출몰하여 돗드르라고 하며 돗드르는 지금의 토평 마을의 지명 유래가 되었다. '돗'은 돼지, '드르'는 들판을 가리키는 제주어이다. 그 때문에 돗드르에서 멧돼지들이 물을 먹었던 내의 입구라 하여 돈내코라 부르고 있다. 코는 입구를 내는 하천을 가리키는 제주어이다. 한여름의 계곡은 주위의 빽빽한 활엽수로 인하여 거의 햇빛이 비치지 않아 발을 담그면 금방 시릴 정도다. 계곡의 물은 사계절 내내 흐르고 있고 여름철에는 강원도 설악산 계곡 뺨칠 정도로 수량이 엄청 많다. 상류 쪽에 있는 쌍둥이 폭포인 원앙 폭포는 크고 높지는 않으나 운치가 있고 아름다워 제주를 찾는 신혼부부와 연인들의 단골 사진 촬영 장소이다.

한라산을 트래킹할 때 날씨가 쾌청하면 백록담을 볼 수 있는 성판악 및 관음사 코스가 완만하고 어렵지 않아서 가장 좋다. 그러나 왕복 산행 시간이 아홉 시간이나 소요되고 탐방로 바닥에 현무암 자갈길이 있어서 무릎을 몹시 괴롭힌다. 그리고 설문대 할망은 그리 쉽게 한라산 정상 백록담을 잘 보여 주지 않는다. 눈과 비가 자주 내리며 흐린 날이 많다. 맑은 날에도 구름은 백록담에 앉았다, 일어섰다를 반복하여 그 모습을 잘 보여 주지 않는다. 그래서 아무것도 못 본 채로 그저 산속에 난 숲길을 하염없이 걸으며 허탕을 칠 때가 대부분이다. 산 아래에서 구름 한 점 없이 맑은 날, 기어이 백록담을 보리라 각오를 새롭게 하여 한라산 정상에 올랐으나 순식간에 구름이 끼어서 아무것도 볼 수 없는 곳이 바로 한라산 정상이다.

그러나 윗세오름은 백록담처럼 바람과 구름을 가지고 장난치는 설문대 할망의 심술이 거의 미치지 않는다. 험궂은 날씨만 빼고는 대부분 오름의 드넓은 평원을 만끽하며 감상할 수 있다. 윗세오름은 해발 1,740m의 고원(高圓)이다. 우리 한반도에서도 민족의 영산이라고 하는 백두산 천지(天池, 2,744m)와 전라도, 경상도 그리고 충청도 등 삼도를 아우르고 있는 지리산 천왕봉(天王峰, 1,915m)만이 그 위세를 자랑할 뿐, 금강산, 설악산 등은 모두 이 오름에 어깨를 견주지 못한다.

윗세오름을 오르는 등산로의 어리목 코스는 어리목→사제비 동산→윗세오름→백록담 남벽 분기점까지의 코스로 약 세 시간가량 소요된다. 또 영실 코스는 영실→병풍바위→윗세오름→남벽 분기점까지로 약 2시간 반 정도 걸린다. 특히 한라산 고원 초원 지대 중 영실기암 상부에서 윗세오름에 이르는 곳에 있는 선작지왓은 4월부터 6월까지 털진달래의 연분홍색과 산철쭉의 진분홍색이 온 지역을 뒤덮어서 산상 화원의 장관을 연출한다. 겨울에는 눈 덮인 설원의 한라산 정상과 어우러져 선경(仙景)을 빚어낸다. 선작지왓은 제주 방언으로 '돌이 서 있는 밭'이라는 뜻이다.

제주 시내에서 윗세오름으로 가는 길은 서귀포시 너머로 가는 한라산 중산간 도로를 타고 가면 된다. 한라산 입구에서부터 숲속을 들여다보면 심상치 않은 기운을 느끼게 된다. 2차로 양옆에 펼쳐진 숲속은 한여름의 낮인데도 바라보기만 해도 섬뜩한 어둠이 가득 차 있다. 숲속에서 자라는 만(滿) 가지 초목들은 하늘의 빛을 거의 완전히 차단하고 있다. 사각거리는 작은 바람 소리에도 겁먹은 인간이 깜짝 놀랄 정도다. 대낮에도 초록빛이 거무스레하게 보인다. 한라산 숲속을 바라보면 자연에 대한 경외감마저 든다. 열대 지방의 밀림 숲을 지나는 착각에 빠지기도 한다. 연인이 도로 양옆으로 원시림을 나란히 하고 걸으면 자연을 품은 사랑이 이루어질 것이다. 울창한 깊은 숲을 보니 1960~1970년대 우리의 산야가 떠오른다. 땔감을 위하여 마구 벌목하고 낙엽까지도 박박 긁어 버려 뻘건 속살을 드러내 보이던 민둥산을 생각하니 격세지감을 절로 느끼게 된다. 물론 한라산은 정해진 탐방로 외에는 접근할 수 없다. 설사 숲속으로 들어가고 싶어도 음침하고 섬뜩하여 감히 들어갈 용기를 내기가 어렵다.

윗세오름으로 가는 길은 영실기암 계곡 탐방로가 최고이다. 영실은 제주 12경(十二景) 중 제7경 영실기암(靈室奇巖)으로 명성을 날리고 있다. 그 장엄한 풍경은 그곳이 섬이라는 것을 잠시 잊게 한다. 한라산 정상의 남서쪽 산허리에 깎아지른 듯이 서 있는 바위들이 병풍을 두르며 우뚝 서 있다. 둘레가 약 2㎞, 계곡 깊이가 약 350m, 오백여 개의 기암으로 둘러싸인 골짜기로 한라산을 대표하는 절경이다. 육지의 이름난 여느 깊은 산곡(山谷)보다 빼어난 풍경이다. 석가여래가 설법하던 영산(靈山)과 흡사하다 하여 이곳의 석실(石室)을 영실이라고 일컫고 있다. 병풍바위와 옆에 눈을 부라리고 서 있는 오백 나한이 지키고 있는 영실 계곡은 제주 섬사람들이 신성시하는 곳이다. 그래서 그곳을 신들이 쉬는 곳이라고 한다. 계곡에 첫발을 내딛는 순간 알 수 없는 미묘한 엄청난 음기(陰氣)에 휩싸인다. 팔뚝에 소름이 돋고 등골이 오싹해진다. 마치 동지섣달 그믐날 밤에 어두운 그림자에게 쫓기는 두려운 기분이다. 그러나 잠시 오르다 윗세오름으로 오르는 능선에 서면 상황이 완전히 뒤바뀌어 버린다. 마치 윗세오름의 시로미 열매를 먹고 잠자던 오백 장군이 포효하듯이 춘삼월의 찬란한 태양의 광선이 퍼지며 윗세오름의 드넓은 평원이 양기(陽氣)로 가득 찬다. 그야말로 윗세오름은 그리스 신화의 야누스 신처럼 두 얼굴을 가지고 있다. 어두침침한 영실의 음기에서 벗어나 새 생명의 활력을 들이마시듯이 양기를 흡취한다.

윗세오름에 오르기 위해서 가야 하는 영실 주차장(1,280m)까지는 즐거운 드라이브를 할 수 있다. 제1 주차장에 차를 주차하고 피톤치드의 치유 효과를 듬뿍 누리며 빽빽한 소나무 도로를 걸어서 오르다 보면 제2 주차장이 나온다. 여기서부터 영실 계곡이다. 탐방로에 들어서면 하늘을 찌르며 줄지어 서 있는 낙락장송과 낙엽수가 나그네를 반긴다. 솔잎과 갈잎의 바람 소리는 어느새 간질간질 감미로운 환영의 노랫소리로 들린다. 숲의 적막을 가르는 이름 모르는 산새 소리는 마냥 정겹기만 하다. 개울물의 양은 그리 많지 않지만, 힘차고 깨끗하게 흐르는 계곡의 물소리는 금방 친구가 되어 동행한다. 물은 수정 같이 맑으며 한 모금 마시면 머리부터 발끝까지 온몸이 짜릿하다. 영실 숲속에 마음과 몸이 나도 모르게 푹 빠져 버린다. 그야말로 힘들고 혼미했던 정신이 마치 두통을 앓다가 아스피린을 먹고 시원해지듯이 금방 하얗게 깨끗해진다.

이마에 땀이 나는가 싶더니만 어느새 오름 능선에 올랐다. 오르자마자 순간 "까아악! 까아악!"거리는 큰 까마귀 무리가 함께 놀자고 덤벼든다. 사람은 소스라치게 놀라서 팔을 저어 본다. 그러나 인간을 무서워하지 않는 까마귀들은 미동도 없다. 육지에서는 까마귀를 재수 없는 흉조라고 하지만, 한라산에서는 영물이다. 민물의 송어, 빙어가 1급수에서만 살 듯이, 본래 까마귀는 가장 청정한 지역에서만 사는 동물이다. 정신을 가다듬고 눈을 떠 보니 손에 잡힐 듯한 오백 장군 기암괴석과 병풍바위가 장관을 이루고 있다. 사람의 넋을 빼앗고 속세의 모든 시름을 날려 버린다. '한 폭의 동양화 같다는 말은 바로 이곳을 두고 이르는구나!' 하는 생각이 들었다. 눈이 시릴 정도로 자연을 즐기며 오르니 윗세오름 평원이 눈앞에 나타난다.

윗세오름 대피소까지 완만하게 이어지는 고원 길은 평화로움 그 자체이며 인간의 치유처(處)이다. 잔잔하게 안개라도 흐르면 그 즐거움은 금상첨화이다. 오름 평원의 시작점에 이르면 키 작은 구상나무 숲과 고사목 지대가 피곤함에 지친 인간을 살포시 품어 준다. 나무들과 속삭이며 조금 더 가다 보면 믿기지 않을 정도의 비경을 보여 주는 제주의 조릿대가 평원을 뒤덮고 있다. 그 절경은 우리나라 어디에서도 느낄 수 없는 비경이다. 바로 신이 조화를 부린 자연의 신비를 만끽할 수 있는 곳이다. 윗세오름 산장을 지나면 백록담 남벽까지 갈 수 있다. 남벽에 기대어 백록담의 숨결을 잠시 느껴 본다. 그러나 아쉽게도 백록담 정상은 갈 수가 없다. 자연 휴식년으로 폐쇄 중이다.

우리나라는 산천이 온통 산등성이로 펼쳐져 있기에 평지와 맞닿는 지평선은 전라도의 김제 평야에서만 볼 수 있다. 그런데 해발 1,740m의 윗세오름 고지에서 그 귀하디 귀한 지평선을 감상할 수 있다. 한겨울에 온 세상이 눈으로 덮인 설원에 옆으로 나란히 누워 보라. 그리고 끝없는 하얀 선과 하늘의 새파란 지평선을 상상해 보

라. 그곳이 바로 천상 낙원 한라의 윗세오름 대평원이다.

윗세오름 평원을 느긋하게 걷다 보면 산장에 약간 못 미치는 곳에서 졸졸 흐르는 노루샘을 만날 수 있다. 산꼭대기에서 그러한 샘물을 만나니 반갑기도 하고 신기하기도 하다. 주인이 누군지 모르는 작은 바가지로 샘물을 가득 떠서 한 모금 들이켜면 심장이 멎을 정도로 시원하다. 잠시 샘 옆의 돌에 앉아서 지평선 끝에 맞닿은 파란 하늘을 물끄러미 바라본다. 그리하면 저절로 나 자신이 분명 자연과 하나임을 느낀다. 그 샘에서 발원한 물줄기는 오름 평원을 가로질러 오백 장군 군암(群岩)들에 이르러 잠시 후 하얀 옷자락을 휘날리며 폭포를 이룬다. 영실 계곡에 다다른 물줄기는 노래를 부르며 넓은 대양으로 빠르게 달려간다.

새벽녘 우르릉 쾅쾅 천둥 번개가 큰 산을 흔들어 놓더니
하늘님 새까만 먹구름 몰아와 천지개벽 장대비 휘몰아친다.
이른 아침 한라산 윗세오름 오백 장군 수줍은 듯 고귀한 듯
은막 뒤로 얼굴 감춘다.
구름 속 해님 살짝 얼굴 내미는 한낮
살랑살랑 동쪽 해풍 불어오니
어느새 오백 나한 태양님 그리워 하얀 천막 거두어
우렁차고 늠름한 그 자태 드러낸다.
둘러친 병풍 속에
명주 실타래 풀어 헤치듯 두 줄기 천 길 폭포 내려친다.
오백 아라한(阿羅漢) 서로 얼굴 쳐다보며 지난 천 년 전설
속삭인다.

섬으로부터의 섬 여행

우리나라 대한민국 땅은 한반도(韓半島)라고 일컫는다. 반도에 딸린 섬의 개소는 무려 3,210여 개에 이른다. 우리나라의 산야는 히말라야나 알프스처럼 장대하고 웅장하며 높고 큰 산은 없다. 그러나 북으로는 아버지라고 할 수 있는 우리 땅에서 가장 높은 백두산(白頭山, 2,750m)이 당당한 위세로 버티고 있다. 그리고 최남단 제주도에는 어머니라고 하는 두 번째로 높은 한라산(漢拏山 1,950m)이 다소곳이 아름다운 자태를 뽐내고 있다. 참으로 그 형성이 신비스러운 일이 아닐 수 없다. 신의 조화가 아니면 누가 그렇게 완벽함을 이루었겠는가. 우리의 아름다운 육지 삼면을 둘러치고 있는 바다 위에는 많은 섬이 옹기종기 모여 있다. 마치 하얀 천에 한 올, 한 올 수를 놓듯이 한 폭의 풍경화를 그려 놓고 있다. 바다 위에 무수히 펼쳐져 있는 섬들의 모습은 바다와 어우러져 하나 같이 빼어나고 예쁘다. 어느 것 하나 흠잡을 수 없이 신묘하다. 그 어떤 이름난 조각가라 한들 우리의 아름다운 섬들처럼 조각할 수 있겠는가. 그래서 우리나라를 일컬어 금수강산(錦繡江山)이라고 한다.

우리의 귀중한 보물섬 제주도는 한반도의 막내이며 육지와는 다른 맛이 나는 각별하며 매우 아름다운 섬이다. 그래서 요즘 제주에는 수많은 사람이 인산인해를 이루고 있다. 여행객들은 제주를 두

근거리는 가슴으로 설레며 찾는다. 제주도는 특별자치도이며 2개 시, 7개 읍 그리고 5개 면으로 구성된 아름답고 신비한 섬이다. 남쪽에서부터 육지를 바라보면서 시계 방향으로 제주시, 조천(朝天)읍, 구좌(舊左)읍, 성산(城山)읍, 표선(表善)면, 남원(南元)읍, 서귀포(西歸浦)시, 안덕(安德)면, 대정(大靜)읍, 한경(翰京)면, 한림(翰林)읍 그리고 애월(涯月)읍이 자리 잡고 있다. 그리고 섬으로는 제주항에서 북으로 있는 추자도(楸子島)면과 성산항의 동으로 있는 우도(牛島)면 등이 있다. 제주도 자체가 섬이기 때문에 대부분 제주도에 딸린 여러 부속 섬들을 잘 알지 못하여 그냥 지나치기에 십상이다. 제주 본섬도 천혜의 볼거리, 즐길 거리가 차고 넘치기는 하나, 또 다른 매력이 숨어 있는 섬으로부터의 섬 여행도 만끽해 볼 수 있다. 제주도 해안은 약 200여 ㎞의 둘레이다. 그야말로 화산이 만들어 놓은 검은 돌인 현무암으로 이루어진 해안은 파란 바다와 검은색이 조화를 이루어 전체가 예술 작품인 절경이다. 제주도를 둘러싸고 있는 제주의 또 다른 멋인 섬들을 둘러보자.

제주도에 딸린 섬들은 유·무인도를 합쳐서 대략 구십여 개 정도다. 육지 북쪽으로는 추자도와 부속 섬, 큰 비양도(飛揚島), 차귀도(遮歸島) 및 다려도(獺嶼島, 달서도)가 있으며 일본 방향 쪽인 동쪽으로는 우도(牛島), 작은 비양도, 일명 문주란섬(文珠蘭自生地, 천연기념물 제19호)으로 불리는 토끼섬이 자리를 잡고 있다. 그리고 태평양 아래쪽인 남쪽으로는 가파도(加波島)와 우리 한반도의 막둥이인 마라도(馬羅島)가 있다. 또 서귀포시 남쪽으로는 지귀도, 문섬, 새섬 그리고 섶섬 등이 있다. 그중에서 유인도는 추자도, 우도, 비양도, 가파도 그리고 마라도 등이다. 제주에 딸린 섬사람들은 본섬인 제주도를 또 다른 육지라고 부른다.

사계절 낚시 천국의 섬 추자도(楸子島)

추자도는 육지 반도와 제주도의 중간 해상에 위치하고 있는 섬으로 어촌 경관이 매우 아름다운 섬이다. 제주도 부속 섬 79개 중에서 추자도가 42개 섬을 거느리고 있다. 제주시 추자면에 속하며 총 면적은 7㎢ 정도다. 면적상으로는 우도면(6.04㎢)보다 크므로 제주도의 부속 도서 중에서 가장 큰 섬이다. 섬의 마을 구성으로는 상추자도가 대서리와 영흥리로, 하추자도가 묵리, 신양리 및 예초리로 나누어져 있다. 아울러 유인도인 횡간도(横干島)·추포도(秋浦島)가 있으며 관탈도(冠脫島)·청도·수덕도·외곽도·화도·소머리섬·수령섬 등 38개의 무인도를 포함한 42개의 섬으로 둘러싸여 있다.

특히 관탈도에 전해지는 재미있는 이야기가 있다. 섬은 무인도이며 행정구역상 추자면 묵리 144번지에 해당한다. 제주 본섬과 추자도 사이에 위치하고 있다. 날씨가 좋으면 추자도 쪽으로 멀리 보이는 섬이 관탈도이다. 제주항에서 추자도까지는 백 리가 약간 넘는데 섬은 그 중간쯤에 있다. 육지로 가는 여객선을 타면 반드시 관탈도 부근을 지나간다. 섬은 아주 작은 암벽으로 이루어진 섬이다. 제주도에서 최고의 바다 낚시터로 유명하다. 그런데 매우 위험하다. 이 섬은 귀양지가 가까이 있음을 알려주는 곳이기도 하다. 제주도로 유배 온 수많은 관리가 이 섬을 지나가면 유배 온 것을 실감하면서 머리에 썼던 관을 벗고 임금님에게 절을 했다고 해서 관탈(冠脫)이라 불렀다고 한다. 유배인은 죄수이지만, 그때까지는 관복을 입도록 호송관도 여유를 보였을 것이다. 그러나 관탈도를 지나면서 죄수복으로 갈아입도록 했다는 그런 섬이다.

연안 항구인 추자항은 제주와 목포, 완도 여객선의 기항지이며 동시에 남해와 제주 바다 어업의 전진 기지가 되고 있다. 대서리와 영흥리의 해안을 끼고 있는 항구로서 북서쪽으로 발달한 산줄기가 겨울철의 북서풍을 막아 주고 있어 천연의 양항(良港)이라 할 수 있다. 항구와 포구, 마을과 마을을 연결해 주는 섬 내의 교통수단은 공영버스이다. 배차 간격은 한 시간 정도이며 둘레길을 걷다가 다리가 아프면 손만 들면 태워 준다. 우리나라 최초의 연도교(連島橋)였던 추자교(楸子橋)는 1971년에 건설되어 상추자도·하추자도 간에 주민들을 연결해 준다.

상·하추자도를 둘러싸고 있는 사방의 섬들은 마치 왕의 머리에 씌워진 왕관 같이 화려하고 아름답다. 곡선으로 늘어서 있는 항구 마을은 지붕이 주황색으로 한결같아서 이탈리아의 나폴리(Napoli) 항구가 봐도 울고 갈 정갈하고 아름다운 풍경이다. 등대 전망대에 올라가 섬과 주위를 둘러보면 카프리(Isle Of Capri)섬에 가고 싶은 생각이 싹 달아 날 정도로 빼어난 비경이 눈 앞에 펼쳐진다. 추자도는 제주도에 속해 있지만 섬에 올라서 보면 제주도와 다른 부속 섬들과는 다른 이질적인 모습을 발견할 수 있다. 본섬인 제주도는 구멍이 숭숭한 검은 돌인 현무암과 검은 흙으로 이루어져 있지만, 추자도는 육지처럼 바위는 화강암으로 이뤄져 있으며 토양 또한 검은 흙이 아닌 황토이다. 그래서 우리 조상들은 예전부터 접근성이 제주와 가까웠음에도 육지 땅인 완도로 편입해서 관리해 왔다. 그 후 일제 강점기 때는 실용성을 강조하여 제주도로 변경 편입시켰다. 연인이든, 부부든, 친구든 간에 정다운 사람과 함께 세 시간가량 소담(笑談)을 나누며 섬 둘레길을 걷고 산 정상의 전망대에 오르면 우리나라에 이렇게 아름다운 곳이 있었나 할 정도로 고요하고 편안한 섬이다. 특히 여행 중에 잊어서는 안 될 곳은 나바론 하늘길이다. 그리고 아름다운 해변 바닷가에서의 투명 카약은 연인들, 가족들과 꼭 즐겨야 할 낭만적인 해양 스포츠일 것이다.

추자도는 제주도인데도 제주도가 아닌 섬이다. 육지로부터 버림받아 외로운 고아처럼 망망대해를 방황하다 제주 앞바다에 둥지를 틀었다. 이제 제주도로의 여행이 활성화되면서 당당한 제주도의 한 개 면으로서 관광 부흥기를 맞고 있다. 추자항 주위 식당에서의 조기 매운탕 맛은 생각만 해도 군침이 절로 돈다.

세 마리 코끼리의 섬 비양도(飛揚島)

비양도는 제주시 한림읍의 협재 해수욕장을 바라보는 작은 섬이다. 상주인구는 170여 명이며 죽도(竹島)라고도 부르는데 섬이자 기생 화산이다. 해발 114m의 비양봉이 가운데에 우뚝 자리 잡고 있으며 두 개의 분화구가 있다. 쌍둥이 분화구(twin volcano)인 '큰 암메', '족(작)은 암메'다. 한림항에서 북서쪽으로 5㎞, 협재리에서 북쪽으로

3㎞ 해상에 위치하고 있다. 고려 시대인 1002년(목종 5년) 6월, 제주 해역 한가운데에서 산이 솟아 나왔는데, 산꼭대기에 네 개의 구멍이 뚫리고 닷새 동안 붉은 물이 흘러나온 뒤 그 물이 엉겨서 기와가 되었다는 이야기가 전해진다. 형태는 전체적으로 타원형이며, 서북 남서 방향의 아치형 능선을 중심으로 동북 사면이 남서 사면보다 가파른 경사를 이루고 있다. 오름 주변 해안에는 '애기 업은 돌'이라고도 하는 부아석(負兒石)과 베개 용암 등의 기암괴석들이 형성되어 있다. 비양도는 화산 박물관이라 할 만하다. 오름 동남쪽 기슭에는 펄낭이라 불리는 염습지가 있고 호니토, 화산탄, 시스텍, 분석구(스코리아콘) 등이 발달해 있다.

북쪽의 분화구 주변으로 한국에서는 유일하게 비양나무(쐐기풀과의 낙엽관목) 군락이 형성되어 1995년에 제주 기념물 제48호인 비양도의 비양나무 자생지로 지정되었다. 고려 시대 때 중국에서 한 오름이 날아와 비양도가 되었다는 전설이 전해지며, 한림읍 한림항에서 하루 두 번 배편이 운항되며 운항 시간은 15분 정도 소요된다.

약 한 시간가량 섬 둘레 길을 산책하다 보면 해안의 비경이 사람을 멍하니 잡아 둔다. 조금 걷다 보면 섬 전체가 자연 수석 전시장임을 금방 눈치챌 수 있다. 애기 업은 돌을 비롯하여 상당량의 수석을 감상할 수 있다. 숨을 고르며 비양봉에 오르면 제주시가 눈앞에 훤히 들어오며 한라산이 멀리서 손짓한다. 해안가에서 물질하는 해녀들이 정겹다. 해녀 할망들의 채취한 싱싱한 해산물의 맛은 가히 일품이다. 항구 근처에는 보말죽 식당이 유명하다. 서울에서 이주한 젊은 부부가 운영하는 작은 테이크아웃 커피점에서 커피 한 잔을 사서 바닷가 정자에서 마시면 커피 맛이 배가된다. 아마도 세상의 모든 시름이 사라지겠다. 필자는 따뜻한 봄날에 비양도 둘레 길 걷기를 좋아한다.

한라산이 모두 나오는 아름다운 제주의 전경을 사진으로 찍기 위해 전국의 사진가들이 몰려온다고도 한다. 비양도에는 없는 것이 하나 있는데 바로 자동차이다. 섬이 작고 도에서 청정한 자연 섬을 유지하고자 자동차 유입을 제한하고 있다. 또한, 주민들도 매우 협조적이다.

비양도가 알려지기 시작한 것은 고현정, 조인성, 지진희 주연의 드라마 <봄날>이 촬영되면서부터이다. 항구에는 이를 기념하는 조형물이 세워져 있다. 배에서 내려서 오른쪽으로 가면 비양 분교가 있는데 드라마에서 보건소로 나왔던 건물이다.

섬에는 예부터 전해 오는 이야기가 있다. 섬에는 세 마리의 코끼리가 있다는 이야기이다. 육지(제주도 본섬을 말하며 제주도 부속 섬의 거주민들은 흔히 제주도를 육지라고 부른다)에서 바라본 섬 모양이 보아 뱀이 잡아먹은 코끼리 모양을 하고 있다 하고, 북쪽 바다에 우뚝 솟아 있는 코끼리 바위와 약 10m 깊이의 바닷속에 있는 귀한 코끼리 조개를 일러서 세 마리 코끼리라 한다. 우습지만 귀엽다는 생각이 든다.

섬이 고려 때 솟아났다는 말은 기록일 뿐, 지질학자에 의하면 약 4만 년 전에 화산 폭발로 이루어진 섬이라고 한다.

오백 장군의 막내둥이 섬 차귀도(遮歸島)

차귀도는 제주시 한경면 고산리에 딸린 섬이다. 제주도에 딸린 무인도 중에서 가장 크다. 고산리에서 해안 쪽으로 약 2㎞ 떨어진 자구내 포구에서 배를 타고 십여 분 정도 걸리는 곳에 있는 무인도이다. 꽃삽으로 떼어내고 싶은 예쁜 섬은 천연보호구역(천연기념물 제422호)으로 지정해 보호되고 있다. 죽도, 지실이섬, 와도의 세 섬과 작은 부속 섬을 거느리고 있다. 깎아지른 듯한 해안 절벽과 기암괴석이 절경을 이루고 섬 중앙은 평지이다. 1970년대까지만 해도 유인도였다. 옛 접안 시설을 이용하여 상륙하여 경관을 조망할 수 있다. 그러나 유람선을 타고 섬 둘레를 돌아보면 그 빼어난 경치에 입을 다물지 못한다. 섬의 이름에 얽힌 전설이 전해진다. 옛날 중국 송나라의 푸저우(福州) 사람 호종단(胡宗旦)이 이 섬에서 중국에 대항할 큰 인물이 나타날 것이라고 하여 섬의 지맥과 수맥을 모조리 끊은 뒤 고산 앞바다로 돌아가는 길에 날쌘 매를 만났다. 그 매가 갑자기 돛대 위에 앉자 별안간 돌풍이 일어서 배가 가라앉았다. 이 매가 바로 한라산의 수호신이고 지맥을 끊은 호종단이 돌아가는 것(歸)을 막았다(遮) 하여 대섬(죽도)과 지실이섬을 합쳐서 차귀도라 불렀다는 것이다. 바다 한가운데에 떠 있는, 금방이라도 하늘로 치솟아 먹이를 낚아챌 것 같은 매 바위를 보라.

차귀도는 섬이 매우 아름다워 또 하나의 전설이 있다. 제주를 지키는 오백 장군이 있었다. 한라산에 사냥하러 갔던 오백 장군은 커다란 죽 가마솥을 보았다. 형제들은 정신없이 허기진 배를 채우며 죽을 맛있게 먹었다. 그런데 솥 바닥을 보니 사람의 뼈가 있었다. 죽을 끓이시던 어머니가 실수로 미끄러져 솥에 빠져 죽은 것이었다. 오백 장군은 차귀도 앞바다에서 불효에 대해 속죄하며 울다가 한라산으로 들어갔다. 그런데 막내 장군은 형들과 함께 산으로 향하지 않고 계속 어머니를 그리워하며 울다가 바위가 되었다. 차귀도에는 장군봉 하나가 우뚝 솟아 있다. 참으로 슬픈 전설이 아닐 수 없다.

섬 맞은편의 수월봉(水月峰, 천연기념물 제513호) 해안 절벽은 화쇄난류(火碎亂流, pyroclastic surge) 층이다. 화산학자들이 반드시 탐방해야 할 특이한 화산재 절리(節理, joint) 층이다. 단층을 보면 절로 입이 떡 벌어지며 자연의 신비에 감탄을 억누를 수 없다. 수월봉은 제주도에 분포하는 여러 오름 중에서 성산 일출봉, 송악산, 우도의 소머리오름 등과 더불어 수성 화산 활동(水性 火山 活動)에 의해 형성된 대표적인 화산(응회환)이다. 수월봉에는 수월과 녹고 남매의 전설이 있다. 병환 중인 어머니를 살리고자 누이 수월과 아우 녹고는 수월봉 절벽에 매달려 약초를 구하고자 맨손으로 수월이 절벽을 올랐다. 간신히 약초를 구해 녹고의 손에 쥐여 주고 누이는 힘이 빠져 아우의 손을 놓쳐 절벽 아래로 추락하여 죽었다. 누이를 잃은 녹고는 매우 상심하여 슬픔의 눈물을 하염없이 흘리며 누이의 이름을 부르며 그리워했다. 그 눈물이 마르지 않아 절벽 아래의 약수가 되었다. 아직도 물을 입에 대면 짠맛이 나는 듯하다. 비경을 가진 자연은 이렇게 전설 하나쯤은 가지고 있다.

섬에는 시누대, 들가시나무, 곰솔, 돈나무 등 13종의 수목과 양치식물인 도깨비고비, 제주도에서만 사는 해녀콩을 비롯한 갯쑥부쟁이, 천무동 등 62종의 초본류까지 총 82종의 식물이 자란다. 주변 바다는 수심이 깊고 참돔, 돌돔, 혹돔, 벤자리, 자바리 등의 어족이 풍부하여 사시사철 낚시꾼의 천국이다. 바닷바람에 말린 제주도의 별미인 특유의 화살오징어도 유명하다. 일몰 또한 제주에서 손가락 안에 드는 장관이다. 제주를 찾으며 차귀도를 알지 못하고 돌아가는 것은 매우 어리석은 일이다.

일출과 일몰의 섬 다려도

다려도는 제주시 조천읍 북촌(北村)리에 딸린 섬이다. 섬의 모습이 물개를 닮았다고 해서 달서도(獺嶼島)라고도 한다. 제주도 북부 끝의 북촌리 마을 해안에서 400m 정도 거리의 앞바다에 떠 있는 무인도이다. 온통 현무암으로 이루어진 바위섬으로, 서너 개의 독립된 작은 섬이 모여서 섬을 이루었다. 거센 파도와 해풍에 의해 바위가 갈라지는 절리(節理) 현상을 곳곳에서 볼 수 있으며, 작은 섬과 섬 사이는 소규모의 모래벌판으로 연결되어 있다. 원앙(천연기념물 제327호)의 집단 도래지로 유명한 곳으로, 매년 12월에서 2월 사이에 적게는 수백 마리에서 많게는 수천 마리의 원앙이 찾아든다. 바다 낚시터로도 널리 알려져 있다. 제주시가 기존의 관광 명소 이외에 제주시 일대의 대표적인 방문할 곳으로 선정한 '제주시 숨은 비경 31곳' 중의 하나이다. 일출과 일몰을 볼 수 있으며 특히 일몰이 볼 만하다.

문주란(文珠蘭)섬(토끼섬)

일명 토끼섬(문주란섬, 蘭島)은 제주시 구좌읍 하도리(下道里) 앞바다에 있는 섬이다. 하도리 해안에서 동쪽으로 50여 m 해상에 있는 아주 작은 무인도이다. 해안 주변은 바위로 둘러싸여 있고 내륙 쪽은 모래(貝砂)로 덮여 있다. 이곳은 한국 유일의 문주란 자생지로 1962년에 천연기념물 제19호로 지정되었다. 문주란은 아프리카 난 종류의 하나이며 해류를 타고 씨앗이 섬에 상륙하여 퍼졌다고 한다. 6~8월의 개화기(開花期)에는 섬 전체가 하얗게 덮여서 멀리서 바라보면 토끼처럼 보이므로 '토끼섬'이라고도 하며, 바깥쪽에 있는 작은 섬이라는 뜻으로 '난들여'라고도 부른다. 문주란은 제주 및 일본의 규슈(九州)·시코쿠(四國)가 원산(原産)으로 기후가 온화한 해변의 모래땅에 자생하는 수선화과의 상록 다년초로서 높이가 60~70㎝까지 자란다. 꽃이 필 때면 그 짙은 향기가 먼 곳까지 퍼진다고 하여 '천리향(千里香)'이라고도 불린다. 이 섬에는 문주란 이외에도 해류산포 식물인 해녀콩(사는 게 고달팠던 해녀가 배 속의 아이를 지우기 위해 먹었다던 독성을 지닌 슬픈 콩)이 자라고 있으며, 갯메꽃, 갯금불초, 갯까치수영, 갯방풍, 모래지치 등 해안사구식생(海岸砂丘植生)을 이루는 식물들이 많다. 간조 시에는 도보로 왕래가 가능하지만, 허리춤까지 젖을 각오를 해야 한다. 밀물 때는 어촌계 배를 이용하여 다다를 수 있다. 한여름에 만개한 꽃을 배경으로 찰칵 찍는 한 장의 사진으로 자신의 모습을 드러내 보이면 좋을 것이다.

서귀포 앞바다를 수놓은 새섬, 섭(숲)섬, 문섬(蚊島), 범섬(虎島), 서건도

서귀포 앞바다를 바라본다. 서귀포항 바로 앞의 새섬은 서귀포 천지연 폭포와 가까이 있다. 초가지붕을 덮을 때 쓰는 '새(띠의 사투리)'가 많았다는 섬으로, 2009년에 새연교가 놓이면서 서귀포항과 연결됐다. 새섬에는 1.2㎞ 남짓한 산책로와 경관 조명 등이 조성되어 있다. 새연교는 이름 그대로 그 다리를 건너면 새로운 인연이 생긴다는 어여쁜 다리이다. 제주를 찾는 모든 사람이 새연교를 건너며 아름답고 새로운 많은 인연을 맺기를 바란다. 섬 끝자락에 서면 숲이 우거지고 주상 절리가 발달한 다이버들의 천국인 섭(숲)섬, 모기가 많다 하여 이름 붙여진 문섬과 섬의 형태가 멀리서 보면 큰 호랑이가 웅크리고 있는 듯한 모습의 범섬 등이 한눈에 들어온다. LED(발광다이오드) 조명 시설을 갖춘 새연교는 시기에 따라 개방 시간이 달라진다. 여름철엔 밤늦게까지 개방된다. 문명과 어울린 항구와 섬의 야경은 사람의 마음을 홀릴 만하다. 문섬의 잠수함 여행은 또 하나의 바닷속 비경을 거울처럼 보여 준다.

또한, 서건도는 제주판 '모세의 기적'이 일어나는 곳이다. 물때를 맞추면 하루 두 차례 섬을 걸어서 오갈 수 있다. 서귀포시 강정과 법환 앞바다 사이에 있다. 서건도는 수중 화산 폭발로 생겨난 섬이다. 부식되기 쉬운 응회암과 용암으로 되어 있어서 '썩은 섬'이라고도 불린다. 성게 등을 따는 해녀들이 많이 몰리는 곳이다. 크기는 작은 축구장 2개 정도다. 섬 내부에는 산책 코스가 꾸며져 있어서 조용한 산책로로 그만이다. 이러한 작은 섬들이 서귀포항 해변을 더 욱더 돋보이게 한다.

우리나라에서 가장 낮은 청보리밭 섬 가파도(加波島)

가파도는 모슬포항에서 남쪽으로 우리나라 최남단 마라도와 제주도 본섬의 중간 지점에 위치하고 있다. 현재 인구는 310여 명이다. 제주도의 부속 도서 중에서 네 번째로 큰 섬이다. 가장 높은 곳이 해발 20m 정도이다. 오름들의 섬인 제주에서 유일하게 구릉이나 단애가 없는 평탄한 섬으로 전체적인 모양이 가오리 형태를 이루고 있다. 이 섬은 다양한 지명을 가지고 있는데, 섬 전체가 덮개 모양이라는 데서 따온 개도(蓋島)를 비롯하여, 개파도(蓋波島), 가을파지도(加乙波知島), 더위섬, 더푸섬 등으로도 불린다.

조선 중기까지만 해도 무인도로 버려진 곳이었으나, 국유 목장의 설치를 계기로 마을이 들어섰다. 1751년(영조 27년)에 목사 정연유가 소를 이 섬에 방목하면서 본격적으로 사람이 들어와서 살았다고 한다. 그 후 18세기 말에 개간이 허락되면서 경주 김씨, 진주 강씨, 제주 양씨, 나주 나씨, 김해 김씨 등이 '황개'와 '모시리' 일대에 들어와 살면서 마을이 성장하기 시작했다고 한다. 한편 가파도는 역사적으로도 유명한 곳인데, 바로 우리나라가 처음으로 서양에 소개된 계기가 된 곳으로 추측되기 때문이다. 1653년에 가파도에 표류했으리라 짐작되는 네덜란드의 선박인 스펠웰로, 그 안에 타고 있었던 선장

헨드릭 하멜이 『하란선 제주도 난판기』와 『조선국기』를 저술함으로써 우리나라가 서양에 처음으로 비교적 정확하게 소개된 계기가 되었다.

주요 농산물은 고구마와 보리이다. 겨울 농사로 보리를 재배하고, 여름 농사로 고구마 등을 재배한다. 모슬포항에서 가파도로 가는 구간에는 정기 여객선이 하루 2회 운항되고 있다. 한반도를 통틀어서 해발 고도가 가장 낮은 땅인 가파도는 남북동서 횡단 트래킹을 할라치면 사계절 푸른 초원을 감상할 수 있다. 이른 봄인 사월부터는 춤추는 녹색 물결을 볼 수 있다. 가끔 TV 화면에 나오는 제주도 초록 평원이 바로 이곳이다. 보릿고개라고 하는 5월이 지나면 초록은 점점 황금색으로 변한다. 바다의 흰 거품을 토해내는 파도가 물결을 일어 들이치면 섬의 보리 황금 물결이 함께 춤춘다. 그래서 바람에 흔들리는 보리를 보고 맥랑(麥浪)이라고 한다. 그처럼 춤추는 보리 물결이 아름다워서일 것이다. 모든 것을 잊고 천천히 가파도 보리 밭길을 걸어 보라. 그곳이 바로 속세에 지친 몸과 정신을 힐링하는 평화와 화해의 땅이다. 섬에서 맛보는 착한 식당의 해물 짬뽕과 수제 보말 칼국수는 섬에 다시 가고 싶은 생각이 들 정도로 환상적인 맛이다. 해안 둘레 길에 있는 작은 카페에서 청보리 미숫가루 음료 한 잔을 마시며 멀리 한라산을 바라보면 아마도 파라다이스는 여기가 아닌가 할 것이다.

국토 막내둥이 최남단 마라도(麻羅島)

한국인이라면 누구나 다 아는 국토 최남단의 마라도는 서귀포시 대정읍 가파리에 속하는 섬이다. '칡넝쿨이 우거진 섬'이라는 뜻을 가진 우리 땅의 마침표이다. 모슬포항에서 남쪽으로 11㎞, 가파도에서 5.5㎞ 떨어진 해상에 있다. 동경 126° 16′, 북위 33° 06′에 위치하며 면적은 0.3㎢, 해안선 길이 4.2㎞, 최고점은 39m이며 인구는 100여 명이 거주하고 있다. 섬 전체가 남북으로 긴 타원형이고 해안은 오랜 해풍의 영향으로 기암절벽을 이루고 있다. 난대성 해양 동식물이 풍부하고 주변 경관이 아름다워 2000년에 천연기념물 제423호로 지정되어 보호되고 있다. 제주를 여행하며 마라도로 향하는 여객선에 오르는 사람들의 마음을 흔들어 놓는 섬이다.

마라도는 바닷속에서 독립적으로 화산이 분화하여 이루어진 섬으로 추정되나 분화구는 볼 수 없다. 북쪽에서 본 마라도는 전 세계 해도에 꼭 기재된다는 마라도 등대가 있는 부분이 높고 전체적으로 평탄한 지형을 이루고 있다. 중심부에는 작은 구릉이 있고 섬 전체가 완만한 경사를 가진 넓은 초원을 이루고 있다. 섬의 돌출부를 제외한 전 해안은 새까만 현무암으로 이루어져 있다. 해안선은 대부분 해식애를 이루고 있는데, 북서해안과 동해안 및 남해안은 높이 20m의 절벽으로 되어 있으며 파도 침식에 의하여 생긴 해식 동굴이 많이 발견된다.

육상 식물은 모두 사라져 버려 경작지나 초지로 변했으며, 섬의 중앙부에 해송이 심어진 숲이 있는데 키가 아주 왜소하다. 그러나 해산 식물은 매우 풍부하여 해조류의 경우 난대성 해조류가 잘 보존되어 제주도나 육지 연안과는 매우 다른 식생을 나타내고 있다. 녹조류·갈조류·홍조류 등 총 72종이 자라고 있는 것으로 밝혀져 있고, 해산 동물의 경우 해면동물 6종·이매패류 8종·갑각류 4종 등이 있다. 마라도는 두께가 얇은 복합 용암류(compound flow)가 흘러 겹겹이 쌓인 현무암으로 되어 있다. 이러한 흐름은 파호이호이 용암(pahoehoe lava)의 특징 가운데 하나로 용암이 굳은 표면을 부풀리면서 흐르게 되는데 식어서 만들어진 겉모양이 고래 등 모양이다.

선착장 부근에서 용암류의 단면을 볼 수 있다. 이곳에서는 한 용암류의 윗부분이 고래 등처럼 부풀어 있는 것을 볼 수 있고, 장소에 따라서는 용암류 내부가 비어 있는 용암관을 관찰할 수 있다. 본래 울창한 원시림이 덮여 있던 무인도였으나, 1883년(고종 20년)에 모슬포에 거주하던 김(金)·나(羅)·한(韓)씨 등 영세 농어민 4, 5세대가 당시 제주 목사였던 심현택으로부터 개간 허가를 받아서 화전을 시작하고서부터 삼림 지대는 전부 불타 버렸다고 한다. 섬에는 최남단을 알리는 기념비가 세워져 있다. 해안을 따라 도는 데는 한 시간 반가량 소요된다. 주요 명소는 섬 가장자리의 가파른 절벽과 기암, 남대문이라 부르는 해식 터널, 해식 동굴 등이며, 잠수 작업의 안녕을 비는 할망당(할머니 산당, 山堂)과 마라도 등대, 마라 분교 등이 있다. 1915년에 설치된 마라도 등대는 이 지역을 항해하는 국제 선박 및 어선들에게 안내자의 역할을 하는 매우 중요한 존재이다. 할망당에는 주민들이 하늘에 있는 수호신이 강림하는 곳이라 하여 신성하게 여기는 애기 업개에 대한 전설이 스며있는데, 이 당에서는 매년 섬사람이 모여 제사도 지낸다. 애기 업개당의 슬픈 전설은 이렇다. 살래덕 선착장 옆에 만들어진 돌무더기가 바로 애기 업개당으로 본향당, 할망당, 처녀당 등으로도 불린다. 모슬포에 살고 있던 이 씨 부인이 물을 길러 가다 애기 울음소리를 듣고는 그 아기를 데려다 키웠다. 몇 년이 지나고 그 아기가 컸을 때쯤 이 씨 부인은 아기를 낳게 되고 먼저 자란 아이가 애기 업개로 아기를 보살피게 된다. 하루는 마라도로 물질을 하러 갔는데 갑자기 물이 거칠어지면서 며칠 동안 마라도에 갇혔다. 어느 해녀가 "사람 하나를 두고 가지 않으면 아무도 나가지 못한다."라는 꿈을 꾸고는 애기 업개를 두고 가기로 몰래 결정하였다. 몇 년이 지난 후에 다시 들어가 보니 모슬포가 바라다보이는 언덕에 유골만이 남아 있었다고 한다. 유골을 추려서 장사를 지내주고 당을 만들어 매년 제사를 지내는데 그곳이 바로 애기 업개당이다.

마라 해양 도립 공원에서는 국토의 최남단 섬 마라도와 가파도까지 이어지는 빼어난 해안 절경이 장관을 이룬다. 1997년에 도립 공원으로 지정된 명소이다. 대정읍 상모리, 하모리, 가파리, 마라리 해상과 안덕면 사계리, 화순리, 대평리 해안 일대, 송악산과 풍광으로 이루어져 있으며 주변 경관은 감탄을 자아내게 한다. 특히 날씨가 맑을 때는 서귀포 앞바다의 범섬과 문섬까지 육안으로 감상할 수 있다.

지금 세계적으로 유명해진 이곳은 청정 바다와 진귀한 해양 생태계를 자랑하고 있으며, 해저의 세계, 유람선 관광, 체험 어장, 스킨스쿠버, 바다 낚시 등을 다양하게 즐길 수 있다. 상징적인 우리나라의

3대 종교인 개신 교회, 불교 사찰 그리고 천주교 성당이 사이좋게 어깨를 나란히 하고 있다. 마라도에 가면 누구나 짜장면을 한 그릇 비우고 나오는 것이 필수 코스가 되어버렸다. 본섬으로 배달시키면 배달이 가능한지는 모르겠다. 섬은 낚시꾼과 물고기들의 천국이다. 최근에는 관광객의 급증으로 민박집도 늘고 있다.

제주의 아름다운 해수욕장

국토의 삼면이 바다와 접해 있는 반도 국가인 우리나라는 해안가 곳곳에 아름다운 해수욕장이 널려있다. 정열과 사랑이 넘치는 태양의 계절인 여름이 오면 물을 좋아하는 사람들은 해수욕장으로 몰려간다. 물의 나라, 신비의 섬 제주에도 아름다운 해수욕장이 헤아릴 수 없을 정도로 섬 둘레와 부속 섬에 깔려 있다. 제주 여름 날씨는 보통 사람이 견디기 매우 힘들다. 고온 다습하고 후텁지근한 뜨거운 날씨는 사람을 금방 지치게 한다. 그런데도 제주 여행이 한여름에 성수기인 것은 무엇 때문인가. 그것은 여름을 좋아하고 바다를 사랑하며 해수욕을 즐기려는 사람들이 날아들어 오기 때문이다. 제주 섬의 해수욕장에서 낭만의 여행을 즐기며 여름을 만끽해 보자.

황우지 해안

이름도 생소한 황우지 해안은 비경 중의 비경인 서귀포시 외돌개로 가는 길목에 꼭꼭 숨어 있다. 제주 올레길 제7코스의 시작점에 황우지 해안이 자리 잡고 있다. 이곳을 아는 사람만 몰래 와서 즐기고 가는 곳이다. 검은 현무암 자연 조각으로 둘러싸인 천혜의 해안이다.

절벽 아래의 좁은 계단 길을 따라서 내려가다 보면 검은 현무암이 마치 요새처럼 둘러쳐진 황우지 해안이 나타난다. 깎아지른 듯한 절벽 아래에 꼭꼭 숨어 있기에 좀처럼 모습을 드러내기를 꺼린다. 이곳은 여느 해수욕장같이 고운 모래가 하나도 없다. 대신 울퉁불퉁한 바위투성이이다.

바닷가에 닿으면 현무암에 둘러싸여 있는 해수욕장이 보인다. 그야말로 자연이 선물한 천연 풀장이다. 물은 하늘의 파랑보다 더 푸르고 맑아서 바닷속이 수정처럼 들여다보인다. 스노클링을 즐길 수 있는 최적의 장소이다. 또한 수심이 깊지 않기 때문에 어린아이들도 신나는 물놀이가 가능하다. 단지 울퉁불퉁한 바닥이므로 걸을 때 특별히 주의해야 한다.

해안의 주변 풍경은 동양화가 따로 없다. 어디에서나 포토 존은 사람의 마음을 빼앗는다. 기암절벽과 맞닿은 파란 바다와 파도의 하얀 포말은 최상의 조화를 이룬다. 가까이로 보이는 서귀포항의 새섬과 새연교는 이국적인 풍경까지 자아낸다. 한여름에 이보다 더 좋은 바다 물놀이 장소가 있겠는가. 해안가의 올레길을 트래킹하면 비로소 제주가 왜 아름다운가를 실감할 수 있다. 필자는 이곳이야말로 섬 전체에서 가장 아름다운 해안이라고 말하길 절대 주저하지 않는다.

한림읍 협재(挾才) 및 금능(金陵) 해수욕장

시원한 해풍을 맞으며 해안 도로를 달려서 한림읍 협재 해수욕장을 찾는다. 제주에서 가장 아름다운 해수욕장이다. 협재 해수욕장은 중문 해수욕장, 함덕 해수욕장과 더불어서 제주 섬의 3대 해수욕장에 속하는 곳이다. 수심이 얕아서 끝없이 바다를 향해 나아가도 물이 허리를 넘지 않는다. 어린아이들을 데리고 오는 가족들이 많이 찾는 곳이다. 폭이 꽤 넓은 모래사장은 조개 가루가 섞여 있어서 은빛이 태양에 반짝이고 유난히 부드러워 뛰어놀기에 부족함이 없다.

바로 옆에 붙어 있는 금능 해수욕장은 협재보다는 약간 수심이 깊지만, 물놀이를 하기에는 손색이 없는 곳이다. 두 해수욕장을 합쳐서 협재 해수욕장이라고도 부른다. 저 멀리 끝없이 펼쳐진 에메랄드빛 바닷속으로 첨벙 뛰어 들어가 보자. 해안의 풍경은 멀리 아늑하게 자리 잡은 비양도의 그림 같은 풍경까지 더해져 극치를 이룬다. 넓은 야영장과 빼어난 소나무 숲이 사람을 그리워하며 맞을 준비를 하고 있다. 도로 맞은편에는 제주에서, 아니, 전 세계에서 가장 아름다운 한림 공원이 자연 식물원처럼 조성되어 있다.

조천읍 함덕(咸德) 해수욕장

제주 섬 동쪽의 고즈넉한 해안 마을인 함덕리는 예전에는 그 마을의 함 씨 할머니가 다리를 놓았다 하여 '함다리'라고 했다. 그러나 그 유래는 확실하지 않다. 어쨌든 재밌는 얘기가 전해져 오는 명칭이다. 함덕 해수욕장은 그리 넓지는 않다. 그러나 타원형의 하얀 모래사장은 그 풍경이 한 폭의 그림이다. 그래서 여름철에는 해수욕 인파가 부산의 해운대 해수욕장을 방불케 한다. 모래사장에 접한 바닷물은 유리같이 투명하고 깨끗하며 점점 물빛은 옥빛, 에메랄드, 푸른빛을 거쳐서 저 멀리에서는 검푸른 빛으로 오색 빛깔을 자랑한다. 그래서 제주를 여행하는 관광객은 대부분 바다를 보고 탄성을 지른다.

해수욕장 왼편의 해안가 산책로는 그야말로 자연과 신이 빚어낸 최고의 아름다운 풍광을 뽐낸다. 사람들은 멋진 사진 한 컷을 위하여 그곳에서 모델 뺨치는 포즈를 취한다. 해수욕장 바로 옆에 있는 알프스풍의 카페가 함께 어우러져 세상에서 가장 멋진 뷰(view)를 자랑한다. 카페에서 동반자와 함께하는 커피 한 잔의 시간은 꿈과 낭만 그 자체이다.

해수욕장 오른편에는 바닷가에서 가장 가까운 아름다운 오름이 우뚝 서 있다. 서우봉(犀牛峰, 113m)이다. 오름은 고려 시대 삼별초 군의 마지막 항몽지이며 조선조에는 봉수대로 이용되기도 했다. 오름 둘레 길을 산책하며 정상에 오르면 나타나는 함덕 해수욕장의 주변 풍경은 말로 표현할 수 없을 정도의 감동을 선사한다. 오르는 길옆 초지에서는 제주 말이 한가롭게 풀을 뜯고 있다. 특별히 조용해야 한다. 말은 시끄러운 소리에 민감하기 때문이다.

해수욕장은 너무 유명해서 대형 콘도 등의 숙박 시설과 먹거리 식당들이 즐비하게 갖춰져 있다. 신선한 생선회를 비롯하여 제주 전통 음식 등 원하는 것은 모두 찾을 수 있다. 캠핑장도 편리하게 조성되어 있어서 캠핑족이 서로 좋은 자리를 차지하고자 달려온다. 가족 또는 연인과 함께 해수욕장에 누워서 밤하늘의 총총한 별을 바라보면 또 무엇을 더 바라겠는가. 수시로 펼쳐지는 여름밤의 음악 콘서트는 젊은이의 마음을 더욱더 흥분시키기에 충분하다. 세상에 이보다 더 아름다운 한여름의 풍경이 또 있을까. 가루 같은 고운 모래가 바람에 날아가는 것을 방지하기 위하여 대부분의 모래사장은 방풍포(防風布)로 덮여져 있다.

중문 색달 해수욕장(中文 穡達 海邊)

제주 섬의 대표적인 관광지인 중문 관광단지의 서귀포시 색달동에 있는 해수욕장이다. 흑, 백, 적, 회색을 띤 4색의 진모살이라는 모래사장을 지니고 있으며 활처럼 굽은 백사장 형태를 한 정말 아름다운 해수욕장이다. 모래밭 오른쪽에 있는 벼랑 바위 끝에는 천연 해식 동굴이 있으며 검은 바위가 병풍처럼 둘러쳐져 있다. 간조 때가 되면 동편 어귀 쪽에 물이 감도는 기이한 현상이 벌어져 관광객들을 어리둥절하게 한다. 평소에도 파도가 조금 센 편이어서 윈드서핑 서퍼들의 천국이기도 하다. 정열의 태양이 이글거리는 한여름 철이면 중문 단지를 찾는 여행객이라면 누구나 한 번쯤 이 푸른 바다에 뛰어들지 않겠는가.

한편 서귀포시와 남원읍을 잇는 절경의 서귀포 칠십리 해안과 중문 관광단지에 형성된 해양 수족관, 여미지 식물원, 선임교, 천제연 폭포 등 다양한 관광 거리가 이곳에 가득 차 있다. 코앞에 있는 형제섬을 비롯하여 섭섬, 문섬, 새섬, 범섬 등을 연결하는 칠십리 해안의 아름다운 절경은 유람선을 타고 둘러보지 않으면 반드시 후회하게 될 만한 절경이다.

한겨울에는 용감한 사람들이 두꺼운 옷을 벗어 던지고 물속으로 뛰어드는 겨울 수영 대회가 개최된다. 남녀노소 할 것 없이 수많은 군중이 참여하며 현지 주민들은 떡국 같은 따뜻한 음식을 대접한다. 다수의 외국인도 눈에 띈다.

성산 일출봉 광치기 해수욕장(해변)

성산읍의 성산 일출봉에서 맞이하는 일출 장면은 정말 장관이다. 필자는 이곳에서 처음으로 맞이하는 일출 광경에 감동하여 눈물까지 주르륵 흘렸다. 그런데 광치기 해변에 편안하게 앉아서 일출봉 뒤에서 솟아오르는 붉은 태양의 모습을 감상하는 것은 더욱더 환상적이다. 성산 일출봉과 조화를 이루는 풍광은 가히 경탄할 만하다.

썰물 때를 맞춰서 해변을 찾게 되면 물이 빠진 검은 백사장과 기암괴석으로 이루어진 해변을 만끽할 수 있다. 신발을 벗고 바닷물에 발을 담그면 누가 와서 시비를 걸랴. 마냥 즐길 일이다. 신이 주신 자연을 말이다. 백사장에서는 사시사철 해변에서 승마를 즐길 수 있다. 노란 유채꽃은 해변 건너편에서부터 우리나라에 따뜻한 봄소식을 맨 처음 전하는 것으로 유명하다. 상춘객들은 서로 추억의 사진을 찍겠다고 전국에서 몰려온다.

광치기라는 이름은 '빛이 흠뻑 비치다', '광야처럼 너른 바위 해변'이라는 뜻이다. 또 관(棺)치기가 광치기로 변형된 말이라고도 한다. 이곳은 밀물과 썰물을 확실히 느낄 수 있는 곳이다. 밀물에는 보이지 않던 녹색의 해조류가 썰물에는 암반들과 함께 드러난다. 그래서 해변에서 보말, 소라 등을 잡으며 즐길 수 있는 곳이다. 일출봉 서쪽 절벽에 부딪히는 파도가 부서지는 하얀 포말을 바라보며 해수욕을 즐기면 이 또한 파라다이스가 아니고 무엇이겠는가.

그런데 광치기 해변은 아주 슬픈 사연을 지닌 곳이기도 하다. 옛날 제주 섬의 어부들은 거의 뗏목 수준의 배를 타고 고기잡이를 했다. 그러니 별로 세지 않은 풍랑에도 어선이 뒤집히고 어부들은 염라대왕에게 숱하게 끌려가야만 했다. 순식간에 젊은 가장을 잃은 어부의 식솔들은 하늘이 무너지고 땅이 꺼지는 아픔을 겪어야만 했다. 그런데 문제는 시신을 거의 거두지 못하고 실종 상태로 평생을 한을 씹으며 살아가야 했다는 점이다. 그나마 물고기 밥을 면한 어부의 시신들은 시간이 흘러 조류를 타고 떠돌아다니다가 많은 수가 이곳 광치기 해변에 다다랐다고 한다. 그래서 포구의 사람들은 신원미상의 시신이 해변으로 올라오면 정성스레 가족 대신 장례를 치러주고 제사를 지내 주었다고 한다. 어느 어르신에게 이러한 사연을 들으니 눈가에 눈물이 핑 돌았다. 그래도 그 이름 모를 어부는 다행이라고 할 수 있겠다. 그래서 관을 치우던 곳이라 하여 관치기에서 광치기로 말이 변했다고 한다. 지금의 풍요 이전에 이러한 쓰라린 흔적을 간직하고 있는 제주도인의 삶의 역사도 알아 둘 필요가 있다고 본다.

표선 비치 해수욕장(表善 海邊)

서귀포시 표선면 표선리에 있는 해수욕장이다. 제주를 한눈에 볼 수 있는 제주 민속촌 바로 옆에 위치하고 있다. 우리나라에서 유일하게 백사장의 폭(800m)이 길이보다 훨씬 긴 해수욕장이다. 축구 경기를 해도 공이 물에 빠질 우려가 없다. 해수욕장 모양이 둥그런 호수 같이 생겨서 썰물 때면 백사장이 원형으로 드러나는 아름다운 곳이다. 조개가 부서져 만들어진 모래는 곱고 부드러워서 모래찜질을 하면 신경통에 좋다고 한다. 여기저기에서 모래 속에 파묻힌 사람들을 볼 수 있다.

주변에는 많은 해송 숲이 울창하고 풀밭이 조성되어 있어 야영하기에 적합하다. 그래서 가족 동반으로 캠핑을 즐기는 야영족들을 쉽게 발견할 수 있다. 남쪽으로는 포구와 갯바위 낚시터가 있으며 해녀와 어부들이 직접 잡은 생선과 조개 등 싱싱한 해산물이 차고 넘친다. 해수욕장이 개장하면 표선리 주민이 주최하는 표선 백사대축제가 열리는데 규모가 꽤 커서 한여름 밤을 실컷 즐길 만하다. 노래 대회에 참석하여 푸짐한 상금과 상품을 노려보는 것도 좋다.

신양 섭지코지 해수욕장(新陽 海邊)

서귀포시 성산읍 신양리에 있는 조용하고 아담한 해수욕장이다. 신양 포구 맞은편의 섭지코지로 가는 해안로에서는 타원형으로 펼쳐진 새하얀 모래밭을 볼 수 있다. 정열적인 태양 아래에 펼쳐진 해수욕장의 모래와 푸른 바다의 색깔은 더욱 반짝인다. 수정보다 더 투명한 해수는 차갑고 시원하며 수심 또한 깊지 않아 안전하게 온종일 맘껏 놀 수 있는 곳이다. 제주에서 해수욕을 즐기겠다는 마니아들은 반드시 가 봐야 할 곳이다. 그렇다고 부산의 해운대 해수욕장처럼 인산인해는 아니다. 많이 알려지지 않은 곳이어서 아는 사람들만 와서 조용히 실컷 즐긴다.

바로 코앞에 있는 오각형의 섭지코지는 제주에서 손에 꼽히는 해안 절경을 가지고 있다. TV나 영화에서 아름다운 호텔 배경의 해안이 나오면 섭지코지로 여겨도 무방할 정도로 드라마와 영화 촬영이 잦은 곳이다. 〈올인〉, 〈단적비연수〉, 〈이재수의 난〉 등이 이곳에서 촬영되었다. 해수욕 시즌이 다가오면 신양리 마을 주민들이 축제의 형식으로 신양 섭지코지 해변 가요제를 열어서 도민과 관광객들의 흥을 돋운다. 신양리 해변은 적당히 부는 바람과 얕은 수심, 반월형 해안선 등으로 인해서 윈드서핑(windsurfing)에 적합해 전국 규모의 윈드서핑 대회도 가끔 열린다. 또한 보드 세일링(Board sailing) 훈련장으로도 이용되고 있다.

섭지코지는 좁은 땅이라는 뜻의 '협지'의 '섭지'와 '곶'을 뜻하는 '코지'가 합쳐져서 만들어진 지명이다.

이호 테우 해변(梨湖 海邊)

제주시 이호동에 있는 해수욕장이다. 제주 공항 울타리 근처 서쪽에 있다. 백사장 길이는 소담스럽고 검은색을 띤 모래와 자갈로 덮여 있다. 수심은 낮은 편이며 조수 간만의 차를 볼 수 있는 해변이다. 주변의 아카시아 숲에서는 초여름에 향기로운 아카시아 향이 꿀벌들을 유혹한다. 해수욕장 뒤쪽에는 해송으로 우거진 솔숲이 멋들어지게 조성되어 있다.

이곳은 제주도의 여러 해수욕장에 비해서 규모가 작은 편이다. 그러나 제주 시내에서 가장 가까운 물리적 위치 때문에 많은 도민이 자주 찾는다. 특히 밤에 보이는 한라산 기슭까지 낮게 깔린 제주 시내의 야경은 연인들의 마음을 충분히 끌어들일 낭만의 풍광이다. 그래서 한여름에는 아름다운 밤의 정취를 즐기기 위해서 해수욕장으로 사람들이 몰려들고 있다.

이곳에서 잡히는 모살치(보리멸)라는 물고기가 유명하여 낚시꾼을 항상 볼 수 있다. 배낚시와 방파제에서 감아올리는 릴낚시의 모습도 또 하나의 볼거리이다. 낚시꾼이 직접 잡아서 회를 치는 모습은 다분히 이색적이다. 인심도 후하여 맛보라고 건네준 회 한 점에 빨간 초고추장을 찍어서 입에 넣으면 그 맛이 천상의 맛일 것이다. 주변에서는 횟집을 얼마든지 찾을 수 있다.

해변에 앉아서 하늘을 쳐다보면 거대한 비행기가 굉음을 내며 제주 국제공항에 착륙하는 광경을 수없이 볼 수 있다. 신기하고 놀란 아이들의 눈동자는 한없이 확장된다.

삼양동 검은 모래 해수욕장(三陽 海邊)과 용천수 풀장

제주시 삼양동에 있는 해수욕장이다. 검은 진주같이 반짝이는 검은 모래사장이 펼쳐진 이색적인 해수욕장이다. 아직 제주 섬을 찾는 여행객들에게 널리 알려지지 않은 곳이어서 상대적으로 소박하며 물이 깨끗하고 차갑다. 특히 이 모래는 신경통, 관절염, 비만증, 피부염, 감기 예방, 무좀 등에 좋다고 알려져 있다. 만병통치의 모래가 아닌가 싶다. 뜨거운 여름이 오면 얼굴만 빼꼼히 내밀고 모래를 덮고 찜질하는 해수욕객들의 모습을 어렵지 않게 발견할 수 있다. 찜질로 뜨겁게 달궈진 몸을 해변에서 솟는 시원한 용천수 풀장에 풍덩 하고 집어넣으면 곧 입술이 파래질 정도로 식어버린다. 심장마비를 조심해야 하지 않을까 싶다.

스쿠버다이빙, 윈드서핑 등 다양한 해양 레포츠를 체험할 수도 있다. 또 손맛이 좋아서 바다 낚시꾼에게도 인기 있는 장소이다. 7월 말에는 삼양 검은 모래 축제가 열린다. 역시 한여름 밤에는 흥겨운 노래와 춤이 제격일 것이다. 개막식에는 오색의 화려한 불꽃놀이가 펼쳐져 여름 바다의 하늘을 환상적으로 물들인다. 주변에는 원당봉 낙락장송의 트래킹 코스가 있는데, 한밤중에도 트래킹이 가능하다. 또 원시인들이 거주했을 것으로 추정되는 선사 유적지가 잘 꾸며져 있다.

김녕 성세기 해수욕장(金寧 海水浴場)

제주시 동부 구좌읍 김녕리에 위치한 해수욕장이다. 김녕 시내에 있어서 접근성이 좋다. 그리 크지 않은 모래사장은 여름철이면 사람으로 가득 찬다. 주차장, 샤워장, 야영장 등이 잘 갖춰져 있다. 그런데 한 가지 흠은 주위에 작렬하는 햇볕을 피할 그늘이 없다는 것이다. 해변의 검은 현무암이 바닷속까지 이어져 있어서 물 빛깔은 검정, 하양, 코발트, 검푸른 색 등으로 오묘하다.

아무래도 선탠족이 즐겨 찾는 곳이라 할 수 있다. 윈드서핑과 수상스키 등도 즐길 수 있다. 인근에는 유네스코 세계 자연유산인 만장굴이 있으며 신비한 김녕 미로 공원에서 한 번쯤은 길을 헤매도 좋을 것이다.

구좌읍 월정리 해수욕장

제주시 구좌읍 월정리에 있으며 전 세계에 풍경이 아름답기로 소문난 해수욕장이다. 김녕리 바로 옆에 붙어 있으며 환상적인 드라이브 코스인 동부 해안 도로에 접해 있다. 아마도 제주를 찾는 젊은 연인들과 외국인들에게는 이곳은 꼭 들르는 필수 코스일 것이다. 해변 여러 곳에 사진을 찍기 위한 포토 존이 있어서 여행객 중에서 사진 한 컷 찍지 않고 그냥 지나치는 사람은 없을 것이다. 해수욕장의 특이한 점은 챙이 긴 둥그런 피서 모자를 쓴 긴 머리 소녀가 작은 의자에 앉아서 그녀의 뒷모습을 찍는다는 것이다. 의자는 바다를 바라보고 있다. 소녀는 무슨 생각을 하며 사진을 찍을까 심히 궁금하다. 우리도 한번 잠시 바쁜 일상을 뒤로하고 바다를 향한 나무 의자에 앉아서 사색에 빠져 보자.

밀가루보다 더 고운 하얀 백사장과 에메랄드빛의 바닷물 색깔은 나그네의 발걸음을 멈추게 한다. 예쁘고 낭만적인 해변 주변에는 카페가 수없이 많다. 어찌 커피 한 잔 하지 아니하고 그냥 지나칠쏜가. 아마도 우리나라 풍경과는 사뭇 다른 이국적인 풍경을 가지고 있기에 관광객들을 끌어들이지 않겠나 싶다. 모래사장은 여인의 눈썹같이 초승달 모양을 하고 다소곳이 앉아 있다. 이곳도 수심이 매우 얕기에 안전하게 한가로이 물놀이를 즐길 수 있는 곳이다. 유명세로 인하여 땅값이 끝이 어딘지 모르게 들썩이는 실정이다.

용머리 해안 해수욕장(龍頭 海岸)

서귀포시 안덕면 사계리(沙溪里)에 있는 해수욕장이다. 마치 그 형태가 바닷속으로 들어가는 용의 머리를 닮았다고 하여 붙여진 이름이다. 1653년에 하멜이 탄 선박이 난파되어 이곳에 표착했던 것을 기념하기 위해 세워진 하멜 표류 기념비와 당시의 배를 복원한 하멜 전시관이 세워져 있다.

여름 해수욕 시즌이 돌아오면 관광객 및 주민들이 해수욕장을 찾는다. 저 멀리 북태평양을 바라보며 뜨거운 태양 아래에서 피부를 검게 그을리며 여유롭게 해수욕을 즐기는 사람들의 얼굴에는 행복한 미소가 절로 퍼진다.

이곳은 제주 유명 관광지로 입장하기 위해서는 입장료를 내야 한다. 가족들과 빼어난 절경의 용머리 해안도 감상하고 역사도 배우며 해수욕을 즐기면 금상첨화일 것이다. 주변에는 산방산, 송악산, 추사 김정희 유배지, 제주 조각 공원, 화순 해수욕장, 가파도, 마라도 등 헤아릴 수 없는 관광지가 줄지어 있다. 겨울이 지나고 따스한 봄 햇살이 비추면 가장 먼저 피는 노란 유채꽃을 보려고 너도나도 이곳을 찾는다.

화순 금모래 용천수 풀장(和順 海邊)

서귀포시 안덕면 화순리에 있는 해수욕장 겸 용천수 풀장이다. 이곳 최고의 특색은 섬에서는 유일하게 금빛 모래가 있다는 것과 해수욕장에서 엄청난 용천수가 흘러나온다는 것이다. 주민들은 아예 대규모 담수 풀장을 조성하여 운영하고 있다. 이곳을 찾는 해수욕객들은 염수에 해수욕도 하고 담수에 수영도 즐기는 일거양득의 즐거움을 만끽한다. 뒤쪽에는 해송 솔숲이 잘 조성되어 있어 산책하기에도 아주 좋다.

이곳에서는 멀리 한반도의 막내둥이 가파도와 마라도를 볼 수가 있으며 낚시꾼의 꿈의 섬인 형제섬이 인근 바다에 있다. 그리고 산방산, 송악산, 용머리 해안, 마라도로 가는 유람선을 타는 선착장이 있다. 이곳은 제주 올레길 제9코스(대평 포구~화순 금모래 해변)의 종점이 자 제10코스의 출발점이어서 올레길을 트래킹하는 여행객들이 모이는 곳이기도 하다.

우도 산호모래 해수욕장(珊瑚 海水浴場)

제주시 우도면 서광리에 있는 해수욕장으로 서빈백사(西濱白沙) 해수욕장으로도 불린다. 해수욕장의 아름다운 경치는 두말하면 잔소리일 것이다. 백사장 길이는 1㎞ 정도로 제주 해수욕장 중에서는 꽤 긴 편이다. 우도는 제주를 찾는 관광객들의 필수 코스인 만큼 여름철이 되면 이 해수욕장도 사람들이 멋진 수영복을 자랑하며 찾아오고 있다. 동양에서는 유일하게 산호가 부서져 생긴 백사장이 홍조단괴(紅藻團塊)로 이루어진 해수욕장이다.

풍광이 빼어나 우도 8경의 하나로 꼽힌다. 수심에 따라서 바다 빛깔이 달라 보이는 해안으로 남태평양이나 지중해의 어느 바다가 이보다 더 아름답겠는가 싶다. 새하얀 백사장의 모래는 발바닥에 들러붙지 않는다. 산호모래는 먼지도 없다. 그저 신기할 따름이다. 아름다운 풍광 때문에 광고나 드라마, 영화의 촬영지로 각광받고 있다. 행여나 하얀 산호가 예쁘다고 주머니나 가방에 넣어서 나오려고 하면 경을 칠 일이다. 섬에서 산호를 유출하는 것은 법으로 금지되어 있다. 유의하기 바란다.

우도에는 이곳 말고도 검멀레(검은 모래) 해수욕장과 하고수동 해수욕장이 있다. 우도의 3대 해수욕장이다. 태양의 계절을 즐기기 위해서는 어느 곳에 가도 결코 후회가 없을 것이다.

우도 하고수동 해수욕장

제주시 우도면 오봉리에 있는 해수욕장이다. 우도 선착장 반대편에 있는 참으로 조용하고 아름다운 해수욕장이다. 바닷물의 하양, 검정 그리고 옥빛의 세 가지 색깔이 보는 사람을 놀라게 한다. 모래사장 가까이에 있는 흰 모래 위의 물은 하얀색, 물속의 검은 현무암 위의 물은 검은색 그리고 해변에서 조금 떨어진 곳의 물은 진한 옥빛으로 빛나고 있다.

아마도 고운 모래와 얕은 수심 덕분에 아이를 둔 가족이 여름 휴가철 해수욕장으로 삼기에는 으뜸이라 할 것이다. 세상에 이처럼 편안하게 휴식을 취하며 해수욕을 보낼 곳이 또 있겠나 싶다. 또한, 그림 같은 우도의 아름다운 풍경은 어쩌랴. 해수욕장 셔틀버스 정류장 옆에 있는 보말 칼국수 집은 제주 바다의 깊은 맛이 그대로 스며 있는 최고의 맛일 것이다.

애월읍 곽지 해수욕장(郭支 海邊)

제주시 애월읍 곽지리(郭支里)에 있는 해수욕장이다. 곽지 해수욕장은 가을 하늘보다 푸르른 비취색 맑은 물빛을 간직하고 있다. 용암이 바다를 만나서 식어 가는 모습을 뚜렷하게 관찰할 수 있으며, 밀가루보다 더 곱게 갈려서 쌓인 조개 가루 백사장이 아기 볼때기같이 부드럽다. 곽지 마을은 선사 시대의 패총(貝塚)이 발견된 곳이기도 하다.

모래사장에는 과물이라는 식수를 받았던 물통이 있다. 전설에 의하면 원래 모래사장에 마을이 있었는데 어느 날 모래가 마을 전체를 파묻어 버렸다고 한다. 해수욕장은 길이가 짧기는 하지만, 수심이 깊지 않아서 아이들을 데리고 즐기기에 안성맞춤인 가족 물놀이 장소로 이보다 더 좋은 곳은 없을 것이다. 제주 공항에서 서쪽의 이호 해수욕장을 지나서 우리나라에서 가장 아름다운 해안 드라이브 코스 구간에 위치하고 있다. 여름에 몸과 마음을 가볍게 하고 시원하게 드라이브와 해수욕을 즐겨 보자.

판포(板浦) 포구

제주시 한경면 판포리에 있으며 섬에서 유일하게 모래사장이 없는 해수 풀장이다. 풀장은 주민들이 정성스럽게 꾸몄으며 여름이 오면 직접 운영한다. 방파제가 파도를 막아 주어 안전하다.

전설에 따르면 지금으로부터 200여 년 전에 한경면 저지 마을 중산간에 살던 변엄수라는 사람이 있었다. 그의 마을에는 먹을 물이 나지 않아 식수를 위해서 이곳 해안가에 용천수를 길러 왔다. 그런데 실수로 그만 물허벅을 깨뜨리는 바람에 아예 웃드르(윗동네)에선 못 살겠다고 눌러앉게 되어 마을이 생겼다고 한다. 이처럼 제주에서는 주로 해안 지역에서 용천수가 나오기 때문에 물은 곧 목숨이나 다름없었다.

해수욕장은 매우 넓은 공간으로 수영과 해수욕 모두 즐길 수 있다. 그리고 투명하여 맑은 물에서는 스노클링도 자유롭게 할 수 있는 장소이다. 어린 물고기가 발을 간지럽힌다. 또한, 요즘 인기 레포츠인 패들보드(paddleboard)를 타기에도 딱 맞는 장소이기도 하다. 인근 바다 위에서는 시원하게 제트 스키를 즐기는 사람들도 볼 수 있다. 바다에 입수할 때는 미끄러운 계단을 조심해야 한다.

제주의 환상적인 폭포

우리의 소중하고 아름다운 지구에는 장대한 3대 폭포가 있다. 이구아수 폭포(Iguassu Falls, 브라질, 아르헨티나와 파라과이 국경의 이구아수강), 나이아가라 폭포(Niagara Falls, 미국과 캐나다의 국경)와 빅토리아 폭포(Victoria Falls, 아프리카 남부, 잠비아와 짐바브웨의 국경을 흐르는 잠베지강)가 그것이다. 우리나라 육지에도 3대 폭포가 있다. 북한 금강산의 구룡 폭포, 개성의 박연 폭포 그리고 설악산의 대승 폭포이다. 이처럼 폭포는 세계 모든 나라에서 크고 작은 것들이 그 자태를 알리고 있다. 그래서 폭포가 있는 곳은 어디나 관광지이다. 아마도 인간은 높은 곳에서 떨어지는 시원한 물줄기를 보면 기분이 좋아지는 모양이다.

제주 섬에도 여러 개의 폭포가 저마다 그 특색을 나타내며 모습을 선보이고 있다. 조금 특이한 점은 제주도의 지질학적 특성으로 인해서 평상시에는 그 자태를 감추고 있다는 것이다. 섬은 비가 내려도 물이 고이는 곳이 거의 없다. 땅속으로 스며들어 폭포 상류에 용천수가 있으면 상시 폭포가 되는 것이고 그렇지 않은 폭포는 하늘에서 비를 내려 주어야만 그 모습을 감상할 수 있다.

신선도 보고 놀란 서귀포의 천지연 폭포

(天地淵 瀑布, 천연기념물 제27호)

서귀포시 서홍동에 있는 폭포이자 천연기념물로 지정된 폭포이다. 제주 남쪽의 미항인 서귀포항을 돌아 천지연 폭포에 다다르면 신비한 세상을 만나게 된다. 조면질 안산암의 기암절벽이 하늘 높이 치솟아 있는데 그 꼭대기에서 세찬 물줄기가 하얀 폭풍을 일으키며 소로 미친 듯이 처박힌다. 마치 이러한 세계는 내가 선계(仙界)로 들어온 것이 아닌가 하는 황홀경을 갖게 한다. 폭포는 하늘과 땅이 만나서 이룬 연못이라 하여 천지연이라고 부른다. 폭포 아래의 소는 사람이 감히 그 깊이를 측정하지 못할 정도로 어두컴컴하여 경외감까지 든다.

폭포 일대는 뛰어난 계곡미로도 제주에서 손꼽히는 곳이다. 이 계곡에는 아열대성·난대성의 각종 상록수와 양치식물 등이 자생하여 울창한 숲을 이룬다. 담팔수(膽八樹 천연기념물 제163호)와 가시딸기, 송엽란(松葉蘭), 구실잣밤나무, 산유자나무, 동백나무 등의 아열대 및 난대성 식물들이 서로 키를 재며 저마다 뽐내고 있다. 서귀포항 어귀에서부터 길게 뻗은 오솔길에는 꽃치자, 왕벚나무, 철쭉 등의 아름다운 꽃나무가 관광객을 기다리고 있다. 더불어 정취 어린 돌 징검다리와 숲 사이에 군데군데 마련된 쉼터는 최상의 데이트 코스로 이름나 있다. 아마도 신혼부부나 연인들은 제주 섬에 와서 이곳을 들르지 않으면 반드시 후회하게 될 것이다. 그래서 폭포에 이르는 계곡 전체가 천연기념물 제379호로 보호되고 있다. 어디 식물뿐이랴. 폭포 소와 아래 계곡 물속의 깊은 곳에서는 열대어의 일종인 무태장어(천연기념물 제27호)가 서식하는 것으로 알려져 있다. 이름 모를 다른 물고기도 물속에서 편안하게 노니는 모습이 보인다.

폭포로 가는 다리 옆에 있는 돌하르방의 코는 닳아서 빤질빤질하다. 새 신부가 돌하르방 코를 만지면 아들을 낳는다는 전설이 있기 때문이다. 폭포로 가는 돌바닥은 이곳을 찾는 나그네의 발자국으로 인하여 닳고 닳아서 반짝거리기까지 한다. 폭포로 떨어진 물은 짧은 계곡을 흐른 뒤에 곧바로 서귀포항 앞바다로 가서 대양과 만난다. 어찌 신이 빚은 아름답고 신비한 천지연 폭포를 말로 표현할 수 있겠는가.

신이 빚은 서귀포 정방(正房, 명승 제43호) 및 소정방 폭포(小正房 瀑布)

정방 폭포는 서귀포시 정방동에 있는 폭포이며 동홍천 하구에 위치하고 있다. 까마득한 낭떠러지 수직 절리에서 떨어진 폭포수가 바다로 직접 떨어지는 해안 폭포이다. 물보라를 일으키며 무지개를 수놓는 폭포는 가히 환상적이라 할 수 있다. 거기에 깎아지른 듯한 경이로운 해안 절벽과 어울린 조화를 보면 벌어진 입이 다물어지지 않는다. 그 장관이 어마어마하여 제주의 명승지인 영주 10경에 포함될 정도로 빼어난 자연경관을 자랑한다. 그래서 폭포는 전설도 가지고 있다. 중국 진나라 시대에 진시황에게 바칠 불로초를 찾기 위해 신하인 서복(徐福)이 제주를 찾아왔다. 그는 동남동녀 오백 명과 함께 삼신산의 하나인 한라산을 오르고 정방 폭포에 들렀다가 그 풍경에 반해 감탄하고 돌아갔다는 전설이 남아 있다.

폭포는 조면질 안산암에 잘 발달하는 주상 절리로 인하여 수직형 폭포이다. 용암류의 말단에 주상 절리가 형성되면서 수직에 가까운 해식애를 만들어 세상에서 둘도 없는 자연의 신비가 탄생한 것이다. 또 폭포 앞의 바닷가에는 크고 작은 자갈이 끝없이 펼쳐진 해안이 발달해 있다. 폭포를 찾는 관광객들은 자갈밭에 앉거나 누워서 사진도 찍으며 아름다운 폭포를 원 없이 감상한다. 이곳은 중문 관광단지에 있는 천제연 폭포, 천지연 폭포와 함께 제주도의 3대 폭포로 알려져 있다. 폭포는 생태적·학술적 가치가 매우 높은 세계적인 관광지로 인정되어 명승지로 지정되었다. 폭포 앞으로 가기 위해서는 약간의 입장료가 요구된다. 제주를 방문하는 여행객이 이 폭포를 그냥 지나쳐 버린다면 섬에 왔다 갔노라고 말할 수 없으리라.

소정방 폭포는 서귀포시 토평동에 있는 폭포이며 제주 올레길 제6코스의 시점(始點)이다. 정방 폭포 바로 인근에 위치하고 있어서 아우 같다고 하여 붙여진 이름이다. 신비로운 해식 동굴이 발달해 있기도 하다. 다섯 갈래 줄기의 폭포가 시원하고 힘차게 바다로 직접 쏟아진다. 한여름에는 폭포를 맞으며 더위를 식힐 수 있다. 물줄기가 워낙 세서 그냥 맞으면 아프다. 그래서 모자를 쓰거나 우의를 입고 폭포 속으로 뛰어든다. 현지 주민들은 비료 포대를 뒤집어쓰고 들어간다. 폭포 안쪽에는 동굴이 있어서 쉴 공간도 충분하다. 무더운 한여름에 이보다 더 좋은 피서지는 대한민국에 또 없을 것이다.

이 폭포 마을에는 예전부터 전해 내려오는 풍습이 있다. 한여름 음력 7월 보름인 백중(百中)날에 이 폭포에서 온몸에 물을 맞으면 모든 병이 낫는다는 풍습이 있다. 폭염 기간인 오뉴월 더위에 지친 주민들은 심신을 폭포수에 내던진다. 그리고 심기일전하여 풍요로운 수확기인 가을을 맞이하기 위한 행사였다. 해안 절벽 위에는 이색적인 유럽풍의 '소라의 성'이란 전망대가 있다. 전망대에 오르면 해안 절경과 손에 잡힐 듯이 떠 있는 섬들을 마냥 감상할 수 있다. 제주 바다의 향기가 나는 고소한 전복죽, 뿔소라 등으로 허기진 배를 달래면 더욱 좋다. 장미에는 가시가 있다고 했던가. 아름다운 제주 해안은 위험이 뒤따른다. 항상 발밑을 조심하라.

하늘이 내린 천제연 폭포(天帝淵 瀑布)

서귀포시 색달동 중문 관광단지 내에 있는 폭포이다. 폭포는 계곡을 잇는 천제교(天帝橋) 아래쪽에 상·중·하의 3단 폭포로 이어져 있다. 폭포에는 태초에 설문대 할망이 제주도를 창조하니 하늘의 옥황상제 따님들인 일곱 선녀가 별빛의 호위를 받으며 자줏빛 구름을 타고 내려와 목욕하고 승천했다는 전설이 남아 있다. 천제연은 하늘 황제의 연못이라는 뜻이다.

천제연 제2, 제3폭포는 상시에도 가늘기는 해도 떨어지는 물줄기를 볼 수 있다. 제1폭포 아래의 연못에서 용천수가 건조기에도 계속 뿜어져 나오기 때문이다. 이에 반해 상류 쪽에 위치한 제1폭포는 비가 내려야 폭포다운 모습을 볼 수 있다. 그래서 상시에는 그 모습이 약간 초라하다. 폭포는 상류천(常流川)이 아니라 건천이기 때문이다. 여름철에 큰비가 내려 상류인 중문천에서 물이 흘러내릴 때만 장관을 이루는 폭포수를 관찰할 수 있다. 그 모습의 웅장함과 낙하하는 폭포 소리의 굉음은 멀리서도 들린다. 지축을 흔드는 소리에 놀라서 사람들은 폭포수를 구경하러 몰려든다.

그러나 폭포가 없어도 원시림 계곡(천연기념물 제378호)의 아름다운 풍광은 폭포의 자존심을 지켜주고 있다. 떨어지는 폭포수를 볼 수 없어도 용암이 흐르다 잠시 쉬고 있는 병풍 같은 절벽의 풍경만으로도 계곡은 부족함 없이 아름답다. 계곡 양측에는 송엽란, 담팔수, 붓순나무, 덧나무, 황새냉이, 염주괴불주머니 등의 희귀 식물들과 덩굴식물, 관목류가 빽빽한 숲을 이루며 자생하고 있다. 그래서 폭포는 제주와 중문 관광단지의 랜드마크라 할 수 있는 관광 명소로 자리 잡고 있다. 그러나 아쉽게도 자연생태 보호를 위하여 폭포에는 접근이 불가하다. 폭포를 이루고 있는 계곡을 베릿네(星川)라고 한다. 즉, 밤하늘의 별들이 폭포로 떨어진다는 것이다. 이 얼마나 아름다운 풍경인가. 한여름 밤에 폭포에서 하늘을 쳐다보면 절벽을 따라서 정말 별이 쏟아져 내릴 것 같은 형상을 하고 있다. 천제교 위에서 시간 가는 줄 모르고 폭포의 비경을 감상하다 보면 어여쁜 추억이 차곡차곡 쌓여가는 것을 느끼게 될 것이다. 이 다리 위는 연인들의 사랑의 열매를 무르익게 하는 곳인지라 더 없는 포토 존으로도 유명하다. 이곳 중문 관광단지는 제주 섬 유일의 대규모 관광단지로서 볼거리, 먹거리가 수도 없이 즐비하다. 폭포 상류에는 작은 언덕 같은 베릿네오름(101m)이 있다.

돈내코 계곡의 원앙 폭포

서귀포시 상효동에 있는 돈내코 계곡의 폭포이다. 제주에서는 최고의 여름철 담수 계곡 피서지이다. 한라산 남부 기슭에 위치하고 있으며 용암 협곡의 깊은 골짜기와 울창한 원시 난대 상록수림이 우거져 있다. 또 낙락장송의 소나무 숲이 어우러져 제주도에 육지보다 더 아름다운 계곡이 있었나 하고 의아심이 들 정도다.

특히 계곡 한가운데에 있는 높지 않은 아담한 폭포는 계곡의 매력에 절정을 더해 준다. 이곳은 매년 백중(음력 7월 15일)날에 제주 여인들이 여름철에 물맞이하는 곳으로 유명하다. 폭포에서 떨어지는 차가운 물을 맞으면 모든 병이 치료된다는 얘기가 전해지고 있다. 폭포에서 금슬 좋은 부부 같은 쌍둥이 물길이 쏟아져 내려 원앙 폭포라 하였다. 그래서 연인들과 부부들이 손을 꼭 잡고 많이들 찾는다.

계곡 내에는 소나무 숲이 그늘을 온종일 만들어 놓아 한여름에도 서늘하기까지 하다. 늦은 봄이면 제주의 꽃인 참꽃이 만개하여 숲을 분홍색으로 물들인다. 또한, 희귀 식물인 제주 특산 한란과 겨울딸기가 자생하고 있어서 이를 관찰할 수 있다. 주차장과 캠핑 시설 등 편의 시설이 완벽하게 갖춰져 있어서 여름철이면 계곡에서 물놀이를 하기 위한 주민들과 관광객으로 인하여 발 디딜 틈이 없을 정도다. 계곡을 찾아 원앙 폭포를 배경으로 추억의 사진을 찍어서 집에 걸어놓고 백년해로하는 부부가 가득하기를 바란다.

엉또 폭포

서귀포시 강정동에 있는 폭포이다. 월드컵 축구 경기장이 있는 서귀포 신시가지의 월산 마을에서 서북쪽으로 악근천 상류에 있다. 폭포는 꼭꼭 숨어 있지만, 기암절벽 꼭대기에서 떨어지는 폭포수의 높이는 무려 50m가 넘는다. 폭포는 상시에는 건천이다. 그래서 날씨가 맑은 날에는 아름다운 경치를 보는 것으로 만족해야만 한다. 그러나 비가 꽤 내리면 상황은 180도 달라진다. 수직 폭포에서 떨어지는 폭포수는 회오리바람을 일으키며 험악하게 떨어진다. 전망대에 서 있는 사람이 바람에 흔들릴 정도다.

폭포의 모습은 난·한대의 기후가 겹쳐져 있는 계곡의 숲과 어울려서 한 폭의 그림이다. 그러나 폭포는 아직 알려지지 않아서 제주 섬을 유난히 사랑하는 나그네만이 뒤져서 찾는 곳이다. '이런 구석에 이렇게 숨겨진 보물이 있다니!' 하며 다시 한번 제주의 신비에 놀라지 않을 수 없다. 엉또는 제주도 방언으로 '엉'은 '큰 웅덩이'를, '또'는 '입구'를 말한다. 즉, 큰 웅덩이라는 뜻을 가진 폭포이다.

상시에는 폭포 안쪽에 연인들이 좋아할 만한 키스 굴이 있다. 키스 타임을 즐길 수 있는 굴이다.

선녀 폭포(仙女 瀑布)

선녀 폭포는 제주시 연동에 있으며 북쪽으로 흐르는 한라산 계곡에 위치하고 있다. 제주에서 서귀포로 가는 한라산 중산간 도로인 1100번 도로를 따라서 가다 보면 아흔아홉 골 근처의 천왕사(天王寺) 위쪽에 자리 잡고 있다. 상시에는 건천이며 북쪽으로 흘러 도근천(都近川)으로 흘러 들어간다.

선녀들이 하늘에서 내려와 몰래 목욕하고 가는 폭포라는 데서 선녀 폭포라고 하였다. 이는 최근에 인위적으로 붙인 이름이라고 한다. 아마도 한라산 속에 숨어 있는 폭포라서 그렇게 명명하지 않았나 싶다. 천녀 폭포라고 하는 이들도 있다. 홍수로 인하여 탐방로는 사라진 상태이며 한라산 국립 공원이 통제하고 있어서 찾아갈 수 없다.

제주도의 폭포는 지리적 여건상 대부분 서귀포 방향 해안가에 위치하고 있다. 그런데 이 폭포만 섬 북부 제주 쪽에 있는 게 특이하다. 그리고 폭포는 한라산에서 유일한 폭포라고 한다. 그래서 접근이 불가한 것이 아쉽기만 하다. 천왕사 석굴암을 지척에 두고 있다.

이끼 폭포

한라산 정상으로 향하는 어리목 등산로에는 Y자 모양의 계곡에 이끼 폭포가 위치하고 있다. 이 지점은 동어리목과 서어리목이 만나는 지점이다. 층계로 이루어진 진녹색의 이끼 위를 미끄러져 떨어지는 폭포는 가히 신선이 쉬어 가고 선녀가 목욕하고 하늘로 올라가는 장소라 할 것이다. 제주 사람들은 이곳을 비밀의 오아시스라고 부르고 있다.

폭포는 흰 눈이 내리는 겨울이 깊어 가면 환상의 얼음 폭포로 변한다. 크로아티아의 플리트비체가 이보다 더 환상적이겠는가. 이곳은 전국의 사진작가들이 몰리는 포토 존이다. 그러나 반드시 한라산 국립 공원 직원의 허가가 있어야만 접근이 가능하다. 우리의 영원한 아름다운 자연유산을 후세에 영원히 물려주기 위해서는 참아야 할 것 같다. 당분간은 한라산 어리목 등산로 먼 자락에서나 사진으로만 감상해야 할 것이다.

제주에도 계곡이 많다

제주에는 빼어난 경관과 해안선의 아름다운 모습만 있는 것이 아니다. 한라산에서 발원하여 계곡을 이룬 하천이 생각보다 많다. 계곡은 북부 제주시 방향보다는 주로 남부 서귀포시 방향으로 많이 발달하였다. 물론 물을 저장하지 못하는 현무암 토질로 구성된 섬인 탓에 한라산이 높고 계곡이 깊어도 평시에는 대부분 건천이다.

그러나 바닷가 근처에 와서는 상황이 돌변한다. 기암괴석의 계곡과 울창한 숲이 어우러진 하류에는 물을 뿜어대는 용천수가 비경을 창조한다. 제주에 와서 해수가 아닌 계곡의 담수로 시원한 여행을 즐겨 보자.

방선문 계곡(訪仙門, 명승 제92호)

방선문 계곡은 제주시 오라동에 위치하고 있다. 한라산 꼭대기에서 발원한 제주도에서 가장 긴 하천인 한천(漢川) 상류에 위치한다. 입구 양쪽에는 커다란 돌하르방이 힘이 드는지, 아닌지 두 눈을 굳건히 부릅뜨고 방문객을 노려보고 있다. 등영구(登瀛丘), 들렁귀, 환선문 등 여러 별칭으로 부른다. 원래 방선문 계곡은 들렁궤라고 불렸는데 제주 말로 구멍이 뚫려서 들린 바위라는 뜻이다. 이 거대한 구멍 뚫린 바위가 방선문이다. 자연교(natural bridge)라고도 부른다. 방선문의 뜻은 신선들이 찾아오는 문이라는 말이다. 이끼 낀 계곡에 안개까지 드리우면 신령스럽기까지 하다. 방선문 계곡은 용암이 흐르다 굳은 검은 현무암의 암반 하천(bedrock stream)이다. 암반 하천에는 유수에 의한 마식 작용이 쉽게 발생하여 하천 바닥은 반석(磐石)과 소(沼) 등 다양한 형태의 자연현상이 일어난다. 갖가지 예술품이 계곡 곳곳에 널려있다.

제주 영주 12경 중 제3경인 영구춘화(瀛邱春花)는 이곳을 두고 하는 말이다. 꽃이 활짝 핀 봄철에 양반과 선비들이 철쭉과 유채꽃을 벗 삼아 꽃놀이를 했다는 장소이다. 영산홍, 참꽃들이 무리 지어 피어 있어서 역시 신선들이 유유자적하게 놀던 곳이라는 것이 실감난다. 방선문의 신비로움에 이끌려 옛날부터 시인이나 묵객들은 이곳을 자주 방문하여 시문을 즐겼다고 한다. 정말 시 한 수가 술술 나올 것 같은 기분이었다. 조선조에 제주로 발령받은 목사를 비롯하여 관리들은 이곳에서 환영 연회를 즐겼다고 한다.

계곡에는 푸르른 울창한 숲과 신비한 기암괴석들이 즐비하게 늘어져 있고 맑은 물과 시원한 바람은 여행객들의 발을 한참이나 잡고 있기에 부족함이 없다. 제주 한라산 기슭의 또 하나의 신비로운 분위기를 내뿜는 장소이다. 아마도 하늘의 여섯 신선이 놀기에 최적의 계곡이 아니었나 싶다. 계곡에 얽힌 재밌는 전설도 있다. 방선문에서 한 신선이 선녀들이 목욕하는 것을 몰래 훔쳐보고 있었다. 그런데 그 모습을 그만 옥황상제에게 들키고 말았다. 그래서 그 벌로 흰

사슴이 되고 말았다. 슬픈 사슴은 한라산 백록담을 배회하며 하늘을 향해 울부짖었다고 한다.

아쉽게도 현재 방선문은 암반 낙석의 위험 때문에 출입 통제 중이다. 계곡 안으로는 트래킹이 허락되지 않는다. 시간이 흐르면 아내의 손을 잡고 계곡을 찾아가 사이좋게 신선놀음을 해야겠다.

쇠소깍(명승 제78호)

해안 도로를 달려서 서귀포 하구에 있는 쇠소깍(소가 누워 있는 모습의 연못)을 찾았다. 이곳은 서귀포시 하효동과 남원읍 하례리의 효돈천(孝敦川) 하구 해변에 있는 곳으로, 숨이 막힐 정도의 비경을 자랑한다. 하늘 끝 한라산 백록담의 물은 현무암으로 스며들어 시간이 흘러 비로소 쇠소깍에 와서야 분수처럼 용출하여 머무른다.

소(沼)는 미국 서남부 애리조나주에 있는 그랜드캐니언의 축소판이다. 효돈천의 건천을 따라서 바다로 내려가다 보면 끝자락에 기암괴석과 우거진 숲이 어우러지는 풍광이 나타난다. 화산암 조면암의 병풍바위와 해풍에 조경수처럼 잘 다듬어진 소나무들이 둘러싼 해안과 연결되어 한 폭의 동양화를 그려낸다. 바위에 비추어지는 담수와 해수가 어울리는 빛깔은 유난히 푸르고 맑다. 마치 진한 쑥을 갈아서 풀어 놓은 듯한 쪽빛의 물을 들여다보고 있노라면 우주의 블랙홀로 빨려들어 가는 환각 속에 빠져버린다. 깊은 물속을 그대로 비추는 계곡 바위틈으로는 썰물 때면 솟아오르는 지하수의 신기한 경관도 구경할 수 있다. 소의 양 측면에는 솔잎난, 파초일엽, 담팔수 등의 아열대성 식물들과 곰솔 숲과 구실잣밤나무, 천선과나무 등의 난대성 식물들이 밀림을 이루며 소의 물빛을 더 빛나게 한다. 또 기암괴석의 수직 절벽에는 사자 바위, 기원 바위, 부엉이 바위, 코끼리 바위, 큰 바위 얼굴, 사랑 바위, 장군 바위, 독수리 바위 등 침식 작용에 의해 형성된 다양한 바위 얼굴들이 조각되어 있다.

계곡 주변을 이어가는 말끔히 정돈된 산책로를 따라서 경관을 관찰하는 것도 좋지만, 이곳에서 반드시 빠트리지 말아야 할 것은 테우(제주 전통 뗏목)에 승선해 보는 것이다. 오로지 사람의 힘과 바람으로만 항해하는 목선은 조금은 위태로워 보인다. 하지만 예전에 바람과 해류에 익숙했던 제주인들에게 테우는 제주도와 외부를 잇는 유일한 교통수단이었으며 생계 수단의 어선이었다. 비록 밧줄에 묶인 배를 타는 반 시간가량의 짧은 경험이지만 쇠소깍의 경관을 감상하는 느낌은 여느 곳에서 즐길 수 없는 특별함이 있었다. 또한, 보트 바닥을 투명한 아크릴로 제작하여 호수가 환히 들여다보이는 카약과 연인들에게 꼭 맞는 2인승 수상 바이크를 타며 낭만을 즐길 만하다. 테우에 올라타 수려한 산수를 벗 삼아 잠시 신선의 무아지경에 빠져 본다.

이곳은 가뭄을 해소하는 기우제를 지냈던 신성한 땅으로 함부로 돌을 던지거나 물놀이를 하지 못하게 했다. 2011년에 문화재청이 외돌개, 산방산과 함께 국가 지정 문화재 명승지로 지정한 곳이다. 여름철 하계 휴양지로 소문이 자자하여 여행객이 그냥 지나치지 않는 곳이다. 시원하고 깨끗한 담수의 개울물과 해수를 동시에 즐길 수 있는 천혜의 자연이다. 여름철에는 주민들이 쇠소깍 해변 축제를 개최하여 흥을 더 돋운다.

안덕 계곡(安德 溪谷)

안덕 계곡은 서귀포시 안덕면 감산리에 위치하고 있다. 사람들은 이곳이 제주도에서 가장 아름다운 계곡 중의 하나라고 입을 모은다. 명불허전(名不虛傳)이라고, 계곡으로 들어서는 순간 "이러한 신천지가 제주 섬에 숨어 있었는가!" 하고 감탄사를 연발하게 한다. 아마도 평평한 바위에 앉아서 신선들이 바둑을 두며 여유를 부렸을 것 같고 선녀들이 인간들의 눈길을 피해서 목욕을 했을 법한 개울이라는 생각이 든다. 섬의 따뜻한 남쪽에 자리하여 사시사철 상록수가 푸른 잎을 반짝여서 계절의 흐름을 잊게 하는 개울이다. 섬의 대부분의 계곡들은 현무암의 지질로 인하여 상시 건천이지만, 이 개울은 상시 수량이 풍부하여 사람들이 자주 방문하는 곳이다. 봄·가을철에는 입구에서 폭포까지 이어지는 계곡 길을 따라서 가벼운 트래킹을 즐길 수 있으며, 여름철이면 울창한 숲이 만들어주는 그늘에서 시원하고 깨끗한 물에 몸을 담글 수 있다.

역시 계곡의 양측에는 기암괴석이 있어서 사람들의 눈을 동그랗게 만들 정도로 신비롭고 아름답다. 여름철에는 아이들을 데리고 물놀이 하기에 딱 맞는 장소이며 시원한 물은 이마에 흐르는 땀을 어느새 날려 보낸다. 이곳은 겨울에도 따뜻하여 각종 동식물의 낙원이기도 하다. 난대와 아열대 식물이 서로 담소를 나누며 계곡 숲을 정원으로 만들어 놓았다. 물길을 따라 양옆에는 상록 활엽수림이 발달해 있으며 붉은 꽃잎에 검은 진주 같은 구슬을 가지고 있는 매혹적인 말오줌때나무(열매를 복용하면 말처럼 소변을 시원하게 본다), 새알 같은 박을 달고 있는 새박나무, 딸이 태어나면 시집보낼 때 장롱을 짜기 위해서 심었다는 먹구슬나무가 자라고 있다. 또 배풍등나무, 후박나무, 조록나무, 가시나무, 구실잣밤나무, 붉가시나무, 참식나무 등이 있어서 수목원을 방불케 한다. 달콤한 맛이 난다는 감국, 쇠뜨기, 도꼬마리와 각종 고사리류 등도 키를 키우고 있다. 또한, 남오미자, 바람등칡, 백량금 등이 관찰되고 희귀 식물인 담팔수와 상사화 등도 귀하게 보인다. 그래서 이곳은 현재 천연기념물 제377호로 지정되어 잘 보호되고 있다. 하늘을 자유롭게 비행하는 새들이 사계절 내내 지저귀며, 직박구리와 동박새 등의 텃새가 보금자리를 틀고 있고, 여름에는 제비, 겨울에는 두루미 등 각종 철새가 찾는 곳이다.

조선 시대 대정읍으로 유배 왔던 추사 김정희 선생도 계곡의 아름다운 풍경에 반해서 이곳을 자주 찾았다고 한다. 그리고 유명한 TV 드라마 〈추노〉의 촬영 현장이기도 하다. 한여름의 작열하는 태양을 피해서 계곡 바위에 앉아서 푸르른 하늘을 쳐다본다. 그리고 흐르는 물에 잠시 발을 담그면 세상의 모든 일을 잊는다. 그래서 이곳이 좋다.

“처음으로 귀양살이하던 집을 나서는 날에/먼저 가까운 시냇물을 찾았더니/푸른 바위가 굽이굽이 서 있고/낮은 폭포는 늦가을 단풍에 걸렸구나." 조선 영조 때인 1768년에 제주에 유배돼 지금의 서귀포시 안덕면 창천에서 유배 생활을 했던 임관주는 유배 생활에서 풀려나자 가장 먼저 인근에 있는 이 계곡을 찾았다고 한다. 그는 아름다운 계곡을 둘러보며 이런 시를 바위에 새겼다고 한다.

돈내코 계곡

서귀포시 상효동에 있는 계곡이다. 돈내코라는 이름은 야생 멧돼지들이 물을 마시던 하천의 입구에서 흐르는 물이라는 의미에서 붙여졌다고 한다. 계곡은 제주에서 가장 수량이 풍부한 하천이다. 계곡 양쪽에 밀림 같은 울창한 숲이 자연림으로 조성되어 있고 깊은 계곡으로 인하여 접근이 용이하지 않다. 시에서 만들어 놓은 지정 탐방로 및 계단을 이용해야만 안전하게 다다를 수 있다. 워낙 수량이 풍부하여 여름철 물놀이 하기에 최고의 적합지라 도에서는 이곳을 하계 관광지로 개발해 놓았다. 그야말로 한여름이 다가오면 담수 속에서 시원한 물놀이를 즐기고자 하는 사람들로 인해 계곡이 사람 반, 물 반이다. 계곡의 백미는 역시 금슬 좋은 부부처럼 나란히 떨어지는 아담한 원앙 폭포라 하겠다.

한라산에서 시작하여 남부 서귀포 쪽으로 영천천 중류에서 솟아나는 용천수가 흐르는 계곡이다. 이 물은 용출량이 풍부하여 예부터 상효리, 토평리, 신효리 주민들의 식수로도 활용되었다.

※ 돈내코 계곡은 '제주의 폭포'의 '원앙 폭포'를 참조하기 바란다.

강정천(江汀川)

서귀포시 강정동에 있는 하천이다. 하류의 계곡 폭이 넓고 완만하여 하계에 가족 간의 물놀이를 할 수 있는 제주 섬의 최적지이다. 여름철을 제외한 타계의 평상시에는 역시 거의 건천이다. 한라산 윗세오름에서 발원한 물줄기는 제주 사람들이 신성시하는 영실의 도순천을 통과한다. 그래서 강장천의 물을 신령스러운 물이라고 한다. 하류의 맑은 물에서는 수박 향기가 나는 은어와 원앙 부부 새들이 놀러 와서 놀고 있다.

하천 양옆에는 수십 년은 족히 보이는 곰솔 숲이 넓게 조성되어 있어 캠핑을 좋아하는 가족들이 야영하기에 전혀 불편함이 없는 곳이다. 수심은 대체로 얕아서 피서철인 뜨거운 여름이 다가오면 담수를 그리워하던 사람들이 몰려온다. 하천을 따라 길게 이어지는 계곡 트래킹도 재미있다. 바다와 맞닿은 하구 절벽에서는 낚시꾼이 월척을 꿈꾸며 힘차게 대양을 향해서 릴을 날린다. 계곡 동쪽에는 소담스러운 모래사장이 있어서 해수욕도 동시에 즐길 수 있다. 하류에서 솟아나는 용천수의 양은 어마어마하여 서귀포 시민들의 식수로 활용되고 있다.

앞바다에는 큰 호랑이가 웅크리고 앉아 있는 모양을 한 범섬(虎島)이 바다를 호령하고 있다. 하천 주변에는 담팔수, 굴피나무, 까마중 등이 자생하고 있으며 상류 도순천에는 제주도의 나무인 녹나무, 종가시나무, 굴피잣밤나무가 무성하다. 이 나무의 열매인 도토리는 고소한 맛이 나서 유일하게 생으로 먹을 수 있는 도토리이다. 하류에는 그 유명한 해군 복합 기지가 최근에 개항하였다.

광령(光令) 무수천(無愁川) 계곡

한라산의 정상 서쪽 장구목 서북벽 계곡에서 발원하여 외도동 앞 바다로 흘러드는 하천을 말한다. 머리가 없는 내라고도 하고 물이 없는 건천이라는 뜻의 무수천(無水川), 지류가 수없이 많다는 뜻의 무수천(無數川), 계곡에 들어서면 모든 근심과 걱정이 사라진다고 하여 무수천(無愁川)이라고도 한다. 걸으면 역시 자신도 모르게 모든 근심과 걱정을 잊을 만하다. 1136번 도로(중산간 도로)를 따라 걸으며 도로 변 광령 마을에 들러 보려고 집을 나선다. 무수천은 제주시와 애월읍의 경계이다. 광령교 남쪽에 무수천 탐방로 안내판이 있어 광령 8경 중 제1경인 보광천부터 들러 보려고 무수천 계곡으로 내려가 살펴본다. 하지만 안내판 사진에 나와 있는 풍경을 찾기가 어렵다. 계곡의 풍광은 안덕 계곡 못지않게 환상적이다. 광령교 아래쪽에 있는 제3경인 용안굴에는 하얀 기암괴석들이 끝없이 즐비하게 늘어서 있다. 마치 수석 박물관을 보는 듯하다. 검은 화산암이 수백 년 동안 물에 씻기고 햇볕에 바래서 만들어진 신비의 세계이다.

계곡은 한라산에서 제주시 북부 바다까지 길게 이어진 하천이다. 굽이굽이 하천이 아름다워 선인들은 광령(무수천) 8경이라고 했다. 광령 8경은 제주의 빼어난 절경으로 널리 알려진 영주 10경에 빗댄 표현으로 무수천이 그만큼 아름답다는 의미를 담고 있다. 이 비경은 바닷가로부터 제1경인 보광천(오해소)을 시작으로 한라산 방향으로 제2경 응지석(鷹旨石), 제3경 용안굴(龍眼窟, 용눈이굴), 제4경 영구연(瀛邱淵, 들렁귀소), 제5경 청와옥(靑瓦屋, 청제집), 제6경 우선문(遇仙門), 제7경 장소도(長沼道), 제8경 천조암(泉照岩) 등이 있다. 8경 외에도 예전에 멧돼지가 산에서 내려오는 길목이었다는 돈내통의 명사(모래)와 인수교의 은파(은빛 파도)를 더해서 광령 10경이라 부르기도 한다.

제1경 보광천(寶光川)은 속칭 오해소[무성한 숲으로 인하여 오시(午時)에 잠깐 햇빛이 든다]라고도 불리며, 영주 10경의 운치에 따르면 광천오일(光川午日)이다. 광령리 동북쪽 마을인 사라 마을에서 상류로 오르다 보면 계곡 좌우로 병풍처럼 석벽이 둘러서 있는데 그 너머가 보광천이다. 제2경 응지석은 일명 '매 앉은 돌' 또는 '매머를'이라고도 한다. 옛날에는 매가 자주 날아와 앉았다 하여 맷돌이라 명명했다. 제3경 용안굴은 일명 '용눈이굴' 또는 일전용안(日田龍眼)이라고 한다. 바위벽의 움푹 들어간 곳이 진짜 눈동자 모양을 하고 있다고 하여 그 모양을 용의 눈이라고 한다. 이곳에서는 제주의 암벽 클라이머들이 암벽 등반을 즐기는 모습을 볼 수 있다. 제4경 영구연은 일명 '들렁귀소'라 불리는 곳으로 서부 관광 도로가 시작되는 지점인 광령교 바로 북측에 위치한 연못을 말한다. 요즘처럼 가뭄이 계속되는 시기에는 이 소도 바닥을 드러내어 안타까움이 있다. 그러나 여름철에 비가 많이 내려 하천의 물이 넘칠 때면 폭포가 장관을 이루는데, 이를 영구비폭(瀛邱飛瀑)이라 한다.

제5경 청와옥은 속칭 '청제집'이라고 한다. 돌 바위가 겹겹이 쌓인 정자로 개구리가 입을 벌리고 있는 모습처럼 보인다. 사람이 타고 오르기에는 조금 가파르지만, 한여름에 올라가 누우면 그 시원함이 이를 데 없다. 돌로 바위를 두들기면 바위가 울리는 소리가 기이하다. 제6경 우선문은 속칭 '창꼼돌래'라고 한다. 계곡 동쪽으로 금방이라도 신선이 구름을 타고 내려올 것만 같은 수십 척의 기암괴석이 대문의 형체를 하고 있다. 계곡 양측에는 노송과 버들참빗 군락이 빼곡하게 밀림을 이루고 있어서 여름에 뜨거운 햇빛을 피하기에 좋은 장소이다. 제7경 장소도(長沼道)는 바닥이 모두 돌로 이루어진 긴 물 홈이 파여 있는 연못이다. 수심이 깊지 않아서 여름이 되면 가족들이 나들이 와서 아이들과 물놀이 하기에 적절한 곳이다. 제8경 천조암은 쇠미쪼암이라고도 한다. 제주 사투리로 소를 밑지게 한다는 곳으로 워낙 낭떠러지가 심한지라 주변에서 방목하던 소들이 여러 마리 떨어져 죽었다고 전해져 오는 곳이다. 어느 따스한 봄날, 누구라도 손을 잡고 배낭을 하나 짊어지고 마냥 걷고 싶은 곳이 바로 무수천 계곡 길이다. 가다가 힘들면 연못에서 물장구도 치고 자신을 위해 시간을 무한정으로 쓴들 누가 뭐라 할 것인가. 다만, 트래킹 중에는 특히 추락에 주의해야 한다. 계곡 곳곳에 수백 길이 넘는 낭떠러지 수직 절벽이 도사리고 있기 때문이다.

탐라 계곡(耽羅 溪谷)

행정 구역은 제주시 오등동이다. 한라산 등반 코스인 관음사 입구에서 한라산으로 이어지는 등산로에 있는 계곡이다. 계곡은 지리산 칠선 계곡, 설악산 천불동 계곡과 더불어 우리나라 3대 계곡으로 부른다. 탐라 계곡은 가운데의 능선을 중심으로 동탐라 계곡과 서탐라 계곡으로 나누어진다. 섬에서 가장 긴 계곡인 한천은 한라산의 북면에서 물길이 시작되어 급경사를 이루며 하류로 이어져 하천을 이룬다. 높이가 무려 수십 척이 넘는 이끼 폭포를 비롯하여 현무암을 타고 떨어지는 폭포들이 줄지어 있다. 깊고 긴 계곡 주변의 한라산에서는 수만의 온갖 동식물이 자연을 누리고 있다.

계곡의 시작은 한라산 등반 관음사 코스(8.7㎞) 주차장(620m)에서부터이다. 여름철과 비가 많이 오는 때를 빼고는 상시 건천(乾川)인 한천(韓/大川, 한라산 백록담에서 발원하여 제주시 앞바다로 이어지는 16㎞의 대협곡)을 만나면서 우리나라 3대 계곡인 탐라 계곡에 이른다. 한라산의 가을 단풍이 시작되는 곳이며 백록담까지 화려한 오색 단풍을 수놓는다. 우람한 현수교를 건너서 122개의 수직 목 계단을 숨을 헐떡이며 오르면 작은 탐라 대피소(975m)가 산객을 기다린다. 지친 몸을 평상에 누이며 파란 창공을 쳐다보며 활력을 불어넣고 다시 산을 오른다.

삼각봉 대피소 우측에는 직각 삼각형처럼 생긴 삼각봉이 우뚝 솟아 있다. 서울 북한산의 삼각산 모양새를 꼭 닮았다. 한라산은 사계절이 모두 빼어나지만, 특히 삼각봉 대피소부터 백록담 정상까지 펼쳐지는 하얀 겨울 풍경은 윗세오름과 함께 사람의 혼을 빼앗아 갈 정도로 화려하고 환상적이다. 샘터에서 노루와 산토끼 등이 나눠 마시는 샘물로 목을 축이고 잠시 쉬었다가 용진각 현수교에 발길을 디뎌 본다. 2007년에 계곡을 가로지르는 아치형 나무다리에서 계곡을 내려다봤을 때는 다른 세상이라는 생각이 들었다. 특히 우리나라에서 가장 아름다운 가을 단풍은 이곳에서 감상할 수 있다. 전국의 사진작가들도 그때가 되면 예술 작품을 하나 건져 보려고 날아온다. 용진각 대피소 터(2007년에 태풍으로 인한 산사태로 돌로 지은 대피소가 사라졌다)를 지나면 좌측의 왕관 바위를 볼 수 있다. 땅속에서 솟아 나온 검은 왕관이다. 장군봉, 매 바위 북벽을 거치면 백록담이 살짝 얼굴을 보여 준다.

탐라 계곡을 이용하여 한라산에 오르지 않고 누가 감히 산에 올랐다고 하겠는가.

효돈천(孝敦川)

서귀포시 효돈동을 흐르는 한라산 남부의 하천이다. 효돈천의 총 길이는 약 13㎞로 한라산 남사면을 대표하는 산남 최대의 하천으로 꼽힌다. 한라산 정상에서 발원하여 하효동과 남원읍 하례리의 경계 지점에 있는 바닷가에 이르러 그 유명한 쇠소깍에서 해수와 조우한다. 상시에는 건천이지만, 일부 구간에는 상시 흐르는 구간이 있는데 제주에서 가장 용천수의 수량이 풍부한 여름철의 피서지 돈내코가 바로 그곳이다.

효돈천의 주류는 방애오름을 사이로 하여 웅장한 규모의 서산벌른내와 산벌른내를 거쳐 미악산 상부에서 돈내코로 이어진다. 계곡이 깊고 넓어서 다양한 식생이 서식하고 있는데, 상록 활엽수림과 낙엽 활엽수림, 관목림 등이 고도에 따라 출현한다. 중대가리나무(구슬꽃나무), 이나무, 섬에서 단 20주 정도만 보이는 무주나무, 효돈천에만 자생하는 죽절초나무, 백량금나무, 하얀 눈 위의 겨울딸기는 새빨간 구슬같이 탐스러운 열매를 맺어 새와 산짐승들을 유혹한다. 솔잎 같은 잎을 지니고 줄기가 땅바닥으로 뻗어 나가는 석송도 보인다. 이 계곡 주위도 자연 식물원이라 할 수 있다.

상시 건천이라 계곡의 대부분은 비가 오지 않으면 흐르는 물을 보기가 어렵다. 바닥이 돌로 이루어진 곳에 군데군데 용소, 남내소 등의 연못이 맑은 물을 모아 목마름에 지친 짐승의 목을 축여 준다. 계곡 바닥과 주상 절리 벽에는 검은색이 아닌 흰 기암괴석이 펼쳐져 있다.

훈련된 주민들로 구성된 가이드의 안내를 받아서 제주도에서는 유일하게 일반 탐방객들도 암벽 트래킹을 즐길 수 있다. 트래킹은 봄철부터 가을까지만 가능하다. 가이드들이 본업인 감귤 농사를 지어야 하기 때문이다. 제주에서는 노지 귤 수확 시기가 11월부터 시작된다. 이 계곡은 현재 도 문화재로 지정되어 보존되고 있는 하천이다. 종착지인 쉬오름(271m)에 오르면 트래킹이 끝난다. 이곳은 최근에 하례리 생태 마을 체험 관광으로 유명해졌다.

용두암(龍頭岩, 제주도 기념물 제57호)

용두암은 제주시 용담동(龍潭洞) 해안에 있는 기암(奇岩)이자 관광지 제주의 랜드마크이다. 제주 국제공항에서 지척인 제주시 북부 해안가에 있는 신비스러운 바위는 높이 10m 정도의 현무암 자연 조각물이다. 오랜 풍상의 세월을 거쳐 파도와 바람에 깎이고 씻겨져 빚어진 모양이 용의 머리처럼 생겼다 하여 용두암이라 명명했다.

역시 이 바위도 용이 나온다는 전설이 따라다닌다. 옛날 옛적에 용 한 마리가 한라산 산신의 옥구슬을 훔쳐 달아났다. 이에 화가 머리끝까지 치솟은 한라산 산신이 화살을 날려 용을 바닷가에 떨어뜨렸다. 그리고 벌을 내려 몸은 바닷물에 잠기게 하고 머리는 하늘로 향하게 하여 그대로 굳게 했다고 전해진다. 또 다른 전설은 용이 되어 하늘로 올라가는 것이 소원이던 한 마리의 날쌘 백마가 그만 장수의 손에 잡히고 말았다는 전설이다. 백마는 발버둥을 치며 용을 썼으나 뜻을 이루지 못하자 그 자리에서 바위로 굳어졌다는 전설이다.

이곳은 제주를 찾는 여행객들이 공항에 도착하자마자 제일 먼저 찾는 곳이기도 하다. 모두 용두암을 배경으로 사진을 찍으며 신령한 용의 기운을 듬뿍 담아가서 소원을 이루고자 한다. 이곳에서부터 서부 애월읍으로 가는 해안 도로는 경치가 절경으로 우리나라에서 가장 아름다운 드라이브 코스로 꼽히고 있다. 울퉁불퉁한 현무암의 검은색은 제주의 투명한 바다와 하늘의 파란색을 만나서 아름다운 제주 바닷가 경치의 극치를 이룬다. 물론 연인들은 자전거나 도보로 트래킹하면 더 좋을 것이다. 금문교가 있는 미국 캘리포니아의 해안 또는 하와이섬의 해안 도로가 이보다 더 아름답겠는가. 한여름 밤의 용두암 해변은 바다에서 조업하는 갈치, 한치 고깃배의 수은등에서 빛나는 하얀 빛으로 인하여 환상적인 야경을 선사한다.

이곳은 특히 용을 좋아하는 중국 관광객들이 많이 찾는 곳이다. 물론 제주 섬 관광이 시작된 예전부터 국내인도 제주를 찾게 되면 꼭 들르는 필수 코스였다. 아무래도 동양인은 신령스러운 전설의 동물인 용으로부터 기를 받고 싶은 욕망이 있기 때문이리라. 중국이나 우리나라 봉건주의 시대에 용이 황제나 왕의 상징이었던 것은 주지의 사실이다. 이곳 해안 도로 주변에는 카페 및 주점, 횟집, 식당 등이 옹기종기 들어서 있다. 현재는 아예 자그마한 카페촌이 형성되어 있다.

용두암에 벌떼 같은 여행객이 밀려오는 덕분에 바다에서 물질하는 마을 해녀들은 신이 났다. 바위 옆의 해녀의 집에서 판매하는 전복, 문어, 뿔소라, 해삼 등의 해산물은 제주 바다의 냄새를 물씬 풍기고 있다. 해룡의 기운을 받은 해녀들이 바닷속에서 직접 잡아 온 것이기에 싱싱하기가 이를 데 없다. 푸른 바다를 바라보며 소주 한 잔에 안주로 곁들이면 제주 섬의 최고의 선물이 되지 않겠는가. 바로 인근에는 용들이 살았다는, 신선들이 물놀이를 했다는 용연이라는 기이한 연못이 있다.

용머리 해안
(沙溪里 龍頭海岸, 천연기념물 제526호)

제주 남부 서귀포시 안덕면 사계리에 있는 자연이 선물한 천연 해식 절벽이다. 해안의 모양이 흡사 바닷속으로 기어들어 가는 용의 머리를 닮았다 하여 용머리 해안으로 부르기 시작했다. 기이하고 아름다운 풍광은 말로 다 표현할 수 없을 정도이다.

여기에도 역시 용에 관한 전설이 있다. 제주도에서 장차 왕이 태어날 것을 안 중국 진(秦)의 시황제가 충신 호종단을 보내어 섬의 혈을 끊어버리라고 명령했다. 호종단은 이곳에서 왕후지지(王后之地)의 혈맥을 찾아내어 용의 꼬리와 잔등 부분을 큰 칼로 내리쳐 끊어버렸다. 그러자 시뻘건 피가 솟아 주변을 물들이며 지금의 모습이 되었다. 임무를 마친 호종단은 중국으로 귀환하기 위하여 제주 동북부의 차귀섬으로 배를 저어갔다. 그러나 격노한 한라산 신에게 벌을 받아 폭풍에 배가 뒤집혀 목숨을 잃었다고 한다.

천혜의 해안 해식 절벽은 이름하여 한국의 바닷가 그랜드 캐니언이라고 불리기도 한다. 용머리 해안과 성산 일출봉의 유채밭은 우리나라에 새봄을 알리는 봄의 전령사이다. 한반도의 겨울이 채 물러가기도 전에 이곳에서는 유채가 노란 꽃봉오리를 터트리며 살랑살랑 따스한 봄소식을 전한다. 관광객들은 해변에 있는 말에 승마하여 노란 유채밭을 배경으로 사진을 찍느라 정신이 없다.

춘풍의 힘을 빌려 멀리 남녘 바다에서 밀려오는 파도가 세차게 용머리를 들이받는다. 파도의 하얀 거품인 포말이 마치 용이 입에서 내뿜는 시뻘건 불꽃 같기도 하다. 그래서 사람들은 봄이 그리워 두꺼운 겨울 코트를 벗어 던져버리고 아직 서투른 봄에 제주 그곳으로 달려가는가 싶다. 해안 우측에는 반원형 형태의 부드러운 검은 모래사장이 펼쳐져 있어서 여름에 피서객으로 들썩인다.

1653년(효종 4년)에는 네덜란드의 하멜이 탄 선박이 난파되어 이곳에 표착했던 것을 기념하기 위해 세워진 하멜 표류 기념비가 있으며 그의 선박을 복원한 기념관도 세워져 있다. 아이들이 매우 좋아한다.

서귀포 대포 주상 절리

(柱狀 節理, columnar jointing, 천연기념물 제443호)

서귀포시 중문동 관광단지 인근 바닷가에는 도저히 설명이 안 되는 불가사의한 신묘한 광경이 펼쳐져 있다. 제주도 방언으로 지삿개 또는 모시기정이라고도 하는 대포 주상 절리이다. 주상 절리란 주로 현무암질 용암류에 나타나는 기둥 모양의 수직 절리로서 다각형(보통은 육각형)이며 두꺼운 용암이 흐르다 급격하게 식으면서 발생하는 수축 작용의 결과로써 형성된다.

하늘의 신이 아마도 제주 섬이라는 곳을 자신이 머무르는 천상의 정원처럼 꾸미고자 자연의 손을 빌려서 이토록 아름다운 주상 절리를 바닷가에 꾸며놓은 듯싶다. 진정 신의 조화가 아니고서는 설명할 수 없는 신비라 하겠다. 파도의 하얀 물방울이 병풍처럼 둘러쳐 있는 검은 육각형의 주상 절리에 부딪히면 햇빛에 반사되어 무지개처럼 빛난다. 그 광경을 쳐다보는 사람은 정신이 홀려버려 황홀경에 빠지고 만다. 잠시 놓았던 정신을 탁 트인 푸른 바다를 보면서 되찾아온다. 이렇게 아름다운 경치를 보면 인간도 아름다워지지 않을까 하고 생각해 본다.

아마도 제주를 찾는 거의 모든 여행객이 이곳을 탐방하는 것 같다. 넓지 않은 계단을 이용해서 관람해야 하는데 뒷사람에게 밀려서 저절로 이동하게 된다. 주상 절리를 감상하기 위해서는 입장료가 필요하다. 제주도 당국에서는 이 보물을 잘 관리하고 보호해야 하므로 입장료를 받고 관광객을 주상 절리에 접근하도록 허용한다. 후세에도 대대손손 소중히 보호해야 할 것이다. 해안에서 요트나 유람선을 이용하여 바다 위에서 감상하면 더욱 가까이에서 그 절경을 실감할 수 있다.

천년의 숲 비자림(천연기념물 제374호)

비자림은 제주시 구좌읍 평대리(坪岱里)와 송당리(松堂里)에 있는 돛오름(저악, 猪岳, 284m) 아래에 길게 펼쳐져 있다. 숲에 들어서면 범상치 않은 기운이 엄습한다. 착생 식물인 콩짜개덩굴이 푸른 비늘로 뒤덮은 회갈색의 엄청난 거목들이 하늘을 가리고 서 있기 때문이다. 비자나무는 주목이나 구상나무같이 푸르른 바늘잎을 반짝이면서 숲에 가득 들어차 있다. 화산 분화로 생긴 토양인 송이를 깐 보행로의 붉은빛이 숲과 하늘까지 물들인 녹색과 선명한 대조를 이루고 있다.

요즘 제주를 방문하는 관광객들에게는 이 숲의 탐방이 필수 코스가 되어버렸다. 비자나무의 피톤치드는 사람의 정신을 맑게 해 주는 효과가 매우 높다고 한다. 피톤치드가 많이 뿜어져 나오는 오전에 서너 시간 정도 이곳에 머무르면 심신의 모든 근심과 병이 치료되는 기분을 느끼게 된다고 한다. 옛날 마을 제사에 쓰이던 비자나무 열매가 사방으로 흩어져서 군락이 만들어진 것으로 추정되고 있다.

탐방로 숲 한가운데에는 최고 수령을 자랑하는 약 천 년 가까운 할아버지 나무가 턱 하니 가지를 사방으로 뻗고 하늘을 찌르고 있다. 그래서 일명 천년의 숲이라고도 한다. 이 나무가 숲의 랜드마크이자 포토 존의 명당자리이다. 아마도 이곳에서 기념사진 한 장 찍지 않고 그냥 지나치는 관광객은 없으리라. 탐방객들은 문전성시(門前成市)를 이뤄 길게 줄을 서서 대기하는 경우가 흔한 일이다. 이 숲의 비자림은 나이가 500~900년에 이르는 비자나무 3천여 그루가 자생하고 있는 군락지이다. 단일 품종으로서는 세계 최대 규모의 숲을 이루는 곳이라고 한다. 고려 시대부터 오랜 시간 동안 이어진 숲이라고 하며 천연기념물 제374호로 지정되었다. 『동의보감』에는 비자 열매를 구충제로 썼다고 나온다. 그래서 별다른 약이 없었던 제주 사람들은 자주 복용했다고 한다. 비자 열매는 고려 시대부터 조선 시대까지 제주도의 중요한 진상품이었다고도 한다. 1970년대 초에 한때 쥐까지 잡아서 수출하던 시절에 정부에서는 열매를 수출하기 위하여 주민들의 숲의 입산을 금지했다는 웃지 못할 얘기도 전해진다. 나무는 향기가 좋아 고급 나무나 바둑판 등을 만드는 데 사용되고 있다.

비자림은 후박, 구실잣밤나무, 자귀, 머귀, 올벚, 박쥐, 곰의말채, 예덕, 철쭉, 천선과나무, 천남성(섭취 불가) 등 수많은 자생 천연 원시림과 함께 숲을 이루고 있다. 또한, 나도풍란, 풍란, 콩짜개란, 흑난초, 비자란 등 희귀한 난과 식물의 자생지이기도 하다.

숲 입구에는 청년이라 할 수 있는 어린 비자나무들이 줄지어 서서 방문객을 환영하고 있다. 4, 5월의 봄날에는 수십 년 된 철쭉이 연분홍 꽃의 향연으로 손님을 유혹하며 맞이한다. 녹음이 짙은 울창한 비자나무 숲속의 삼림욕은 혈관을 유연하게 하고 정신적·신체적 피로 해소와 인체의 리듬을 되찾아 주는 자연 건강 휴양 효과가 있다고 한다. 또한, 주변에는 제주 오름 중에서도 가장 자태가 아름다운 기생 화산인 월랑봉(달랑쉬오름), 아부오름, 용눈이오름 등이 있어서 빼어난 자연경관을 자랑하고 있다. 특히 이곳은 TV나 영화 촬영지로서 매우 각광받고 있다.

숲의 바닥에는 붉은 화산 송이(scoria)가 깔려 있으며 나무에서 풍겨 나오는 테르펜(terpene, 침엽수에서 나는 향기)과 피톤치드(phytoncide, 희랍어로 '식물의'라는 뜻의 'phyton'과 '죽이다'라는 뜻을 가진 'cide'의 합성어)는 침엽수림에서 분비되는 신비한 물질로 피로에 지친 인간을 치유해 준다.

외돌개(孤立石)

제주 섬 남부 바다 위 서귀포시 천지동에 있는 바위섬이다. 주위 풍경은 바닷가의 기암괴석과 정원사의 손길이 닿은 것처럼 아름다운 해송(海松) 숲이 어우러진 한 폭의 동양화이다. 2011년에 문화재청이 쇠소깍, 산방산과 함께 국가 지정 문화재 명승으로 지정했다. 높이는 약 20m로 삼매봉 남쪽 기슭에 있으며 바다 한복판에 홀로 우뚝 솟아 있다고 하여 외돌개라고 한다. 화산 폭발로 섬이 탄생할 때 생긴 바위섬으로 꼭대기에는 작은 소나무 몇 그루가 머리카락처럼 자라고 있는 것이 희미하게 보인다.

장군석이라고도 부르기도 한다. 이 이름에 얽힌 설화가 있다. 고려 말기 원(元)나라가 쇠할 무렵에 탐라도에 살던 몽골족의 목자(牧子)들이 있었다. 그런데 고려에서 중국 명(明)나라에 제주마를 보내기 위해 말을 징집하는 일을 자주 행하자 이에 반발하다 결국 목호(牧胡)의 난을 일으켰다. 조정에서는 그들을 평정하기 위하여 최영 장군을 파견했다. 장군은 범섬으로 도망간 이들을 토벌하기 위해 외돌개를 장군의 형상으로 치장시켜 놓고 최후의 격전을 벌였다. 그런데 목자들은 외돌개를 대장군으로 알고 지레 겁을 먹고 차디찬 푸른 바다에 스스로 몸을 던져 목숨을 끊었다고 한다.

또 슬프고 마음이 애틋해지는 전설도 있다. 할망 바위로도 불리는 것에 대한 전설이다. 할망은 고기잡이를 나간 할아버지가 심한 풍랑으로 돌아오지 못하자 하르방을 부르며 기다리다가 바위가 되었다고 한다. 바위 끝에는 사람의 머리처럼 나무와 풀들이 자라고 있고 그 왼편으로 할머니의 이마와 깊고 슬픈 눈망울과 콧등의 윤곽이 어렴풋이 보인다. 쩍 벌어진 입 모양은 할머니가 할아버지를 외치며 찾던 모습 그대로이다. 외돌개 바로 밑에는 물 위에 떠 있는 듯한 바위가 있는데 이는 할머니가 돌로 변한 후 할망의 정성에 탄복한 용왕님이 할아버지의 시신을 떠오르게 하여 돌이 된 것이라고 한다. 뒤로는 선녀 바위라는 기암절벽이 돌이 되어버린 할아버지와 할머니를 안쓰러워하며 병풍처럼 펼쳐서 감싸 안고 있는 모습이다. 멀리 보이는 범섬은 이 모든 것을 묵묵히 바라보고만 있었을 것이다. 세상에서 가장 아름다운 경치에 슬픈 전설이 있는 것이 참 아이러니하다는 생각이 들었다. 그렇게 슬픈 사연을 알고 보아도 여전히 풍경이 아름답게 보이는 것은 어떤 이유에서일까.

외돌개 앞바다의 해안 코스는 섬에서 가장 아름다운 산책로이다. 주변에는 돈내코 계곡, 정방, 소정방, 엉또, 천지연 폭포 및 문섬, 범섬, 섶섬, 법화사지, 황우지 해안 등 관광 명소가 수도 없이 많다. 여행 일정을 마치고 서귀포 시내의 올레 시장에 가서 맛있는 제주 음식으로 배를 채우면 여행의 마침표가 될 것이다.

기묘한 섭지코지

서귀포시 성산읍 신양리에 있는 기묘한 해안이다. 섭지란 재사(才士)가 많이 배출되는 지세(지형)란 뜻이며 코지는 곶을 뜻하는 제주 방언이다. 바다로 돌출된 뱃머리 모양을 한 바닷가 쪽의 고자웃코지와 해수욕장 가까이에 있는 정지코지로 나뉜다. 언덕 위의 바닥이 송이라는 붉은 화산재로 형성된 것이 검은 땅 제주의 특이한 점이다. 또 코지 꼭대기에는 왜적이 침입하면 봉화를 피워 마을의 위급함을 알렸다는 봉수대(연대)가 원형 그대로 보존되어 있다. 주위에는 삼성혈에서 나온 고·양·부 삼신인과 혼례를 올린 세 공주가 목함을 타고 도착하였다는 황노알이 있다.

섭지코지는 시작되는 지점인 신양 해수욕장에서부터 바다로 뻗어나간 길이가 약 반 십 리에 이른다. 섭지코지 끝의 등대 위에 서서 바다의 푸른빛과 어우러진 해안 절경을 감상하는 것이 이곳의 핵심 포인트이다. 넘실대는 파도 너머로 성산 일출봉의 비경을 바라보는 것 또한 놓칠 수 없는 즐거움이다. 신양 해수욕장에서 코지로, 광치기 해변을 거쳐서 성산 일출봉으로 향하는 해안선을 따라서 걷다 보면 자연과 섬과 나 자신이 삼위일체가 되는 황홀경에 빠지게 된다. 화산의 아들인 검은 현무암이 만들어 놓은 또 하나의 자연의 신비이다.

해안 절벽에서 내려다보이는 바다 한가운데에는 기둥 모양의 선녀(돌) 바위가 있는데, 이곳의 백미라 할 수 있다. 이곳의 전설 역시 가슴이 찡하며 애달프다. 옛날 용왕의 아들이 이곳에 놀러 왔다가 하늘에서 내려온 아름다운 선녀를 보고 홀딱 반해서 그만 선녀를 따라서 승천하려고 했다. 그 사실을 보고받은 용왕은 격노하였다. 그리하여 승천하려던 왕자를 그 자리에 굳어버리게 하여 바위로 만들었다는 것이다.

이곳은 그림 같은 언덕과 푸른 바다의 조화가 빼어나 제주도에서 영화나 드라마의 배경으로 가장 많이 등장한 곳이기도 한데, 영화 〈단적비연수〉, 〈이재수의 난〉, 드라마 〈천일야화〉, 〈여명의 눈동자〉, 〈올인〉 등이 섭지코지에서 촬영되었다. 특히 드라마 〈올인〉에서 여주인공이 생활했던 수녀원 세트장과 드라마 기념관인 올인하우스가 관광객들에게 색다른 볼거리를 제공해 주고 있다.

바로 인근에는 우리나라에서 가장 규모가 큰 아쿠아플라넷(Aqua Planet)이 있다. 세상의 모든 해양 생물이 모여 있는 곳이다. 아이를 동반하여 제주도를 찾은 가족들은 이곳에 들러서 온종일 신기한 해양 동식물들과 함께하느라고 정신이 없다. 또 방문객을 위한 풍성한 먹거리가 입맛대로 골라 먹을 수 있게 대기하고 있다. 근처에는 우도, 성산 일출봉, 제주 민속촌, 혼인지 등의 유명 관광지가 널려 있다. 피서 시즌인 여름철에는 옆에 나란히 하고 있는 조용하고 아담한 해수욕장에서 시원한 해수욕을 즐길 수도 있다.

제주 민속촌(民俗村 博物館)

서귀포시 표선면 표선리 해안가에 위치하고 있다. 조선조 19세기 말의 백여 채의 전통 가옥과 무려 팔천여 점의 생활 도구가 철저한 고증을 거쳐서 복원된 제주 유일무이의 야외 민속 박물관이다. 조금 시간을 투자하여 천천히 영내를 한 바퀴 돌고 나면 제주인들의 전통 생활 방식을 한번에 알 수 있는 곳이다. 제주 여행을 하고자 하면 반드시 들러야 할 곳이라고 생각한다. 커다란 돌하르방이 양옆에 서 있는 웅장한 대문으로 들어가면 폭포수와 야자수가 어우러져 첫눈에 반할 만한 이색적인 제주만의 풍광이 펼쳐진다. 운이 좋으면 제주 전통문화 놀이가 공연되고 있는 것을 볼 수도 있다.

전통 취락 단지인 산촌, 중산간촌, 어촌, 무속 신앙촌, 어구 전시관, 농기구 전시관을 비롯하여 조선 시대의 목사청, 작청, 향청 등의 지방 관아와 역모 등의 대죄를 지어 귀향 온 죄인들의 유배소가 자세하게 복원되어 있다. 우선 산촌 마을에서는 막살이집, 외기둥집, 사냥꾼의 집, 목축업의 집 등 한라산 일대의 산촌 가옥 형태를 알 수 있으며 각 가옥 안에는 정주석과 정낭, 허벅, 나막신, 갈옷, 가죽감태, 족덫 등의 생활 용구와 사냥 도구 등이 전시되어 있다. 또 오름이 많은 구릉 지대의 가옥 형태를 보여 주는 중산간촌(해발 100~300m)에는 종갓집, 유배소, 서당, 대장간, 나무 농가 등과 그 안에 숯 가마터(굴), 애기 구덕, 멍석, 남절구, 씨앗틀 등의 농기구가 전시되어 있다. 주민들이 주로 모여 살았던 해안가의 어촌에는 어부의 집, 해녀의 집과 어구 전시관 등이 있으며 광령 물통, 갈치 술, 테우, 빗창, 테왁 등의 어구가 전시되어 있다. 그리고 유난히 무속 신앙이 발달한 제주의 모습을 보여 주는 무속 신앙촌에는 심방(무당)집, 포제단, 해신당, 미륵당 등의 건물에 동자석, 방사탑과 무구 등이 전시되어 있다. 제주 관아를 재현해 놓은 제주 영문에는 향청, 영리청, 연희각, 옥사 등이 있고 형틀과 등돌, 투호 등이 전시되어 있다.

제주 민요, 해녀 춤, 탈춤, 오고무 등이 하루 두 차례 공연되며 목공예, 죽공예, 띠 공예, 베틀 공예 등 전통 장인들의 공예 기능 재연 모습도 볼 수 있다. 제주 민속촌에 가게 되면 방송, 영화 등의 촬영 현장을 목격하게 된다. 제주의 옛 모습을 찍기 위해서 모두 이곳 민속촌으로 오기 때문이다. 대표적인 것이 최고의 한류 인기 드라마인 〈대장금〉이다. 왠지 방송 촬영 모습을 보는 것은 신기한 생각이 든다.

이곳은 1987년 봄에 첫 관람객을 맞이하였다.

국립 제주 박물관
(國立 濟州 博物館, Jeju National Museum)

제주시 건입동에 위치하고 있으며 중앙 정부에서 직접 관리하는 제주 섬의 유일한 국립 박물관이다. 제주시 탑동에서 제주항을 품고 있는 사라봉을 넘어가면 작은 숲속에 박물관이 아담하게 자리 잡고 있다. 필자는 여행을 하게 되면 그 지역의 전통 시장과 박물관 등을 먼저 방문하는 버릇이 있다. 그런 의미에서 국립 제주 박물관은 제주 여행에 있어서 첫 번째로 방문해야 하지 않을까 싶다. 육지의 여느 박물관과는 달리 해양 문화라 그런지 이색적인 맛이 충분히 풍기는 것 같다.

박물관의 구조는 대공간 전시실, 선사 고대실, 탐라실, 조선 시대실, 기증실, 기획 전시실, 야외 전시장 등으로 구성되어 있다. 특히 박물관 내부에 입장하면 중앙 홀이 확 눈에 띈다. 천장은 탐라 개국 설화, 한라산, 삼다도(돌, 바람, 여자)를 형상화한 스테인드글라스로 장식되었는데 매우 화려하다. 제주읍성의 모습은 1702년(숙종 28년)에 <탐라순력도(耽羅巡歷圖)>에 그려진 제주읍성과 1990년 이후에 제주목(濟州牧) 관아 터의 발굴 조사를 토대로 하여 그대로 재현한 것이다. 건물의 지붕 모양은 제주 지역의 전통 민가를 본뜬 형태를 취하여 주위의 자연경관과 어우러진 모습을 보여 주고 있다. 그래서 제주도의 나지막한 초가를 연상케 하여 친근감이 더 생긴다.

전시실 입구의 대공간 전시실에는 제주읍성 축소 모형을 설치해 놓아 제주의 성곽, 건물, 민속을 한눈에 알 수 있도록 하였다. 선사 고대실에서는 고산리 출토 석기, 북촌리, 상모리 유적 출토품, 삼양동 유적 출토 유물과 대단위 취락 모형 등을 통해서 제주의 자연환경과 선사 문화가 전개·발전되어 온 과정을 볼 수 있다. 탐라실에서는 삼국 시대부터 통일신라 시대 동안 발전한 제주 탐라 문화의 형성과 발전, 고려 시대의 제주 관련 유물을 전시한다. 곽지리 유적 출토품, 용담동 선사 무덤 유적, 고내리 유적, 신창리 해저 유적과 제주의 불교 유물, 탐라의 옛 지도 등이 있다.

조선 시대실에서는 제주 목관아를 비롯해 섬의 삼읍 체제가 이루어지는 조선에서 근대까지의 제주 모습을 볼 수 있다. 이곳에는 제주 목관아지(사적 제380호) 출토품과 제주의 인물, 유배인과 학문, 생활 자료, 회화류, 제주 관련 서양 자료 등 관련 유물 350여 점과 하멜 표류와 관련된 유물이 있다. 기증실에서는 김순이 님이 수집하여 기증한 도자기, 목가구, 의상 등 50여 점의 전시품이 있다. 정말 훌륭한 분이라고 생각하며 감사를 드린다. 기획 전시실에서는 제주의 역사 문화와 관련한 다양한 테마를 가진 특별 전시회가 열린다. 야외 전시장에는 돌하르방, 동자석, 정낭 등 제주도에서만 볼 수 있는 유물 등이 전시되어 있어 직접 체험이 가능하다. 제주의 자연과 어우러져 더 깊은 인상을 남긴다. 봄에는 박물관 광장의 풍경이 연분홍 철쭉꽃의 향연으로 꽃동산을 이룬다. 제주에서 가장 아름다운 철쭉꽃을 보게 될 것이다.

박물관과 연관된 제주 향교, 삼성혈, 제주도 민속 자연사 박물관, 제주 민속촌 등을 관람하면 제주에 대하여 더 다양한 지식을 머리에 저장할 수 있을 것이다. 특히 어린이를 데리고 제주를 여행한다면 이 박물관을 비롯하여 제주의 역사와 문화를 알 수 있는 장소를 방문하는 것이야말로 선택이 아닌 필수라고 생각한다. 아는 게 보이는 것이라 하지 않았던가.

이 기념적인 박물관은 2001년 6월에 개관했다.

제주도 민속 자연사 박물관
(濟州道 民俗 自然史 博物館)

제주도 민속 자연사 박물관은 제주시 일도동 신산 공원에 자리하고 있다. 섬의 탄생 설화가 있는 고·양·부 삼신인의 탄생지인 삼성혈 도로 건너편에 위치하고 있다. 이곳은 제주 섬 고유의 민속 유물과 자연사적 자료를 수집해서 전시하고 있는 곳이다. 세계 자연유산 전시관, 해양 종합 전시관, 민속 전시실(2곳), 자연사 전시실 그리고 야외 전시장으로 구성되어 있다. 이곳에는 화산섬인 제주가 생성된 원인과 그 과정에서 일어난 지질학적 현상을 자세하게 재현해 놓았다. 또한, 제주 섬사람들의 예전 실생활 모습을 고증을 거쳐 한눈에 볼 수 있도록 꾸며 놓았다. 아마도 이처럼 생생하게 전시관을 만들어 놓은 곳을 찾기란 어려울 것이다. 그래서 필자도 가족들과 여러 차례 방문하여 관람하였다.

건물의 지붕 형태만 보아도 섬의 특색을 금방 알 수 있다. 제주 초가의 물매 형태와 한라산의 완만한 능선을 본떴고 지붕은 섬의 검은 현무암 조각들을 올려서 덮어 놓았다. 박물관 로비에 들어서면 날카로운 이빨을 벌리고 있는 어마어마한 산갈치 박제가 눈에 들어온다. 그리고 고래상어, 돌묵상어, 꽁지가오리, 참돌고래가 전시되어 있어 여기가 제주임을 다시 한번 상기시켜 준다.

자연사실에는 화산 활동에 의한 제주도의 형성 과정, 용암이 흐르고 난 후 굳어 버린 만장굴의 축소 모형, 제주 지방의 각종 암석, 지질 분포도, 한라산 식물 수직 분포도, 곤충의 생태 과정, 산새와 바다 새를 전시하고 있다. 제1민속 전시실에서는 제주인의 한평생 주생활의 공간인 초가 한 동을 실물로 전시하였다. 그리고 성읍 민속 마을 조일훈 씨 주택의 축소 모형(중요 민속 문화재 제68호), 풍선(범선)과 태왁을 이용한 어로 생활의 발달 과정을 전시하고 있다. 또 제주 주민의 의복이었던 갈옷의 제작 과정, 각종 토속 음식, 갓, 모자 공예가 전시되어 있다. 제2민속 전시실에서는 해녀의 물질 작업 과정, 사냥, 보습불미, 각종 농기구, 밭갈이, 남방아(섬 특유의 나무 방아통) 작업 과정을 전시하고 있다.

산수화에서나 볼 법한 멋진 소나무들이 자태를 뽐내고 서 있는 야외 전시실은 연자마간, 동자석, 망주석 등의 석재를 가공한 석물과 가공되지 않은 새끼형 용암석, 신양리 퇴적암 등의 자연석과 해안 지대의 특색 있는 암석류가 꽤 많이 전시되어 있다. 돌의자에 앉아서 편안하게 감상해도 좋다.

또 석물 전시장에는 돌방아, 듬돌, 미륵상, 선정비 등의 전시와 함께 할망당(신앙)도 재현해 놓았다. 정문 입구에는 화산 폭발 시 형성된 화산탄, 용암 수형석 등을 전시하여 실내외에 전시된 자료를 통해 제주를 쉽게 이해하도록 돕고 있다. 이곳을 찾아서 해양 문화를 가진 남도 제주 섬사람들의 생활양식에 대한 궁금증을 해소하고 여행길에 오르면 더욱더 알찬 관광이 될 것이다.

박물관은 1984년에 개관하여 관람객을 기다리고 있다.

성읍 민속 마을
(Seongeup Historic Village, 城邑 民俗村, 중요 민속자료 제188호)

제주도 남부 서귀포시 표선면 성읍리, 중산간 평지에 아늑하게 자리 잡은 민속 마을이 있다. 마을 한복판에는 각각 수령이 1000년, 600년이나 된다는 느티나무와 팽나무(폭낭) 두 그루(천연기념물 제161호)가 가지로 하늘을 뒤덮고 있다. 이 나무들은 민속 마을의 수호신 역할을 하고 있다. 나무만 쳐다봐도 신령스러움을 느낄 수 있다.

이곳은 유·무형의 여러 문화재와 옛 생활의 역사를 원형 그대로 간직하고 있다. 조선 시대 섬의 현청이 있던 마을을 시간을 되돌려서 보는 듯하다. 조선조는 제주도를 제주목, 대정현, 정의현의 세 지역으로 나누어 통치하였다. 지금의 성읍 민속 마을은 1423년에 현청(縣廳)이 들어선 이래로 구한말까지 약 5백 년 동안 정의현(旌義縣)의 소재지 역할을 했다. 마을에는 성곽을 비롯하여 동헌으로 쓴 일관헌(日觀軒, 느티나무 맞은편에 있는 곳으로 현감이 집무하던 청사)과 향교에 딸린 명륜당(明倫堂)과 대성전(大成殿)이 남아 있다. 성곽의 원형이 그대로 보존되어 있어 현청의 규모를 짐작할 수 있다. 살림집은 제주도 서민들의 전통 주택 형태대로 대체로 안거리와 밖거리의 두 채로 이루어져 있다. 특징은 바람이 많은 섬을 고려하여 지붕이 매우 낮다는 것이다.

마을의 가옥들도 보존 상태가 좋아 문화재로 많이 지정되어 있다. 고평오 가옥(중요 민속자료 제69호)은 관원들의 숙소로 이용되었고 집 입구에는 물이 귀할 때 원님만 마셨다는 원님 물통도 보인다. 이영숙 가옥(중요 민속자료 제70호)은 여관으로 사용되었었기에 여관집으로 불린다. 조일훈 가옥(중요 민속자료 제68호)은 과거에 객줏집으로, 대장간으로 쓰였던 고상은 가옥(중요 민속자료 제72호), 한봉일 가옥(중요 민속자료 제71호) 등이 보존되어 있다. 그야말로 살아있는 야외 박물관이라 하겠다.

이곳에는 박수 머리 또는 무성목으로 불리는 돌하르방 12기가 있다. 제주도 다른 지역의 돌하르방에 비해 얼굴이 둥글넓적하고 눈썹이 그려져 있지 않은 것이 특징이다. 마을 주민들의 안녕과 신수를 관장하는 안할망당, 부인들의 부인병을 관장하는 광주 부인, 가축의 질병과 양육을 관장하는 쉐당 등 다양한 민간 무속 신앙이 남아 있다. 그래서 마을제인 포제가 해마다 열린다. 토속적인 향토 음식도 많이 남아 있다. 그중에서도 대표적인 것이 오메기술, 빙떡 그리고 똥돼지 고기인데 이곳에서만 전통의 그 맛을 즐길 수 있다. 주차장 옆의 억새 지붕 가게의 아저씨는 푸근하고 정담 있는 얼굴 모습대로 인심도 매우 후하다.

마을 뒤로는 주민들이 성산으로 여기는 영주산(瀛洲山, 326m)이 마을을 내려다보고 있다. 또 앞쪽으로는 천미천이 흐르고 있고 주변에는 목초지와 억새밭이 넓게 펼쳐져 있다.

제주 목관아 (濟州 牧官衙, 사적 제380호)와 관덕정 (觀德亭, 보물 제322호)

제주시 원도심 제주항을 앞바다에 두고 있는 동문 로터리 삼도동에는 조선 시대의 제주 목관아가 위치하고 있다. 이 관아는 조선조 제주도의 최고 통치 기관이었으며 현재 남아있는 유일한 행정 시설들이다. 조선조 제주 지방 행정의 중심지로 정문 밖에 서 있는 관덕정을 포함하여 주변 일대에 들어서 있던 관아 시설을 이른다. 최초의 관아는 모두 불타서 소실되었고 터만 남아있었으나, 1991년부터 발굴 조사가 이루어졌다.

관아지는 탐라국 시대부터 성주청 등 주요 관아 시설이 있었던 곳으로 추정되고 있다. 1434년(세종 16년)에 관부의 화재로 건물이 모두 불타 없어진 뒤에 안무사 최해산(崔海山)이 바로 역사(役事)를 재건하였다. 제주 목사의 집무실이었던 홍화각(弘化閣)을 비롯해 집정실인 연희각(延曦閣), 연회장으로 쓰였던 우연당(友蓮堂), 귤림당(橘林堂) 등의 건물과 부대 시설이 복원되었다. 특히 귤림당 옆에 있는 귤밭에서는 겨울이 다가오면 황금빛의 귤들이 탐스럽게 익어가는 모습을 볼 수 있다. 목관아에서 직접 귤 농사를 지었으니 예전에 제주 감귤이 얼마나 귀한 과일이었는지 알 수 있을 것이다. 아마도 그 감귤이 한양에서 천하를 호령하던 임금의 입맛을 돋우었으리라. 2006년에는 중앙에 예술품이나 다름없는 아름다운 누각 망경루(望京樓)가 복원되었다. 망경루는 이름에서 알 수 있듯이 조천에 있는 연북정(戀北亭)과 함께 유배나 다름없는 제주로 발령받은 관리들이 북쪽 서울에 있는 왕의 부름을 간절히 기다리며 망루에 올라 북쪽 하늘을 바라본 데서 기원한 것이다. 제주 목사는 지금의 도지사급으로 고위직 관리였다. 그런데도 제주에 산다는 것 자체가 절망이었으니 제주 섬이 얼마나 척박하고 궁핍했는지 가히 짐작이 갔다. 제주 목사는 누각에서 달을 벗 삼아 쓸쓸하게 외로운 술잔을 비웠으리라. 누각에서 서울을 바라보는 필자의 마음도 씁쓸했다.

이곳에 가면 제주의 역사를 한눈에 파악할 수 있다. 제주를 여행하게 되면 꼭 들러 봐야 할 곳이다. 지금도 복원 작업이 진행 중이다. 각 건물에는 목사를 비롯하여 일하는 모습을 실제 사람의 모습대로 마네킹을 만들어 놓아서 깜짝 놀라게 된다. 그래서 쉽게 그 쓰임새를 실감할 수 있다. 인근에는 제주에서 가장 큰 전통 시장인 동문 시장이 사람들을 기다리고 있다. 시내에는 제주 향교를 비롯하여 섬의 역사와 문화 그리고 섬의 생활양식을 들여다볼 수 있는 유적지들이 많이 있다.

관덕정은 제주 목관아 정문 밖에 그 위용을 자랑하며 우뚝 서 있다. 섬에서 가장 오래된 건축물 중의 하나이며 보물로 지정되었다. 제주도에서 가장 귀중한 보물로 관리되고 있다. 관덕정은 조선조 1448년(세종 30년)에 목사 신숙청(辛淑晴)이 사졸들을 훈련시키고 상무정신을 함양할 목적으로 세워졌다. 대들보에는 〈십장생도〉, 〈적벽

대첩도〉, 〈대수렵도〉 등의 격조 높은 벽화가 그려져 있어 조선 미술을 감상할 수 있다. 편액은 안평대군의 친필로 전해져 오고 있다.

그러나 관덕정은 일제 강점기 때인 1924년에 도사(島司) 마에다 요시지(前田善次)가 보수를 한다고 중수하며 만행을 저지른 아픈 역사를 안고 있다. 관덕정의 가장 중요한 부분인 긴 처마를 절단해버린 것이다. 그래서 아름다운 본래의 모습을 상실하고 말았다. 제주의 기와 건물들은 섬의 바람과 비로 인한 기둥과 서까래의 부식을 방지하기 위하여 처마를 길게 내리는 특색이 있었다. 육지의 건물들과 차별이 되는 부분이다. 현 건물은 1969년에 다시 중수되어 아름다운 섬의 곡선이 살아있는 본래의 모습을 간직하고 있다. 따뜻한 봄날에 정각을 오르는 계단에 앉아서 오가는 사람들을 바라보며 지난 역사를 돌이켜 생각해 본다. 관덕이라는 이름은 "활을 쏘는 것은 높고 훌륭한 덕을 쌓는 것이다."라는 『예기(禮記)』의 내용에서 유래했다.

연북정(戀北亭)

연북정은 제주시 조천읍 조천(朝天)리 조천 포구 옆에 자리 잡고 있다. 포구의 해안 풍경은 조용하면서도 아늑하다. 그리고 아름답기 그지없다. 여름날의 저녁노을은 이곳이 땅인가, 천상인가 싶을 정도다. 바로 이곳에 선조들은 자연과 딱 어울리는 예쁜 정각을 지었다. 정자는 조선 시대 때 제주로 유배되어 온 사람들이 이곳에서 한양의 기쁜 소식을 기다리면서 북쪽의 임금에 대한 사모의 충정을 보낸다고 하여 붙여진 이름이라고 한다. 예전에 제주 섬으로 유배 왔다는 것은 죽은 것과 다름없다고 해도 틀린 말이 아니었다고 한다. 조천 포구는 육지의 완도에서 배가 출발하면 바람과 조류에 의해서 배가 제주 섬에 도착하는 장소였다고 한다. 아무래도 동력선이 없던 시대라 사람이 노를 저어서는 원하는 제주항으로 가기가 쉽지 않았을 것이다.

정각은 본래는 조천성 바깥에 있던 객사였다. 1590년(선조 23년)에 이옥(李沃) 절제사(節制使)가 성을 동북쪽으로 돌려 쌓은 다음에 정자를 그 위에 옮겨 세워서 쌍벽정(雙碧亭)이라 했다고 한다. 쌍벽이란 말은 청산도 푸르고 녹수도 푸르러서 쌍쌍이 푸르다고 하여 붙여진 명칭이다. 절제사는 다른 관리들과는 달리 자연을 즐길 줄 아는 낭만적인 사람이었는가 보다. 그가 제주도에 입도하여 섬의 빼어난 절경을 보고 담은 것이라고 하니 말이다. 후에 1599년(선조 32년)에는 성윤문(成允文) 제주 목사가 그 건물을 보수하고 연북정이라 개칭하였다. 연북은 제주의 관문인 이곳에서 북쪽에 계신 임금에게 사모의 충정을 보낸다는 뜻이다. 역시 제주에 유배 및 발령 등으로 온 관리들이 한양 도성의 임금을 그리며 하루속히 다시 불리게 될 날만을 학수고대한다는 뜻이 아니었나 싶다.

조천은 뜻을 풀이하면 조선의 하늘이라는 의미이다. 곧 육지의 배가 도착하는 곳이기에 붙여진 이름인가 싶다. 오늘날 제주 공항에 착륙하는 비행기도 이곳 상공을 지나쳐간다. 이곳이 섬으로 입도하는 길목임에는 틀림 없는 것 같다. 이곳에도 전해져 오는 전설이 있다. 조천 포구 바닷가에 조천석이라는 큰 바위가 있었는데 배가 드나들 때 닻줄을 걸어 두는 데 쓰이기도 하였다. 그런데 어느 날 유명한 지관이 우연히 그곳을 지나다가 이 바위를 감추지 않으면 마을에 문제를 일으키는 인물이 많이 나온다고 하였다 한다. 그 말을 들은 마을 사람들은 놀라고 겁이 나서 바위 주변에 흙과 돌로 성을 쌓아 바위를 감추고 그 위에 정자를 지었다. 그 후로는 마을에서 훌륭한 인물이 많이 배출되었다고 한다. 믿거나 말거나 할 만한 얘기라고 생각한다.

정각 바로 옆에는 용천수인 장수물이 솟아나고 있다. 이 물을 마시면 사람이 백 년, 천 년 산다는 것인지 모르겠다. 물은 수정같이 맑고 수량도 풍부하여 지금도 이곳 주민들이 식용수로 귀하게 사용하고 있다. 이 물에도 전설이 있다. 제주 섬을 지으신 설문대 할망이 한쪽 발은 조천항 앞바다의 관탈섬에, 또 다른 한쪽 발은 이곳

장수물에 발을 담그고 빨래를 하였다고 한다. 추정해 보면 할망의 다리 폭은 수십 리가 넘는다는 얘기다. 도대체 할망의 키는 얼마쯤 되었는지 심히 궁금하다. 제주시 애월읍 고성리에도 장수(將帥)물이 있다. 전하는 말에 의하면 고려 시대 때 삼별초의 김통정(金通精) 장군이 관군에게 쫓기면서 그곳의 토성을 뛰어넘었다. 그런데 바위에 파인 발자국에서 물이 솟아났다는 것이다.

연북정에서 그리 멀지 않은 곳에는 조천 만세 동산이 있다. 그곳은 제주도에서 맨 처음 3·1 만세 운동의 함성이 터져 나온 현장이다. 예전부터 제주 섬사람들은 중앙 정부로부터 심한 차별을 받으며 어렵고 힘들게 살았음에도 나라를 사랑하는 애국심이 대단했던 것 같다.

오설록과 오늘은 녹차 한 잔

녹차가 가지고 있는 전설은 이렇다. 중국의 달마 대사가 수행하던 중에 졸음이 몰려왔다. 세상에서 가장 무거운 것이 눈꺼풀이라고, 대사는 졸음에 눈꺼풀이 계속 내려오자 참다못해 날 선 칼로 두 눈꺼풀을 잘라 절 마당에 던져 버렸다. 잠시 후에 연록의 새싹이 돋아났는데 그것이 바로 녹차나무였다고 한다. 그처럼 녹차는 사람의 몸에 좋은 기운을 가져다 주는 신비한 차라는 의미일 것이다.

제주 서부로 가면 서귀포시 안덕면 서광서리에 국내 최대 규모의 녹차 밭이 끝없이 가지런하게 가꾸어져 있다. 물론 원시 자연은 아니고 인공 자연이라고 할 수 있다. 국내의 한 대기업에서 오래전에 녹차 생산을 위해 조성해 놓은 것이다. 그러나 세월이 흘러 이제는 제주 섬 자연의 일부가 되어버렸다. 끝이 보이지 않는 녹차 밭은 파란 하늘과 초록이 맞닿아 지평선을 이루어 신비스러운 조화를 이루고 있다. 제주를 찾는 수많은 여행객이 다녀가는 곳이다. 초록빛의 포토 존은 누구나 추억을 남기기 위한 곳으로 그 바닥이 닳아 있다. 가족 또는 연인끼리 푸르른 녹차 밭고랑을 걷는 모습을 보는 것만으로도 힐링이 되는 곳이다.

그곳 한 모퉁이에는 예술품 같은 오설록 녹차 박물관(o'sulloc tea museum)이 세워져 있다. 먼저 옥상의 전망대에 오르면 북으로는 한라산을 마주 보게 되며 아래로는 광활한 다원(茶園)이 초록의 향연을 뽐내는 풍경이 펼쳐진다. 박물관 주변의 정원에는 연못과 산책로가 곱게 꾸며져 있다. 박물관 안으로 들어가면 은은한 우리 민족 고유의 싱그러운 찻잎 향기에 흠뻑 취하게 된다. 녹차 향기는 우려낸 차 한 잔을 사람이 마시지 않고는 도저히 못 배기게 만든다. 또 전시 공간에는 가야 시대에서부터 현대에 이르기까지 사용되었던 많은 다기 종류가 전시되어 있다. 녹차의 역사, 차를 볶는 과정 등을 담은 영상물도 상영된다. 운이 좋으면 녹차 명인이 전통 방식으로 직접 차를 볶는 광경을 볼 수도 있다. 그렇게 만든 차는 더 깊은 맛이 느껴진다. 이 녹차 밭은 죽기 전에 꼭 가 봐야 할 국내 여행지로 뽑히기도 했다. 인근 서귀포시 도순동에는 동일 회사가 가꾸고 있는 도순다원이라는 녹차 밭도 있으니 가 볼 만하다.

서부에 오설록이 있다면 동부에는 오늘은 녹차 한잔이라는 초록 밭이 생겼다. 이곳은 아직 많이 알려지지 않은 곳이기에 아직은 관광객이 밀려오지는 않고 있다. 그러나 점차 입소문을 타고 동부로 여행 오는 사람들의 발길을 멈추게 하고 있다. 녹차 밭은 성읍 민속 마을로 들어가는 사거리 맞은편에 위치하고 있어 찾기가 어렵지 않다. 녹차 밭은 걷기에 부담이 될 정도로 넓게 조성되어 있다. 이곳의 포토존은 예쁘게 지어진 건물 전망대와 멀리 삼나무 울타리가 쳐져 있는 녹차 밭이다. 이곳에는 카트 놀이용 차를 타고 스피드를 즐길 수 있는 시설이 겸비되어 있다. 덕분에 아이를 동반한 가족이 주로 몰려오는데, 카트에 승차한 사람들을 보니 어른이 더 신나 하는 것 같다. 녹차로 만든 라테, 아이스크림과 케이크 등이 먹는 사람의 혀끝을 부드럽게 자극한다. 물론 모든 이가 즐기는 커피는 필수이다.

끝없이 펼쳐진 제주의 녹차 밭은 바라보기만 해도 어지럽고 힘들었던 마음이 가라앉는 것을 느끼게 해 준다. 그야말로 초록만이 가지고 있는 마법이라고 생각한다. 물론 따뜻한 남쪽 나라 제주는 여름이 아니라도 사계절 늘 푸름을 가지고 있는 곳이다. 그러나 푸른 하늘 아래에 펼쳐진 잘 정렬된 녹차 밭은 또 다른 풍경이다. 필자는 가끔 육지의 전남 보성이나 경남 하동의 녹차 밭을 찾아간다. 초록을 보고 만지고 느끼며 마음의 평안을 얻고 스트레스를 풀며 힐링하기 위해서다. 우리는 그런 것들이 자신과 가족들에게 얼마나 소중한 일인가를 알기 때문에 장시간 고된 운전을 해서 남쪽으로 향하는 것이다. 초록의 녹차 밭을 거닐며 힘들고 지친 일상을 잠시 잊어 보자.

서귀포시 상효동에 위치한 서귀다원, 제주시 조천읍 와산리에 자리 잡은 삼다원, 제주시 조천읍 선흘리에 있는 동굴 다원인 다희연 등의 녹차 밭도 속세에 지친 사람들을 위로하기 위하여 늘 그 자태를 준비하고 있다.

한림 공원(翰林 公園)

제주시 한림읍 협재리(挾才里)에 가면 대규모 식물 사설 공원이 자리 잡고 있다. 한림 공원이다. 공원은 섬의 서북부 쪽에 있으며 제주에서 가장 아름다운 협재 해수욕장 맞은편에 조성되었다. 또한, 앞바다에는 야외 자연 수석의 섬이자 트래킹 힐링의 섬이라고 불리는 비양도를 품고 있다. 필자는 제주 섬의 제주다운 자연을 주제로 곳곳을 찾아다니며 여러 곳을 소개하고 있다. 제주 섬 곳곳에는 셀 수 없이 많은 사설 관람 및 놀이 등의 방문 시설들이 산재해 있다. 그중에서 한림 공원 등 입장료가 필요한 사설 공원을 몇 군데 알리고자 한다.

공원은 제주를 찾는 여행객이라면 한 번쯤은 들르게 되는 관광 명소다. 이곳은 1971년에 협재 해수욕장 인근 현무암 조각들이 깔린 거친 땅인 황무지에 야자수와 관상식물을 심으면서 첫 삽을 떴던 곳이다. 당시 주위 마을 사람들은 미친 짓을 한다고 손가락질을 했다고 한다. 악조건 속에서 작업은 더디게 진행되었다. 그러나 조금씩 규모가 커지더니 마침내 여덟 개의 테마를 담은 아름다운 야외 대규모 식물 공원이 되었다. 제주 섬의 이국적인 풍취가 물씬 풍기는 야자수 길을 따라가면 천연기념물로 지정된 협재, 쌍용 동굴과 제주 수석, 분재원을 지나서 재암 민속 마을, 사파리 조류원, 재암 수석관, 연못 정원, 아열대 식물원까지 순서대로 관람하도록 만들어져 있다.

공원 조성자인 송봉규 씨가 이 아름다운 야외 식물원을 꾸미느라고 평생을 바쳤다고 안내판은 설명하고 있다. 1981년에 공원 내에 매몰되었던 협재 동굴의 출구를 찾아서 뚫고 쌍용 동굴을 발굴하여 두 동굴을 연결한 뒤 드디어 1983년에 일반인에게 처음으로 소개하였다. 이어서 아열대 식물원을 준공하고 재암 민속 마을, 수석 전시관을 열고 1997년에는 제주 수석 분재원을 잇달아 개원하였다.

아열대 식물원은 거대한 식물 나라라고 불러도 좋을 만큼 다양한 제주 자생 식물과 각종 아열대 식물이 자라고 있으며 꽃과 나무가 어우러진 야외 휴식 공간은 사계절 내내 관광객을 불러 모으기에 부족함이 없다. 워싱턴야자, 관엽 식물, 종려나무, 키위, 제주 감귤, 선인장 등 2천여 종의 아열대 식물이 자라고 있다. 봄의 철쭉제와 여름의 수국 꽃축제는 가히 천상의 꽃동산같이 아름답고 예쁘게 꾸며져 있어서 방문객들의 탄성을 자아낸다.

수석과 분재원에서는 다양한 분재 작품과 기암괴석, 정원석 등을 만날 수 있다. 또 소나무, 모과나무 등의 기이한 분재가 전시되어 있는데 백 년이 넘는 것이 널려 있으며 수령이 무려 삼백 년이 넘은 희귀한 모과 분재도 눈에 띈다. 대부분 전 세계 분재 애호가가 기증한 것을 전시하고 있다니 더욱더 놀라운 일이다. 아마도 이러한 희귀하고 보물 같은 분재는 이곳 외에는 보기 힘들지 않을까 한다.

재암 민속 마을은 사라져가는 제주 전통 초가와 함께 제주 섬사람들의 생활상을 엿볼 수 있도록 꾸며져 있다. 하늘을 뚫고 나갈 듯이 치솟은 야자수 길을 걷다 보면 잠시 이곳이 온대성 지역인 한국 땅임을 잊게 한다. 사파리 조류원에서는 온갖 새들이 날개를 퍼덕이며 날고 있다. 앵무새, 구관조 등 말하는 새들과 만나서 대화를 나누면 마냥 신기하기만 하다. 특히 서귀포에 있는 천지연 폭포의 축소판 같은 폭포수를 만들어 놓은 연못 정원은 아담하면서도 아름답기 그지없다. 당연히 이곳이 공원 내에서 으뜸가는 포토 존임은 말할 것도 없다.

협재굴(천연기념물 제236호)은 약 이백만 년 전에 한라산 일대의 화산이 폭발하면서 제주 섬이 탄생할 때 생성된 용암 동굴이라고 한다. 황금굴, 쌍용굴, 소천굴과 함께 용암 동굴 지대를 이루어 정부에서는 1971년부터 천연기념물로 지정하여 보호하고 있다. 원래 용암 동굴은 석회질이 없어 종유석이나 석순이 만들어지지 않지만, 특이하게도 협재굴과 쌍용굴에서는 종유석과 석순을 동시에 볼 수 있다. 쌍용굴은 입구가 두 개로 나누어져 있어 마치 두 마리의 용이 빠져나간 자리 같다 하여 그런 이름이 붙여졌는데 그중 하나의 끝부분과 협재굴 입구가 가까이 있는 것으로 보아 원래는 하나의 동굴이었다가 내부의 함몰로 인해 두 개의 동굴로 나눠진 것으로 추정되고 있다. 이 두 동굴은 페루의 돌소금 동굴, 유고의 해중 석회 동굴과 더불어 세계 3대 불가사의 동굴로 불리기도 한다. 하나의 공원 안에서 제주의 식생과 지형적인 특징까지 모두 알아볼 수 있는 곳이다.

용연(龍淵)

용연은 제주시 용담동(龍潭洞) 해안에 위치하고 있으며 용천수의 민물과 바닷물이 만나는 하구의 해안가이다. 이곳은 제주 국제공항에서 멀지 않으며 특히 근처에 그 용두암(龍頭岩)이 있어서 관광하기 좋다. 비취색의 연못에 병풍 같은 절벽으로 이루어진 비경이라 하여 취병담(翠屛潭)으로도 불리었다. 또 신선들이 밤에 놀던 연못이라 하여 선유담(仙遊潭)이라고도 했으며 용이 놀던 연못이라 하여 용연이라고 부르고 있다. 원래 우리 선조들은 빼어난 절경을 가진 장소에는 비경에 걸맞은 여러 개의 이름을 붙여서 이를 즐기곤 했다.

용연은 그 경치가 빼어나서 낮에 찾아도 손색이 없지만, 어둠이 세상을 감춰버리는 밤에 방문하면 더욱 좋다. 연못 사이에 걸쳐 놓은 구름다리에서 야경의 용연을 감상하면 마치 절경 속 한 폭의 한국화를 보는 것 같아서 절로 혀를 차게 된다. 뷰(view)가 환상적으로 예뻐서 연인들의 가슴을 콩닥거리게 만드는 곳이다. 이곳에서 낭만과 사랑을 간직하기 위한 추억의 커플 사진은 필수라 할 것이다. 다리는 흔들다리이므로 건널 때 스릴을 만끽할 수 있다. 그래서 연인들은 서로 손을 꼭 잡고 건넌다. 다리 위에서는 사진 촬영만 하고 조용히 건너야만 한다. 자칫 잘못하여 추락하면 수십 미터 아래의 낭떠러지 연못으로 풍덩 빠질 수가 있다. 다리 위에서 용연의 깊은 물속을 내려다보면 커다란 용 한 마리가 불쑥 솟아 나와서 끌고 들어갈 것 같은 착각마저 들게 한다.

선조들은 이곳을 용연야범(龍淵夜帆)이라고 하였다. 제주에서 가장 긴 하천인 한천(漢川) 끝자락의 계곡인 용연에서 여름철 달밤에 뱃놀이를 했다던 제주의 영주 10경 중 한 곳이다. 양반들은 이곳에서 술잔을 돌리고 시를 지으며 풍류를 즐겼다고 한다. 그런데 당시 제주도 양민들의 삶은 피죽도 없어 굶주림에 허덕이며 피골이 상접한 상태의 삶이었다. 그 백성들이 양반들의 축제 놀이를 멀리서 바라보며 무슨 생각을 했을까 하고 생각해 보니 마음이 씁쓸하다.

매년 9월에는 주민들이 휘영청 둥근달이 뜨는 야경에 용연야범 축제를 개최한다. 오색 찬란한 야간 조명에 비친 용연의 풍경은 가히 경이적이다. 이 축제는 앞에서 언급한 바 있으니 참조하기 바란다.

박수기정

박수기정은 제주 남서부 서귀포시 안덕면 감안리 해안가에 병풍바위가 늘어져 있는 것을 말한다. 제주 올레길의 제9코스인 불레낭(보리수) 길에 있다. 이 길은 원래 대평(난드르) 포구의 몰질(말길)이었다. 박수기정 위에는 끝없는 평원이 펼쳐져 있다. 그래서 그곳에 공몰캐(공마를 키우던 곳)가 있었다. 이는 고려 시대에 원나라 때부터 공마(公馬)를 키우던 장소이다. 뛰어난 말을 육지로 보내야 하는데 해상 수송을 위해 말과 테우리들이 다니던 길이었다고 한다. 그 당시 배에 실려 육지로 가던 제주 말들도 이 아름다운 박수기정의 비경을 보았을까 하는 엉뚱한 생각이 들었다.

이곳의 풍경은 대평리 포구에서 해안가로 내려와야만 바라볼 수 있다. 화산 폭발로 인해 용암이 빚어 놓은 해안 절벽의 주상 절리이다. 제주 섬의 또 하나의 보물 같은 선물이다. 해안가의 따스한 돌 위에 앉아서 푸른 바다와 완벽한 조화를 이룬 박수기정의 풍광에 취하면 차마 엉덩이가 떨어지지 않는다. 절벽 평원에 오르면 조망이 끝내준다. 북으로는 바로 코앞에 있는 것 같은 한라산을 비롯하여 군산, 산방산, 단산, 송악산 등이 줄지어서 서 있고 남쪽 태평양 바다에는 형제섬, 가파도, 마라도 등의 섬들이 한라산을 바라보고 있다. 인근에는 유명한 화순 해수욕장이 길게 뻗어있는 것이 보인다.

제주 섬은 해안을 따라서 절경이 펼쳐져 있지만, 주민들 역시 해변에서 거주하며 어부와 물질 등으로 생업을 하고 있기 때문에 인적이 없는 해안을 보기가 쉽지 않다. 하지만 이곳은 무려 100m가 넘는 높이의 깎아지른 절벽이 자리 잡고 있고 그 아래로는 큰 자갈 해안이라 사람의 접근이 쉽지 않다. 그래서 천혜의 자연이 그대로 유지되는 것이다.

박수기정이란 박수와 기정의 합성어이다. 바가지로 마실 샘물(박수)이 솟는 절벽(기정)이라는 뜻이다. 샘물은 주상 절리가 발달한 용암층 밑에 있는 응회암층이 불투수층으로 작용한 결과라고 한다. 대평 포구는 벵어돔 등 돔의 입질이 유명한 곳으로, 제주에서 몇 안 되는 손맛을 즐길 수 있어서 낚시꾼들이 몰려오는 곳이기도 하다.

서귀포 신비의 하논 분화구

제주 섬은 돌아다니며 둘러보면 볼수록 신비스러운 곳이 많다. 마치 양파 껍질을 벗기고 벗겨도 그 속이 들여다보이지 않는 것처럼 말이다. 서귀포시 시내에 있는 하논 분화구도 그렇다. 하논은 서귀포시 호근동 일대에 있으며 제주의 360여 개의 오름 중의 하나다. 이 분화구는 오만 년 전에 화산 분화로 형성된 곳이라고 한다. 직경이 무려 1㎞에 달하며 둘레는 십 리(3.8㎞)에 가까운, 한반도에서 가장 넓은 분화구 면적(85.8㎢)을 가지고 있다. 하논이란 명칭은 '많다'의 '하'와 '논'의 합성어이다. 즉, 하논은 '논이 많다'라는 뜻이다. 제주 사투리로 큰 논(大畓)이란 뜻이 변형된 것으로 추정된다.

분화구는 한반도 유일의 마르(maar)형 분화구이다. 일반적인 화산 분화구는 화산 폭발로 인한 용암 분출로 생성된 것을 말한다. 그런데 하논은 용암이나 화산재 분출 없이 지하 깊은 땅속의 가스 또는 증기가 지각의 틈을 따라서 한군데로 모여 한번에 폭발하여 생성된 분화구이다. 그래서 지표면보다 낮게 형성된 화산체로 산체의 크기에 비해 매우 넓은 화구가 특징이다. 분화구는 국내에서는 드문 이탄(泥炭) 습지로 도에서 특별히 보호하고 있다. 응회환 화산체(tuff ring, 수성 화산 분출에 의해 높이가 50m 이하이고, 층의 경사가 25°보다 완만한 화산체)와 분석구(scoria cone)가 동시에 나타나는 이중 화산으로, 고기후와 고식생 연구 및 기후 변동 예측 연구 등의 최적지로 알려져 있다고 전문가들은 말한다.

분화구 외곽에는 하늘을 뚫어버릴 것 같은 곰솔과 삼나무가 빽빽하게 울타리를 둘러치고 있다. 한반도에서는 이곳 제주도 하논 분화구에서만 자생하는 멸종 위기의 귀한 식물이 있다. 식물의 뿌리, 잎, 꽃 등이 하얀색이기 때문에 삼백초(三白草)라 이름 붙여진 보물이 다소곳이 자태를 뽐내고 있다. 그곳을 찾으면 꼭 사진 한 컷 찍기를 권한다.

화구원 안의 논에서는 16세기 전부터 논농사(약 26,000평)가 이루어졌다는 기록이 있다. 지금도 이곳에서는 제주도 유일의 벼농사를 상징적으로 짓고 있다. 바닥이 평탄하고 용천수가 나와 논으로 이용하고 있다. 제주 섬에는 땅에 물이 고이지 않아 벼농사가 거의 없다. 그런데 논이 많다고 하니 역설적이다. 아마도 섬에서 벼농사를 짓는 곳이니 귀한 의미에서 그리 불렀는지 모르겠다. 모내기 철인 봄에는 어린이를 비롯하여 수많은 사람이 신기한 모내기 체험을 하기 위하여 방문한다. 농촌 출신인 필자의 눈에 들어온 손 모내기하는 모습이 정겹기만 하다. 그리고 어떠한 사유인지는 몰라도 분화구 안에는 감귤 과수원도 보인다. 분화구는 작은 오름 화구구인 큰보름과 눈보름이 있다. 이 분화구는 기이한 돌연변이 오름인 것 같다.

한편 서귀포시의 중심에 있다는 지리적 여건과 빼어난 경관 등으로 도에서는 분화구에 야구장 건설 등 개발 계획을 세웠었다. 그러나 분화구의 외형 파괴가 심각한 것으로 알려지면서 환경 단체의 강력한 반대로 이를 철회했다. 하나의 에피소드라고 보면 되겠다.

분화구 위쪽의 철탑이 있는 봉우리는 삼매봉(154m)으로 하논과는 다른 분석구이다.

하논 바닥에는 모두 세 곳에서 많은 양의 용천수가 솟아나고 있다. 이 물은 분화구를 가로질러서 섬의 천지연 폭포로 흘러가서 신비의 절경을 이룬다. 분화구의 물이 얼마나 귀한 물인가를 새삼 생각하게 한다. 하논 분화구는 제주에서 가장 아름다운 제7코스 올레길 사이에 있기 때문에 올레길 제7-1코스로 명명했다. 그만큼 하논이 특별하다는 의미이다. 움푹 들어간 분화구를 마냥 트래킹해 보라. 위로 파란 하늘만 보이는 자연 속에 푹 파묻힌 기분이 들 것이다. 하논은 자연 생태와 지질학적으로 중요한 곳이라고 한다. 도에서는 화구호 기후 변화를 규명할 수 있는 귀중한 유산으로 지정하고 복원 계획을 수립하여 시행하고 있다.

제주 해녀 박물관(海女 博物館)

제주 섬 동부 쪽의 출렁이는 파도 사이로 멀리 우도가 살짝 보이는 제주시 구좌읍 하도리에는 제주 해녀를 기념하기 위한 아름다운 해녀 박물관이 세워져 있다. 제주 시내에서 눈부시게 아름다운 동쪽 해안선을 따라서 달리다 보면 도로변에 깨끗하고 잘 정돈된 예쁜 공원 하나가 눈에 들어온다. 공원에는 해녀 기념탑도 우람하게 높이 솟아 있다. 이곳에서는 제주 섬 어촌의 민속, 해산물 채취, 보관 및 저장, 낚시, 선박 어구 등과 민속자료, 사진, 문헌 등 많은 양의 전시물이 관람객을 맞이하고 있다.

알다시피 제주의 역사는 해녀의 역사라 해도 과언이 아닌 곳이다. 그래서 동해가 바라다보이는 해안가에 해녀 공원을 조성하여 그 안에 해녀 박물관을 지은 것이다. 제주 해녀의 역사, 문화 그리고 과거 및 현재의 생활 방식을 소개하기 위한 해녀 박물관이다. 제주 해녀가 과거부터 현재까지 어떻게 험한 세상을 견디어 왔는지 보여 주는 곳이다. 그들의 잡초보다 더 끈질긴 생명력과 자랑스러운 제주 여성으로서의 강인한 개척 정신을 관람객들에게 일깨워 주고 있다.

박물관은 제주 해녀의 시작부터 현재까지 이어져 온 생활풍습, 무속 신앙, 세시풍속, 해녀 공동체 등을 자세하게 알 수 있도록 꾸며놓았다. 그 외에도 제주 주민의 역사, 문화, 여성의 위상, 생업, 경제,

해양, 신앙, 경조사 연회 등 해녀를 주제로 하여 제주의 전통문화를 총망라하여 전시해 놓았다. 해녀 박물관은 전시실(3개), 영상실, 전망대, 어린이 체험관, 뮤지엄 숍, 야외 전시장 등으로 구성되어 있다. 제1전시실에서는 해녀의 삶을 주제로 하여 해녀의 집, 어촌 마을, 무속 신앙, 세시풍속, 어촌 생업 모습 등을 생생하게 꾸며놓았다. 제2전시실에서는 해녀의 물질 생활, 물질 종류, 나잠 어구, 해녀 공동체 생활, 항일 운동 관련 자료 등 해녀의 바당(바다) 일터를 한눈에 볼 수 있게 재현하였다. 제3전시실에서는 제주 고대의 어업 활동과 미래 희망의 바다 등 어촌과 어업 문화를 테마로 하여 바다 생활을 쉽게 알 수 있도록 전시해 놓았다. 영상실에서는 길지 않은 해녀의 다큐멘터리 영화가 상영되고 있다. 가녀린 어린 소녀 해녀부터 얼굴에 주름투성이인 할망 해녀까지 수많은 해녀가 어둠 속의 스크린 위에 나타난다. 해녀의 고된 물질 모습을 생생하게 보여 준다. 물질하러 배를 타고 가면서 부르는 한으로 가득 찬 해녀의 노래가 귓바퀴를 돌아 들려온다. 정말 눈물 없이는 볼 수 없는 짠한 해녀의 모습이다. 해녀상 앞에 앉아서 지난날 동안 제주 섬의 여인들, 특히 해녀들이 얼마나 고초를 이기며 살아왔는가를 잠시 생각해 보았다.

지하층에는 주로 어린이를 대상으로 하여 제주 해녀의 하루라는 주제의 전시물이 정리되어 있다. 해녀 캐릭터를 바탕으로 한 삽화, 그래픽 및 스카시 패널, 모형, 음향 장비 등을 갖추어 어린이가 어렵지 않게 전시관을 접할 수 있도록 해 놓았다. 그리고 해녀의 일상을 간접으로 체험할 수 있게 하여 제주의 해녀를 더 잘 알 수 있도록 한 친숙한 공간을 조성하여 교육의 장으로 활용하고 있다. 성산 일출봉과 우도로 가는 길에 잠시 들러서 어떠한 시련 속에서도 절대 꺾이지 않았던 제주 해녀의 모습을 보았으면 한다.

그곳에는 제주 해녀 항일 운동 기념 공원을 조성하였고 제주 해녀 항일 운동 기념탑이 자랑스럽게 우뚝 세워져 있다. 또한, 제주 올레길 마지막 코스인 제21코스의 스타트 말이 어서 발길을 서두르라고 재촉하며 서 있다.

동백꽃의 천국 카멜리아 힐(Camellia hill)

제주 섬 서부의 중산간 지역인 서귀포시 안덕면 상창리에는 동백꽃 동산이 천국처럼 꾸며져 있다. 동산은 1989년부터 척박하고 쓸모없어 버려둔 들판 6만여 평을 피땀 흘리며 동백꽃 동산으로 조성해 놓은 것이다. 동양에서 가장 큰 동백 수목원이라고 한다. 그러나 힐에는 동백만 있는 것이 아니다. 그야말로 사시사철 꽃으로 장식한 천상의 낙원이라 해도 이견이 없을 것이라고 자부한다. 제주에서 자연이 아닌 사람의 손으로 가꾸어진 가장 아름다운 식물원이라는 생각이 드는 곳이다.

이 카멜리아(동백나무) 힐에는 세계에서 가장 큰 동백꽃을 비롯하여 가장 일찍 피는 동백꽃, 향기를 내는 동백꽃에 이르기까지 전 세계 5백여 종, 6천여 그루의 동백나무가 한데 모여 있다. 동백꽃 철인 겨울이 오면 동산이 붉은 동백꽃으로 물들기 시작한다. 얼마나 꽃이 많은지, 동산에 들어가면 사람의 얼굴도 빨갛게 변하는 것 같다. 조천읍 선흘리와 남원읍 위미리의 동백 군락지가 자연이 준 선물이라면, 여기 힐은 인간의 손이 창조한 선물이라고 할 수 있다. 이곳에는 갖가지 동백이 심어져 있어 겨울이 지난 다른 계절에도 희귀한 동백꽃을 감상할 수 있다는 팁이 주어진다. 물론 제주 자생 식물 250여 종 및 야자수 등의 각종 조경수가 넓은 정원에 골고루 함께 식재되어 있어서 다른 수목원으로도 손색이 없다.

또한, 온갖 야생화가 피어나는 야생화 정원, 아이들이 맘껏 뛰어 놀 수 있는 넓은 푸른 잔디 광장 그리고 포토 존으로 입소문이 나서 줄을 서야만 사진 한 컷을 찍을 수 있는 아름다운 생태 연못 등은 방문객을 사로잡고 놓아 주질 않는다. 동백꽃을 소재로 제작한 공예품을 전시하는 갤러리는 보고서 안 사고서는 못 배길 만한 어여쁜 장식품으로 방문객들의 눈을 유혹한다. 여름철에 접어들면 맥문동, 수국, 핑크뮬리, 천일홍, 백동백이 겨울 동백꽃을 대신한다. 특히 수국 축제 기간에는 관람로 곳곳에 피어 있는 오색의 수국이 착한 사람들을 반갑게 맞이한다. 하늘을 뒤덮은 제주 꽃인 분홍의 참꽃은 언제 보아도 연인의 마음을 설레게 한다. 유리 대온실에 들어가면 온·열대의 만 가지 꽃이 피어 있어서 사람의 눈을 즐겁게 해 준다. 꽃이 보고픈 사람, 꽃에 목말라 했던 사람들은 이곳 힐을 찾아가 보라. 꽃 세상에 파묻힐 것이다. 공원 안에는 "동백꽃의 꽃말은 그대만을 사랑해."라고 써진 동백 모양의 표석이 세워져 있다.

인근에는 제주 흑돼지 고기 및 제주 흑우, 말고기 식당과 해안가의 생선 활어 횟집, 제주 해녀의 물질 해산물 등의 먹을거리가 여행객의 입맛을 당기고 있다.

위미리 동백 군락지

(爲美 冬柏 群落, 제주특별자치도 기념물 제39호)

이곳은 곶자왈은 아니다. 서귀포시 남원읍 위미리(爲美里) 작은 마을에 조성된 동백 군락지이다. 군락은 현맹춘(1858~1933년) 할머니의 끈질긴 집념과 피땀 어린 정성으로 만들어진 곳이다. 할망은 이팔청춘에 이 마을의 어느 가난한 집으로 시집와서 어렵게 하루하루를 살아갔다. 그러나 가난은 젊은 새댁의 의지와 희망을 꺾지 못했다. 새댁은 별을 보며 일을 시작했고 달을 보며 귀가하며 닥치는 대로 일하였다. 어느새 새댁의 고운 손은 망가져서 거북 등으로 변하였다. 그 결과 황무지나마 땅을 사들였고 모진 바람을 막기 위하여 한라산의 동백 씨앗을 따다가 울타리에 뿌려 황무지를 개간하였다. 거친 황무지는 오늘날 기름진 감귤 과수원으로 변하였고 울타리는 동백나무로 울창한 숲을 이루었다. 그래서 이 숲은 할망의 얼이 깃든 유서 깊은 곳이 되었다. 그리고 현재 사람들은 숲을 버득 할망돔박 숲(버득 할머니 동백 숲)으로 부르고 있다. 또한, 후손들은 할망의 유지를 받들어 숲을 지금까지 잘 보호하고 있다. 그리하여 제주의 또 하나의 명소가 된 것이다.

동백나무는 차나뭇과에 속하는 나무로 우리나라를 비롯하여 일본, 중국 등의 따뜻한 지방에 널리 퍼져 있다. 한반도에서는 남부 해안이나 섬에서 잘 자란다. 꽃은 대체로 붉은색이며 제주에서는 겨울철에 만개한다. 꽃이 피는 시기에 따라 춘백(春栢), 추백(秋栢), 동백(冬栢)으로 나누어 부르기도 한다.

위미 동백나무 군락은 사시사철 푸른 동백과 철 따라 지저귀는 이름 모를 새 그리고 가을이면 풍요로움이 가득한 감귤원과 함께 남국의 정취를 물씬 느끼게 한다. 동백꽃은 주로 겨울철인 12월부터 2월까지 핀다. 동백꽃은 활짝 피어나 사랑과 정열을 가진 사람들을 끌어들인다. 동백꽃은 꽃이 질 때 여느 꽃들과는 달리 꽃송이 전체가 낙하하여 하늘에도 꽃, 땅에도 꽃의 장관을 이룬다. 정말 동백동산에 들어가면 붉은 꽃 세상이다. 이 마을의 할망들은 꽃이 지고 동백 열매가 땅에 떨어지면 그 씨앗을 줍는 재미에 시간 가는 줄 모른다. 모은 씨앗을 고가에 팔기 때문이다. 이래저래 동백이 위미리의 효자가 되어버렸다.

이곳은 제주 올레길 제5코스에 포함되어 있다. 제주도는 방방곡곡에 동백나무가 있다. 대표적인 곳으로는 메이즈 랜드, 카멜리아힐, 휴애리 자연생활 공원, 선흘리 동백 동산 그리고 위미리 동백 군락지 등이 유명하다. 군락지 옆에는 동백 할망의 후손들이 감귤밭을 밀어내고 사설 동백 동산을 조성해 놓았다. 그곳에서만 볼 수 있는 동백꽃이기에 입장료를 거부하지 못하고 사람들이 인산인해를 이룬다. 동백꽃은 한겨울에만 감상할 수 있는 꽃이다. 행여 봄꽃인 줄 착각하고 2월에 찾아가면 땅바닥에 뒹구는 꽃을 보게 될 것이다.

인근 마을 신흥리에서도 동백꽃 길을 가꾸기 위하여 온 주민이 힘을 합치고 있다. 세월이 어느 정도 지나면 남원읍 전체가 겨울철에 빨간 동백꽃으로 물들지도 모르겠다.

서귀포의 미항, 위미항과 대포항

제주도에는 4대 항구가 있다. 제주시의 제주항, 서귀포시의 서귀포항, 한림읍의 한림항 그리고 성산읍의 성산항이다. 이곳 항구들은 섬의 모든 여객과 관광 그리고 물류를 책임지고 있다. 최근에 개항한 해군 기지가 있는 거항인 민군 복합 강정항은 아직 민간 부분은 취급하지 않고 있다. 섬은 둘레가 약 200여 ㎞가 넘는다. 더구나 대부분의 주민은 해안가를 주변으로 취락을 구성해서 거주하고 있다. 그러니 해안가에는 셀 수 없을 정도의 항 포구가 존재한다.

그 많은 항 포구 중에서 필자는 남원읍 위미리의 위미항과 서귀포시 대포동에 위치한 대포항을 특별하게 생각하고 있다. 이 두 개의 항구는 참 편안하다. 사계절 언제 가 봐도 어머니의 품속같이 따뜻하고 조용하다. 항구는 상쾌하고 깨끗하며 머리를 북쪽 하늘로 쳐들면 바로 코앞에 한라산이 얼굴을 내밀며 반갑게 인사하는 곳이다. 모나지 않으면서 다소곳이 앉아 있는 처녀의 모습이다. 그러나 항구의 모습이나 해안가의 풍경은 빼어나게 아름답다.

위미항은 한반도에서 새빨간 동백꽃이 제일 먼저 피는 제주 남부 동백나무의 마을이다. 찬 바람이 쌩쌩 부는 겨울이 서러워 빨간빛의 꽃을 터트리는 동백꽃이다. 항은 작지만, 아기자기한 미항이다. 항구에 사는 사람들도 투박하지만 순수하고 인심이 매우 후하다. 항구

옆의 용천수가 솟아오르는 개울에는 용암이 만들어 놓은 기암괴석이 가득하다. 주민들은 정성을 다하여 참 예쁘게 관리하고 있다.

항구 앞바다의 깨끗한 물속에는 참다랑어(참치)가 펄떡이고 있다. 그동안 우리나라에서는 원양어선이 먼바다에서 참치를 잡는 관계로 냉동 참치의 맛만 볼 수밖에 없었다. 이제 이 항구에서는 생참치의 참치회 맛을 즐길 수 있으니 얼마나 즐겁고 행복한 일인가 싶다. 참치회 마니아들이 곧 몰려들지 않겠는가 싶다. 그래서 제주에 와서 해안 포구를 보고 싶으면 위미항으로 향한다. 사람의 마음을 자석이 철가루를 끌어들이듯이 이끄는 곳이 이 항구이다. 항구와 푸른 바다는 피로하고 지친 마음을 달래 주고 위로해 주기 위하여 정성을 다하는 것 같다.

제주에 발을 딛자마자 어느새 땅거미가 내려앉았다. 바삐 차를 빌려 중문 관광단지 부근에 숙소가 있는 대포항에 도착했다. 이 항구는 제주 남부 해변이 내려다보이는 작고 조용하며 아름다운 포구이다. 비록 자그마하지만, 이탈리아의 나폴리 항구보다 소담스럽고 아름다운 항구라는 느낌이 든다. 다음 날에는 아침 일찍 멀리 동향에서 불어오는 바람 소리에 잠을 뒤척이다 깼다. 벌써 동쪽 끝 수평선에서 붉은 태양이 구름을 헤치며 바다 위로 치솟아 오르고 있었다. 이내 황금빛으로 옷을 갈아입더니 내 마음을 한순간에 앗아간다. 자연의 숭고함에 감탄하며 숙연히 몸 매무새를 간추린다. 나는 생명을 품은 태양의 기운을 폭풍을 흡입하듯이 맘껏 들이마신다. 일출을 보며 내가 고귀하게 살아 있음을 다시 한번 자각한다.

태양은 마치 온 세상에서 자신보다 더 높고 위대한 것이 있느냐는 장엄함을 보이며 떠오른다. 우리가 사는 이 땅에서 찬란한 아침의 모습보다 더 아름다운 것이 있을 것인가. 사람은 붉은 태양이 솟는 것을 보며 환희와 경외를 느낀다. 인간을 비롯한 만물이 태양의 에너지가 만든 피조물이기 때문일 것이다. 그래서 인간의 선조들은 태곳적부터 태양신을 지고의 신으로 섬겼는지도 모른다. 일출을 맞는 작은 항구는 금빛 바다와 함께 캔버스에 중후한 정물화를 그려 놓은 듯하다.

중문 관광단지 부근에 있는 대포항은 어선이 몇 척 안 되는 아주 작은 항구이다. 그러나 펜션 2층 발코니에서 맞이하는 일출 장면은 성산 일출봉에서 맞이하는 것에 전혀 뒤지지 않는 장관이다. 살짝 서쪽을 따라서 항구를 돌아가면 큰 자갈들이 해변에 가득한 박수기정 주상 절리가 나타난다. 바닷가에 병풍처럼 길게 둘러친 검은 현무암은 파도가 토해내는 흰 거품을 빨아들이고 있다. 자갈 위에 앉아서 누구를 애타게 그리워할 필요도 없다. 외로움에 몸부림칠 이유도 없다. 앉은 상태로 먼바다를 마냥 쳐다보기만 하면 된다. 대포항은 돔 낚시에 있어서 우리나라에서 가장 손맛이 좋은 곳 중의 하나이다.

한라수목원(漢拏樹木園)

한라수목원은 제주 공항에서 한라산이 바라다보이는 제주시 연동(連洞)에 광범위하게 자리 잡고 있다. 이곳은 한라산으로 가는 1100번 도로 중산간 지역인 제주시 근교 광이오름과 남조봉 기슭에 위치한다. 수목원은 우리나라에서 지방 수목원으로서는 전국 최초로 조성된 곳이다. 자연이 만든 원시림인 곶자왈은 아니다.

1993년에 개원한 이래로 현재 수를 셀 수 없는 많은 나무와 식물이 식재되어 있다. 넓은 지역 안에 교목원, 관목원, 약식용원, 희귀특산 수종원, 만목원, 화목원, 도외수종원, 죽림원, 초본원, 수생 식물원 등의 전문 수종 전시원과 온실, 양묘 전시포, 산림욕장, 시청각실 및 체력 단련 시설, 편의 시설 등 편히 쉴 수 있는 모든 시설을 갖추고 있다. 탐방객들에게 자생 식물에 대한 관심을 갖게 하고 잘 조성된 산책 코스는 도민들에게 휴식 공간을 제공하기 위해 조성되었는데 이제는 제주도를 찾는 많은 여행객이 방문하여 관광지로서의 면목을 갖추었다. 그리하여 학생들에게 자연환경 교육장으로서의 역할을 충분히 하고 있다. 또한, 도심에서 지근거리에 있어서 접근이 용이하여 시민들에게 건강 야외 활동을 제공하는 공간이기도 하다. 안에는 작은 도서관도 개설되어 있어 독서삼매경에 빠질 수도 있다.

보유 식물은 제주 자생 식물 790여 종, 도외수종 310여 종을 포함해 1,400여 종이며 이 중에서 목본류가 500여 종, 초본류가 600여 종이며, 이 외에도 13만여 본의 엄청난 나무와 식물 자원이 전시되어 있다. 세상의 나무라 하는 것은 모두 이 수목원 안에 모아 놓은 것 같다. 제주도 자생종인 구실잣밤나무, 담팔수, 종가시나무, 후박나무, 먼나무, 소귀나무 등의 난대, 아열대 그리고 한대의 모든 나무가 있다고 해도 과언이 아닐 것이다. 나도풍란, 한란, 파초일엽, 삼백초 등 보전 대상인 희귀 야생 식물도 찾아볼 수 있다. 아담한 대나무 숲에 들어가 계단 옆에 마냥 앉아서 사색을 즐기며 시간을 무한히 죽여도 아무도 뭐라 하지 않을 곳이다.

숲 곳곳에 설치된 널따란 평상은 따로 주인이 없다. 걷다가, 보다가 힘들면 평상에 앉아서 동행인들과 도란도란 담소를 나눠도 좋고 맛있는 도시락을 까먹어도 일품이다. 어느 따스한 봄날에 평상에 누워서 푸른 하늘을 쳐다보면 살며시 그분(졸음)이 오신다. 그러면 남쪽 해풍을 자장가 삼아 팔베개하고 잠시 눈을 붙이면 이곳이 무릉도원이 아닌가 한다. 누구에게도 그러한 자유와 평화를 간섭받지 않을 것이다. 진정 가족들이 온종일 쉼터에 머물러도 전혀 손색이 없다.

수목원 뒷산인 광이오름[괭이오름, 간열악(肝列岳), 광열악(光列岳), 267m]까지 올라가서 시원하게 펼쳐진 제주 시내와 푸르른 육지와 바다를 바라보면 몸은 어느새 하늘 높이 날아올라 있다. 아마도 학생이 밀린 모든 숙제를 다 끝낸 것처럼 몸과 마음이 가벼워질 것이다.

수목원 가는 길의 솔숲은 저녁이면 별천지 세상으로 바뀐다. 바로 야시장이다. 셀 수 없는 다양한 푸드 트럭의 셰프들은 저마다 자존심을 걸고 독특하고 맛있는 음식들을 만들어서 미식가를 끌어들이고 있다. 동문 시장 야시장과 함께 또 하나의 제주 명소로 자리 잡고 있다. 낮에는 수목원에 들러서 자연을 즐기고 밤에는 입맛도 누리는 기쁨을 만끽하길 바란다. 또 옆에서는 벼룩시장까지 열리니 이보다 더한 구경거리가 없을 것이다. 밤이 깊어지면 수백 가지 빛깔의 LED 조명이 하늘의 별과 함께 소나무 숲을 수놓는다. 그 황홀한 빛의 세상에 어떤 연인들이 빠져들지 않겠는가. 한번 가서 밤하늘의 별과 조명 중 어느 것이 더 많은지 세어 보자.

한라 생태(漢拏 生態) 숲

원래 이 숲은 제주시 용강동(600m) 일대에서 사설 목장으로 이용되던 우마 방목지였다. 그런데 우마가 떠나가고 방치된 곳을 도에서 원래의 숲으로 복원해 조성하여 200만여 제곱미터(㎡) 규모의 생태 숲을 이루었다. 난·온·한대 등의 300여 종의 식물과 나무들을 식재해 본래의 생태 모습으로 복원시키기 위하여 큰 노력을 기울인 곳이다. 그리하여 시민들과 탐방객들이 편안한 휴식 공간과 다양한 자연 생태계를 체험할 수 있는 숲, 화산 송이를 밟으며 걷을 수 있는 숲길 등이 생겨났다. 한라산 둘레를 지나 서귀포로 향하는 5·16 도로변에 위치해 접근성이 좋다. 또한, 주차장이 넓으며 절물 자연 휴양림으로 연결되어 있어 자연을 만끽하며 장시간 트래킹하기에 꼭 맞는 곳이라 하겠다.

생태 숲에는 관리 시험 연구동, 조직 배양실, 양묘 하우스, 탐방객 센터, 유아 숲 체험원, 원형 야외 교육장, 데코 쉼터 그리고 전망대 등의 시설이 갖춰져 있다. 생태 숲은 테마별로 조성해 놓았다. 수생 식물원, 난대 수종 적응 시험림, 참꽃나무숲, 야생난원, 구상나무 숲, 벚나무 숲, 여러 가지 꽃나무 숲, 양치 식물원, 산열매나무 숲, 혼효림, 천이과정 전시림, 유전자 보전림, 단풍나무 숲, 다목적 경영 시험림, 암석원, 목련총림, 지피식물원, 숫모(마)르 숲길(예전에 화전민들이 숯을 굽던 언덕) 등이 있다.

때 이른 봄에는 한반도에서 제일 먼저 봄을 알리는 우리나라의 야생화인 복수초(福壽草)가 하얀 눈 속에서 생긋 미소를 짓는다. 복과 장수를 기원하는 꽃이다. 바로 옆에서는 이를 시샘하며 뒤질세라 하얀 노루귀가 자기도 있다고 소리친다. 철쭉이 피는 봄철에 찾아가면 세상에서 보기 드문 꽃동산을 보게 될 것이다. 숲에 서식하는 동물로는 노루, 오소리와 제주도의 새인 큰오색딱다구리, 긴꼬리딱새, 팔색조, 큰까마귀, 비바리뱀, 두점박이사슴벌레, 애기뿔소똥구리, 물장군 등이 있다. 희귀 식물들인 으름난초, 순채, 시로미, 백작약, 전주물꼬리풀 등도 눈에 띈다.

필자가 가장 마음에 들어서 찜해 놓은 곳은 역시 장장 십 리(4.2㎞)가 넘는 숲의 둘레 길에 조성된 숫모르 숲길이다. 이 오솔길은 원시 자연림 안에 조성되어 있기에 더욱 좋다. 생태 숲과 이 숲길을 걸으면 거의 종일 코스이다. 따스한 봄날에 도시락 배낭을 짊어지고 온 가족이 나들이하기에 최적의 장소가 아니겠는가. 숲길 트래킹 중간마다 소나무 숲 등에 있는 벤치와 평상은 자연이 선물한 천혜의 쉼터이다. 동행인들과 도시락을 까먹으며 도란도란 정다운 담소를 나누면 어느새 내 몸과 마음이 치유되어 있을 것이다. 시간의 여유가 좀 더 있다면 낮잠 한번 자도 더 좋을 것이다. 그러고 나서도 더 걷고 싶다면 절물 자연 휴양림으로 건너가면 또 다른 자연이 기다리고 있을 것이다.

이 아름다운 숲은 2009년의 단풍이 드는 계절에 완성됐다. 시간이 좀 더 지나면 섬에서 가장 이름난 자연적인 인공 조림 숲이 되지 않을까 한다. 숲 위쪽으로는 겨울에 눈이 내리면 환상적인 설원이 펼쳐지는 제주에서 가장 넓은 말 방목지가 있다. 눈이 쌓이면 영화나 TV 방송국에서 촬영을 위해서 살다시피 하는 곳이다.

제주 감귤 박물관
(柑橘 博物館, Seogwipo Citrus Museum)

서귀포 시내에서 한라산 중산간 지역으로 조금만 올라가면 신효동에 예쁜 건물 하나가 보인다. 바로 따뜻한 남향으로 얼굴을 내밀며 앉아 있는 제주 감귤 박물관이다. 여행객들은 이곳에서 황금 귤빛 추억을 만들고 가기 위하여 언덕을 오르는 수고로움을 마다하지 않는다. 감귤이라는 달콤하고 빛나는 신비한 노란 과일이 육지에 상륙할 당시에는 이 나무를 대학나무라 부르기도 했었다. 시골 농촌에서 자란 필자는 이 과일을 중학교에 입학하여 시내에서 처음 보았던 기억이 난다. 그런데 현재는 흔하고 값싼 대중적인 과일이 되었으니 격세지감을 느낀다. 섬의 귤은 세계 어느 지역에서 나는 것보다 그 맛이 좋아 둘째가라면 서러워 펑펑 울어 버릴 것이다. 그 향기는 어느 허브보다도 정신을 맑게 정화해 주며 달콤하고 감칠맛 나는 맛은 사람의 혀를 녹인다.

서귀포시에서는 제주 감귤의 역사와 문화 그리고 감귤의 미래 발전을 꾀하기 위하여 박물관을 지어 전시하게 되었다. 박물관 안은 테마 전시실, 3차원 입체 영상실, 세미나실, 민속 유물 전시실, 기획 전시실, 세계 감귤원, 아열대 식물원 등으로 꾸며져 있다. 그야말로 감귤에 관해서 모든 것을 알 수 있도록 준비하여 전시하고 있다. 특히 세계 감귤원에는 한국, 일본, 아시아, 유럽 심지어는 아메리카 등 세계 곳곳의 감귤나무가 심어져 있다. 오로지 이러한 희귀한 식물들을 이곳에서만 볼 수 있다니 기쁘고 감사하기만 하다. 또한, 감귤 체험장, 족욕 체험도 하고 감귤로 직접 음식을 만들어 볼 수도 있다.

박물관 입구 앞의 정원에는 섬에서 가장 오래된 하귤나무가 거대하게 서 있다. 산책로에는 천지연 폭포에 버금가는 인공 귤향 폭포가 있는데 쏟아지는 물줄기가 정말 장대하다. 박물관 뒤편에는 작은 오름이 하나 있는데 월라봉(오름)이다. 오름에 오르면 탁 트인 제주 남부의 서귀포 앞바다를 상쾌하게 조망할 수 있다.

박물관을 나와서 성산 일출봉으로 향하며 워밍업으로 노랑 물감으로 뒤덮인 남원의 감귤밭을 찾았다. 며칠만 지나면 생산에 들어갈 귤은 달콤한 향기를 온 천지에 풍기며 사람의 마음을 유혹했다. 과수원 주인의 승낙을 얻어서 귤 가지 하나를 꺾어 황금 밭을 배경으로 포즈를 취했다. 감귤나무는 키가 그렇게 크지는 않지만, 초록 이파리들과 반짝거리는 샛노란 감귤들이 천상의 하모니를 이루는 것 같았다.

제주 시내 외곽에 위치한 도련동에는 감귤나무, 당유자(뎅유지), 병귤나무 등 원조 귤나무 72그루(천연기념물 제523호)가 아직도 그 싱싱함을 뽐내고 있다. 그 나무들이 제주 감귤의 역사를 무언으로 알려주고 있는 것이다. 감귤 박물관은 2005년 초에 개관식을 가졌다. 국내 최초로 문을 활짝 연 공립 전문 박물관이라고 한다. 달콤하고 상큼한 제주 감귤을 맛보며 아이들의 손을 잡고 감귤 박물관을 방문하면 귤 맛이 더 맛있을 것이다.

서귀포 칠십리 시 공원(西歸浦 七十里 詩 公園)

제주 섬, 따뜻한 볕이 내리는 남부 서귀포시 서홍동 삼매봉 입구에서 절벽을 따라 약 600m 구간에 조성된 아름다운 공원이 있다. 어머니의 품에 포근히 안겨 있는 아기같이 편안한 서귀포항과 새가 되어 금방이라도 날아갈 듯한 아름다운 새섬이 내려다보이는 언덕 위에 시인들의 노래를 담아 놓은 시(詩) 공원이다.

서귀포 칠십리라는 말은 조선 시대에 성읍 민속 마을이 있는 지금의 서귀포시 표선면 성읍리에 있었던 정의현성의 관문에서 서귀포의 서귀진(항)까지의 거리를 나타내는 개념으로 만들어졌다. 그 뒤에 오늘날은 서귀포를 상징하는 말로 개념이 바뀌었다.

이곳은 시 외곽의 효돈동 바닷가의 쇠소깍에서 시작하여 호근동 바닷가 외돌개에 이르는 제주 올레길 제6코스에도 포함되어 있다. 천지연 폭포와 새섬, 서귀포항, 섶섬, 문섬, 범섬 등을 포함하는 서귀포의 빼어난 해안 절경, 한라산의 경관 등이 사람의 마음을 한순간에 훔쳐가 버린다.

시 공원 내에는 서귀포를 소재로 하여 오석, 화강암, 애석 등에 새겨진 시와 노래비 열다섯 기가 산책로 곳곳에 세워져 있다. 시비에 새겨진 시 한 수를 읊으면 나 자신도 시인이 되지 않을까 한다. 그야말로 문화예술과 자연을 동시에 체험할 수 있는 공간이라 하겠다.

서귀포시에서 획기적으로 만든 이중섭 미술관에서 시작하는 동아리 창작 공간, 기당 미술관, 칠십리 시 공원, 자구리 해안, 서복 전시관, 정방 폭포, 소라의 성을 거쳐서 소암 기념관까지 이르는 작가의 산책길(약 5㎞)을 천천히 트래킹하고 나면 서귀포시 관광은 모두 마쳤다고 할 수 있다. 야외 공연장에서는 수시로 갖가지 콘서트가 개최되고 있는데, 이는 또 하나의 볼거리이다. 이곳에서는 제주 섬의 3대 축제인 서귀포 칠십리 축제가 열리며 국제 걷기 대회 축제가 개최되기도 한다.

공원 내에는 분수, 파고라, 연못 등의 조경 시설과 농구장, 족구장, 퍼블릭 파크 골프장 등의 운동 시설 및 운동 기구, 야외 공연장, 놀이터 등 지역 주민 및 방문객들이 이용할 수 있도록 갖가지 편의 시설들이 갖춰져 있다.

이 공원의 백미는 폭포 전망대에서 내려다보는 천지연 폭포이다. 우리가 일반적으로 보는 폭포 아래의 풍경과는 전혀 색다른 기가 막힌 풍경이 펼쳐진다. 폭포를 배경으로 하여 사진을 찍는 바닥은 빤질빤질하게 닳고 닳았다. 거울 연못의 징검다리에 첫발을 내디디면 반대쪽에서 나에게 다가오는 나를 바라보게 된다. 마치 쌍둥이를 보는 듯한 착각에 빠지게 하여 신비스러움을 느끼게 한다. 연인들이 손을 잡고 걸어보면 어떤 모습으로 보일까 궁금하다.

우리나라에서는 제주도 섶섬에서만 자생했던 천연기념물 제18호인 파초일엽을 이곳 노지 정원에서 볼 수 있는 행운도 있다. 이 화초는 멸종 위기 야생 식물 2급으로 지정되어 있으니 만지는 것은 생략하고 눈으로만 감상할 일이다.

특히 서귀포시와 일본 이바라키현의 카시마시와의 자매 도시 체결을 기념하여 일본 이바라키현 사람들이 공원 내에 매화나무 수백 그루를 심어놓았다. 한일 우호 친선 매화 공원이다. 한반도의 봄소식을 처음으로 알리는 전령사가 바로 이 공원의 매화꽃이다. 그 매화나무 꽃향기가 멀리 퍼져 화해와 평화의 꽃으로 다시 피기를 바라마지 않는다.

한여름철에 나뭇잎 사이로 들어오는 정열의 햇빛을 가득 받으며 공원을 걷다 보면 파란 하늘이 나뭇잎인지, 초록의 나뭇잎이 하늘인지 모를 정도로 세상이 온통 푸르름으로 가득하다. 이마에 흐르는 땀조차 시원하다.

공원은 서귀포 시민들에게는 최적의 지상 낙원 같은 제일의 휴식처이다. 또한, 서귀포시를 찾는 여행객들도 꼭 들르는 필수 코스가 되었다. 시에서는 엄청난 수고와 노력을 들여 2007년에 공원을 공개하였다.

서귀포에는 전파 천문대가 있다. 이것은 전파 망원경(電波望遠鏡, radio telescope)을 이용하여 우주를 관측하는 것인데 우리나라에서는 서울의 연세대학교와 울산에 설치되어 세 곳의 네트워크를 연결하여 운영하고 있다. 하늘의 별자리에 호기심이 많은 학생은 찾아가 볼 것을 권한다. 또 제주 섬 서귀포 바다에서만 관측이 가능한 카노푸스(Canopus)를 밤하늘에서 찾아보아라. 카노푸스는 한국과 중국에서는 남극노인(南極老人), 노인성(老人星) 또는 수성(壽星)으로 부르며 인간의 수명을 관장한다고 믿었다. 예로부터 노인성이 인간의 수명을 관장한다고 믿었기 때문에 왕이 노인성을 향해서 제사를 올리는 풍습이 있었다고 한다. 또한, 노인성이 보이는 해에는 나라가 평안해진다고 믿었다. 그래서 길한 별이기에 천문에 관심이 많았던 조선조의 세종대왕은 일부러 천문학자를 서울 한양에서 그 멀고 먼 제주도로 파견하여 관측하라고 했다고 한다. 제주 여행 중에 노인성을 보고 행운도 얻어 가기를 소원한다. 필자도 아직 관찰하지 못해서 서운하다.

제주 돌 문화 공원(濟州 石 文化 公園)

이 공원은 제주 공항에서 그리 멀지 않은 제주시 조천읍 교래리의 드넓은 들판 위에 조성되었다. 좌청룡, 우백호처럼 바농오름(針岳, 552m)과 족은지그리오름(504m) 사이 앞에 건설되었다. 돌이 많다는 삼다의 화산섬인 제주도를 창조한 여신 설문대 할망과 오백 장군의 돌에 관한 전설을 테마로 꾸민 돌 박물관이자 자연 생태 공원이다. 즉, 제주의 돌 문화, 섬사람들의 생활과 역사를 통하여 제주의 가장 제주다운 모습을 보여 주고자 함이라고 한다. 설문대 할망과 오백 장군의 설화는 이미 언급한 바이다.

이곳에는 제주 돌 박물관, 돌 문화 전시관, 제주의 전통 초가, 오백 장군 갤러리 등의 전시관과 야외 전시장이 지어져 있다. 입구에 들어서서 조금 지나면 거대한 인공 연못이 나온다. 일명 하늘 연못이라고 하는 설문대 할망의 죽솥이다. 거기에서는 거석 등의 각종 돌 조형물들을 만날 수 있다. 죽솥과 물장오리를 상징적으로 디자인한 원형 무대이다. 이곳은 연못의 기능은 물론이고 연극, 무용, 연주회 등의 공연 예술을 위한 수상 무대로도 활용되도록 하였다고 한다.

박물관은 독특하게 지하에 건설되었는데 지상의 자연의 모습과 주변 경관을 훼손하지 않기 위해서 땅속에 지어졌다고 한다. 박물관 안에는 용암을 비롯한 돌의 생성 과정, 제주 섬의 탄생 역사와 원인을 한눈에 알 수 있도록 상세하게 전시해 놓았다. 정말 입이 저절로 벌어지는 놀라움을 금할 수 없었다. 꿈속에서도 상상 못 할 아름다운 기암괴석의 화산암들이 관람객들을 반겨준다.

야외 전시장에는 각종 형태의 돌하르방, 사악한 기운과 액운을 몰아내고 복을 불러온다는 방사탑, 도둑이 없어 대문도 없다는 제주의 상징인 정주석, 무덤 주위에 세워서 망자의 한을 달래준다는 제주만의 내세관을 보여주는 동자석, 예쁜 항아리 그리고 오백 장군석 등 섬의 돌에 관한 모든 것을 전시해 놓았다.

공원 오솔길은 거의 자연적인 곶자왈이라고 할 수 있으며 선사 시대부터 현대에 이르기까지 돌에 관한 생활과 역사를 적나라하게 전시해 놓았다. 아이들을 데리고 가족 여행을 하면서 서두름 없이 마냥 걸으며 제주의 돌 문화를 체험하였다. 또 오솔길이 끝나는 곳에는 성읍 민속 마을에서나 볼 수 있는 대규모 제주 전통 초가 마을을 재현해 놓았다. 그곳에는 제주의 전통 먹을거리도 풍성하다. 오백 장군 갤러리에서는 제주 지역 화가들의 작품이 수시로 전시되고 있으니 섬의 예술품을 즐겁게 감상하길 바란다.

1998년부터 제주 탐라 목석원에서 수만 점의 돌 유물을 공원에 기증했다고 전해진다. 그때부터 첫 삽을 뜬 이래로 2006년에 오픈하였다. 공원 확장 공사는 계속 진행 중이며 향후 변화된 모습이 벌써부터 기대된다. 입장료를 내야 하지만 제주에 와서 반드시 방문해야 할 곳이라는 생각이 든다. 공원 뒤편에 있는 바농오름과 족은지그리오름에 가볍게 오르면 아름다운 돌 문화 공원을 한눈에 내려다볼 수 있는 자유가 주어진다. 인근에는 제주민의 자연 쉼터인 절물 자연 휴양림이 기다리고 있다. 대통령 선거 때는 모 씨 정치인이 제주에 와서 이곳 돌 문화 공원에 방문하여 출사표를 던지기도 했었다.

성산읍 오조리(吾照里) 호수 지질 트래킹

제주도 동남부 섬의 자랑인 성산 일출봉 앞에는 오조리 호수가 잔잔한 물결을 살랑거리며 손님을 맞이한다. 호수는 서귀포시 성산읍 오조리 작은 마을 앞에 살포시 앉아 있다. 옛 이름은 오졸개이며 오조을포(五照乙浦)라고 하였다.

이곳은 오조리 호수의 지질 트래킹 코스로 그 명성이 알려져 있다. 따뜻한 태양과 해풍을 듬뿍 들이마시며 걸으면 여행 최고의 맛을 즐길 수 있다. 호수 가운데를 가로지르는 나무다리를 지나다 보면 여기가 바로 신선을 위해 꾸며 놓은 호수 정원인가 싶다. 나 자신이 신선이 된 듯한 착각을 자아내게 한다. 호수 둘레의 비경은 신이 창조한 검은 돌의 향연을 보는 것 같다. 소담스러운 오조리 작은 마을의 올레길을 지날 때면 마치 고향에라도 온 듯이 그냥 편안하고 포근하다.

강력한 태풍이 지나가도 이 호수에는 절대로 살벌한 파도가 일지 않는다고 한다. 언제나 물결이 한결같이 잔잔한 모습이라고 한다. 무슨 조화인지는 누구도 설명해 주는 사람이 없다. 호수에서 바라보는 성산 일출봉의 모습은 또 다른 장관이다. 일출봉 안에서 보이는 모습을 나무라고 하면 이곳에서 보는 모습은 일출봉의 전체 모습인 숲을 보는 것이라고나 할까. 볼수록 신비하고 아름다운 성산 일출봉이다. 호수의 물은 성산 갑문인 한도교가 통제한다. 갑문이 허락하여 문을 열어 주어야만 물이 움직일 수 있다.

겨울이 되면 새를 좋아하는 마니아들과 멋진 사진 한 장을 건지고자 하는 사진작가들이 몰려온다. 인근 하도리 철새 도래지와 함께 제주도의 겨울 철새들의 최고의 고향이다. 떼를 지어 하늘로 치솟았다가 물 위로 내려앉는 모습이 가히 장관이다. 또 이곳은 드라마 <공항 가는 길>의 촬영지로 알려져 있어서 탐방객이 줄을 잇는다.

우리는 흔히 해안가에서는 망망대해로 지는 저녁노을을 보며 감탄한다. 제주 남동부 끝의 오조리 호수에서는 제주 섬의 영산인 한라산 백록담 너머로 사라지는 태양을 볼 수 있다. 그 모습은 섬에서 보는 새로운 모습일 것이다. 이른 새벽에는 성산 일출봉에서 일출을, 저녁나절에는 한라산 뒤로 넘어가는 일몰을 보는 느낌은 특별하기도 하며 어색하기도 한 묘한 기분이다. 보름날에 뜨는 둥근달은 중국 당(唐)나라 때의 시선(詩仙)인 이태백(李白, 701~762년)이 술잔에 담아서 즐겼던 달이다. 밤하늘과 호수에 동시에 떠올라 있는 달을 즐겨 본다. 트래킹 코스는 무려 이십여 리(7.1㎞)에 범접한다. 두 시간여 동안 아름다운 호수 길을 걸으며 무심코 노래 한 소절을 흥얼거리면 나 자신이 이태백이 된 듯하다.

이곳은 제주 올레길 제1코스에 있으며 호수 옆에는 작은 오름이 하나 솟아 있다. 식산봉(食山峯, 66m)이다. 이 높지 않은 오름 하나가 호수를 더욱 빛나게 하는 것 같다. 오름에 잠시 오르면 일출봉 방향의 조망은 배신할 줄을 모른다. 간조 시에는 주민들이 해안가에서 뿔소라와 보말을 채취한다. 해녀의 집에 들러서 보말 칼국수, 전복죽, 해삼 그리고 뿔소라 등을 맛보게 되면 다시 오지 않고서는 못 배길 것이다.

선녀와 나무꾼 테마 공원

제주 시내에서 동쪽으로 잠시 가다가 보이는 중산간 지역인 제주시 조천읍 선흘리에는 '선녀와 나무꾼'이라는 왠지 오래되어 조금은 낡아 보이는 간판이 눈에 들어온다. 이곳은 해방 후부터 1980년대까지 우리나라의 생활 모습을 담은 테마 공원이다. 이곳은 설립자가 평생을 수집한 민속자료들을 주제별로 정리하여 전시한 사설 공원이다. 그래서 약간의 입장료를 지불하고 들어가야 한다.

전시관은 옛 도심의 모습, 달동네 마을, 어부 생활관, 농업 박물관, 민속 박물관, 자수 박물관, 선사 시대 체험관, 추억의 학교관, 병영 체험관, 귀신 체험관, 닥종이 인형관 등 현재로부터 한두 세대 전 과거 우리의 생활 모습들을 그대로 재현해 놓았다. 그래서 어르신들을 모시고 가면 백 점을 받는다. 어떤 노인들은 전시물에서 발길을 떼지 못하고 서 있다. 도대체 무슨 사연이 있는지 궁금하다.

빛바랜 흑백 사진을 전시하는 추억의 사진관과 예전의 서울역을 재현한 모형을 바라보면서 추억 속으로 빠져들어 간다. 옛날 오일장 장터거리를 지나가면서 콩나물 한 움큼을 사면서도 한 푼이라도 가격을 깎으며 덤을 달라고 장터 장수와 실랑이를 벌이던 우리 어머니의 모습이 떠올랐다. 옛날 극장 앞에서는 교복을 입고 미성년자 입장 불가 영화를 어떻게 해서든지 보려고 했던 기억도 생각났다. 영화 세 편이 동시에 상영하던 때도 있었다. 지난 시절 달동네의 모습을 재현한 곳에서는 서민들의 애환이 담긴 사연들이 마음을 무겁게 만들었다.

까맣게 다 탄 흰 연탄이 쌓여 있는 난로가 자그마한 구멍가게 안에서 연기를 모락모락 피우고 있다. 다닥다닥 붙어 있는 여러 상가가 줄지어 서 있는 도심 상가 거리, 낡은 나무 책걸상들이 빼곡히 들어서 있는 추억 속의 정든 학교관에서는 검은 교복을 입고 노란 완장을 오른팔에 차고 허세를 부려 본다. 닥종이 인형을 통해 과거의 다양한 풍습과 풍속을 재현한 닥종이 인형관, 지게를 비롯하여 우리 선조들이 예전에 사용했던 다양한 농기구와 농업 관련 생활용품을 전시하는 농업 박물관, 각종 민속 생활용품을 전시한 민속 박물관, 조선 시대의 궁중 자수와 현재까지의 민간 자수, 십자수 등을 감상할 수 있는 자수 박물관에는 일상품도 있지만, 고품격의 예술품도 볼 수 있다.

지난 시절 생각이 나는 많은 놀이를 체험할 수 있는 추억 놀이 체험관 등에서는 딱지치기, 윷놀이, 팽이치기, 여인네들이 즐기던 그네타기 등을 직접 체험해 볼 수 있다. 편의 시설로는 향토 음식점이 있는데 빈대떡을 부치는 고소한 기름 냄새가 코를 자극한다. 잠시 머물러 막걸리 한 잔에 안주로 부침개 한 입을 맛보지 않을 수 있겠는가. 선물의 집에서는 예전의 추억의 물건 등을 저렴하게 판매하고 있다.

육지에도 전국 곳곳에 우리나라의 근현대 민속 박물관이 세워져 있다. 그러나 이곳만큼 옛 추억을 곧바로 떠오르게 조성해 놓은 곳은 찾아보기가 힘들다. 전시관을 둘러보는 와중에 기쁘고 즐거운 모습과 슬프고 괴로웠던 장면이 파노라마처럼 지나간다. 어느 곳에서는 웃음이 나오고 또 다른 어느 곳에서는 짠해서 눈물이 나오는 곳이 있다. 정말 만감이 교차하는 곳이 아닌가 싶다. 전시관을 빠져나오면 야외에는 선사 시대 체험관, 분홍의 연꽃이 피어있는 연못 정원과 야생화 마을, 작은 동물원, 민속놀이마당 등이 있다.

성 이시돌(Isidore) 피정 센터(목장)

고소하고 신선한 100% 유기농 우유를 마시고 싶으면 제주 서부 중산간 지역에 있는 사시사철 늘 푸른 목장인 성 이시돌 목장에 찾아가 보라.

제주시 한림읍 금악리에 있는 이 목장은 끝이 보이지 않는 드넓은 초지를 가지고 있는 목장이다. 이곳에서 사육되는 우마는 스위스의 알프스같이 초지를 마음껏 뛰어다니면서 풀을 뜯는다. 목장에서는 특히 유우(乳牛)를 대량 사육하고 있어서 자연의 선물인 신선한 우유를 매일 생산하고 있다.

이 목장은 1954년 4월에 가톨릭 콜룸반 외방선교회 소속으로 제주도에 온 아일랜드 출신의 고(故) 패트릭 제임스 맥그린치(P. J. Mcglinchey, 한국 이름 임피제) 신부(神父)가 한라산 중산간 지대의 드넓은 황무지를 목초지로 개간하여 1961년 11월에 성 이시돌(천주교 성인, 스페인의 농업의 아버지)의 이름을 따서 중앙 실습 목장을 건립한 것이 그 시초이다.

제주 섬은 농업(특히 벼농사)이 어려운 자연환경 조건이다. 그래서 주민들은 매우 빈곤한 생활을 영위했으며 정신적으로도 피폐한 지역이었다. 해안가 지역의 사람들은 어업이나 물질로 그런대로 생활할 수 있었으나 이곳 금악리처럼 중산간 지역의 사람들은 거의 피골이

상접한 상태로 살아가고 있었다.

맥그린치 신부는 한국의 제주도로 파견되었다. 본래 사제(司祭)의 기본 임무는 신자들의 믿음을 길러주는 게 최우선 소명이다. 그러나 임 신부의 생각은 조금 달랐던 것 같다. 주민들이 가난에서 벗어날 수 있는 길을 터주는 일이 더 급하다고 본 것이었다. 하지만 나라님도 구제하지 못한다는 가난을 제주를 잘 알지도 못하는 벽안(碧眼, 서양인을 말한다)의 신부가 해결한다는 것은 하늘의 별을 따는 일보다 어려운 일이었을 것이다. 그러나 신부는 포기를 몰랐다. 그래서 시도한 것이 지역 신용 협동조합의 설립이었다. 바로 공동 생산·공동 분배의 정신을 가진 농업이었다. 신부는 한라산 중산간 개간을 통한 목축업의 육성이야말로 제주 지역의 가난을 물리칠 가장 중요한 방안이라고 생각해서 이에 몰두하게 된다. 그리하여 성 이시돌 목장이 탄생하게 되었으며 돼지 신부님이란 별명도 붙여지며 마침내 주민들은 가난에서 벗어나게 되었다. 이 지역 사람들은 임 신부를 구세주 또는 영웅으로 칭송하고 있다.

현재 이곳은 천주교 제주 교구의 성지이다. 성 이시돌 목장 단지 안에는 성 이시돌 양로원, 피정 센터, 젊음의 집, 삼뫼소(연못), 은총의 동산, 금악 성당, 성 이시돌 어린이집, 클라라 관상 수녀원, 농촌 산업 협회 등이 함께 있으며 삼위일체 대성당이 건축되는 등 대규모 가톨릭교 시설들이 들어서 있다. 그래서 목장보다는 천주교 성지로 더 알려지게 되었다.

피정(천주교 신자들의 기도와 수련 행위) 센터 내의 동산은 참 아름답게 꾸며져 있다. 종교를 떠나서 여행객이 산책로를 따라서 동산을 거닐면 세상에서 가장 편안한 마음을 가지게 될 것이다. 봄·여름에는 철쭉, 수국 등 아름다운 꽃이 동산을 화려하게 빛내 준다. 삼뫼소라는 인공 연못은 제주 섬의 그 어느 곳보다 단정하고 아름답게 조성되어 있다. 벤치에 앉아서 잔잔한 호수를 바라보면 우리의 병든 마음이 눈 녹듯이 깨끗하게 힐링이 되는 것을 느끼게 된다. 동산 산책로 주위를 따라 조성된 그림 같은 소나무 숲은 방문객들을 더욱 기쁘게 반겨 준다.

이곳에는 특별한 건축물이 있다. 바로 이시돌 양식이라 명명된 독특한 건축 아치형 형태의 이라크 테쉬폰(Cteshphon, 페르시아 궁전)을 닮은 주택이다. 우리나라에서는 이곳에 처음으로 이러한 주택을 지었다. 이 건축물은 1960년대에 성 이시돌 목장의 설립자인 맥그린치(Patrick James Mcglinchey) 신부가 목동들의 가족을 위해서 건축한 주택 및 창고다. 바람이 사나운 제주 환경에 맞는 집을 짓기 위해 고심한 신부는 테쉬폰에서 아이디어를 얻어서 아치형의 건축물을 고안해 냈다. 그래서 이 건축물들은 제주에서뿐만 아니라 육지에서도 바람을 일으킨 우리나라의 근대 건축물로 꼽히고 있다. 이 주택은 매우 경제적이며 신속하게 지을 수 있다는 특징이 최대 장점이기도 하다. 관광객들은 이곳에 들러 건축물을 둘러보며 임피제 신부의 아이디어에 탄성을 지른다.

삼무 공원(三無 公園)

제주 신도시의 중심인 연동에는 삼무 공원이 자리 잡고 있다. 도에서는 도둑, 대문, 거지가 없는 삼무의 섬을 의미하여 명칭을 그렇게 붙였다. 공원은 베두리오름(別豆理岳, 星斗岳, 85m)에 조성되었다. 오름은 고도가 너무 낮아서 현재 공원 시설물로 인해 화구의 형태를 제대로 파악하기가 어려운 상태이다. 오름 지역 자체를 공원으로 보면 된다.

공원으로 들어가면 빽빽한 해송(海松)을 주종으로 하여 조성된 울창한 솔숲을 만나게 된다. 또 어린이 놀이터와 배드민턴, 농구장, 체력 단련 기구 등이 잘 갖춰져 있어서 제주 시내 사람들이 자주 이용하는 곳이다. 정상에는 2층 누각으로 지어진 팔각 정자가 있는데 바로 삼무정(三無亭)이다. 자그마하지만 참 아름다운 정자이다.

공원에서 가장 눈에 띄는 것은 국내 유일의 증기 기관차(미카 3형 304호)이다. 이 기차는 1978년에 박정희 대통령이 기차를 볼 수 없는 낙도의 어린이를 위해 보내 주었다고 한다. 사용이 중단된 증기 기관차를 제주도와 흑산도에 보냈는데 현재 이곳에만 남아 있다고 한다. 기관차에 연결된 객차는 예전에 서민들이 이용했던 비둘기호이다.

필자는 고교 시절(1980년대 초)에 서울 용산역에서 호남선 야간열차를 타고 광주광역시까지 여행했던 기억이 어렴풋하다. 물론 그때는 견인차가 디젤 기관차였다. 열두 시간 넘게 걸려서 아침에 광주역에 도착하니 빽빽한 승객들 속에서 서서 왔던 관계로 정신이 몽롱할 정도였다. 지금의 고속 열차를 보면 격세지감이 아닐 수 없다. 이 공원의 기차는 문화재로 등록하여 제주도에서 잘 관리하고 있다 하니 다행이라는 생각이 들었다. 아이들과 함께 공원을 찾아 옛날 기차 여행의 추억을 떠올리며 설명해 주고 편안하게 쉴 장소로 딱 맞는 곳이라는 생각이 든다.

외도동 월대(月臺)

제주 공항에서 서부로 잠시 달리면 제주시 외도동에 맑고 깨끗한 크지 않은 하천이 바다 포구로 이어져 있는 모습을 볼 수 있다. 둥근 보름달이 밤하늘 끝에 솟아오르면 달은 개울 물 위에도 뜨고 멀리 바다 위에도 길게 노란빛을 드리운다. 그 장관을 보고 어찌 사람의 마음이 흔들리지 않을쏘냐. 그래서 달이 뜨면 운치 있는 밤의 정취를 만끽하며 즐기고자 했던 선인들이 이곳을 월대라 했다고 한다. 해변이 아름다워 제주 올레길 제17코스에 포함된 곳이다. 제주섬에는 찾아볼 비경이 워낙 많아서 이곳은 아직 잘 알려지지 않아 제주를 잘 아는 소수의 사람만이 방문하고 있다. 많은 인파가 붐비지 않고 한적하여 아름다운 바닷가의 하천을 조용히 즐기고자 하는 나그네에게 딱 맞는 장소일 것이다.

월대에는 무려 수령이 오백 년이나 되는 기나긴 역사를 간직한 팽나무가 우뚝 서 있다. 바다를 바라보는 이 나무는 흘러간 우리의 파란만장했던 역사를 어떻게 기억하고 있는지 궁금하다. 또 개울가에는 나이가 이백오십 년이 넘는 낙락장송의 해송 고목들이 줄지어서 위엄을 자랑하며 하늘을 찌르고 있다. 나무 아래에 서서 파란 창공을 뚫으며 치솟은 가지를 쳐다보면 "어쩜 이렇게 아름다운 거목이 해안가에 자리 잡고 있는가!" 하고 감탄이 절로 흘러나온다. 섬에서는 이곳처럼 사시사철 수정같이 투명하고 풍부한 수량의 냇물을 찾아보기가 매우 힘들다. 주변에는 고려와 조선 시대에 관아에서 조공을 실어 날랐다 하여 조공천이라 불리던 제법 큰 하천인 도근천도 바다로 흐르고 있다.

깊지 않은 맑은 물속을 가만히 들여다보면 반짝이는 민물고기가 떼를 지어 다니며 노니는 모습이 목격된다. 햇빛에 비늘이 반사되어 물결을 은빛으로 수놓는 은어다. 제주에서 이렇게 희귀종인 아름다운 물고기를 보게 되니 신기했다. 그래서 나도 모르게 한참이나 물속을 물끄러미 바라볼 수밖에 없었다.

이곳은 뜨거운 여름철이 다가오면 아이들의 물놀이 천국이 된다. 수심이 깊지 않고 물이 너무 깨끗하여 냇물 끝 바다로 오가며 신나게 물장구를 치며 노는 곳이다. 그래도 안전한 곳이기에 부모들도 그렇게 아이들에게 신경을 쓰지 않아도 되어 어른들도 신이 난다. 주민들은 해마다 아름다운 외도 물길 이십 리 걷기 대회를 개최한다. 연인들, 가족들, 동행인들이 아름다운 해안 길을 오순도순 걷는 모습은 진정 사람의 정다운 모습일 것이다.

외도에는 외도 8경(外都 八景)이 있다. 한여름의 더위를 피하고자 찾았던 월대피서(月臺避暑)가 첫 번째이다. 따뜻한 봄날을 맞이하여 월대천 남쪽 들랭이소에서의 봄꽃 구경 놀이를 말하는 야소상춘(野沼賞춘), 마을 연대(煙臺, 봉수대) 입구의 마지(마이못)에서 하늘로 뛰어오르는 물고기를 감상하는 마지약어(馬池躍漁)도 있다. 마지는 마을 해변에 가막샘이라는 용천수가 솟아 나오는 곳인데 해수와 합쳐진 큰 연못을 말한다. 또 우령동 우왓 동산에 우람하게 서 있는 큰 우산 모양의 소나무를 말하는 우령특송(牛嶺特松), 큰개(외도 포구)에 드나드는 돛단배를 보는 즐거움의 대포귀범(大浦歸帆), 연대 서쪽 해안의 넓은 여(갯벌)에서 제주 여인들이 듬뿍(몸)을 캐는 모습의 광탄채조(廣灘採藻), 한라산을 바라보는 절물의 나록(벼) 밭에 꽃이 핀 보기 드문 모습을 말하는 사수도화(寺水稻花) 그리고 마지막으로 병암어화(屛岩漁火)가 있다. 이는 바닷가의 병풍바위에서 바라다보이는 신나는 고기잡이 불구경을 말한다.

또한 조선 시대에 밤에는 횃불, 낮에는 흰 연기로써 위급한 군사 소식을 전했던 통신 수단인 연대의 하나였던 조부연대(藻腐煙臺)가 외도 2동에 세워져 있다. 그리고 지금은 조금의 흔적만 남아있는 사찰 터인 수정사지(水精寺址)도 있다. 고려조 원(元)나라 시대에 제주의 3대 사찰 중 하나인 수정사가 자리했던 지역이다. 현재는 수정사지의 대한 내역이 적혀 있는 안내판만이 방문객을 맞이한다. 이 절은 『태종실록』에 전해진다. 고려 말에서 조선 초의 수정사는 비보사찰로 많은 노비를 거느리는 대사찰이었다. 발굴 결과, 수많은 유물이 출토되었는데 고려청자, 조선백자가 동시에 나온 것으로 보아 역사학자들은 이 절이 섬에서는 이례적으로 매우 화려했을 것으로 추정하고 있다. 여러 가지 자료를 들추어볼 때 수정사는 13세기 이전에 창건된 것으로 보이며 1300년대에 원(元)에 의해 대대적인 중창이 이뤄졌다고 본다. 조선 시대 때 중종 16년(1521년)에 재차 중수를 거쳐 숙종 20년(1694년) 이전에 화재로 인하여 완전히 소실된 것으로 나타난다. 부근에 수정사라는 조그만 가정집 형태의 절이 있는데 마당에는 수정사 유물로 보이는 주춧돌 같은 것이 보인다. 고망물 바위

틈에서 나오는 작은 샘물이 있는데 용천수이다. 이 우물을 '절물', '수정천'이라고도 한다.

바다와 만나는 월대천 끝에는 알작지라는 해변이 있다. 뾰족한 검은 현무암으로 뒤덮인 제주도에서 유일하게 자갈밭으로 만들어진 몽돌 해변이다. 신발을 벗고 연인과 함께 부드러운 자갈의 촉감을 느끼며 해변을 걷노라면 하늘의 갈매기도 질투하며 날갯짓하며 날아가리라. 또 이 마을에는 선사 시대의 묘인 지석묘(支石墓)가 있다.

오름에 오름 I(동부)

제주 섬 오름의 전설은 이렇다. 섬을 지으신 설문대 할망이 밋밋한 땅이 보기 싫어서 한라산을 만들기 위하여 치마폭으로 흙을 날랐다. 그런데 나르는 중에 흘린 흙무덤들이 지금의 오름들이 되었다고 한다. 섬의 오름들은 아름다운 제주를 더욱더 빛나게 만들어 준다. 제주의 진경을 보고 싶다면 오름에 올라 봐야 할 것이다. 한라산의 백록담과 같이 오름은 제주를 유지하는 생명의 어머니라고 본다.

오름으로 가기 위해서 제주도를 먼저 살펴본다. 우리는 제주도를 삼다삼무의 섬으로 잘 알고 있다. 꼭 맞는 말이다. 삼다라 함은 돌, 바람, 여자가 많다는 뜻이고, 삼무는 도둑, 대문, 거지 이렇게 세 가지가 없다는 말이다. 돌과 바람이 많다는 것은 제주도의 자연적인 환경 특징을 말함이다. 연중 소형급 태풍 같은 바람이 불어치고 제주 어느 곳이든 땅을 조금만 파도 까만 현무암 덩어리가 지천에서 쏟아져 나온다. 여자가 많다는 것은 역설적으로 남자가 없다는 말이다. 사내들이 바닷일을 하다가 북망산천(北邙山川)으로 직행하니 과부가 많아졌다는 것이다. 슬픈 사실이 아닐 수 없는 노릇이다. 그런데 도둑, 대문 그리고 거지가 없다는 삼무 제주의 깊은 속사정을 알고 나면 더욱 마음이 쓰려온다. 즉, 예전의 제주 사람들은 하루에 한 끼도 해결하기 힘들 정도로 궁핍했다. 그러니 집에 대문이 필요

없게 되었고 그러하니 자연적으로 도둑과 거지도 있을 수가 없었다는 것이다.

제주에는 두 가지 많은 것이 더 있다. 제주도는 오다(五多)의 섬이다. 그중 하나는 묘지다. 밭이나, 들이나, 산이나 어디를 가도 산담이 둘러쳐져 있는 묘지가 수없이 눈에 띈다. 제주 사람들은 예부터 조상의 묘를 각별하게 관리했다. 또 다른 한 가지는 오름이 많다는 것이다. 제주 도처에 작은 산봉우리들 370여 개가 골고루 분포해 있다. 그리고 제주에는 없는 것이 하나 더 있다. 사무(四無)의 섬이다. 제주 전통 초가에는 굴뚝을 찾아볼 수가 없다. 세찬 바람에 굴뚝이 남아 있을 날이 없었기 때문이다. 부엌의 아궁이는 방과 연결되지 않는다. 돌 받침대에 솥을 걸어 놓은 방식이다. 방을 덥히는 온돌용 아궁이는 따로 설치되어 있다. 굴뚝이 없기에 연기가 집 안 및 지붕 등 곳곳으로 스며든다. 연기는 잦은 비에 따른 초가의 습기를 효과적으로 제거해 주며 해충들도 방지해 주는 역할을 한다.

제주도의 행정 구역은 보통 동서남북의 사방으로 구분한다. 한라산을 기준으로 북부 지역에는 제주시를 비롯하여 좌로는 애월읍, 우로는 한림읍이 있어 조천읍으로 나뉘고 섬으로는 추자면(도)이 있다. 동부에는 구좌읍과 성산읍이 자리하고 있으며 우도가 섬으로 면 소재지이다. 남부는 표선면, 남원읍 그리고 서귀포시이다. 마지막으로 서부는 안덕면, 대정읍과 한경면이 위치한다.

제주도의 생성 기원인 화산 활동은 지금으로부터 200여만 년 전에 신생대 제4기 동안의 연속적인 분화 활동에 의해서 이루어졌다고 한다. 제주도의 지형으로는 바다를 끼고 있는 해안가와 제주 사투리로 벵듸(들판)라고 하는 밭농사 지역이 있다. 그리고 주로 목축지로 이용했던 곶자왈(숲 자갈)이 있는 중산간이 있고 중앙에는 거산(巨山)인 한라산이 버티고 있다. 또한, 제주는 전역에 한라산을 중심으로 오름(봉우리)들이 분포해 있는 땅이다.

제주도는 바닷속에서 화산이 폭발하여 용암이 끊임없이 분출하여 만들어진 땅이다. 그런데 특이한 것은 한라산 백록담을 뚫고 솟아오른 시뻘건 용암이 바다로 흘러 들어가는 중에도 작은 화산 활동이 계속 일어났다는 점이다. 식어가는 용암 위로 다시 조그마한 마그마가 솟아나 제주도에 370여 개에 이르는 오름들이 생겨났다. 자연의 신비가 정말 신기롭기만 하다.

제주를 찾는 초보 여행객들은 성산 일출봉, 우도, 마라도 등 현무암으로 뒤덮인 빼어난 해안 절경(섬 둘레 약 551㎞)을 우선 관광한다. 물론 등산을 좋아하는 사람들은 맨 먼저 남한의 최고봉인 한라산을 탐방한다. 한여름의 폭우를 만난 후에는 잠시만 볼 수 있는 백록담(白鹿潭)을 가 보라. 가득 고인 백록담의 담수는 수 시간 만에 사라진다. 물은 땅속 현무암 깊숙이 스며들어 수십 년 후 해안가에서 용천수(湧泉水)로 만날 수 있다. 한겨울에는 하얀 눈이 덮인 백록담에서 노니는 노루의 모습을 보라. 어떤 세상에서 그러한 그림 같은 풍광을 볼 수 있겠는가. 그래서 호수의 이름이 백록담이다. 이들 절경을 볼 수 있는 사람은 전생에 나라를 열두 번은 구한 자만이 그러한 행운을 얻을 수 있다고 한다. 한라산은 맑은 날에도 심술이 심하여 얼굴을 드러냈다가 감추기를 반복한다.

제주를 자주 찾는 여행객들은 제주를 알고 싶어서 참지 못한다.

그래서 신비한 섬의 생성 과정을 추적하다 보면 여행객들은 곶자왈이 있는 중산간 지역을 둘러보게 된다. 그리고 오름에 대한 궁금증을 못 이겨 오름들을 하나씩 찾게 된다. 오름에 올라서면 비로소 제주 여행의 화룡점정에 이르렀다고 할 수 있겠다. 오름들이 없는 제주는 팥 소 없는 찐빵이요, 속 빈 강정이라 아니 말할 수 없다.

인간의 눈은 얼굴에 군데군데 여드름이나 종기가 돋아난 것을 보게 되면 지저분하고 소름까지 돋아서 고개를 돌려 버린다. 마치 SF 영화에 나오는 이상한 외계인 얼굴을 보는 것 같이 느낄 것이다. 그러나 제주의 오름들은 제주도를 더욱 아름답게 하고 제주답게 만들어 놓았다. 만약 오름들이 없었다면 제주도는 그냥 밋밋한 평지로 이루어진 보통의 이름 모를 섬이었을 것이다. 오름들이 만들어 낸 제주도 곡선의 아름다움은 어떠한 말로도 표현할 길이 없다. 산지가 대부분인 한반도의 육지도 고개를 들어 앞을 바라보면 하늘에 맞닿은 울퉁불퉁한 곡선의 연속이다. 그런데 그 선이 끝이 없다. 처음의 곡선 뒤에 연속적으로 이어지는 검은 곡선은 사람의 마음을 답답하게 만든다. 동쪽의 설악산이나 남부의 지리산에나 올라야 그 폐쇄의 선이 풀리는 정도다. 그러나 제주 섬의 오름은 그렇지 않다. 고도 100m가 채 되지 않는 오름에만 올라도 사방이 한눈에 들어오며 막혔던 가슴이 뻥 뚫린다. 그렇게 제주의 오름들이 보여 주는 곡선은 사람을 마력처럼 끌어들인다.

사진작가 고(故) 김영갑 선생의 오름에 대한 사랑은 차고 넘쳐흘렀다. 서귀포시 성산읍 삼달리에 있는 김영갑 사진 갤러리를 방문하기를 권해 본다. 갤러리에서는 선생이 생전에 미친 듯이 오름을 찾으며 카메라 렌즈에 담아 놓은 환상적인 사진들을 접할 수 있다. 그들 멋진 예술품들 앞에 서면 오름 때문에 제주가 왜 아름다운가 하는 이유를 알게 되어 흠뻑 빠져든다. 그리고 그 감동에 말을 잇지 못하게 된다. 제주에는 오름에 미친 사람이 또 있었다. 바로 김종철(金鍾喆, 1927~1995년) 작가이다. 그의 유작으로 최근에 출간된 『오름나그네』(전 3권)를 보면 제주 오름에 대한 호기심의 갈증이 모두 풀릴 듯싶다.

많은 입체 예술가들이 흔히들 여체의 곡선을 두고 최고의 아름다운 형상이라고 말한다. 제주 오름의 곡선은 첫 아이를 잉태한 여인의 젖가슴보다 더 아름답다. 제주 오름 곡선의 신비는 신과 자연이 인간에게 주는 가장 아름다운 모습이라고 감히 말하고 싶다. 그래서 제주를 오름들의 집합체인 땅이라고 해도 전혀 어색하지 않다. 제주의 오름을 그리는 제주 화가 김성오 씨는 제주 오름을 화산섬 제주의 꽃이라고 말한다. 화가는 어렸을 때부터 테우리(목동)였던 부친의 꽁무니를 따라다녔다. 그곳에서 오름의 멋진 곡선의 모습, 풀과 나무의 냄새 그리고 컴컴한 밤하늘의 별들을 바라보며 자랐다. 그의 마음속에 깊이 자리 잡은 아름다운 자연, 오름은 그의 생명이기도 하다. 이처럼 여러 예술가가 오름의 아름다움에 대하여 표현하고 있다.

제주의 오름들의 명칭을 보면 특이하기도 하고 재미가 쏠쏠하다. 벌거숭이라 하여 민, 색깔이 검다 하여 거문, 붉다 하여 붉은, 평평하다 하여 둔지, 높다 하여 높은, 위에 있다 하여 윗세, 마을 앞에 있다 하여 앞, 소머리 같다 하여 우두, 돼지 같다 하여 돝 그리고 달처럼 둥글다 하여 다랑쉬오름이라는 이름이 붙여졌다. 또 일출을 볼 수 있다 하여 일출봉, 용이 누워 있는 형상이라 하여 용눈이, 신을 모신 제당이 있다 하여 당산, 샛별 같다 하여 새별 그리고 땅끝에 위치하고 있다 하여 지미봉 등 370여 개 오름의 명칭이 이런 식으로 명명되었다.

필자는 제주도의 오름들을 하나하나 직접 밟아가며 소개하려 한다. 제주의 중심에는 우리 한민족의 영산(靈山)인 한라산(1,950m)이 떡하니 버티고 서 있다. 제주의 오름들은 특히 동부에 몰려 군집을 이루며 그 아름다운 위세를 과시한다.

오름들은 특히 섬의 동부 쪽에 밀집해 있다. 그중에서도 구좌읍에 이름난 아름다운 오름들이 많다. 무려 40여 개의 오름이 있다. 묘산봉(괴살뫼, 괴산악, 116m), 입산봉(삿갓오름, 85m), 어대악(211m), 주체오름(주토악, 216m), 북오름(고악, 305m), 식은이오름(웃식은이, 286m), 알식은이오름(255m), 종재기오름(216m), 둔지봉(282m), 돝오름(284m), 뒤굽은이오름(252m), 안친오름(아진오름, 192m), 당오름(274m), 높은오름(405m), 문석이오름(292m), 아부오름(앞오름, 301m), 안돌오름(368m), 밧돌오름(353m), 체오름(골체오름, 382m), 거친오름(355m), 거슨새미오름(샘이악 382m), 선족이로름(307m), 민오름(362m), 칡오름(304m), 큰돌이미오름(312m), 비치미오름(344m), 성불오름(362m), 감은이오름(317m), 지미봉(165m), 은월봉(윤드리오름, 180m), 용눈이오름(용와봉, 247m), 손자봉(손지오름, 255m), 거미오름(동검은이오름, 340m), 두산봉(146m), 월랑봉(다랑쉬오름, 382m), 아끈다랑쉬오름(185m) 등이 있다. 섬의 오름들은 제주시에 210여 곳이, 서귀포시에 158여 곳이 있는 것으로 조사되었다. 동부의 오름들을 하나하나 천천히 올라가 보자.

우두봉(牛頭峰, 牛頭岳, 島頭峰, 132m)

우두봉은 우도면 천진리에 있으며 우도(牛島)에서 가장 높은 봉우리이다. 제주 본섬에서 관광객이 가장 많이 찾는 부속 섬이다. 우도는 소가 누워 머리를 든 형상을 한 섬인데 오름 남쪽에 위치한 정상부를 소의 머리 부분이라 하여 우두봉 또는 쇠머리오름, 소머리오름, 우두악 등의 여러 이름으로 부른다. 우도 사람들은 섬의 머리 부분이라 하여 섬머리 또는 섬머리오름, 도두봉이라고도 한다.

오름에 오르면 검푸른 바다가 본섬과 우도 사이를 가로지르고 마치 예술가가 조각해 놓은 듯한 해안의 비경이 한눈에 들어온다. 손에 잡힐 듯한 장관의 성산 일출봉이 그 아름다운 자태를 자랑하고 있다. 정말 말로는 표현이 불가할 정도의 아름다운 해안 풍경이 발길을 멈추게 한다. 멀리 구름 속으로 보이는 한라산 백록담이 혼저(어서) 오라고 손짓한다. 한라산 정상의 새하얀 눈은 4월 말까지 빛나며 반짝인다. 어느 하늘 아래에 이러한 천상의 그림 같은 경관이 있을까 생각해 본다.

오름의 하얀 등대는 육지로 가는 해상 교통로를 밝혀 주는 어부들의 생명 같은 중요한 존재이다. 현대화된 높은 등대가 설치되어 구(舊) 등대와 나란히 사이좋게 속삭이며 함께 바닷바람을 맞고 있다. 지나가는 선박들은 등대에 뱃고동 소리를 울리며 감사를 표시하며 인사한다. 한반도에서 가장 강력한 바람과 한번 붙어 보겠다는 과감한 용기가 있다면 우도봉에 오르면 될 것이다. 우도항에 도착하면 첫 번째로 오르는 곳이다.

다랑쉬오름(월랑봉, 月郎峰, 382m)

다랑쉬오름은 제주시 구좌읍 송당리와 세화리에 걸쳐져 있는 기생 화산이다. 송당리는 수많은 오름이 마을을 둘러싸고 있어 예부터 오름의 마을이라고 했다. 원뿔 모양의 산세가 가지런하고 균형이 반듯하게 잡혀 있어서 '제주 오름들의 꽃(왕)'이라 할 만큼 우아하다. 동부에 있는 오름 중에서도 가장 큰형(兄)이라 할 수 있다. 조선 시대 사대부 여인의 한복 치마를 벌려놓은 듯한 가지런한 외형이 매우 아름답다. 갖가지 들풀과 눈을 마주치며 정상으로 오르는 가르마 같은 정다운 길, 보는 이로 하여금 절로 탄성을 자아내게 하는 정상의 분화구 또한 오름의 자랑이다. 깔때기 모양으로 움푹 패어 있는 분화구의 깊이는 한라산 백록담의 깊이와 비슷하다.

제주 설화에 의하면 설문대 할망이 제주를 만들 때 치마로 흙을 나르면서 한 줌씩 놓은 것이 제주의 오름인데 다랑쉬오름의 분화구는 흙을 놓자 너무 튀어나와서 손으로 탁하고 친 것이 너무 패어서 이렇게 되었다고 한다. 정상에 서면 동남쪽으로 잔디를 입힌 축구 경기장 크기의 아끈다랑쉬오름(버금가는 것, 둘째, 198m)과 성산 일출봉이 한눈에 들어온다. 한라산의 동북쪽에 자리 잡은 용눈이오름, 높은오름, 돗오름, 둔지오름 등 멋진 오름들과 자웅을 겨룬다. 동남부에 끝없이 펼쳐진 모든 경관을 감상할 수 있다. 제주 오름 중에서 유일하게 소사나무 군락지가 있다. 강풍으로 나무는 잘 크지 못하고 키가 작다. 그래서 옆 가지가 많은 것이 특징이다. 해송 숲길도 조성되어 있다. 오름은 제주 남쪽 바다에 우뚝 솟아 있는 우도를 벗 삼아 일출봉을 마주하고 소담거린다.

그러나 다랑쉬오름은 그 빼어난 자연경관 속에 가슴 아픈 사연을 간직하고 있다. 1948년의 4·3 항쟁 와중에 군경 토벌대에 의해 산중 마을이 초토화된 불상사의 역사를 간직하고 있다. 요즘은 오름은 찾는 사람들이 부쩍 늘고 있다. 그래서 진입로를 확장하고 오름 중에서 유일하게 오름 탐방 안내소까지 설치하여 안내원이 친절하게 안내하고 있다.

오름은 망곡(望哭)의 홍달한(洪達漢)으로도 유명하다. 효자 홍달한은 조선 후기 서귀포시 성산읍 고성리에서 1666년에 출생하였다. 홍달한은 어린 시절에 부친을 여의고 편모슬하(偏母膝下)에서 자랐다. 모친이 병을 얻어 자리에 눕게 되자 대변을 맛보며 증세를 살펴보고 손가락을 잘라서 그 피를 약에 섞어 먹여서 어머니가 천수를 누리도록 하였다고 한다. 어머니가 돌아가시자 묘소에 집을 짓고 손수 돌을 날라서 묘소에 산 담을 쌓고 꼬박 삼 년간 시묘(侍墓)살이를 했다. 1720년에 숙종(肅宗)이 승하했을 때 매일 다랑쉬오름에 올라 북향통곡(北向痛哭)하며 추모의 정을 다했다고 전해진다. 그리고 삭망(朔望)에는 오름에 올라 분향하고 산상에서 밤을 지새웠다고 한다. 조정에서는 충효의 이름으로 정려(旌閭)했다 한다.

돗(돝)오름(猪岳, 284m)

돗(돝)오름은 제주시 구좌읍 송당리에 있는 오름으로 근처 둔지봉에서 내려다보면 돼지가 엎드린 모습을 했다 하여 한자 표기로 '저악'이라고도 부른다. 오름의 형태는 계란 모양의 원형이며 정상에는 둥근 분화구가 있다. 돗오름은 전형적인 원형 오름으로 알려져 있다. 오름 앞에는 제주에서 가장 아름답고 피톤치드를 연중 무한히 뿜어내는 비자림(榧子林) 숲이 있다. 언제나 깨끗한 공기를 마실 수 있는 이 숲을 품고 있어서 비저오름이라고도 부른다. 상록 침엽수인 비자나무는 숨 쉴 때마다 펌프질하며 피톤치드를 토해낸다. 오름의 정상부에 오르면 비자림을 내려다볼 수 있어서 조망이 좋은 곳이다. 당잔대, 산부추, 곰솔이 유명하다. 오름의 시작점에는 삼나무 숲길이 있고 둘레 길 정상 부근에는 크지 않은 곰솔 길이 펼쳐져 있다. 남향으로 다랑쉬, 용눈이, 손지, 높은오름 등이 눈에 들어온다. 그러나 바로 앞에 제 놈보다 높은 다랑쉬오름이 버티고 있어서 의기소침한 모습이다. 다랑쉬오름 덕분에 명산 성산 일출봉을 볼 수 없다는 아쉬움이 있다.

용눈이오름(龍臥岳, 247m)

용눈이오름은 제주시 구좌읍 종달리에 있는 기생 화산이다. 송당리에서 성산 쪽으로 가는 중산간 들판 도로변에 있다. 용암 형설류의 언덕이 산재한 복합형 화산체로 정상에 원형 분화구 세 개가 연이어 있는 독특한 구조이다. 오름 안쪽에는 동서쪽으로 조금 트인 타원형의 분화구가 있다. 전체적으로 산체가 동사면 쪽으로 얕게 벌어진 말굽형 화구를 이룬다. 그 형태는 용이 누워 있는 모양이라고도 하고, 산 한가운데가 크게 패어 있는 것이 용이 누웠던 자리 같다고도 하여 용눈이오름으로 명명되었다. 또 상공에서 내려다보면 화구의 모습이 용의 눈처럼 보인다고 하여 붙여진 이름이라고도 한다. 어쨌든 용이라는 상상의 동물은 우리나라나 동양에서는 매우 상서(祥瑞)로운 것으로 귀하게 여겨 왔다. 그래서 이곳 주민들은 이 오름을 특별하게 생각하고 관리하고 있다.

오름 전체에는 서부의 새별오름같이 나무는 거의 없으며 잔디와 풀밭으로 덮여 있고 미나리아재비, 할미꽃 등 다수의 야생화가 저마다 어여쁜 꽃을 피우며 서식하고 있다. 봄에 솟아오른 초록빛의 잔디는 늦가을까지 그 푸르름을 간직하고 있어서 방문객들의 답답한 마음을 뻥 뚫어 주는 역할을 충분히 해 준다. 또 겨울철에 노란 황금빛의 잔디 색깔은 우리의 마음을 풍요롭게 해 주는 것 같다. 어쩌다 눈이라도 내리면 오름은 하얀 세상의 환상적인 동화 속 천국으로 바뀐다. 제주의 오름 중에서도 보물이 아닌가 싶다. 오름에 올라서 남쪽을 바라보면 섬의 자랑인 성산 일출봉과 바다 건너 우도가 코앞에 있는 듯하다.

이곳 일출의 장관은 성산 일출봉에 버금가는 것으로 알려져 있다. 더구나 동이 트기 전에 접근하기가 용이하여 새해 첫날 새벽에는 입추의 여지가 없다. 그래서 일출을 보며 특별히 소원을 빌고자 하는 사람들은 좋은 자리를 선점하기 위하여 근처에서 밤을 지새우기도 한다고 한다. 최근에는 레일 바이크 시설이 설치되어 또 다른 여행의 풍미를 즐길 수 있다. 사랑하는 동행자와 함께 레일 바이크에 올라 페달을 힘차게 밟으며 앞으로 나아가면 초원의 끝을 향하여 달리는 기분이다. 최근에는 TV 방송과 영화 촬영이 빈번하여 여행객들의 발길이 끊이지 않고 있다. 제주 섬의 또 하나의 보물로 등극한 것 같다.

둔지봉(屯地峰, 282m)

둔지봉은 제주시 구좌읍 한동리에 있는 기생 화산이다. 대부분 오름에는 분화구가 있는데 분화구가 보이지 않는 오름 중의 하나다. 북쪽으로 완만하게 휘어진 모양을 취하고 있다. 오름의 모양이 독특하고 오르는 능선은 서향은 완만하고 북향은 가파르다.

한동리 주민들은 이 오름을 영산으로 모시고 있다. 그래서 필자도 오름 바로 아래에 거처를 마련했다. 별일 없으면 거의 매일 산책하는 곳이다. 오름은 한동리에 하나밖에 없는 오름이고 봉우리는 마을 뒤편에서 내려다보고 있기 때문이다. 오름의 주변에는 작은 오름들이 많이 있다. 능선의 아래쪽에는 무덤이 많이 자리하고 있는데 이는 둔지오름이 예전부터 명당으로 알려졌기 때문이라고 전해진다.

오름의 북쪽에는 곰솔과 삼나무가 군락을 이루어서 하늘을 찌르고 있으며 오름 곳곳에 산뽕, 가막살, 쥐똥, 까마귀밥, 누리장, 비목, 곰의말채 그리고 찔레나무 등 수많은 원시림이 자생하고 있다. 봄철에는 오름 기슭 둘레에 고사리가 지천으로 꼬불꼬불 땅을 뚫고 올라와서 제주 아낙네들을 끌어모은다.

최근에는 오름 탐방로가 새로 개설되었는데 오름 아랫부분과 팔부 능선에 조성된 둘레 길을 걸으면 모든 시름과 걱정거리가 사라진다. 군데군데 설치된 벤치에 앉아서 푸르른 바다를 보고 있노라면 엉덩이가 떨어질 줄 모른다. 남녀노소 온 가족이 어렵지 않게 걷기에 딱 맞는 산책로이다. 북쪽 육지를 바라보면 전남 완도군 여서도(麗瑞島), 상·하추자도(楸子島)가 있고 남동쪽으로는 우도와 성산 일출봉이 손에 닿을 듯 가깝다.

은다리오름(隱月峰, 隱月岳, 凌達岳, 179m)

은다리오름은 제주시 구좌읍 종달리에 있는 북동쪽으로 넓게 입구가 벌어진 말굽형 분화구가 있는 기생 화산이다. 은월봉, 은월악, 능달악, 은돌이오름, 윤드리오름, 눈드리오름, 은달이오름 등 많은 별칭을 가지고 있다. 옛날에는 주민들이 민다리오름이라고 불렀다고 하는데 은다리로 바뀌었다고 한다.

오름의 형태는 제주 서남부의 용머리 해안처럼 등을 쭉 펴고 있으며 남쪽의 머리는 알밤같이 곱게 솟아 있다. 오름의 남동쪽 비탈면은 인공 조림인 삼나무와 소나무로 덮여 있고 나머지 비탈면은 풀밭이다. 오름 아래 들판에서는 말과 소들을 방목하고 있어 목가적이고 전형적인 시골의 모습이다.

은다리오름은 주위에 다랑쉬오름 등 보물 같은 대단한 오름들이 즐비하게 늘어서 있어서 다소 왜소하게 보이지만, 정상에 서면 보고 싶은 성산 일출봉과 우도를 한눈에 조망이 가능하여 제주 남해의 아름다운 모습을 충분히 감상할 수 있다. 제주 남쪽의 푸른 바다를 안고 있는 동남부의 드넓은 들판을 보는 것만으로도 답답한 가슴이 뻥 뚫리고도 남을 것이다. 동부의 오름들을 순례하며 오름이 서운하지 않게 한번 들러 주기를 바란다.

북서 방향으로는 제주 오름 중의 오름인 다랑쉬오름과 용눈이오름 등 동부의 화려한 오름들의 군락이 폼을 재고 있으며 동쪽 바닷가로는 지미봉, 식산봉, 두산봉, 소·대왕산 등이 은월봉을 감싸주고 있다.

지미봉(地尾封, 165m)

지미봉은 제주시 구좌읍 종달리에 있는 기생 화산이다. 지미봉은 제주도의 동쪽 땅끝에 있는 봉우리라 하여 이름을 그렇게 붙였다. 봉우리 정상에는 조선 시대에 설치했던 봉수대의 흔적이 남아 있다. 아마도 봉수대는 동쪽의 일본 왜구들이 해변으로 침략하면 북쪽의 제주나 서부의 서귀포로 급히 알리는 역할을 했을 듯싶다.

삼면으로 둘러싸여 있는 지미봉의 해안가는 새들의 먹이가 풍성하여 철새 도래지로 유명하다. 그래서 이 지역은 철새 보호 구역으로 지정되어 있다. 저어새와 도요새가 많고 그 외의 희귀 조류도 많이 관찰된다. 정상에 서면 우도를 포함하여 성산 일출봉, 한라산, 식산봉 등 제주도의 동서남북 사방을 조망하는 기회를 얻을 수 있다. 제주도의 거의 절반을 볼 수 있다고 해도 과언이 아니다. 청정한 날이면 멀리 대마도의 지평선이 희미하게 아물거린다.

성산 일출봉, 용눈이오름과 같이 새해가 오면 해돋이 행사가 열리는 동부의 3대 명소이다. 오름에 오르면 까마귀쪽나무와 해송 군락지가 손님을 반긴다. 양지바른 동쪽 산기슭에는 공동묘지가 조성되어 있다. 예부터 제주도의 동부 지역은 명당이라는 소문이 나 있었다고 한다. 종달리 마을 사람들의 안산이다. 그곳 사람들에게는 어머니 같은 휴식처이다. 아마도 참 힘들고 어렵게 살았던 해녀들이 오름에 올라가 탁 트인 바다와 세상을 바라보며 위로를 받았을 것이라고 추측해 본다.

아부오름(亞父岳, 阿父岳, 300m)

아부오름은 구좌읍 송당리 시내를 약간 벗어나 목장 지대에 들어서면 보인다. 오름 아래에는 넓은 초지의 방목지가 펼쳐져 있다. 힘들지 않게 잠깐 오르면 분화구 정상에 이른다. 오름의 분화구는 한쪽 방향이 열린 말발굽형이 아니라 백록담같이 사방이 막혀 있어서 온전히 둥그런 모습을 가지고 있다. 정상에 서서 둘러보는 경관은 어느 곳에서도 바라볼 수 없는 특별한 제주를 보여 준다. 오름 둘레에는 말 목장이 펼쳐져 있으며 가끔 목동들이 말을 타고 오름을 한 바퀴 돌며 시위한다. 여행객도 이곳에서 승마 체험이 가능하다. 그러나 둘레 트래킹을 하려면 발을 내딛기 전에 앞을 조심스럽게 살펴봐야 한다. 바로 말들이 산책하며 일을 저지른 부산물을 조심해야 한다.

영화 〈이재수의 난〉을 촬영하며 심은 나무들은 제주의 청정 자연과 동화되어 아름답게 자라났다. 완만한 언덕을 보여 주는 오름의 능선으로 목장의 소와 말이 자유롭게 목초를 뜯는 모습이 자유롭고 한가해 보인다. 오름 굼부리(분화구) 안에 동그란 반지처럼 펼쳐진 삼나무 숲의 풍경이 너무도 멋지게 어우러져 한 폭의 풍경화를 보는 듯하다. 제주를 찾은 연인들의 사랑을 다루었던 영화인 〈연풍연가〉와 CF, 드라마의 촬영지로도 유명하다.

이곳 송당리는 오름이 가장 많은 동네이다. 아부오름 외에도 빗물, 당, 안돌, 거슨, 밧돌, 다랑쉬, 돝 그리고 손지오름 등 18개 오름이 있다.

당오름(堂岳, 274m)

당오름은 제주시 구좌읍 송당리에 위치한 기생 화산이다. 섬의 일만팔천 신들의 고향이라는 송당 본향당(松堂 本鄕堂, 제주특별자치도 민속자료 제9-1호)이 북서쪽 기슭에 자리 잡고 있다 하여 당오름이라는 이름이 붙었다. 제주도에는 마을마다 수호신을 모시는 신당을 모시는 곳이 많았기에 도처에 당오름이라는 명칭을 가진 오름이 여러 군데에 있다.

오름에는 또 하나의 전설이 있다. 백주또라는 어멍이 있었는데 소를 잡아먹은 서방과 이혼했다고 한다. 농경 사회에서는 소만큼 중요한 일꾼이 없는데 미련한 남편이 소를 죽였으니 당연한 책임을 물은 것이었다. 이 여인은 매우 부지런해서 18명의 아들과 28명의 딸 그리고 378명의 손자를 홀로 농사지으며 모두 먹여 살렸다고 한다. 강인한 용기와 대단한 능력이 있었나 보다. 제주의 독립적이고 도전적인 여인 및 어머니상을 보여 주는 신화라고 보인다. 송당리 주민들은 추수를 마치고 매년 늦은 가을에 '송당 신화의 날' 행사를 가진다. 가정의 평화와 이웃의 안녕과 화목을 바라는 마음에서 잔치를 벌이는 것이다.

오름은 그렇게 크지 않아서 가벼운 마음으로 산책할 수 있는 곳이다. 탐방로는 둥그렇게 조성되어 있는데 소나무, 삼나무, 섬의 상록수 그리고 낙엽수들이 밀림같이 빽빽이 들어서 있어서 하늘이 잘 보이지 않는다. 숲 전체에 신들의 음기가 가득 퍼져 있는 것 같아서 한여름에도 으스스한 소름이 돋는다. 탐방로의 안전 펜스 줄도 빨간색으로 매어 놔서 컴컴한 발걸음이 더욱 섬뜩하다. 금백조 할망신을 모신 본향당 사당에는 여인네가 홀로 가서는 안 된다. 신의 음기가 무슨 일을 할지 모르기 때문이다. 되도록 사랑하는 사람의 손을 놓치지 말고 다녀오기를 권한다.

이곳에는 섬에서 시행하는 행사 중에서 매우 중요한 것이 있다. 송당리 사람들은 음력 정월 열사흗날에 송당리 본향당굿(제주 무형 문화재 5호)을 매년 거행한다. 이곳은 제주 섬의 일만팔천 신(神)들의 어머니인 금백조 신화 할망을 모셔 놓은 장소로서 송당리의 성지이다.

음산한 기운이 최고조로 오르는 음력 정월 보름이 다가오면 금백조 할망에게 온종일 굿을 올린다. 오로지 아낙네들만 참석이 가능하고 온종일 거행한다. 저마다 각자 집에서 굿을 위한 제물을 정성 들여 준비하여 굿이 끝나면 서로 나누어 먹는다.

제물 중에 육고기는 올리지 않는다. 금백조 할망이 육고기를 좋아하지 않기 때문이란다. 예전의 송당리는 사람이 살지 못할 오지 중의 오지였다. 그래서 살기 위하여 토속 신앙이 발달하였고 육고기를 구경하기가 매우 어려웠을 것이라고 필자는 씁쓸하게 추측해 본다. 송당리는 제주의 깊숙한 산간 마을로 자연 마을이다. 봄에는 노란 유채꽃이, 가을에는 하얀 메밀꽃이 바다를 이룬다. 이곳 지형은 어머니 품속같이 폭신하고 편안한 느낌이 드는 형상을 하고 있다.

산굼부리(山君不离, 400m, 천연기념물 제263호)

산굼부리는 제주시 조천읍 교래리 중산간 지역에 있는 태고의 신비를 간직한 오름이다. 한반도에서 하나뿐인 마르(maar)형 분화구(마르형이란 용암이나 화산재의 분출 없이 열기의 폭발로 암석을 날려 구멍만이 남게 된 분화구를 말한다)이다. 굼부리는 화산체의 분화구를 가리키는 제주의 사투리이다. 섬의 모든 오름은 고유한 이름을 가지고 있으나 이곳은 분화구라는 일반적인 명사를 이름으로 가지고 있는 것이 특이하다고 본다. 보존의 가치가 높아 천연기념물로 지정되어 있다.

분화구의 깊이는 한라산의 백록담(108m)보다 더 깊어서 무려

132m에 이른다. 그래서 오름 둘레 길에서 분화구를 내려다보면 까마득하게 보인다. 분화구에는 틈이 많아서 빗물이 모두 지하로 스며든다는 특성 때문에 내부 높이에 따라 서식하는 식물군이 다르다. 일조량의 차이로 인해 북쪽 사면과 남쪽 사면이 전혀 다른 식물 분포를 보인다. 일명 분화구 식물원이라고도 불리는 산굼부리는 분화구 안으로는 내려갈 수 없다. 그러나 둘레의 산책로가 잘 꾸며져 있어서 가벼운 차림의 여행객들이라도 부담 없이 찾아가 그 신비로운 절경을 흠취할 수 있다. 굼부리 입구에 있는 정원에는 커다란 참꽃나무가 서 있는데 봄이면 나무 전체가 불타는 것처럼 분홍 꽃으로 휩싸인다. 환상적인 광경이다.

오름의 백미는 역시 가을철에 춤추는 억새밭이다. 그 아름다운 풍광은 정상으로 오르는 양옆으로 넓게 조성되어 있다. 이곳은 나무 대신 억새풀을 가꾸어 여행객을 유혹하고 있다. 봄에 초록의 풀이 솟아나고 여름 내내 푸른 초원을 광활하게 펼쳐 보인다. 세상이 오색으로 물드는 가을이 다가오면 이곳은 옅은 갈색의 빛으로 불탄다. 억새 끝에 핀 하얀 꽃은 바람에 몸을 맡겨 이리저리 댄스를 즐기며 연인들의 마음을 설레게 한다.

산굼부리 정상에서는 많은 오름을 볼 수 있다. 서쪽 한라산 방향으로 돔베, 큰개오리, 족은절물, 큰절물, 봉개, 민오름, 지그리, 바농, 물장오리, 늡서리오름 그리고 한라산이 보인다. 동남쪽의 성산 일출봉 방향으로는 손자, 칡, 동거문, 일출봉, 서귀포 민오름, 백약이, 좌보미, 비치미 그리고 까끄래기오름 등이 자태를 뽐내며 서 있다. 그리고 남서 방향으로는 여문, 영아리, 구두리, 붉은, 마은이, 물찻, 말찻, 귀펜이, 성널, 넙거리 그리고 흙붉은오름 등이 그 자태를 자랑한다. 그야말로 동서남북 사방으로 오름들의 향연을 보는 듯하다. 정상에서 탁 트인 사방을 볼라치면 세상의 모든 시름과 걱정이 싹 가신다. 제주의 풍광을 아름답게 담아낸 것으로 유명한 영화인 <연풍연가>의 촬영지이기도 하다. 사시사철 관광객이 붐비는 곳이다. 대부분의 오름은 탐방이 무료이나 산굼부리는 개인 소유로써 입장료가 있으며 비싸다.

식산봉(食山峯, 66m)

식산봉은 제주 동남부의 성산 일출봉을 마주 보며 서귀포시 성산읍 오조리에 위치하고 있다. 화산의 분출에 의해 형성된 비교적 작은 규모의 아담한 오름이다. 오름은 과거 제주도 동부 저지대의 원식생(原植生, original vegetation)이 자생하는 유일한 지역이다. 아담한 오름이지만, 오름 전체에 나무가 빽빽이 들어선 보기 드문 오름이다. 나무의 종은 참식나무가 주종을 이루고 현재의 식생은 온난화라는 기후적 요인으로 인해 동백나무 군으로 변하고 있다. 식산봉의 황근 자생지 및 상록 활엽수림은 희귀 식물이 자라고 있고 학술적으로 중요성이 인정되어 기념물로 지정하여 보호하고 있다.

이곳은 오조리 호수의 지질 트래킹 코스에 청일점으로 우뚝 솟아 있어서 호수의 풍취를 더 조화롭게 만든다. 섬의 오름 중에서 바다 호수를 안고 있는 유일한 오름이다. 아름답고 한적한 호수 길을 걷고 나서 부족하다 싶으면 가볍게 오름을 다녀오면 트래킹에 종지부를 찍게 된다.

두산봉(斗山峰, 말미오름, 145m)

두산봉은 서귀포시 성산읍 시흥리의 남쪽과 제주시 구좌읍 종달리의 북쪽에 걸쳐져 있는 기생 화산이다. 광치기 해변을 사이에 두고 성산 일출봉을 마주 보고 있다. 제주의 스물여섯 개 올레길 중에서 첫 번째 코스의 시작점이며 아담하고 정감 있는 우리 동네 남산 같은 느낌을 주는 오름이다. 오름은 얕은 해저 속에서 화산 분출 활동으로 생겨난 응회환(tuff ring)의 수중 분화구가 퇴적층을 생성하여 성장한 후 육상으로 융기된 것으로 추정하고 있다. 오름의 명칭은 땅끝에 위치하고 있다 하여 말 미(尾)라는 이름을 붙여 말미오름이라 불리게 되었으며, 생긴 모양이 됫박 같이 생겼다 하여 말 두(斗)를 써서 말산봉(말선봉), 두산봉이라 하기도 한다.

오름의 동남쪽 사면에는 현무암의 기암괴석에 꽃이 피어 있는 가파른 수십 길의 낭떠러지가 형성되어 있다. 그래서 학자들은 이곳이 화산 활동의 과정을 분석할 수 있는 지질학적인 연구 대상으로서 중요하다고 한다. 반면에 북서쪽의 사면은 완만한 구릉을 이루고 있다. 오름에는 환경부가 특정 야생 식물로 지정한 왕초피, 개상사화가 식생하고 있으며 참억새와 야고(담뱃대더부살이) 등도 집단 군락을 이루어 서식하고 있다. 나무는 해송 등 키 작은 것들이 격한 해양 바람을 버티고 서 있으며 말 방목장으로 이용되는 푸른 초원이 일출봉 앞의 바다와 조화를 이루고 있다. 올레길 첫 코스인 관계로 걷는 것이 행복하다고 말하는 마니아들의 필수 탐방 장소이다.

함덕의 서우봉(犀牛峰, 113m)

함덕의 서우봉은 동부 제주의 제주시 조천읍 함덕리에 있는 기생화산이다. 동쪽 바다를 바라보는 조망이 멋져서 새해 첫날에는 서우봉 일출제가 열린다. 역사적으로는 육지에서 섬으로 피신해 온 삼별초 군이 마지막으로 저항하였던 곳이기도 하다. 고려의 무신 김방경(金方慶) 장군이 오름에서 삼별초 군과 전투를 벌여 그들을 평정하였다고 전해진다. 일본 쪽의 동해에 위치하고 있어서 서우봉의 정상에는 조선 시대에 만들어진 봉수대가 있었다. 일제 강점기 때 제2차 세계대전 말기에 일본군이 파 놓은 진지 동굴의 모습도 보인다.

이곳이 유명해진 것은 오름 앞에 천혜의 비경을 지닌 함덕 해수욕장이 있기 때문이다. 함덕 해수욕장은 제주를 찾는 여행객들의 필수 코스이기에 덩달아 서우봉까지 탐방하는 기회를 얻는다. 오름으로 가는 길에는 말 방목 초원이 조성되어 있으며 남서쪽에는 곰솔 등의 나무들이 작은 키를 재며 자라고 있다.

알밤오름(下栗岳, 392m)

알밤오름은 제주시 조천읍 선흘리 남쪽에 위치한 측화산이다. 오름의 형상이 알밤같이 생겼다고 해서 붙여진 이름이다. 두 개의 밤오름이 형제처럼 나란히 있는데 남쪽의 웃밤(웃바매기)오름(上栗岳, 416m)에 비해 아래쪽에 있어서 알밤오름이라고 부른다. 북서쪽으로 깊게 파인 말굽형 화구를 가진 기생 화산체이다. 분화구 북쪽에는 보일락 말락 하게 숲속에 싸인 채 솟아오른 알오름이 있다. 오름 둘레 전체에는 여느 오름과 달리 해송과 삼나무 인공 숲이 조림되어 있어 오르기 힘들 정도로 나무들이 빽빽하게 들어서 있다. 정상 부근에는 띠와 억새가 키를 키우며 살랑거리고 있다.

북동쪽에는 제주 곶자왈의 대표 주자인 동백나무가 가득 찬 선흘 동백 동산(지방 기념물 제10호)이 위치하고 있고 인근에는 섬의 신비인 만장굴도 있다. 오름의 정상에서 서면 동쪽으로는 북오름이 조망되고 북쪽에는 본술산, 개죽은산(구사산) 멀리 비경인 함덕 해변에는 서우봉이 우뚝 서 있다. 서쪽으로는 당, 민, 새미, 거친, 우진제비, 사근이오름 등이 있으며 유네스코 세계 자연유산에 빛나는 제주의 보물인 거문오름이 위풍당당하게 한라산을 쳐다보고 동해 바다를 내려다보고 있다. 또 우리나라 해방 이후의 민속자료를 총망라하여 전시하는 선녀와 나무꾼 테마 공원과 사계절 늘 푸른색을 보여 주는 녹차 밭인 다희연도 방문할 수 있다. 오름은 울창한 숲 말고는 특별하지는 않지만, 사방으로 탁 트인 조망은 일품이라 하겠다.

바다 쪽에서 중산간 지대를 향해 선흘리로 가는 도로를 따라가다

보면 대영 목장 앞에 산책길 진입로가 있다. 시외버스 정류장 이정표도 세워져 있다. 탐방객이 자주 찾지 않는 곳이라 임도가 뚫려 있는데 숲길이 험한 편이다. 반대편인 다희연 쪽에는 펜션이 있는 곳에 이정표로 알바매기오름이라 새겨진 우람한 돌판이 입구에 세워져 있다.

웃바메기오름(上栗岳, 上夜漠岳, 416m)

웃바메기오름은 제주시 조천읍 선흘리에 있는 봉우리이다. 오름의 모양은 북쪽으로 터져 있는 말굽형 기생 화산이다. 웃밤오름 또는 상야막악이라고도 부르며 한자 표기로는 상율악이라 한다. 알밤오름과 함께 일반적으로 바메기오름이라 부르고 있다. 알밤오름보다 높은 곳에 있다 하여 굳이 구별하기 위해서 웃바메기오름이라 한다. 알밤오름과는 형제처럼 사이좋게 영원히 마주 보고 있다.

오름은 알밤오름과 우진제비오름과 함께 삼각을 이루는 제주 동부 중산간 지역의 형제 오름이라 할 수 있다. 인근의 거문오름은 이 오름들을 거느리는 큰형 격인 맏이 오름이라고 보면 틀림없을 것이다. 제주 산지에서는 거의 보기 힘든 습지가 있는 오름이다. 탐방을 위해 오르다 보면 위의 기슭에는 아무리 가물어도 물길이 마르지 않는다고 하는 선새미라는 샘이 보인다. 물이 생명같이 귀했던 예전 산지 사람들에게는 매우 귀하디 귀한 우물이었을 것이다.

이 오름은 알밤오름으로 가는 선흘리 산간에 있으며 다리에 힘을 빼고 터벅터벅 걷다 보면 이마에 땀이 맺힐 무렵에 정상에 도착할 수 있다. 남쪽 경사면은 주로 가시덤불로 뒤덮여 있으며 키 작은 해송들이 군데군데 자라고 있다. 동서 방향으로는 울창한 원시림이 잘 보존되어 있다. 주위에는 녹차 밭인 다희연, 거문오름 및 벵듸 동굴이 있고 선녀와 나무꾼 테마 공원 등 볼거리, 즐길 거리, 먹거리 등이 골고루 퍼져 있다. 중산간 지역을 여행하고 싶으면 이곳이 적격이라는 생각이 든다.

우진제비오름(牛眞岳, 牛眞貯岳, 牛振接, 雨陣低飛岳, 又田燕, 410m)

우진제비오름은 제주 동부 제주시 조천읍 선흘리에 위치한 오름이다. 오름의 형상은 북쪽으로 벌어진 말굽형의 화구를 가진 측화산의 기생 화산이다. 이름은 우전제비오름이라고도 불렀으며 우진악, 우진저악, 우진접, 우진저비악, 우전접 등으로도 불렀다. 아마도 섬에서는 귀한 말과 소를 방목하기에 적당한 곳이기에 말테우리들이 여러 이름을 붙였는지도 모르겠다.

분화구(굼부리)에는 항상 물이 있어서 말을 몰다가 목동들이 거센 바람도 피할 겸 쉬고 싶을 때 말과 소를 가두어 놓기에 좋은 장소였다고 한다. 이에 우진(牛鎭)이라는 이름에 오름의 모양새가 날아가는 제비 형상을 닮았다고 하여 제비를 합쳐 우진제비오름으로 전해지고 있다. 그러나 그곳 주민들의 말에 의하면 정확하다고 볼 수는 없다.

오름 전체에는 주민들이 1970년대에 사방공사로 심은 삼나무로 덮인 인공 조림이 조성되어 있다. 원래 일본이 원산지인 삼나무는 제주 섬 전체에 상록 침엽수로 식재되어 있어 섬의 상징이 되어버렸다. 화구 안쪽에는 오름에서 보기 드물게 관목 등의 자연림이 있다. 또 우진샘이라는 용천수가 있어서 물 한 모금 떠먹고 싶었으나 제주의 명물 삼다수 물병을 꺼내어 목을 축였다.

오름 북쪽에는 선흘리 공동묘지가 있다. 산세가 명당인 듯싶다. 전해져 오는 얘기로는 지형의 판세가 천월 장군이 태어날 곳이라 한다. 아직 그러한 영웅이 나왔다는 말은 듣지 못했다. 또 우진샘은 장군이 칼을 차고 사열하는 터라 전해진다. 이 또한 무슨 말인지 모르겠다. 작은 오름 분화구 안에서 장군이 무슨 폼을 잡았는지 알 수 없는 일이다. 혹시 아이들의 병정놀이를 말함인가. 그냥 웃으며 자연의 아름다움에 취해서 걸을 뿐이다.

북오름(鼓岳, 304m)

북오름은 제주 동부 중산간 지역인 제주시 구좌읍 덕천리에 있는 오름이다. 북쪽으로 분화구 입구가 터져있는 말굽형 기생 화산체이다. 오름의 형세가 마치 북과 같다는 데서 유래하였으며 한자로는 고악이라고 표기한다.

분화구 바닥은 꽤나 넓은 타원형의 모습이다. 오름 경사면은 억새밭으로 덮여 있으며 동남쪽 일부에 삼나무와 해송이 주축인 약간의 숲이 있다. 도로변에 붙어 있어서 오름 기슭까지 길이 나 있어 접근이 용이하다. 지나는 길에 잠시 들러도 되겠다.

오름 동쪽에는 북오름굴이라는 동굴이 있고 남쪽에는 거멀굿이라는 천연 동굴이 있다. 인근에는 구좌읍 덕천리의 상덕천이라는 산속 작은 마을이 있다. 북동쪽 송당리 방향에는 주체, 거친, 당오름 등 셀 수 없는 오름들이 군집을 이루고 있다. 차로 동쪽으로 잠시 달리다 보면 거문오름, 만장굴, 비자림 숲 등 관광 명소가 즐비하게 서 있다.

물찻오름(水城岳, 717m)

물찻오름은 제주 동부 한라산 기슭의 제주시 조천읍 교래리에 있는 오름이다. 화구에는 항상 물이 차 있어 수성악으로 표기하고 있다. 오름의 산등성이 형세가 마치 성(城)과 같이 이루어져 있다. 이러한 오름의 화구를 산정 화구호(山頂 火口湖)라고 하는데 물이 땅속으로 스며드는 제주 지형에서는 보기 힘든 오름 중의 하나다. 호수에는 붕어, 개구리, 물뱀 등이 살고 있으며 세모고랭이 등의 습지식물들이 함께 자생하고 있다. 제주도의 행정 구역은 대체로 한라산을 중심으로 해변으로 나아가며 부채꼴 모양을 하고 있다. 그래서 오름은 조천읍과 남원읍, 표선면 세 읍면의 경계 지점에 자리 잡고 있다.

동북쪽에는 말찻오름이 있으며 동쪽에는 자연 휴양림이 있는 붉은오름, 한라산 방향의 서쪽에는 살하니(살라니), 넙거리, 물장오리, 살손장, 성널, 불칸디, 어후 등 비교적 높은 오름들이 백록담을 올려다보고 있다. 그리고 남쪽에는 마은이오름이 있다. 해발 고도가 높은 오름의 사면에는 참꽃, 꽝꽝나무, 단풍나무 등의 자연 원시림이 우거져 울창한 숲을 이루고 있다. 동쪽 벼랑 밑에는 복수초 군락이 형성되어 있고 그 밑에는 환경부가 특정 야생 동식물로 지정한 관중(貫衆)을 비롯해서 무늬천남성, 백작약 등이 자생하고 있다.

이 오름이 더욱 유명해진 것은 삼나무 숲이 하늘을 찌르는 사려니숲의 숲길 때문이다. 요즘 제주의 자연을 찾는 여행객 중에서 아마도 사려니숲 숲길을 모르는 사람은 없으리라 믿는다. 장장 사십리에 이르는 신이 내린 천혜의 긴 숲길이다. 이 숲길은 심신이 지쳐 있는 사람들을 충분히 힐링해 주는 숲길이다. 필자가 섬에서 가장 매력을 느끼는 곳이기도 하다. 그래서 사려니숲 숲길은 유네스코가 지정한 제주 생물권 보존 지역이기도 하다.

※ 오름은 안타깝지만 자연 휴식년제로 2019년 말까지 출입 금지 상태이다. 자연이 회복되고 아름다운 산정 호수가 있는 오름을 보고 싶다. 단, 매년 6월에 열리는 사려니숲 에코 힐링 체험 기간에는 특별 개방하고 있다. 기회를 놓치지 말길 바란다.

병곳오름(屛花岳, 鳳皈巢岳, 287m)

병곳오름은 서귀포시 표선면 가시리에 위치한 측화산이다. 남동쪽으로 분화구가 열려있는 말굽형 분화구의 형태를 지닌 기생 화산이다. 오름은 비교적 작지만, 대부분 가파른 경사를 이루고 있으나 남쪽은 완만한 편이다. 오름 둘레에는 삼나무와 해송이 관목들과 섞여서 숲을 이루고 있다.

병꽃이 많이 피는 곳이라 하여 한자로 병화악이라고도 한다. 봉귀소악이라고도 부르는데 이는 오름의 지형(세)이 봉황새가 보금자리로 돌아오는 형국이라서 그렇다고 한다. 제주 섬에 봉황이 왔었다는 설은 믿거나 말거나가 아닐는지 모르겠다.

오름 동북쪽에는 장자, 모지, 새끼, 대록산, 소록산, 따라비, 번널 그리고 설오름 등이 작은 마을이 옹기종기 모여 있는 것처럼 서 있다. 동쪽에는 영산인 영주산이 성읍 민속 마을을 지키려고 밤낮없이 보초를 서고 있다. 조금 더 동쪽으로 나아가면 제주에서 오름이 가장 많은 구좌읍이 나오는데 송당리를 비롯한 여러 마을에는 수없이 많은 보석 같은 오름들이 가득하다. 오름에 올라 설문대 할망에게 그 긴 다리를 빌려서 오름들을 성큼성큼 건너가고 싶은 심정이다.

번널오름(272m)

번널오름은 서귀포시 표선면 가시리에 위치한 원추형 기생 화산이다. 널빤지를 펴놓은 형상이라 하여 번널이라는 이름이 붙었다. 그러나 실제 모양은 가운데가 살짝 들어간 말안장 같이 생겼다. 사람의 성격이 다 다르듯이 물체를 보는 눈도 다 다른 것이 세상의 이치인가 보다. 오름을 오르며 남과의 차이를 인정하며 더불어 살아가는 아름다운 인간의 모습을 보여야겠다는 생각을 잠시 해 본다. 정상에 서면 동쪽으로 따라비, 모지, 영주산 등이 조망된다. 그들이 보여 주는 하늘에 맞닿은 곡선의 아름다움에 경탄을 금치 못하게 된다. 또한, 가시리의 대록산(큰사슴이오름)과 소록산 사이로 보이는 풍력 발전기 바람개비의 풍경은 이국적인 냄새를 물씬 풍긴다.

오름 둘레는 삼나무 숲이 둘러싸고 있고 중간 지대와 정상 부근에는 잡목이 작은 숲을 이루고 있다. 봄에는 고사리가 곳곳에서 대지를 뚫고 나오는 모습이 신기하기만 하다. 고사리를 따는 아낙네들은 배낭을 둘러메고 신이 나서 오름 주위를 헤매고 다닌다. 정상의 산불 경비 초소에서 멀리 내려다보이는 가시리 말 체험장 옆의 유채밭이 눈에 들어온다. 노란 물감을 세상에 뿌려 놓은 것 같은 환상적인 노란 꽃의 세상이 펼쳐진다. 가을에는 하얀 억새꽃이 바람을 타고 살랑살랑 춤을 추는 억새밭 세상으로 바뀌어 버린다. 이러한 신비한 광경을 우리나라에서는 제주 섬에서만 볼 수 있다는 것이 아쉬울 뿐이다.

나는 이 지역의 오름들을 오르면서 참으로 행복함을 느끼게 된다. 마치 미식가들이 제주 섬의 여러 가지 맛있는 음식을 골라 먹듯이 군집해 있는 오름들을 마음 내키는 대로 골라서 오를 수 있기 때문이다. 오름은 높지 않아서 편하게 산책하듯이 가벼운 마음으로 아기자기하게 트래킹할 수 있어서 정말 좋다. 바로 옆에는 병곳오름이 친구처럼 솟아 있는데 언제나 다정하게 담소를 나누는 듯하다.

세미오름(泉味岳, 思末岳, 421m)

제주 시내에서 동쪽으로 잠시 이동하면 제주시 조천읍 대흘리(大屹里)에 오름이 보인다. 바로 세미오름이다. 세미오름은 작은 오름이고 제주에서 성산 일출봉으로 가는 대로변에 위치하고 있다. 오름의 이름은 샘의 제주 방언인 세미가 있는 오름이라는 데서 유래하였으며 한자로는 천미악 또는 사미악이라고도 한다. 섬에서 명칭이 세미라는 단어가 들어가 있으면 반드시 샘물이 있다는 것이다. 섬은 물이 귀한 땅이기 때문에 여러 사람에게 물이 있는 곳을 알려주기 위한 방법으로 그렇게 이름을 붙인 것이 아닌가 한다.

오름으로 가는 길은 작은 오솔길이다. 여러 잡목이 우거져 있다. 그러나 정상에 서면 풍경이 달라진다. 동서남북으로 탁 트인 조망이 두 눈을 시원하게 해 준다. 한라산 방향 서쪽으로는 바농, 큰, 족은 지그리오름이, 남쪽으로는 산굼부리, 것구리, 민, 거문오름이, 동쪽으로는 당, 우진제비, 알밤오름이, 북쪽 멀리로는 푸르른 바다의 함덕 해변과 서우봉오름이 조망된다. 그리고 주위에는 쉬면서 놀 수 있는 많은 시설이 관광객을 기다리고 있다. 돌 문화 공원, 교래 자연 휴양림, 에코 랜드, 선녀와 나무꾼 테마 공원 등 제주에서 손꼽을 만한 자연을 배경으로 조성된 것들이 위치하고 있다.

참고로 제주도에는 준고속도로가 두 군데에 있다. 하나는 동부의 제주시에서 성산 일출봉으로 가는 번영로이다. 다른 하나는 서부의 평화로이다. 제주시에서 서귀포 중문 관광단지로 이어지는 도로이다. 그러나 과속은 절대 금물이다. 제주처럼 과속 단속 카메라가 많이 설치된 곳은 어디에도 없기 때문이다. 또한, 섬의 주요 도로로는 동쪽 해안으로 도는 동일주 도로가 있고 반대편으로는 서쪽 해안도로인 서일주 도로가 있다.

성불오름(成佛岳, 362m)

성불오름은 제주시 구좌읍 송당리에 위치한 측화산이다. 말굽형 분화구를 지닌 화산체로 남쪽에서 북쪽 봉우리에 이르는 쌍봉 등성마루에 에워싸여 동향으로 얕게 패어 있다. 오름 중간쯤에 샘이 있는데 성불오름물이라고 부른다. 물이 얼마나 귀했으면 조그만 샘물 하나를 발견하고 부처님을 만난 것처럼 반가워서 그런 이름을 붙였겠는가 생각하니 측은하기까지 했다. 옛 제주의 중산간 지역 사람들의 고단한 삶을 또 떠올리게 했다.

오름에는 인공림인 삼나무와 측백나무가 무성하게 자라고 있다. 숲속을 지나 잠시 오르면 정상에 서게 된다. 제주 동부 번영로 대로에서 오르기 시작한다. 도로 건너편 동쪽으로는 돌리미, 칡, 개, 비치미, 아부오름 등이 있다. 서쪽으로는 가문이, 대, 소록산 오름이, 남쪽으로는 따라비, 병곳, 번널오름 등이 있다. 오름의 사방에는 수십여 개의 오름들이 물방울처럼 솟아나 있다.

오름 입구에는 광활한 말 목장이 조성되어 있다. 목장 사이로 트여 있는 좁은 오름길은 아마도 인심 좋은 목장 주인이 탐방객들을 위하여 사유지를 터 준 것 같다. 목장 오솔길을 걸으며 새삼 목장주의 배려에 감사함을 표했다. 주위에 말이 많은 관계로 번영로 도로변에는 승마 체험을 할 수 있는 곳이 다수이다. 오름 입구에는 제주에만 있는 꿩엿 제조 공장이 있다. 달콤하고 고소한 맛이 일품이다.

달산봉(達山峰, 136m)

달산봉은 서귀포시 표선면 하천리에 위치한 측화산이다. 분화구가 방향이 동쪽으로 벌어진 말굽형 기생 화산이다. 오름 둘레에는 해송 군락지가 손님들에게 어서 오라고 손짓하고 있다. 그리고 잡목 등이 우거져 숲을 이루고 있다. 오름의 모양이 달처럼 생겼다 하여 달산이라 하며 한라산에서 멀리 떨어진 오름이라 하여 탈산(脫山)봉으로도 부른다. 이 밖에도 정상에 봉수대가 세워져 있어서 망오름이라고도 한다. 아마도 높지는 않지만 바다 근처에 위치하고 있어서 예전에 왜구들이 출몰하면 관아에 알리기 위하여 봉수대를 설치했던 것 같다. 바로 옆에는 제석오름이 나란히 어깨를 붙이고 다정하게 서 있다. 본래는 하나의 오름이었다고 하니 패키지로 탐방하는 것이 옳은 일이다.

오름으로 오르는 트래킹 길은 지그재그로 되어 있다. 이곳 하천리 주민들에게는 마음의 고향과도 같은 오름이라고 전해진다. 산이라고 할 만한 것이 이 오름뿐이기 때문이라는 생각이 든다. 서쪽 경사면 등성이에는 꽤 규모가 있는 공동묘지가 조성되어 있다. 묘지 단지는 가파른 편이라서 장례식 때 관(棺)을 위쪽으로 운반하기 위하여 특이하게 모노레일도 설치되어 있다. 반면에 동쪽으로는 매우 가파른 편이다. 오르는 길은 서쪽에 있다. 정상에는 주로 잡목과 가시덤불로 숲이 조성되어 있고 예덕나무도 관찰된다. 이 오름에는 콘크리트 계단 길이 오름 중턱까지 조성되어 있는데 아마도 공동묘지 때문이 아닌가 싶다.

한적하고 조용하여 소나무 숲속 길을 걸으며 사색하기에 꼭 맞는 길이다. 그러나 음산한 기운도 엄습해 온다. 공동묘지에 누워 있는 많은 영혼이 이방인들을 반길지, 그렇지 않을지 모르겠다. 표선에서 제주 시내로 가는 번영로의 달산 교차로에서 오른편으로 잠시만 가면 이정표가 나온다. 그곳에서 북쪽으로 가면 성읍 민속 마을에 들어설 수 있다.

지역이 바다와 가까워서 이곳은 오름이 거의 없고 번영로 맞은편의 서쪽으로 알, 가세, 염통오름 등이 삼각형을 만들며 서 있다. 남쪽을 바라다보면 표선면 시내와 표선 해수욕장이 내려다보이는 제주 남해가 한눈에 들어와 찌들어 있는 마음을 깨끗하게 세탁해 주는 기분이다.

어대오름(御帶岳, 魚垈岳, 210m)

어대오름은 제주 동부 구좌읍 덕천리에 있는 작은 오름이다. 필자의 동네 인근에 있어서 자주 보기에 소개해 본다. 형태는 서쪽으로 벌어진 말굽형이다. 오름 서쪽에는 큰곶거멀이라는 천연 동굴이 있다. 현재는 대림(大林) 동굴이라고 한다. 대림은 큰 곶(숲)을 의미한다. 동쪽과 서쪽에서 보면 둥그스름한 모습이고 남쪽과 북쪽에서 바라보면 마치 물고기 같은 유선형이다.

오름 둘레는 거의 삼나무와 해송이 숲을 이루고 있다. 남쪽으로 뒤꾸부니, 뒤굽은이오름이 마주 보고 있는데 오름이라고 부르니 오름이지, 밋밋한 언덕 같다. 그나마 필자가 거주하는 한동리에 영산이라고 하는 둔지봉이 버티고 있어서 위로를 받는다. 둔지봉을 지나 남서쪽으로는 끝없는 오름들이 키를 재며 누가 힘이 센가를 서로 경쟁하고 있다. 제주 오름 중에는 자세히 들여다보아야 오름이라고 보이는 것들도 다수 있다. 오름이라고 표시하는 이정표가 세워져 있으니 오름으로 알 수 있는 것들이다. 그러나 이렇게 외로움을 홀로 달래는 오름이 더욱더 사랑스럽다.

덕천리 삼거리에서 송당으로 가는 도로변에 있으니 지나가는 길에 심심풀이로 들러 봐도 되겠다.

민오름(文岳, 642m)

민오름은 제주 동부 한라산 기슭의 제주시 봉개동 명도암 마을 남쪽에 위치한 측화산이다. 북동쪽으로 용암이 흘러나간 말굽형 분화구를 지닌 기생 화산이다. 여러 개의 봉우리가 있는데 주봉인 남쪽 봉우리와 서너 개의 작은 봉우리로 이루어져 있다. 본래 나무가 없는 민둥산이라 해서 붙여진 이름이다. 제주 오름 중에서 특별한 특색이 없어 적당한 이름을 지을 수 없으면 민오름이라고 했다고 한다. 그래서 섬에는 민오름이라는 명칭을 가진 오름이 많다. 마치 육지에 남산이라는 곳이 많은 것과 같은 이유이다. 제주시 오라동, 조천읍 선흘리, 구좌읍 송당리 등 여러 곳에 위치해 있다.

지금은 주민들이 오름에서 난방 연료로 사용하기 위한 땔감을 구하기 위해 벌목을 하지 않아서 자연림인 울창한 숲이 우거져 있다. 주로 잡목으로 이루어졌으며 정상에는 억새밭도 조성되어 있다. 오름에는 비목나무, 왕쥐똥나무, 까마귀베개, 물봉선, 덜꿩나무, 참마 등 낙엽 활엽수림의 자연림과 소나무 등 약간의 상록수가 있다. 동쪽 산등성이에는 청미래덩굴이 많이 자생하고 있다. 분화구 안에는 가시덩굴과 관목으로 이뤄진 수풀이 우거져 있다. 가끔 산책로 주위로 쇠살무사 같은 독사가 출현하니 주의해야 한다. 하지만 제주의 오름과 곶자왈에는 뱀이 자주 보이니 크게 걱정할 바는 아니다.

문악, 무네오름이라고도 불렸었다. 그것은 오름의 세모진 산머리가 제주 무당들이 쓰는 고깔(송낙)과 같다는 데서 유래했다고 한다. 아직도 무속 신앙이 자리 잡은 섬에는 민간 신앙과 관련된 지명이 많이 남아 있는 편이다.

오름에서 한라산 방향으로는 근처에 거친오름이 있고 절물 자연 휴양림과 한라 생태 숲도 위치하고 있다. 또 오른편 동쪽으로는 큰지그리오름과 마주하고 있으며 지척에 교래 자연 휴양림도 있다. 정말 자연과 함께 긴 시간을 보내고자 하면 이 오름 주위에서 트래킹하다가 지치면 쉬면서 준비해 간 맛있는 음식을 나눠 먹고 힘이 생기면 또 걷는다면 얼마나 좋겠는가. 이 오름이 나를 버리고 다시 새로운 나를 만드는 장소가 되기를 바란다.

골체오름(삼태기, 벚꽃오름, 395m)

골체오름은 제주시 조천읍 선흘리에 있는 말굽형 분화구를 가진 소담스러운 오름이다. 제주 시내에서 성산 일출봉으로 가는 번영로를 따라서 달리다 보면 대천동 사거리에 가기 전의 좌측에 수줍은 처녀처럼 다소곳이 앉아 있다.

오름의 규모는 작은 편이고 특별함은 보이지 않는다. 그러나 벚꽃이 피는 3월 말이 오면 결코 작은 오름이 아니다. 벚꽃이 오름 전체를 눈꽃송이가 핀 것처럼 하얗게 덮어버리기 때문이다. 지역 주민들이 오름을 벚꽃 동산으로 조성하기 위하여 수천 그루의 벚나무를 식재하여 마침내 그 결실을 보았다. 제주로 봄 여행을 가고자 한다면 아직 무명의 오름이지만 반드시 가 봐야 할 곳으로 강력하게 추천한다. 사랑하는 연인들이 서로 팔짱을 끼고 하얀 세상에 빠져들면 마치 꿈길을 걷는 기분일 것이다. 오름은 해가 지날수록 섬에서 점점 벚꽃의 명소로 알려질 것이라고 본다.

오름 서쪽에는 민, 방애오름이 있고 남쪽에는 부대, 부소오름이 있다. 도로 건너편 동쪽에는 유네스코 세계 자연유산인 거문오름이 한라산을 보필하며 수많은 동부의 오름들을 거느리고 있다.

동검은이오름(동거미오름, 340m)

동검은이오름은 제주시 구좌읍 송당리에 위치한 측화산이다. 깔때기 모양의 원형 분화구(2개)와 삼태기 모양의 말굽형 화구도 가진 보기 드문 복합형 화산체이다. 전체적인 모양은 남서향으로 용암이 빠져나간 형태의 말굽형 분화구이다. 경사면이 둥그렇고 층층이 언덕으로 형성되어 동서남북 사방으로 뻗어 나간 모습이 거미와 비슷하다 하여 거미오름이라고도 불리고 있다.

오름은 제주시 구좌읍 종달리의 또 하나의 제주 일출 명소이다. 성산 일출봉이 정면으로 보이는 동해를 향하고 있기 때문이다. 분화구 안에는 다양한 종류의 잡목들이 서로 엉켜 있는 자연림과 산담이 쳐져 있다. 제주의 오름 마니아들이 손꼽는 매력적인 오름 중 하나이다.

입구는 삼나무 숲 눈앞에 거의 정삼각형의 주봉인 세 개의 분화구가 있으며 그중 하나는 매우 깊다. 오름의 정상 부근에는 나무가 거의 없다. 대신 억새가 많은데 소를 방목(탐방로의 소똥 주의)하여 키 작은 초지만 보이는 탓에 작은 소나무들만 옹기종기 모여서 재미나는 담화를 즐기는 것처럼 보인다. 이곳은 섬에서 명당으로 꼽는 첫 번째의 지역인지, 주위에는 공동묘지를 비롯하여 묘지가 어디든지 눈에 띈다. 한번 풍수지리를 알아봐야겠다.

그야말로 이곳에서 조망되는 오름들은 기억하기도 힘들 정도로 많이 몰려있다. 서쪽으로는 한라산을 필두로 하여 성산 일출봉, 우도, 용눈이, 다랑쉬, 백약이, 손지, 지미, 큰돌이미, 부소악, 두산, 부대악, 돝, 둔지, 높은, 안돌, 밧돌, 세미, 아부, 민오름 등 동서남북 사방에 밀집된 수십여 개의 오름이 자신을 뽐내고 있다. 이곳에서는 참다운 제주 오름들의 곡선의 아름다운 자태를 눈부시게 감상할 수 있다. 하늘과 맞닿은 버라이어티(variety)한 곡선 풍경의 극치를 보게 된다.

문석이(文石伊, 292m)오름

문석이오름은 동검은이오름 바로 옆 북쪽에 초원처럼 펼쳐져 있다. 기생 화산으로 남북 방향으로 길게 놓여 있다. 남서쪽으로 입구가 벌어진 말굽형 분화구와 북동쪽으로 입구가 벌어진 말굽형 분화구의 두 개의 분화구가 있는 복합형 화산체이다.

현재 이곳은 제주에서 유일한 소 공동 방목장이 있는 곳이다. 새싹이 돋아나는 따뜻한 춘삼월이 오면 수백 마리의 황소 떼가 드넓은 초원에서 뛰놀며 풀을 뜯는 모습이 장관이다. 단, 이곳을 탐방할 때는 항상 주위를 살펴봐야 한다. 그놈들은 많이 먹기도 하지만, 엄청나게 배출하기도 하기 때문이다. 가파른 북쪽 비탈면의 위쪽은 억새와 잡초들이 자신들만의 세상을 만들었고, 아래쪽은 인공으로 조성한 삼나무로 덮여 있다. 동쪽 기슭 인근에는 옛날부터 심한 가뭄이 들어도 절대 마르지 않았다는 미나리못이 있다.

오름은 동네의 자그마한 언덕같이 낮다. 오름 둘레는 1970년대에 장발 단속하던 시절에 바리캉으로 머리를 밀어서 마치 고속도로를 내듯이 해 놨다. 그렇게 억새를 밀어서 깎아 놓은 게 재미있어 보인다. 아마도 오름이 완만한 경사이고 풀이 많아서 마소에게 먹일 풀을 운반하기 위한 농기계가 다니기 위한 길인 것 같다.

※ 도에서는 훼손된 자연을 복원하기 위하여 2019년부터 2년간 자연 휴식년제로 출입 금지령을 내렸다.

알진오름(안친오름, 192m)

알진오름은 제주 동부의 대표적인 중산간 지역인 제주시 구좌읍 송당리 시내에 있다. 송당리는 오름들의 천국이라고 한다. 섬에서 오름(18개)이 가장 많기 때문이다. 오름의 명칭은 아래로 좀 처져 있다 하여 알진, 또 마치 솥을 앉힌 것 같다 하여 안친이라고 불린다. 제주 오름 중에서 해발 고도가 가장 낮은 오름 중의 하나일 듯싶다. 낮은 구릉같이 타원형의 동굴이 넓적하고 소를 방목하여 키울 정도로 넓은 초지가 펼쳐져 있다. 가벼운 산책로로 꼭 맞을 듯싶다.

오름에는 나무가 거의 없다. 오름이 낮고 마을 옆에 있기 때문에 주민들이 말 방목장과 농경지로 오래전부터 이용해 왔기 때문이다. 드문드문 삼나무와 소나무가 보이는데 방풍용으로 심었는지, 한여름 낮에 목동들이 뜨거운 햇빛을 피하려고 심었는지 알 수 없다. 송당리의 다른 오름들을 탐방하다가 잠깐 들러 봐도 좋을 듯싶다. 여름에 펼쳐지는 초원의 초록 향연은 피로한 눈을 금세 시원하고 맑게 해 줄 것이다.

안돌오름(內石岳, 368m)과 밧돌오름(外石岳, 外乭岳, 352m)

안돌오름과 밧돌오름은 제주 동부 오름 세상의 천국인 제주시 구좌읍 송당리에 쌍으로 붙어 있다. 조선 시대에는 두 오름 사이로 잣성(말이 도망가는 것을 방지하기 위한 돌담) 경계가 있었다고 한다. 이 때문에 목장 안쪽에 있는 오름을 안돌오름(내석악)이라 하고, 목장 바깥쪽에 있는 오름을 밧돌오름(외석악 또는 외돌악)이라 한 것이다. 이 두 오름을 합쳐서 돌오름이라고 하는데 밧돌오름 꼭대기에 큰 바위인 왕돌과 돌무더기가 있기 때문이다. 오름 아래에는 삼나무가 울타리를 쳐놓은 것 같이 둘레를 따라서 심어져 있다.

안돌오름은 북서쪽과 남동쪽의 두 개의 봉우리로 이루어졌으며 북서쪽 봉우리가 주봉이다. 두 봉우리 사이에 동쪽으로 입구가 터져 있는 말굽형 분화구가 있는 기생 화산이다. 오름 대부분이 풀밭으로 뒤덮여 있으며 키 작은 소나무들이 군데군데 모여 있다. 분화구 안쪽의 일부만 나무가 우거져 있다. 오름 정상에 오르면 제주시 동부 지역의 일대 전경이 한눈에 들어온다.

밧돌오름은 전체가 초지로 덮여 있어 마소들의 방목지로 이용되고 있다. 아마도 송당 시내와 지척에 있어 말테우리들이 말과 소를 치기에 딱 맞는 장소로 생각했을 것 같다. 오르는 탐방길에는 조그마한 소나무들과 멍게덩굴 등이 자라고 있다. 능선에는 자세히 봐야만 그 자태를 보여 주는 여러 종류의 작은 이름 모를 야생화들이 식생하고 있다. 동쪽에는 얕은 계곡이 있다.

필자는 여름에 세상을 하얗게 덮어 버릴 것 같은 안개비가 내릴 때 홀로 탐방을 했다. 그런데 정상 부근에 가 보니 하얀 블라우스에 머리가 긴 묘령의 여인 두 명이 앉아 있지 않은가. 세상을 살 만큼 살았다고 자부하고 있었는데 그녀들을 보는 순간 귀신을 본 것 같이 호러블(horrible)하여 소름이 끼쳤다. 그녀들과 하산하면서 얕은 지식으로 제주 오름에 대하여 설명해 주었다. 지금도 그때 그 장면을 생각하면 오싹하다. 용기 있는 독자들이라면 비 내리는 여름철에 한번 탐방해 볼 것을 권해 본다.

오름 바로 옆에는 체, 새미(거슨새미), 거친오름 등이 형제를 이루어 자웅을 겨루고 있다. 또 주위에는 칡, 민, 아부, 거친, 당, 사근이, 동검은이, 문석이오름 등 군락을 이룬 송당리 오름들이 볼록하게 솟아 있다. 송당리의 오름들을 기나긴 겨울밤에 군밤 까먹듯이 하나하나 찾아가 봐야 않겠는가. 마을에는 작은 식당이 하나 있는데 집밥 같은 맛이다. 점심 식사를 위주로 하는데 메뉴는 그날그날 주인이 정해 주는 대로다. 많이도 준비하지 않는다. 늦으면 내일을 바라봐야 한다.

오름에 오름 Ⅱ(북남서부)

무려 370여 개에 달하는 제주 오름들은 닮은 듯하면서도 제각각 다른 매력을 지니고 있다. 전편에서는 군집해 있는 동부의 오름들을 탐방했다. 이제 이번 편에서는 제주시 방향의 북부, 서귀포시 쪽의 남부 그리고 모슬포항이 있는 서부의 오름들을 차근차근 올라본다.

사라봉(沙羅峰, 148m)

사라봉은 제주 시내 중심부인 구(舊) 제주(濟州)의 동쪽 해안인 제주시 건입동에 있는 작은 기생 화산의 분석구(噴石丘)이다. 오름 명칭의 유래는 정확하지는 않으나 해 질 녘의 햇빛에 비친 산등성이가 마치 황색 비단을 덮은 듯하다는 의미에서 이러한 이름이 붙여졌다고 한다. 예로부터 사봉낙조(沙峰落照)라 하여 오름 정상에서는 일몰 때 석양 노을의 아름다움을 경이롭고 편안하게 감상할 수 있다. 제주 섬의 영주 10경(瀛洲十景) 중 하나로 유명하다.

정상에는 망양정(望洋亭)이라는 정자를 세워 바다와 시내를 동시에 전망할 수 있도록 하였다. 또 조선 시대 때 통신 수단으로 사용했던 봉수대(烽燧臺)가 복원되어 있다. 사라사(紗羅寺)와 보림사(寶林寺)라는 작은 사찰도 있다. 남쪽에는 사당인 모충사(慕忠祠)가 있다. 오름은 공원으로 지정되어 있어서 도시의 스트레스 속에서 사는 사람들의 안식처이기도 하다. 바로 옆에는 별도봉이라는 오름이 마주한다.

탑동과 제주항에 입항해 있는 대형 크루즈 여객선을 보면 제주가 국제적인 관광 섬이라는 것을 대변해 주는 것 같다. 오름 앞바다에는 탑동에 모여 있는 횟집과 우리나라에서 가장 큰 전통 시장인 동문 시장이 코앞이라 여행객들을 끌어들인다. 그런데 현재 안타까운 현상이 벌어지고 있다. 제주는 사라봉뿐만 아니라 제주 전역에 나타난 소나무 재선충(材線蟲)으로 인해 수십, 수백 년이 넘은 거송(巨松)들이 말라 죽어가고 있다. 도에서는 재선충 방제를 위하여 필사적인 노력을 기울이고 있다. 탐방로를 오르며 누렇게 죽어가는 소나무를 보노라면 애가 너무 탄다.

민오름(252m)

민오름은 제주시 오라동에 있는 말발굽형 기생 화산이다. 해방 전에는 오름이 시내와 가까워 주민들이 난방용 땔감을 위하여 마구잡이로 벌목한 결과 수풀만 무성한 민둥산이었다고 한다. 그래서 민오름이라는 이름이 붙여졌다고 한다. 그 후 산림녹화 시절에 해송, 전나무, 떡갈나무, 밤나무 등을 심었다고 한다. 현재 오름 대부분에는 해송이 솔숲을 이루고 있고 예덕나무, 보리수나무, 상수리나무, 밤나무, 아카시아 등이 어우러져 울창한 숲을 이루고 있다. 풀밭 안에서는 미나리아재비, 솜방망이, 술패랭이 등의 야생화를 관찰할 수도 있다. 분화구 내에는 가시덤불과 관목 등으로 자연림이 우거져 있다.

오름은 제주 시내 뒤쪽에 있어서 접근성이 가까운 관계로 주민들의 건강을 위한 운동 장소가 되었다. 정상으로 오르는 등산로와 산책 코스가 만들어져 있어서 오르기에 편하다.

남서쪽에는 남조순오름과 제주 한라 수목원이 위치하여 제주 외곽 시민들의 좋은 휴식처로 이용된다. 정성에 서면 육지 쪽 제주 북부 바다와 제주 시내, 탑동 제주항도 한눈에 조망된다.

별도봉(別刀峯, 136m)

별도봉은 제주 북부 제주시 화북동에 있으며 측화산이다. 별칭으로 화북악, 베리오름이라고도 한다. 쇄설성(碎屑性) 퇴적암과 용암으로 이루어진 기생 화산으로 제주 변두리 화북동의 동쪽 해안에 있다. 제주시 최고의 산책로로 평가받는 장수(長壽) 산책로가 둘레를 둘러치고 있어 제주 시민뿐만 아니라 관광객들이 즐겨 찾는 탐방로이다.

바다 방향의 북쪽 지형은 급경사를 이루는 가파른 절벽이다. 이곳에는 유명한 바위인 애기 업은 돌이라는 기암과 자살 바위가 있다. 바다로 떨어지는 절벽은 어떤 슬픈 사연이 있는가. 혹 육지로 떠나

버린 연인을 원망하여 아가씨가 투신했는가. 바다에 남편과 아들을 잃은 한(恨) 많은 아낙네가 바다로 몸을 던졌을까 하는 생각이 드니 슬픔이 몰려왔다. 오름 정상에 오르면 아름다운 제주항, 검은 기암괴석으로 이루어진 비경의 해안과 육지로 가는 중간 기착지인 추자도가 한눈에 내려다보인다. 왼쪽으로는 사라봉과 사이좋게 마주하고 있다.

어승생악(御乘生嶽, 1,169m)

어승생악은 한라산에 딸려 있는 북단에 위치한 기생 화산이다. 행정 구역은 제주시 해안동이다. 제주에서 서귀포로 가는 횡단도로 좌측에 있으며 원추(圓錐)식 화산이다. 어리목에서 오르는 등산 코스가 유명하다. 평지에 있는 오름들과는 차원이 다르다. 오름이라기보다는 제주의 거산(巨山) 중의 하나다.

오름 명칭은 예로부터 어스싱오름 또는 어스싱이오름이라 부르다가 한자로 어승생악이라고 불렀다고 한다. 또 조선 정조 때 이 오름 밑에서 용마(龍馬)가 탄생했는데 당시의 제주 목사가 이를 왕에게 봉납(奉納)하였다 하여 그렇게 부르게 되었다고도 한다.

한라산 하단부의 천연 원시 숲길을 즐기며 한 시간 정도를 오르면 된다. 꽝꽝이나무와 주목이 등산하는 사람들을 반긴다. 정상에 서면 제주시를 비롯하여 제주 북부 바닷가의 비경을 한눈에 내려다볼 수 있다. 가슴이 뻥 뚫리는 기분을 만끽할 수 있다. 날씨가 좋으면 추자도와 노화도, 보길도 등 해남의 여러 섬도 보인다. 전라남도의 섬들이 생각보다는 가까이에 있다. 전망이 좋아 한동안 앉아서 먼바다를 바라보며 시간 가는 줄 모르는 곳이다. 섬에서 가장 짧은 시간을 투자해서 높은 곳에 다다를 수 있는 곳이다. 푸른 바다를 향하여 한 마리 새가 되어 훨훨 날아가고 싶은 마음이 저절로 생기는 오름이다.

정상에는 비가 오면 물이 고이는 분화구가 있고 전망대가 잘 만들어져 있어 충분히 쉴 수 있는 잔디밭이 펼쳐져 있다. 또한, 정상 부근에서는 흉물스런 토치카와 동굴 진지가 눈에 띈다. 이들은 태평양 전쟁 말기에 미군의 일본 본토 진입을 막기 위한 방어선의 일환으로 일본군이 구축한 시설물들이다. 섬 전체에 이러한 일본군의 꼴 보기 싫은 잔재물이 깔려있다. 우리의 쓰디쓴 아픈 역사를 보게 되는 것이 맘이 불편하지만 어찌하겠는가. 잘못된 지난 과거를 다시 저지르지 않기 위하여 눈물을 삼키며 잘 보존해야 한다. 가는 길에는 어리목 휴게소가 있고 제주 시민의 식수원인 한밝 저수지의 맑은 물이 햇빛에 영롱하다.

수월봉(水月峰, 77m)

수월봉은 제주시 한경면(翰京面) 고산리(高山里)에 있는 사화산 오름이다. 용암이 만들어 놓은 절벽이 병풍을 두른 듯 장관을 이룬다. 제주에서 가장 아름다운 섬인 차귀도를 가장 잘 조망할 수 있는 곳이다. 정상부는 넓은 용암 대지이며 사방을 내려다볼 수 있는 정자인 수월정(水月亭)이 아름다운 여성의 자태를 자랑하며 서 있다. 새하얀 제주 기상대도 아름답게 우뚝 서 있다. 죽을병에 걸린 어머니를 살리기 위해 절벽에서 약초를 캐다 떨어져 죽은 수월의 전설이 나그네의 마음을 애달프게 한다. 수월정에 올라 효녀 수월의 영혼을 위로해 본다. 최근에 이 오름은 앞바다에 있는 신비의 섬 차귀도와 함께 국립 공원으로 지정되는 영광을 얻었다. 노꼬메오름이라고도 불린다.

제주 서부 고산 포구에는 수월봉과 당산봉이 있다. 낮은 구릉 형태의 수월봉은 응회환에 해당하고 경사가 급한 높은 산을 이루고 있는 당산봉은 응회구에 해당한다. 응회환과 응회구가 가까이에 분포하고 있어 서로를 비교할 수 있다. 수월봉의 응회환은 화구 가까이에서 먼 거리까지 바닷물에 의해 침식되어 노출된 단면으로부터 화산 활동에 의해 만들어진 여러 현상을 관찰할 수 있는 귀중한 학습 현장이다. 전 세계 지질학자들이 화산 활동을 연구하기 위하여 이곳을 찾는다고 한다. 절벽을 이루고 있는 암석에는 층리가 잘 형성되어 있고 곳곳에 크고 작은 암석들이 떨어져서 만들어진 탄낭(bedding sag)이 있다. 탄낭을 만든 암석의 크기와 숫자를 보면 얼마나 화산 활동이 격렬했는지를 짐작할 수 있다고 한다.

남서쪽으로는 가파도와 마라도로 가는 선착장이 있는 모슬포(慕瑟浦)항이 있고 도로 건너편에는 형제 오름인 당산봉이 나란히 서 있다.

수월과 녹고 남매의 전설은 듣게 되면 애가 탄다. 옛날 고산리에 처녀 수월이와 남동생 녹고가 홀로 계신 어머니와 살았다. 남매는 어머니를 효성으로 봉양했다. 그러던 어느 날 어머니가 병에 걸려 남매는 어머니의 병을 낫게 하려고 온갖 방법을 다 동원했다. 하지만 모친의 병환은 차도가 없고 더 깊어만 갔다. 수월이와 녹고는 근심에 싸여 어찌할 바를 몰랐다. 그러던 어느 날 남매의 효성에 감동한 한 노승이 찾아왔다. 스님은 마을 해안가에 있는 봉우리 절벽에 피어 있는 오갈피를 캐다 드리면 어머니의 병이 낫는다고 가르쳐 주었다. 남매는 어머니의 병을 낫게 할 수 있는 방법을 듣고 뛸 듯이 기뻐했다. 그 즉시 바로 오갈피가 있는 봉우리로 달려갔다. 하지만 오갈피는 눈에 띄지 않았다. 수월의 마음은 초조해져 갔지만, 절대 포기하지 않았다.

어느덧 정상에 오른 남매는 절벽 사이에 피어 있는 오갈피를 발견했다. 수월이는 어린 동생 녹고에게 "내가 절벽 밑으로 내려가 오갈피를 캐올 테니 녹고 너는 밧줄을 잡고 있다가 내가 오갈피를 캐면 끌어올려다오."라고 신신당부를 하고 절벽으로 내려갔다. 절벽에서 누나 수월이는 어머니의 병을 낫게 할 수 있는 오갈피를 발견하고 기쁨의 눈물을 흘렸다. 수월이는 곧 밧줄을 타고 다시 봉우리 정상으로 올랐다. 그리고 오갈피를 녹고에게 전해 주었다. 그런데 녹고는 수월에게 오갈피를 받고 너무 기쁜 나머지 그만 잡고 있던 밧줄을 놓쳐버리게 되었다. 그 순간 수월은 절벽 아래로 떨어져 뾰족한 바위에 머리를 부딪쳐 즉사하고 말았다.

녹고는 자신의 실수로 누나가 죽게 되자 너무 슬픈 나머지 그 자리에서 꼼짝도 하지 않고 17일 동안 울었다. 녹고의 눈물은 샘을 만들었다. 그 샘이 바다 아래쪽에 있는 녹고샘이라고 한다. 그때부터 사람들은 남매의 효심과 우애를 기려 봉우리 이름을 수월봉이라고 불렀다고 한다.

당산봉(堂山峰, 鷄冠山, 148m)

당산봉은 제주시 한경면 용수리에 있는 오름이며 수월봉과 얼굴을 맞대고 있다. 당오름의 당이란 신당(神堂)을 뜻하는 말이다. 옛날 당오름의 산기슭에는 뱀을 신으로 모시는 신당이 있었는데 이 신을 사귀(蛇鬼)라 했다 한다. 그 후 사귀란 말이 와전되어 차귀가 되어 당오름은 차귀오름이라고도 하였다. 오름 정상에는 넓적한 바위가 얹혀 있는데, 닭의 볏처럼 보인다 하여 계관산이라고도 하였다.

해안 당산봉은 얕은 바다에서 수중 분출된 후 분화구 내부에 새로운 화구구(火口丘, 화산의 분화구 안에 새로 터져 나온 비교적 작은 화산으로 알오름 또는 알봉이라고도 한다)가 생긴 이중식 화산체(二重式 火山體)이다. 절벽에서는 잘 발달한 층리 구조를 볼 수 있고, 북서쪽 벼랑에는 저승굴 또는 저승문으로 불리는 해식동(海蝕洞, 파도에 의한 침식 작용으로 해변 낭떠러지에 생긴 천연 동굴)이 세 개 있다.

오름 대부분에는 해송이 숲을 이루고 있으며 한라산 방향의 오름 뒤쪽에는 드넓은 평야가 있어 농경지가 펼쳐져 있다. 아마도 제주에서 이곳만이 평야라는 소리를 듣지 않을까 한다. 예전에 정상에는 당산봉 서쪽 꼭대기에 봉수대가 있었다고 한다. 정상에 오르면 차귀도가 바로 눈앞에 들어오며 제주 북서부의 망망대해를 훤히 바라볼 수 있다.

따라비오름(多羅肥, 地祖岳, 342m)

따라비오름은 한라산 남쪽 중산간 지역인 서귀포시 표선면 가시리에 있는 기생 화산구(火山口)이다. 오름은 특이한 구조로 원형, 말굽형을 가지고 있는 복합형이다.

오름이 따라비라는 특이한 이름을 가진 데는 특별한 이유가 있다. 고구려어에 어원을 둔 다라비에서 온 이름으로 '높다'라는 뜻이다. 다라는 달을(達乙), 달(達)에서 왔으며, 비는 제주도의 산 이름에 쓰는 미의 접미사로 '높은 산'이라는 뜻이다. 모자오름과 가까이 있어 지아비, 지어미가 서로 따르는 모양이라고 해서 부르게 된 이름이라고도 한다. 가까이에 모자오름, 장지오름, 새끼오름이 모여 있는 중에 이 오름이 가장(家長) 격(格)이라 하여 따애비라 불리다가 따래비로 와전된 것이라고도 한다. 모자오름과 시아버지와 며느리의 형국이라고 하여 따하래비라 부르기도 하였다고 한다.

말굽형으로 열린 방향의 기슭 쪽에는 구좌읍 둔지오름에서와 같은 이류구[화산체가 형성된 후에 용암류가 분출, 화구륜의 일부가 파괴되어 말굽형을 이루게 용암의 흐름과 함께 이동된 이류(泥流)가 퇴적한 것]들이 있다. 이류구가 있는 것으로 보아 비교적 최근에 분출된 신선한 화산에 속하는 것으로 판단된다고 한다.

오름을 찾으려면 먼저 표선면 사거리에 있는 오뚜기 슈퍼마켓을 찾아야 한다. 그 슈퍼 뒷길의 시멘트 포장도로를 한참 달리다 보면 입구와 주차장을 만날 수 있다. 오름은 오름들의 여왕이라 하는 지존(至尊)답게 그 자태를 꼭꼭 숨기고 있는 것 같아서 더 찾고 싶은 곳이다.

오름의 시작은 억새밭에 덩그러니 놓여 있는 마주 보는 벤치를 만나면서부터다. 오로지 초원 위에 덩그러니 놓여 있는 아무 장식도 없는 벤치 두 개뿐이다. 아마도 오름을 오르기 전에 사랑하는 사람과 쉰 뒤에 오르라고 하는 배려인가 보다. 또한, 내려와서는 정다운 사람과 오름을 얘기하고 가라는 느낌이 들었다.

오름을 오르는 길은 잘 정돈되어 있다. 오름 아래 주위에는 벌거숭이 오름에 누군가 심어놓은 것 같은 푸르른 청년 같은 곰솔들이 정겨운 얼굴로 탐방객들을 맞이한다. 그 사이로 가끔 보이는 동백나무도 싱그럽다. 정상에는 나무가 거의 없다. 세쌍둥이 원형 분화구(굼부리)와 여섯 여왕 봉우리의 부드러운 곡선의 향연이 사람의 마음을 사로잡는다. 각(角)이 없는 우리 한민족의 순수하고 소박한 모습이다. 분화구 사이를 가로지르는 오솔길을 걷다가 싱그러운 바람을 타고 '쏴쏴' 하며 이야기를 나누자고 속삭이는 억새에 발길을 잡혀 무슨 얘기를 하는가 하고 엿들어본다. 정상의 둘레 길에 펼쳐져 있는 억새와 군데군데에 분재처럼 옹기종기 모여 있는 키 작은 곰솔들이 손님을 바람으로 대접한다. 오름 전체가 거의 초원같이 풀로 덮여 있다. 가을에 피는 은빛 억새꽃은 흔들리는 남심(男心)을 더욱 흔들어 놓는다.

오름들의 여왕은 서쪽 오름 중의 상왕인 한라산을 섬기며 동남부의 수많은 오름을 거느리고 있다. 오름을 원형으로 둘러싼 장자, 모지, 새끼, 대록산, 소록산, 번널, 병곳, 설오름 등의 오름들이 여왕오름을 중세 유럽의 기사들처럼 호위하는 풍경이다.

봄철의 가시리 도로변의 벚꽃과 말 방목장에 핀 노란 유채꽃은 환상적이다. 하양과 노랑의 하모니가 세상을 신비롭게 바꿔놓는다. 가을에는 메밀꽃이 바통을 이어받아서 흰 눈가루를 대지에 맘껏 뿌려놓는다.

사라오름

(沙羅嶽, 舍羅嶽, 紗羅峯, Trees of the Saraorem Lake, 1,324m, 명승 제83호)

사라오름은 서귀포시 남원읍 하례리에 있는 오름이다. 성판악에서 한라산 등반을 하다 보면 한라산 남부 하단부에 위치한 곳이다. 오름에는 항상 물이 차 있는 작은 백록담이라고 하는 아담한 산정화구가 있다. 제주의 오름 중에서 분화구에 항상 물이 잠겨 있는 경우는 흔하지 않다. 오름은 가운데에 둥글넓적한 굼부리(분화구)가 있는 원뿔 모양의 산이다. 굼부리는 비가 많이 왔을 때 물이 고였다가 장기간 가뭄이 지속되면 물이 마르는 경우도 있다.

남동쪽의 등성이와 비탈은 잔디밭으로 이루어져 있고 한라산 속에 있기에 많은 식물이 자생하고 있다. 개서나무, 고로쇠나무, 산딸나무, 산뽕나무, 굴거리나무, 주목, 참빗살나무, 아그배나무 등이 골고루 분포해 있다. 화구호의 가장자리에는 송이고랭이가 있으며 나머지 대부분의 지역은 잡나무와 조릿대 등이 촘촘하게 자라고 있다.

정상에서 북쪽 방향 위를 올라보면 신비의 한라산 백록담이 구름 속에서 나타난다. 백록담은 맑은 날이면 제주 어느 곳에서나 볼 수 있다. 그러나 그런 날이 생각보다 많지 않다. 그래서 백록담의 얼굴을 보게 되면 언제나 마음이 설렌다. 남쪽 태평양을 바라보면 살손장, 어후, 불칸디, 넙거리, 물장오름 등의 여러 오름과 서귀포시 앞바다 및 바다와 아름다운 해안선이 한눈에 들어온다. 오름 북쪽에는 돌오름과 흙붉은오름이 있고, 서쪽에는 진달래밭과 진달래 대피소, 동쪽에는 입석, 논고악, 성널 등 표고가 높은 오름들이 한라산을 호위하고 있다. 제주시 중심부 탑동 제주항의 해안에 있는 사라봉과 동명이다. 이 오름 주위는 명당으로 이름이 나 있어 깊은 산속임에도 불구하고 묘지도 꽤 보인다.

성판악에서 백록담으로 가는 길에서 진달래 대피소로 가기 전에 좌측 능선으로 잠시 빠져서 오르면 산속에 호수가 보이는 소담하고 어여쁜 오름이다. 오름에 도착하면 숨을 헐떡이게 되지만, 호수에 반해서 자리를 한동안 뜨지 못할 지경이다. 한라산 등반 시에 약간의 여유를 부려서라도 반드시 다녀와야 할 곳이다. 호수 주변의 경관이 매우 아름다워 정부에서는 명승지로 지정했다.

산방산(山房山, 395m, 명승 제77호)

산방산은 제주 남서부 서귀포시 안덕면(安德面) 사계리(沙溪里) 해안에 있는 종상 화산(鐘狀 火山)이다. 너무나 유명한 곳이기에 따로 설명이 필요 없는 곳이다. 남서쪽 기슭에는 산방굴이라는 자연 석굴(石窟)이 있다. 그 안에 불상을 안치하였기 때문에 이 굴을 산방굴사(寺)라고도 한다.

굴 내부 천장의 암벽에서 떨어지는 물방울은 산방산의 암벽을 지키는 산방덕(德)이라는 여신이 흘리는 눈물이라는 전설이 있다. 전설의 내용은 이렇다. 산방덕은 산방산 암굴에서 태어나 인간 세상이 좋아서 굴에서 나왔다. 그런데 세상에 나와 보니 인간들은 서로 싸우며 죽이려고 악을 쓰고 있었다. 그래서 그녀는 죄악으로 가득 찬 세상에 환멸을 느껴 다시 산방산으로 들어간 뒤 스스로 바위가 되었다고 한다. 그런데 이 바위에서 쉴 새 없이 물방울이 떨어져서 바위 밑에 샘물을 이루었다. 이것을 본 사람들은 인간 세상의 죄악을 슬퍼하여 흘리는 산방덕의 눈물이라고 했다고 한다.

산의 남쪽 해안에는 성산 포층(城山浦層)이 노출되어 있고 심한 해식(海蝕)으로 단애(斷崖)가 형성된 암석 해안을 이룬다. 바로 제주의 명소인 용머리 해안이다. 산방산에 있는 거대한 용 한 마리가 바다로 향하는 형상을 가지고 있는 절경이다. 여기에 하멜 표류 기념탑이 세워져 있다. 용머리 해안에서 해녀들이 잡은 전복, 해삼 등을 안주 삼아 소주 한잔했던 맛과 기분이 섬 여행을 하면서 가장 큰 가성비를 주지 않았나 싶다. 지금도 그때를 생각하면 입안에 군침이 돈다.

산방산을 떠다가 한라산 백록담에 집어넣으면 꼭 맞는다는 이야기가 전해지고 있다. 전설에 의하면 옥황상제가 화가 머리끝까지 치밀어 올라서 한라산 정상의 흙을 한 줌 떠서 던졌다. 그런데 그 흙덩이가 지금의 제주도 남쪽 현재 위치에 떨어졌다고 한다. 정말 믿거나 말거나 하는 얘기다. 아직 그 크기를 재 보았다는 사람 얘기는 듣지 못했다.

이곳은 우리 한반도에서 봄을 제일 먼저 알리는 곳이다. 눈이 채 녹기도 전인 이른 봄에 오름과 용머리 해안 주변에는 노란 유채꽃이 세상을 물들인다. 남풍에 실린 따스한 봄기운이 육지로 전해진다.

여름에 신나게 물놀이를 할 수 있는 용머리 해안 해수욕장이 있으며 동쪽 화순리 해안에도 금빛으로 반짝이는 화순 금모래 해수욕장이 사랑과 정열의 연인들을 기다리고 있다. 정부에서는 이러한 비경의 명산을 명승지로 지정하여 관리하고 있다. 필자는 가끔 산방굴사 앞의 계단에 앉아서 멀리 푸르른 남쪽 바다를 시간 가는 줄 모르고 바라보며 생각에 젖곤 한다.

신효동의 월라봉(月羅峰, 117m)

신효동의 월라봉은 제주 남부 서귀포시 신효동(新孝洞)에 위치한 측화산이다. 서귀포시 시내에서 한라산 쪽으로 눈을 돌리면 작은 오름이 보인다. 다양한 산세의 세 개의 봉우리로 이루어진 복합형 화산체이다. 현재의 월라산은 화산암으로 구성된 용암 원정구의 침식부로 남쪽의 깎아지른 듯한 삼각봉을 이르는 것이다. 원래는 북쪽의 두 봉우리와 함께 커다란 화구를 갖고 있던 화산체가 침식에 의해 부서져 현재의 모습으로 바뀌었다.

북쪽의 두 봉우리를 마을에서는 별도로 서포제 동산이라고 부르고 있다. 오름의 형세가 박쥐가 날개를 펼친 형상과 같다 하여 그렇게 이름을 붙인 것이다. 정말 항공 사진을 보면 박쥐가 날개를 펴고 비상하는 모습이다. 제주 섬을 보면서 느끼는 것인데 우리 조상들은 지명을 참 재밌고 운치 있게 실용적으로 잘 붙였다는 생각이 든다. 어떤 때는 깜짝 놀랄 때도 있다.

오름 아래에는 제주의 명물인 감귤에 대하여 한눈에 알 수 있는 감귤 박물관이 아름답게 자리하고 있다. 용머리 해안과 산방산 부근의 서귀포시 안덕면 감산리에는 한자명까지 같은 또 다른 월라봉이 있다.

감산리의 월라봉(月羅峰, 201m)

감산리의 월라봉은 남서부 서귀포시 안덕면 감산리(柑山里)에 위치한 작은 측화산의 기생 화산이다. 북동쪽과 남서쪽으로 열린 두 개의 말굽형 화구로 이루어진 오름이다. 오름에는 주로 삼나무, 보리수나무, 소나무 등이 숲을 이루고 있다. 기온이 사계절 따뜻한 지역인지라 정상까지 감귤 과수원이 널려 있다. 덕분에 사시사철 언제나 반짝이는 초록의 감귤잎을 볼 수 있다. 남쪽 바다와 가까이 있어서 가볍게 산책하는 기분으로 탐방이 가능하다. 오름에서 내려와 바닷가로 향하면 신비의 해안 단애를 형성하는 주상 절리가 형성되어 있는 것을 감상할 수 있다.

좌측 서쪽에는 산방산과 용머리 해안이 있고 동쪽 우측에는 군산과 신산오름이 나란히 위치하고 있다. 제주 남부 바다를 품에 안고 있는 오름이다. 용머리 해안의 세상에 둘도 없는 비경을 감상하는 것으로 오름에 오른 본전은 충분히 회수했다고 본다.

제지기오름(貯卽嶽, 貯左只嶽, 儲積岳, 寺岳, 94m)

제지기오름은 서귀포시 보목동(甫木洞)에 위치한 기생 화산이다. 보목동 바닷가 마을에 뾰족한 송곳같이 홀로 솟아 있는 오름이다. 비교적 아주 작은 오름으로 분화구는 원추형의 형태를 띠고 있다. 오름 기슭에 불교 사찰이 있어 절오름이라고 부르기도 하였다. 저즉악, 저좌지악, 저적악, 사악 등으로 표기하기도 했다.

오름을 탐방하는 산책로가 잘 만들어져 있다. 오름의 중턱에는 바위굴이 있으며 바다를 바라보는 쪽은 가파른 절벽을 이루고 있다. 아주 낮은 오름이지만 작은 고추가 맵다고, 제법 산세가 험한 편이다. 북쪽의 사면은 경사가 비교적 완만하나 남동쪽은 가파른 낭떠러지 지형으로 되어 있다. 오름 전체에 상록수와 활엽수 등이 촘촘하게 자라고 있다.

서귀포시와 남쪽 바다를 가장 가까이에서 조망할 수 있다. 서남쪽 바다에는 섭섬(森島)이, 남쪽 바다에는 지귀도(直歸島)가 있다. 보목포구 바닷가의 풍경이 참 예쁘다. 역시 바다에는 섬이 있어야 그 아름다운 정경이 배가 되는 것 같다. 보목동 주민들의 아침 산책 장소로 보면 되겠다. 서귀포로 가는 길에 한번 들러 봐도 좋겠다. 제주 올레길 중에서 가장 아름다운 제6코스(쇠소깍~외돌개)에 포함되어 있다.

대수산봉(大水山峰, 큰물메, 137m)

대수산봉은 서귀포시 성산읍 수산리(水山里)에 있는 기생 화산이다. 오름에는 옛날부터 물이 솟아오르는 못이 있어 물메로 불렸으며 동쪽 도로 건너에 형제 오름인 소수산봉(족은물메오름)보다 크다 하여 큰물메라 불리게 되었다. 분화구의 깊이는 얕게 파여 있어 아담하다.

정상에서 내려다보면 빼어난 절경을 지닌 보물 섭지코지(곶)와 성산 일출봉, 우도, 바우오름, 지미봉으로 이어지는 풍광이 장관을 이룬다. 정상에 조금 못 미쳐서는 이동 통신 기지국과 산불 방지 초소가 세워져 있다. 1276년에 원나라가 몽골의 말들을 이곳으로 옮겨오기 시작하면서 고려 시대부터 목마장(牧馬場)으로 이용된 것으로 전해져 오고 있다. 아마도 말에게 먹일 물이 풍부해서 그랬을 것으로 추측해 본다. 오름이 제주 남부 바닷가에 있는 관계로 조선 시대에는 봉수대가 설치되어 북동쪽의 성산 봉수와 남서쪽의 성산읍 신산리에 있는 독자 봉수와 교신했다고 전해진다.

오름 바로 인근에는 커피 박물관이 있다. 커피를 내리는 용구 및 진귀한 커피잔 등 커피에 관한 모든 것이 전시되어 있다. 방문하여 주차장의 차에서 내리기도 전에 진한 커피 향이 코를 자극한다. 커피 한 잔 가격도 저렴하다. 커피 마니아들은 그냥 지나쳐서는 안 될 일이다.

또 최근에 빛의 벙커라는 테마로 정통 프랑스 미술을 지하 벙커에서 관람할 수 있는 곳이 문을 열었다. 제주를 찾는 젊은이들에게는 요즘 이곳이 핫 플레이스(hot place)로 떠오르고 있다. 오름에도 올라 보고, 커피도 마시고 고급 예술 작품도 감상할 수 있으니 참 이곳은 복된 곳이 아닌가 싶다. 대수산봉은 제주 올레길 제2코스이기도 하다.

신산오름(神山, 神山峰, 神山岳, 柨山, 175m)

신산오름은 서귀포시 안덕면 창천리(倉川里)에 위치하고 있는 작은 기생 화산이다. 오름은 마을 옆에 있는 키 작은 동산이라고 하면 꼭 맞을 것 같다. 오름 대부분에 감귤 농원과 묘지가 조성되어 있고 오름 기슭은 농경지로 이용되고 있다. 원래는 마을 이름과 같은 감산이라 불렀다고 한다. 감산의 감은 먹는 감이 아니라 신(神)을 뜻하는 북방어(北方語)에서 나온 것으로 결국 감산의 한자명은 신령스러운 산을 뜻하는 한자 표기라 한다. 섬 남부의 정감 있는 시골 마을을 한 바퀴 돌아본다는 가벼운 마음으로 산책하면 되겠다.

정남향에는 군산오름이 마주 보고 있다. 정상에 서면 남서부 쪽에 남쪽 대양을 바라보며 바다에 떠다니는 어선을 살피는 산방산이 한눈에 들어온다. 서부 도로를 따라가다 보면 제주도 계곡의 진수를 보여주는 안덕 계곡이 나온다. 맑은 물에 수량도 풍부하고 경치도 육지의 어느 계곡과 비교해 봐도 전혀 손색이 없는 정말 아름다운 계곡이다.

군산(軍山, 334m)

군산은 서귀포시 안덕면 창천리(倉川里)에 위치한 기생 화산이다. 오름의 정상에 서면 제주도의 남부와 바다를 거의 다 조망할 수 있다. 한라산을 비롯하여 수십 개의 섬에 있는 남서부의 오름들을 파노라마처럼 감상할 수 있다. 오름이 비록 바다 가까이에 있지만, 표고가 높은 편이어서 가능하다. 오름은 마치 생김새가 군막을 쳐놓은 것 같다 하여 군산이라 명명했다 한다.

정상부는 풍수지리로 쌍선망월형(雙仙望月型) 상이라는 명당이어서 함부로 묘를 쓰면 큰 재앙이 일어난다는 설이 있다. 그래서 예로부터 묘지를 쓸 수 없는 금장지(禁葬地)로 명했다 한다. 이곳에 묘를 쓰면 가뭄 또는 장마가 지속되어 농작물에 큰 피해를 준다고 전해진다. 섬에 긴 가뭄이 계속되어 물이 바닥을 드러내면 정상에서 기우제를 지냈다.

인근 대평 포구에는 병풍같이 둘러친 유명한 주상 절리인 박수기 정이 있다. 또한, 신산과 어깨를 나란히 하며 마주하고 있다. 서쪽으로는 논오름과 월라봉도 가까이 있다. 오름 중에서는 거의 유일하게 정상까지 자동차 접근이 가능하여 남녀노소 누구나 쉽게 탐방이 가능하다.

논오름(186m)

논오름은 서귀포시 안덕면 화순리(和順里)에 위치한 오름이다. 예전에 오름 주위에 논(畓)이 있었다 하여 붙여진 이름이다. 섬에서 보기 드물게 빗물이 땅으로 스며들지 않는 곳이 있었나 보다. 현재 제주에서 벼농사를 짓는 곳은 모두 사라졌다. 그나마 서귀포 천지연 폭포의 발원지인 하논이라는 곳에서 자연 생태 보전과 체험 학습을 위해서 약간의 벼농사를 짓고 있는 실정이다. 제주에는 한경면 고산리, 일명 고산 평야라고 했던 곳에 약간에 논이 있었다. 현재는 그곳조차도 밭으로 이용하고 있다. 제주는 이처럼 쌀이 매우 귀했던 섬이다.

오름은 높지 않지만, 제주 서부에는 오름이 많지 않고 산방산에 가까운 오름이라 제주 남서부가 한눈에 들어오는 조망권이다. 오름 정상 부근에는 군사 갱도진지(坑道陣地)가 여기저기 눈에 띈다. 일제 강점기에 일제가 제2차 세계대전의 패망을 앞두고 제주에서 결사 항전하기 위하여 제주 양민들을 강제로 동원하여 포진지 등을 파놓았던 것이다. 거친 현무암 동굴을 맨손으로 뚫으며 피눈물을 흘려야 했던 당시 제주 사람들을 생각하니 또다시 일본 사람들을 향하여 저절로 '놈' 자가 입에서 흘러나온다.

정상에서 북쪽 한라산 방향을 보면 광해억, 거린, 북오름이 보이고 남쪽 앞바다로는 신산, 군산, 월라봉오름이 보인다. 또 서쪽 바닷가에는 산방산, 단산오름 등이 아기자기하게 산재해 있다. 그리고 제주 곶자왈 도립 공원, 용머리 해안, 제주 신화 역사 공원, 카멜리아 동백 공원, 화순 금모래 해수욕장 등 제주 남부의 금쪽같은 보물들이 몰려 있다. 여행하며 남녀 혼용 노천이 있는 산방산 탄산수 온천에 가 보시라. 상쾌한 공기를 마시며 따뜻한 온천물 속에서 파란 하늘을 바라보며 피로를 풀어 보면 좋을 것이다.

대록산(大鹿山, 큰사슴이, 474m)

대록산은 서귀포시 표선면 가시리(加時里)에 있는 측화산체의 기생화산이다. 오름의 생긴 모습이 사슴과 같다 하여 녹산으로 불리다가 서쪽에 위치한 족은(작은)사슴이(小鹿山)오름과 구별하여 큰사슴이오름이라 부르게 되었다.

정상은 서쪽으로 작은 분화구, 북쪽으로 큰 분화구가 위치하여 두 개의 분화구를 갖는 특이한 구조를 하고 있다. 분화구로 내려가는 방향은 가파르다. 안에는 잡목 등으로 조성된 숲이 어지럽다. 조선 시대에는 목장의 최적지로 선정되어 제주도에 조성된 십여 개의 목마장 중 하나였다고 전해진다.

정석 항공관 바로 옆으로는 주차장 및 탐방로 입구가 보인다. 오름 아래에는 억새밭이 펼쳐져 있으며 갑마장으로 가는 길이 오솔길처럼 나 있다. 녹산장(鹿山場)이라고도 한다. 오름이 있는 가시리에는 3, 4월이면 노란 유채꽃이 세상을 수놓는다. 도로변의 벚꽃은 더욱더 희게 빛난다. 꽃이 질 무렵에 하얀 꽃비를 맞아보면 어떨까. 광활한 유채밭 사이에는 풍력 발전기의 바람개비들이 코앞에서 쌩쌩 돈다. 다분히 이국적인 풍경이다.

오름이 시작되는 둘레에는 삼나무와 곰솔 숲이 조성되어 있다. 억새밭에서는 억새들이 바람에 춤을 추며 슬피 울고 있다. 오름에 자생하는 식물들은 예덕, 산딸, 동백, 편백나무 등으로 이들이 서로 어우러져 있다. 일제 강점기 때 파놓은 진지 동굴이 어둠 속에서 무섭게 웅크리고 앉아 있다. 정말 보기에 흉물스럽다.

봉우리에 오르면 말을 먹이던 평야와 정석 비행장이 끝없이 펼쳐진 시원한 전경이 한눈에 들어온다. 북서로는 한라산을 비롯해 붉은, 쳇망, 물영아리오름 등이, 남동으로는 번널, 병곳, 따라비오름 등이, 멀리로는 다랑쉬, 용눈이오름 등이 춤을 추며 셀 수 없는 오름이 향연을 즐기고 있다.

국궁장을 지나 제주 오름의 여왕이라는 따라비오름의 둘레길을 순환하는 긴 트래킹 코스는 걷기를 즐기는 워킹(walking) 족들을 사로잡는다. 그러나 일부러 온몸에 흐르는 땀을 즐기는 나그네 이외에는 한여름의 트래킹은 굳이 권하고 싶지 않다. 봄과 늦가을의 트래킹이 좋을 듯싶다.

오름으로 가는 입구에는 2000년에 개장한 정석 항공관(대한항공 정석 비행장 항공관)이 위치하고 있는데 여객기에 대한 유익한 정보 및 물건들이 많이 전시되어 있다. 입장은 무료이다.

영주산(瀛州山, 326m)

영주산은 서귀포시 표선면 성읍(城邑)리에 있는 분화구가 남동쪽으로 열려 있는 말발굽형 기생 화산이다. 오름은 신선이 살았던 산이라고 해서 붙여진 이름이라고 전해진다. 성읍 민속 마을 사람들은 대대로 이 오름에 마을을 지켜주는 영신이 머무르고 있다고 믿어 왔다. 그래서 성읍 주민들은 오름을 신줏단지처럼 모시고 있다.

오름의 생김새는 동쪽은 경사가 가파르지 않고 완만한 편이며 다른 방향들은 급경사를 이루고 있다. 따라서 탐방로는 동쪽으로만 가능하다. 오르는 중간에 오른쪽으로 펼쳐진 대규모 방목장에서는 한가로이 마소가 풀을 뜯고 있는데 그 풍경이 목가적이다. 좌측으로는 성읍 민속 마을이 제주의 옛 모습을 그대로 간직한 채로 아담하게 앉아있다. 정상에 서면 동남쪽에 성산 일출봉과 우도의 앞바다를 시원하게 조망할 수 있다. 서쪽 방향의 기슭에는 바닥이 가마솥처럼 파여 있다 하여 가메소라고 불리는 호수가 예쁜 모습으로 단장하고 앉아 있다. 아마도 표선면의 상수원으로 보인다. 오름에서 내려다보이는 호수의 모습이 정말 아름답다.

오름의 남쪽으로는 천미천이 흐르고 주위에는 넓은 목장 지대가 조성되어 있다. 오름으로 오르는 길에는 흙을 밟을 일이 없다. 바닥에는 주민들이 친환경적으로 깔아놓은 마닐라 멍석이 발길을 포근하게 하고 상부에는 수백 개의 나무 계단이 정상으로 이어져 있다. 오름 아래는 방목장으로 나무가 거의 없으며 초원이 조성되어 있다. 하절기에 공동 목장으로 이용되는 것으로 보인다. 제주 말테우리들은 풀이 많이 나는 여름철에 공동 방목을 하는 전통이 있다. 그래서 거친 억새가 자랄 시간이 없다.

칠팔부 능선부터는 키 작은 해송들이 분재처럼 예쁘게 자라며 오름 주위를 감싸고 있다. 오르는 탐방로에는 주민들이 철쭉과 산수국을 심어 놓아 봄철부터 늦여름까지 꽃의 향연을 즐길 수 있다. 서쪽 아래쪽에는 공설 묘지가 조용하게 잘 조성되어 있다. 조선조부터 대정현 현감들은 영주산을 풍수지리적으로 가장 중요한 주산으로 생각했다고 한다. 오름에 서면 사방으로 뻥 뚫린 조망이 사람의 마음을 하늘 높이 날아오르게 한다.

북서쪽의 한라산과 남동쪽의 바다, 성산 일출봉과 우도, 오름 주위에는 셀 수 없는 오름들이 줄지어 솟아 있다. 마치 섬의 오름이 모두 모여 있는 듯한 착각마저 들게 할 정도이다. 그리고 멀리 서귀포의 먼바다까지 조망이 가능하다. 정상에는 산불 지기가 외로이 망루를 지키고 있다.

세상의 풍파 속에서 온갖 스트레스로 가슴이 답답하다면 이 오름에 올라 보라. 단번에 심신이 힐링되는 기분을 느끼게 될 것이다. 이곳은 제주 동남부의 성산 일출봉 그리고 용눈이오름과 함께 해맞이 명소이다. 성읍 민속 마을 사람들은 새해를 맞이하면서 이곳에서 해마다 일출제를 거행한다. 남녀노소 대부분의 주민과 여행객들이 새벽에 올라 새로운 태양을 바라보며 소망을 빌곤 한다.

손지오름(孫枝岳/峰, 255m)

손지오름은 제주시 구좌읍 종달(終達)리에 있는 기생 화산이다. 오름의 모양이 작은 한라산을 닮았다 하여 한라산의 손자라고 부른다. 그래서 오름의 이름도 손지오름이라고 지어졌다. 오름이 있는 주위는 오름들의 세상이다. 오름들이 무수히 많다. 여러 오름에 딸린 오름이라는 데서 손지오름이라 했다는 얘기도 전해진다. 작지만 위세 등등한 오름들의 가운데에 떡하니 자리 잡고 있다. 귀여워서 봐줄 만하다. 손자악 또는 손자봉으로도 표기하였다.

오름의 북쪽에는 오름들의 오름(왕)인 다랑쉬오름(월라봉)이 있다. 서남쪽에는 독특한 아름다운 자태를 뽐내는 동검은이오름이 있으며 바로 도로 건너편 동쪽으로는 용눈이오름이 잘난 폼을 잡고 있다. 섬의 그 많은 오름 중에서도 손에 꼽을 만한 오름들 사이에 있으니 기가 죽을 리 없다.

오름의 대부분은 풀밭이고 정상은 억새밭이 주를 이룬다. 그리고 둘레에는 삼나무가 식재되어 있다. 특이하지는 않지만, 초지라서 그런지 봄철에는 보일 듯 말 듯 한 작은 야생화가 많이 곳곳에서 피어난다. 산자고, 보랏빛제비꽃, 노란솜양지꽃, 남산제비꽃 등과 이름 모를 꽃들이 많이 관찰된다. 다랑쉬오름이나 용눈이오름에 올라서 휙 한 번 바라보기만 하고 지나쳐도 좋고 손주들의 손을 잡고 가볍게 올라가 봐도 좋겠다.

모지오름(母地岳, 母子岳, 305m)

모지오름은 서귀포시 표선면 성읍리에 있는 기생 화산이다. 오름의 생긴 모양이 분화구를 에워싸고 있는 등성마루가 마치 아기를 품은 어머니의 형체라 하여 모자(母子)오름이라 하였다. 모지오름, 뭇지오름이라고도 불렀다. 오름 중에서 구좌읍 종달리의 용눈이오름과 더불어 용의 승천과 관련된 전설을 배경으로 하는 오름이다.

북동쪽으로 크게 벌어진 말굽형 화산이다. 분화구 안에는 새로 생겨난 단성의 이중 화산 활동의 여운인 화구구(알오름, 268m)가 솟아 있는 독특한 화산체이다. 화구가 벌어진 동쪽 방향으로 고분같이 보이는 크고 작은 봉우리가 구릉 지대를 이루고 있다. 이중에서 가장 높은 언덕을 오미 동산이라 한다. 오름 전체에는 대부분 삼나무가 식재되어 산 중턱까지 울창한 숲을 이루고 있다. 화구 안의 알오름과 정상 부근은 대체로 평평한 편이며 상부 능선은 완만하고 정상까지 SUV(레저용 지프)가 다닐 정도로 평탄하다. 정상부는 억새가 장관을 이루고 있으며 잡초가 퍼져 있는 풀밭이다.

정상에서 내려다보면 북동쪽으로는 영주산이, 남서쪽으로는 따라비오름 등이 조망된다. 이 오름을 포함하여 장자(長子)오름, 새끼오름, 따라비오름 등 네 개의 오름들을 애칭으로 가족 오름이라고들 부른다. 그런데 오름의 가족들이 이곳에 다 모여 있는데 왜 손자인 손지오름만 구좌읍 종달리 다랑쉬오름 옆에 두고 왔는지 그 이유를 모르겠다. 혹 오름의 여왕인 따라비오름과 함께 있고자 정신없이 따라오다가 모자가 손자를 잃어버렸는지도 모르겠다. 이곳에도 대록산, 성불오름 등 수많은 오름이 군집을 이루며 서로 바라보고 있다. 필자는 정상에 올라가 둘러싸여 있는 오름들을 보기만 해도 배가 부른 것 같다.

새별오름(519m)

새별오름은 제주시 애월읍(涯月邑) 봉성리(鳳城里)에 위치한 기생 화산이다. 한라산에서 별도로 떨어진 오름 중에서 가장 높은 오름이라 할 수 있다. 그래서 서부의 큰 오름이라 한다. 제주 서부 초저녁에 외롭게 떠 있는 샛별 같다 해서 새별이라는 예쁜 이름이 붙은 오름이다. 새별이라는 이름과 딱 들어맞게 실제로 새별오름과 함께 다섯 개의 둥그런 봉우리들이 별 모양을 이루고 있다. 오름은 제주 서남부에서 가장 높은 오름으로, 수많은 작은 오름을 거느리고 있다. 오르는 길은 아주 경사가 급한 편이라서 숨을 헐떡거리며 올라야 한다. 그러나 그리 길지 않은 시간이라서 참고 오르면 정상에 발을 디디게 되어 수고한 사람들의 눈을 행복하게 해 준다. 눈앞에 대장관이 펼쳐지기 때문이다.

이곳은 정월 대보름날 저녁에 대규모 들불 축제가 벌어지는 것으로 매우 유명하다. 수만 명의 여행객이 몰려온다. 오름 전체에 타오르는 불꽃의 향연은 가히 장관이다. 마치 화산이 폭발하여 붉은 마그마가 솟아오르는 모습과 같다. 문화관광부에서 선정한 유명 추천 관광 상품 중의 하나다. 참가자들은 저마다 새해의 소원을 적은 소원지를 달집에 매달아 놓는다. 이윽고 달불 놀이가 시작되어 거대한 불덩이가 또 하나의 보름달이 되어 밤하늘의 진짜 보름달로 향한다. 그러면 참가자들은 가족의 건강과 안녕을 빌며 소원이 이루어지기를 바라는 마음을 하늘 높이 전한다.

이곳은 늦은 가을이 되면 찾는 이들이 탐방로를 가득 채운다. 다름 아닌 키가 어른만 한 보드라운 하얀 억새꽃이 산들산들 군무(群舞)를 추는 것을 즐기기 위해서다. 이러한 대자연의 경관을 또 어디서 감상할 수 있을까.

제주시에서 서귀포시를 잇는 뻥 뚫린 평화로를 따라서 달리다 보면 오른쪽의 허허벌판에 동그랗게 솟아 있는 오름을 발견할 수 있다. 멀리서 보기에는 동그랗지만, 실제로 오름을 오르면 크고 작은 봉우리들이 모여서 이루어진 것임을 알 수 있다. 바로 옆의 이달봉에서 바라보면 새별오름의 형세가 제대로 드러난다. 오르는 길의 경사가 만만치 않지만, 힘겹게 정상에 오르면 감탄사가 절로 터진다. 동쪽으로는 멀리 한라산이 영험한 자태로 서 있고 북쪽에서부터 서쪽으로는 과거 고려 말(末)에 몽골군과 최영 장군이 격전을 치렀던 곳으로 알려진 넓은 들판이 펼쳐져 있다.

오름에는 억새만 있는 것이 아니다. 이름 모를 야생화 및 다양한 잡초들이 오름 비탈면을 가득 차지하고 있다. 그중에서 특이한 잡초가 있다. 짚신나물이다. 이파리가 용의 이빨 같다고 하여 용아초(龍芽草)라고도 한다. 또 전설에 의하면 어느 나무꾼이 나무를 하는데 그만 도끼로 팔을 다쳤다고 한다. 크게 다쳐서 피를 흘리고 있는데 갑자기 신선이 나타나 짚신나물을 주었다고 한다. 나무꾼은 그 나물로 팔을 치료하고 감사해하며 신선에게 큰절을 올렸다. 그리고 고개를 들어보니 신선은 간데없고 커다란 흰 학 한 마리가 하늘로 날아올랐다고 한다. 그래서 이 나물의 또 다른 별칭을 선학초(仙鶴草)라고 한다. 봄에 어린싹은 나물로 무쳐 먹는데 약초 급으로 사람의 몸에 매우 유익하다고 한다. 여름에는 피는 꽃으로 차를 우려 마신다고 한다. 이 나물은 별칭이 많은 것으로 유명하다. 다른 이름으로는 과향초(瓜香草), 금정용아(金頂龍牙), 랑아초(狼牙草) 그리고 석타천(石打穿) 등이 있다. 정말 귀한 풀이라는 생각이 든다. 새별오름에 가게 되면 한번 찾아볼 일이다.

동쪽을 바라보면 한라산 백록담을 비롯하여 서부의 모든 오름이 한눈에 들어온다. 서남쪽으로는 초원 너머로 짙푸른 바다를 사이에 둔 비양도가 치마 사이의 속살을 수줍어하며 살짝 드러내 보인다. 제주 서남쪽의 드넓은 지대를 모두 조망할 수 있는 최고의 자리이다. 저녁의 해 질 무렵에 오르면 세상을 붉게 물들이며 사라지는 태양의 모습을 볼 수 있다. 그 감동적인 일몰은 세상 아무 데서나 경험할 수 있는 것이 아님을 분명히 해 둔다.

바리메오름(763m)

바리메오름은 제주시 애월읍 어음리(於音里) 한라산에 딸린 서쪽 기슭에 위치한 기생 화산이다. 오름의 형태는 사방이 터진 곳이 없는 전형적인 분화구를 가진 모습을 하고 있다. 큰바리메, 족은바리메오름이 나란히 자리하고 있다.

두 오름의 동쪽으로는 궷물, 큰노꼬메, 족은노꼬메, 산세미오름 등이, 한라산 방향으로는 영실의 지붕 역할을 하는 윗세오름, 천아오름 그리고 백록담이 우뚝 서 있다. 남으로는 안천이, 노로, 삼형제, 살핀 그리고 붉은오름이 위세를 떨친다. 그리고 서향으로는 북돌아진, 다래, 검은 돌먹, 한대오름 등이 얼굴을 내밀고 있다. 제주와 중문을 달리는 자동차 전용 도로를 마주하고는 새별오름이 위치하고 있다.

인간의 발걸음이 적어 오름 중에 널리 알려지지 않고 있어 천연 원시림을 간직하고 있다. 입구를 찾는 데 어려움이 있다. 애월읍 웅지 리조트를 찾아서 한라산 방향으로 상가 말 목장으로 가다 보면 도로변에 이정표가 살짝 보인다. 검은 현무암에 새겨진 바리메오름이라는 글씨는 이끼와 넝쿨 식물로 인해서 간신히 볼 수 있다. 이정표에서 오솔길 같은 콘크리트 좁은 도로를 반 시간 정도 올라가면 주차장이 보인다. 큰바리메오름으로 오르면 정상 둘레 길 안쪽으로 아담한 분화구가 보인다. 곳곳에 설치된 안내 표지판은 녹슬고 많이 훼손되어 있어 잘 알아볼 수가 없다. 여름에는 탐방로에 수풀이 우거진다.

송악산(松岳山, 貯別伊岳, 104m)

송악산은 서귀포시 대정읍(大靜邑) 상모리(上摹里)에 있는 해안가 오름(산)이다. 절울이, 저별이악이라고도 부른다. 기생 화산체로 단성 화산(單性 火山)이면서 꼭대기에 이중 분화구가 있다. 제1분화구는 지름이 약 500m이며, 두 번째 분화구는 제1분화구 안에 있는 화구로서 둘레 약 400m, 깊이 69m이며 거의 수직으로 경사져 있다.

산이수동 포구에서 해안을 따라 정상까지 도로가 닦여 있고 분화구 정상부의 능선까지 여러 갈래의 오솔길이 나 있다. 산 남쪽은 해안 절벽을 이루고 있으며 중앙 화구 남쪽은 낮고 평평한 초원 지대이고, 그 앞쪽에는 몇 개의 언덕들이 솟아 있다. 곰솔을 심어놓은 일부 지역을 제외하고는 삼림이 적으며, 토양이 건조하여 생태계가 매우 단순하다. 예전부터 방목장으로 알려져 있어 나무는 별로 보이지 않는다. 대신 잡초로 이루어진 초지가 대부분이다. 주요 식물로는 초종용, 사철쑥, 부처손 등이 있다.

이곳은 제2차 세계대전 당시 일본이 중국 침략의 발판으로 삼았던 곳이어서 당시에 건설한 비행장, 고사포대와 포진지, 비행기 격납고 잔해 등이 흩어져 있고 해안가의 절벽 아래에는 해안 참호 여러 개소가 남아 있다. 천혜의 자연경관에 눈에 거슬리는 일제 강점기의 잔재가 산재해 있는 것이 꼴 보기 싫다. 정상에서는 가파도와 마라도, 형제섬의 경치를 조망할 수 있고, 산 아래 바닷가에서는 감성돔, 벵에돔, 다금바리 등이 많이 잡혀서 제주도의 바다낚시 명소로 꼽힌다. 아마도 제주 남서부를 여행하는 사람들은 이곳을 들르지 않을까 한다.

모슬봉(摹瑟峰, 187m)

모슬봉은 서귀포시 대정읍에 있는 기생 화산이다. 한라산 분출의 여력으로 형성된 산이며, 모슬포의 진산(鎭山) 구실을 한다. 서쪽에는 가시악(加時岳), 남동쪽에는 송암산(松岩山)이 있고, 동쪽에는 모슬포와 대정 구읍(舊邑)을 연결하는 섬 일주 도로가 지난다. 모슬봉은 한라산을 축소한 것과 같은 순상 화산을 이루며, 동쪽 기슭은 한국전쟁 때 육군 제일 훈련소가 있었던 곳이다. 주한 미군 공군 레이더 기지가 정상에 주둔하고 있다. 1983년 2월에 북한 공군의 이웅평 대위가 미그 19기를 몰고 서해 북방 한계선을 넘어 남한으로 귀순했다. 그때 이곳의 레이더가 그 미그 전투기를 최초로 탐지한 것으로 유명하다. 그 당시를 회상해 보면 수십 년이 지났음에도 소름이 끼치며 오싹하다. 전국에 울리는 급박한 사이렌 소리와 함께 훈련 상황이 아닌 실제 상황이라고 떨리는 방송 소리가 들렸던 기억이 생생하다.

절물오름(寺岳, 丹霞岳/峰, 697m)

절물오름은 제주시 봉개동(奉蓋洞)에 위치한 제주 절물 자연 휴양림 안에 있는 기생 화산이다. 큰대나오름 또는 다나오름이라고도 부르고 사악, 단하악/봉 등의 별칭도 여러 개 있다. 절물오름이나 사악은 과거 이 근방에 절이 있었던 데서 붙여진 이름이라 한다.

두 개의 봉우리로 이루어져 있으며 동쪽 사면에는 움푹 파인 분화구가 있고 동쪽을 제외한 나머지 사면은 활엽수 등이 빽빽하게 들어선 울창한 자연림으로 이루어져 있다. 해발 고도는 높으나 워낙 절물 휴양지 지역이 높은 데 위치하고 있어서 가볍게 올라 분화구 둘레를 한 바퀴 돌면 트래킹이 끝난다. 오름을 오르다 보면 중간에 약수암(藥水庵)이라는 암자가 보이는데, 이 암자 동쪽 인근에 절물이라는 유명한 약수터가 있다. 이 약수는 용천수로 마시면 병이 낫고 백 년 동안 장수한다는 말이 전해지는 귀한 물이다. 마셔 보니 정말 깨끗하고 가슴 속까지 시원해지는 것을 느낄 수 있었다.

오름 정상의 전망대에서는 제주시 일대가 한눈에 내려다보이고 날씨가 맑은 날에는 한라산을 바로 눈앞에 있는 듯이 느끼며 감상할 수 있다. 멀리 동남쪽의 성산 일출봉과 우도까지도 가깝게 와 닿는다. 이 오름을 둘러싸고 있는 제주에서 가장 유명한 절물 자연 휴양림은 제주 주민뿐만 아니라 관광객들도 무수히 방문하여 쉬고 가는 곳이다. 오름에도 오르고 여러 길로 나누어진 탐방로를 트래킹하며 힐링하기에 최적의 장소라고 생각한다.

바농오름(盤應岳, 盤凝岳, 針岳, 552m)

바농오름은 제주 중산간 지대의 제주시 조천읍 교래리(橋來里)에 있는 기생 화산이다. 오름 정상부에 원형의 화구와 오름 서쪽 능선에 북동쪽으로 벌어진 말굽형 화구를 동시에 지닌 복합 화산체이다. 오름 기슭에 가시덤불이 많아서 가시를 상징하는 바늘을 끌어들여 바농(바늘)오름이라 했다고 한다. 바늘의 제주 방언인 바농도 친근감 있으며 섬사람들의 풍자적인 상상력도 재미있다는 생각이 들었다.

오름 아래의 둘레 길 주위에는 정부의 산림녹화 사업으로 심어진 삼나무 숲이 우거져 있으며 남서부에는 수령이 4~50년은 되어 보이는 곰솔의 소나무 숲이 빽빽이 들어서 있다. 또 동북부에는 남서쪽으로 한라산이 올려다보이며 굽이굽이 한라산까지 오름들이 줄지어 열병식 준비를 하고 있다. 불룩불룩 솟아 있는 오름들의 모습이 참으로 위대하다는 경이감마저 들었다.

바농오름 기슭에는 제주 특유의 돌 문화를 집대성한 제주 돌 문화 공원이 들어서 있다. 그리고 교래 자연 휴양림이 조성되어 있고 한라산 방향 서쪽에는 절물 자연 휴양림과 한라 생태숲이 원더풀하게 가꾸어져 있다. 또한, 남쪽으로 조금 나아가면 붉은오름 자연 휴양림과 꿈속의 숲길인 사려니숲 숲길이 탐방객을 기다린다. 에코 랜드에서는 온 가족이 꼬마 기차를 타고 꽃밭과 자연을 함께 즐길 수 있다. 그야말로 사람이 누릴 수 있는 모든 자연이 오름 주위에 차고 넘친다.

정상에는 조천읍 산불 감시원 대장이 봄부터 늦가을까지 산불 발생 방지를 위해 두 눈을 부릅뜨고 근무하고 있다. 활엽수로 이루어진 잡목 분화구에는 가시덤불과 같은 키 작은 잡목 등이 어지럽게 조성되어 있다.

제주 오름의 가장 큰 메리트(merit)는 정상에서 보는 시원한 조망이라 할 수 있다. 한라산과 동북 방향의 대지와 대양을 모두 조망 가능하며 추자도 및 전남 완도의 여서도까지 훤히 내려다보인다. 대형 여객선인 크루저 선이 들어와 있는 제주항과 삼양 검은 모래 해수욕장, 함덕 해변의 서우봉, 원당봉오름이 발 앞에 있으며 남동쪽으로는 신비의 산굼부리를 비롯하여 둔지봉, 다랑쉬오름, 늡서리오름 등이, 북동쪽에는 세미오름, 남서쪽에는 지그리오름 등이 활개를 치고 있다.

광이오름(肝列岳, 光列岳, 267m)

광이오름은 제주시 연동(蓮洞)에 있는 기생 화산이다. 지형이 광이(괭이) 모양으로 생겼다는 데서 광이오름이라 불리게 되었다. 간장의 간엽과 비슷하다 하여 한자로 간열악이라고도 한다. 옛 지도에는 광열악이라고도 표기되어 있다. 말굽 형태의 분화구로 생성되었지만, 현재는 심한 풍화 침식 작용을 받아 분화구의 형태가 사라진 오름이다. 육지 시골 마을의 야트막한 뒷산 정도로 보면 되겠다.

오름 전체에는 해송 숲과 잡목림이 울창하게 우거져 있다. 제주 공항에서 남쪽의 한라산을 바라보면 중간에 제주 도청이 있고 그 뒤에 한라 수목원이 아름답게 조성되어 있는데 수목원에 속해 있는 오름이다. 특히 시내 가까이에 있어 가족과 함께 나들이하기에 딱 좋다. 정상에는 아담한 정자가 세워져 있어서 지나가는 나그네의 쉼터 역할을 하며 남서쪽 기슭에는 거슨새미라는 약수터가 있다. 시원한 물 한 잔으로 온몸의 피로가 싹 가시지 않겠는가. 인근에는 상여 및 남조순오름이 삼 형제처럼 오순도순 정겹다. 한라 수목원을 방문하여 세상의 온갖 나무를 관찰하고 가볍게 오름에 다녀가면 그날 하루 일을 다 했다고 치겠다.

도두봉(道頭峰, 63m)

도두봉은 제주시 도두동(道頭洞)에 위치한 측화산이다. 화산재가 굳어져 형성된 응회암과 현무암으로 이루어진 기생 화산으로 정상에 분화구가 없다. 제주시 북쪽 해안에 위치한 야트막한 오름으로 정상부에 화구가 없는 원추형 화산체이다. 해안가에 있는 관계로 조선 시대에 봉수대가 있었다.

제주시는 2009년도에 이곳을 '제주시 숨은 비경 31곳' 중 하나로 선정했다. 제주 국제공항 활주로 바로 옆 북부 바닷가에 위치하고 있다. 제주 섬의 오름을 가고 싶으면 공항에 내리자마자 달려가면 만날 수 있다. 산 정상에 오르면 유람선이 운항하는 도두항, 마을 전경, 앞바다 등이 한눈에 내려다보인다. 일출과 일몰을 다 감상할 수 있으며 공항 및 시내의 야경까지 즐길 수 있다. 키는 작지만, 아기자기한 멋을 듬뿍 간직한 오름이다. 도두항에서 오름을 돌아가는 해안로는 옥빛의 바다와 함께 어우러져 절경을 이룬다. 이보다 더 좋은 산책로와 드라이브 코스는 없을 것이다.

(큰)노꼬메오름(高古山, 高丘山, 鹿高山, 834m)

(큰)노꼬메오름은 제주 북서부 중산간 지대 제주시 애월읍 유수암리(流水岩里)와 소길리(召吉里)의 경계에 있는 기생 화산이다. 주변의 족은노꼬메오름(774m)과 궷(궤)물오름(597m)과 같이 삼각의 오름 군(群)을 형성하고 있다. 이들은 모두 외견상 말굽형 분석구이다. 이 오름은 북서쪽으로 분화구가 트인 반면에 궷(궤)물오름은 동쪽으로 열린 방향을 가진다. 다른 이름으로는 고고산, 고구산 또는 녹고산으로도 불렀다.

오름은 애월 곶자왈 지대를 구성하는 조면 현무암 성질을 지닌 아아 용암(aa lava, 거칠고 들쑥날쑥하며 가시 모양의 표면을 가진 용암류)의 분출 근원지이다. 지질학자들이 이 오름의 연대를 측정한 결과, 약 2만 6천 년 전의 화산 활동으로 보고 있다.

분화구 안에는 어지러운 잡목 등의 원시림이 분포되어 있고 정상에는 억새밭이 주를 이루고 있다. 오름 둘레에는 많은 수목이 우거져 있다. 박쥐가 날개를 편 듯한 나뭇잎 모양을 한 박쥐나무, 작지만 정말 단 맛이 꿀 같은 토종 오디를 나그네에게 선물로 주는 뽕나무 그리고 산수국이 독특한 모양으로 화려하게 꽃을 피운다.

오름 동남향의 한라산으로는 노로, 붉은, 어승생악, 삼형제, 윗세오름 등 백록담과 어울려 높은 오름들이 줄지어 서 있고 서쪽으로는 바리메, 새별오름 등이 있다. 북부 바다에는 비양도가 발아래에 있으며 멀리 추자도까지 조망된다. 우측으로는 제주 공항이 있는 제주 시내가 한눈에 들어온다. 머리가 복잡하고 스트레스가 온몸에 쌓여 있으면 이 오름에 올라 볼 것을 강력하게 추천한다.

제주 북서부 앞바다 제주도에 딸린 섬 중의 섬인 차귀도가 바라다보이는 한경면 고산리에도 노꼬메오름이 있다. 유명한 수월봉의 다른 이름이다. 그 명칭이 붙여진 이유는 다름 아닌 수월과 녹고의 전설 때문이다.

거친오름(荒岳, 巨親岳, 巨體岳, 618m)

거친오름은 제주 북부 제주시 봉개동에 있는 기생 화산이다. 북쪽 방향으로 분화구가 열린 말굽형의 분화구를 이루고 있다. 봉우리는 두 개가 있는데 주봉의 동봉은 경사가 급하고 반대편의 서봉은 완만하다. 오름의 형태가 크고 복잡하며 산세가 험하고 자연 숲이 어지럽고 거칠게 보인다는 데서 붙여진 이름이다. 황악, 거친악 그리고 거체악 등으로도 한자로 표기하였다.

크고 작은 여러 줄기의 능선이 발달해 있으며 능선 사이에는 깊은 골이 파여 있어서 전체적인 산세가 매우 복잡한 편이다. 산 전체에는 낙엽수가 대부분이며 해송과 상록 활엽수가 군데군데 모여 있어 푸르른 산색의 자연 원시림을 유지하고 있다. 그 사이에 절물 자연휴양림이 있다. 절물 자연 휴양림과 약수암을 지나서 올라갈 수 있다. 특히 절물 자연 휴양림에서 오름의 둘레를 한 바퀴 도는 장시간의 트래킹은 환상적이다. 자연 속에서 산책을 즐기는 마니아들은 이 코스에 어깨춤을 절로 춘다. 사랑하는 연인이나 가족들과 도시락을 싸서 짊어지고 마냥 걷는 길은 행복으로 가는 천국이 아닐까 싶다. 그러나 오름 정상에 서려면 숨을 헐떡이며 이마에 진땀을 흘려야 하는 수고스러움이 필요할 것이다.

오름 기슭에는 제주도에서 2007년에 개장한 노루 생태 관찰원이 조성되어 있다. 제주의 명물인 한라산 노루들이 서식하고 있어서 학생들의 자연 학습장으로 활용되고 있다. 노루는 섬 곳곳에 있는데 오름이나 곶자왈을 탐방하다 보면 자주 마주친다. 노루는 사람이 제 놈들을 해치지 않는다는 것을 아는지 서둘러 도망가지도 않는다. 한참이나 빤히 눈을 마주친 다음에야 숲속으로 제 갈 길을 간다. 참 순수한 눈망울을 가지고 있어서 귀여운 모습에 보는 이의 마음도 즐겁다. 오름 주변에는 사방에 수많은 오름이 어깨를 마주하고 있다.

큰개오리오름(犬月岳, 743m)

큰개오리오름은 제주시 봉개동과 용강동에 걸쳐서 위치한 기생 화산이다. 오름의 모양이 가오리를 닮았다고 하여 개오리(가오리의 제주 방언)오름이라고 부르게 되었다. 하지만 실제로 가오리 모양을 관찰하기란 어렵다. 한자로는 개가 달을 보고 짖는 모습과 같다 하여 견월악이라고 한다. 큰개오리오름은 다섯 개의 기생 화산 봉우리가 한데 어우러져 있다. 나무들이 무성하게 자라고 있지만, 접근 도로가 만들어져 있어 자동차로 오를 수도 있다. 서쪽 편에는 제주 종마장이 있고 동쪽에는 제주 절물 자연 휴양림이 조성되어 있다. 정상에는 방송용 송신탑과 이동 통신 기지국이 설치되어 있다.

북쪽에는 족은개오리오름(664m)이 있으며 중간에 자리 잡고 있는 샛개오리오름(658m)과 함께 삼 형제를 이루고 있다. 한라산 기슭에 위치하고 있기 때문에 표고가 높은 편이며 오름 전체가 삼나무와 소나무 등이 빽빽하게 들어선 울창한 숲으로 이루어져 있다.

원당봉(元堂峯, 三疊七峯, 元堂七峯, 三陽峯, 171m)

원당봉은 제주시 삼양동 바닷가에 위치한 말발굽형의 기생 및 측화산이다. 웬당오름, 삼첩칠봉, 원당칠봉, 삼양봉/오름, 망오름 등 다수의 이름을 가지고 있다. 아마도 역사적인 유래와 사람들이 많이 사는 도시에 위치하고 있기 때문인 것 같다. 오름은 다른 오름과 달리 세 개의 능선과 일곱 개의 봉우리로 이루어진 특이한 구조이다.

원당봉은 고려 시대에 이 오름 중턱에 원나라의 당집인 원당이 있었던 데서 유래되었다고 하고 또 원(몽골)나라 기황후가 왕자를 얻기 위해 이곳에 원당사라는 절을 세우고 빌었다는 데서도 유래한다. 고려를 정복한 원나라가 제주도를 얼마나 보물섬으로 생각했는지 이곳에서도 여실히 드러나고 있는 것 같다. 그러하니 몽골이 패망하고 고려를 떠나면서 가장 아쉬웠던 것이 제주 섬을 잃어버린 것이 아닐까 생각해 본다.

오름으로 오르는 길에는 백 년 남짓 되어 보이는 아름답게 자란 해송 숲이 사람의 눈을 빼앗는다. 마치 조경수가 손을 댄 것처럼 멋진 모습으로 하늘로 솟아 있다. 분화구에는 다른 곳에서 찾아볼 수 없는 기이한 현상이 있다. 제주에서는 그리 많지 않은 사찰이 세 곳이나 있다. 보(불)탑사(寶塔寺)에는 고려조에 세운 보물 제1187호로 지정된 오층 석탑이 아름다운 자태를 뽐내고 있고, 원나라가 세웠다는 원당사(元堂寺)와 분화구 연못에는 숭고한 모습의 아름다운 연꽃이 다소곳이 피어있으며 둘레에는 나라에 충성하자는 의미에서 수백 그루의 무궁화나무가 심어져 있다. 그곳이 바로 제주 천태종의 대표 사찰인 문강사(門降寺)이다.

오름은 시민 체력 단련 시설이 설치되어 있어서 주말뿐만 아니라 평일에도 제주 시민들이 자주 찾는 곳이다. 정상에 서면 또 하나의 진풍경이 사람의 마음을 빼앗는다. 한라산을 비롯한 동남서쪽 삼면에는 수많은 오름이 파노라마처럼 펼쳐져 있고 눈앞의 드넓은 푸른 바다와 검은 예술의 극치인 해안선은 제주 섬의 아름다움을 한껏 들추어 보여 준다. 이 장관을 보면 누구라도 자연을 노래하는 시인이 되지 않을까 한다. 오름 바로 아래에는 그 유명한 삼양 검은 모래 해수욕장이 해안 좌우로 쭉 뻗어있다. 검은 모래는 출렁이는 쪽빛 바다와 어울려 눈이 부시게 더욱 빛나고 있다. 제주 올레길 제18 코스에 있다.

물장오리오름(937m)

물장오리오름은 제주시 봉개(奉蓋)동 한라산 기슭에 있는 기생 화산이다. 물장오리는 '장오리'라는 이름이 붙은 테역장오리, 불칸장오리, 쌀손장오리 등과 함께 네 개의 오름 가운데 하나이다. 전설에는 설문대 할망이 이 물에 빠져 죽었다는 설화가 있다. 왜 빠져 죽었는지는 아직 아무도 모른다. 오름의 분화구는 아무리 가물어도 물이 마르지 않고 많은 비가 퍼부어도 넘쳐흐르지 않는다고 한다. 수심을 헤아릴 수 없다 하여 창(밑) 터진 물이라고 부르기도 한다. 혹 사람들이 연못 가까이에서 떠들면 갑자기 구름과 자욱한 안개가 사방에서 모여들어 사나운 비바람이 몰아친다고 전해진다.

원형(접시 모양)의 굼부리는 천연림으로 울창하며 숲에는 박새와 특정 야생 동식물로 지정된 관중이 군락을 이루고 있다. 분화구 안에는 금새우난, 구잎약난초, 세모고랭이 등 습지 식물이 자란다. 호수 부근에서는 독사 등의 뱀이 많이 출현하니 발밑을 항상 살펴야 한다. 한라산의 아랫부분에 속하기 때문에 울창한 산림이 빽빽하게 들어서 있다.

제주시에서 차를 몰아 5·16 도로로 한라산 등산로 성판악으로 가는 길에 있다. 근처에는 유명한 서려니숲이 있다. 아쉽게도 현재는 산림 보호 기간이라서 오름에 가려면 반드시 허가를 받아야 한다. 모름지기 더 좋은 것을 얻기 위해서는 참고 기다리는 인내심도 필요한 것이 아닌가 한다.

살손장오름(912m)

살손장오름은 제주시 봉개동 한라산 기슭에 있는 기생 화산이다. 주위에 물장오리, 테역장오리, 불칸장오리오름과 같이 사 형제 오름처럼 우뚝 솟아 있다. 모흥혈(毛興穴, 삼성혈)에서 솟은 고·양·부라는 삼신인이 살 곳을 정하기 위하여 활을 쏘았던 오름이라는 데서 붙여진 이름이다.

산 능선이 산(山) 자 모양으로 뻗어서 그 사이사이에 하나는 북서쪽으로, 하나는 북동쪽으로 벌어진 2개의 말굽형 화구를 가지고 있다. 이 오름도 현재 자연보호를 위하여 출입이 엄격히 통제되어 있으며 입산하려면 허가가 필요하다.

단산(바굼지오름, 簞山, 158m)

단산은 서귀포시 안덕면 사계(砂溪)리에 있는 산이다. 여느 마을의 작은 야산 같은데, 오름이라 하지 않고 단산이라고 명명했다. 섬에서는 가끔 오름을 이렇게 산이라고 이름 붙이기도 하는데 그 기준은 알 수 없다. 오름의 형상은 거대한 박쥐가 날개를 펴고 있는 것 같이 보인다. 또 제주 사람들은 오름이 엎어 놓은 큰 소쿠리 모습을 하고 있다고 한다. 억새 등의 풀밭과 숲으로 이루어진 여느 오름들과 달리 한라산처럼 멋진 바위와 나무들이 어우러져 있는 산 모양의 오름이다.

제주 서남부에 있는 사계리는 북쪽으로는 우리 한반도의 영산인 한라산이 딱 버티고 있으며 동쪽으로 산방산이 거대한 불종(佛鐘)의 모습을 하고 세상을 지긋이 내려다보고 있다. 그리고 남쪽으로는 형제섬과 송악산, 가파도가 펼쳐져 있고 멀리 마라도가 함께한다. 왼편으로 대정읍과 경계를 이루고 있는 바닷가의 아름답고 소담스러운 작은 마을이다. 산방산 아래의 용머리 해안은 사계리 최고의 관광 명소이다. 누구나 그곳을 찾는 사람들은 그곳에서 안주하고 싶은 고향 같은 포근함을 느끼게 하는 곳이다. 명사벽계(明沙碧溪)는 바로 이곳을 일컫는 말이다.

마을의 전체적인 모습은 꼭 한 폭의 한국화를 보는 것 같은 착각을 불러일으키는 멋진 풍경을 그리고 있다. 어느 유명한 화가가 화폭에 담듯이 현실 세상에 배치한 그림 같다. 바닷가로 향하면 자그마한 사계항이 푸른 바다를 펼치고 있다. 항은 살짝 깨물어 주고 싶을 정도로 앙증스럽기까지 하다. 축소해서 우리 집의 정원에 옮겨 놓고 싶은 깜찍한 항구이다.

이 아름다운 곳에서 빼놓을 수 없는 자랑거리가 바로 북쪽에 자리한 단산이다. 이 마을은 유난히 산이 많이 몰려 있는 곳이기도 하다. 이 오름은 카메라 렌즈 한 컷에 다 들어올 만큼 자그마한 산이다. 산방산과 송악산 사이의 들판에 홀로 새색시가 쪼그려 앉아있듯이 솟아 있다. 그러나 낮지만 예리한 자태를 가진 수석을 보는 듯하여 아름답다. 한라산을 마주하고 있는 산방산이 중후함을 주는 산이라면 이 산은 젊은 혈기가 느껴지는 산이다. 할 수만 있으면 우리 동네 공원에 옮겨 놓고 싶은 마음이다.

오름 입구는 단산사(寺) 옆에 있다. 오름에 접근하다 보면 먼저 산 중턱의 대정 향교 바로 옆에 위치한 남근석을 만나게 된다. 이 암석은 화산 폭발과 풍화 작용에 의해 형성된 것으로 높이가 20m에 이르는 거대한 돌기둥이다. 산 중턱에 불쑥 솟아오른 그 형태가 남근을 닮았다 하여 그러한 이름이 붙여졌으며 이곳을 찾는 여인들이 아들을 기원하는 기도를 올려 소원을 성취하는 곳이기도 하다.

산기슭에는 꽤 커 보이는 대정 향교가 있다. 제주시에 있는 제주향교와 더불어 섬의 대표적인 향교이다. 조상들을 끔찍하게 섬기는 제주인들의 유교 정신을 보는 것 같아 흐뭇했다. 인근에는 조선조의 추사 김정희(秋史 金正喜, 1786~1856년) 선생의 유배지가 있는데, 봄이 오면 제일 먼저 수선화가 얼굴을 내민다.

백약이오름(百藥岳, 開域岳, 357m)

백약이오름은 서귀포시 표선면 성읍(城邑)리에 위치한 둥글고 넓적한 굼부리(분화구)를 갖춘 원뿔 모양의 측화산이다. 예부터 약초가 많이 났기 때문에 이런 이름이 붙여졌다고 한다. 제주도가 우리나라 제일의 관광지로 부상하기 이전에 제주인들은 의료 혜택을 거의 받지 못했고 약이 귀했기 때문에 병이 나도 변변한 치료를 받지 못했다. 그래서 병이 나면 산과 들에서 약초를 구해다 민간요법을 많이 썼다. 이곳에는 다양한 약초가 많아서 약초를 뜯어다가 달여 먹고 병을 고쳤다고 한다. 그래서 섬사람들은 이 오름을 보물 같은 오름이라고 한다. 오름 전체에는 약용으로 쓰이는 복분자딸기와 층층이꽃, 향유, 쑥, 방아풀, 꿀풀, 쇠무릎, 초피나무, 인동덩굴 등과 같은 약초가 산재해 있다. 그러나 요즘에는 오름에 오르는 도중에 약초를 찾기란 쉽지 않다. 아무래도 잘 알지 못하니 보이지도 않는 것으로 생각한다.

백약이오름의 본디 이름은 개여기오름이었으며 백약악/봉으로도 표기되고 있다. 북서로는 장엄한 한라산이 조망되고 아부, 칡, 새미오름 등이 있으며 북동 방향으로 문석이 높은, 손지, 동검은이오름 등이 있다. 동쪽에는 좌보미오름이 있다. 서남쪽에는 돌리미, 개, 비치미, 민오름 등이 있고 남쪽에는 성읍 민속 마을 사람들의 신산인 영주산이 마을을 지키고 있다. 그야말로 오름들이 반상회를 하려는 듯이 옹기종기 모여 있다.

오름은 오름들이 몰려 있는 군락지인 송당 산간에 있는 데다가 도로변 가까이에 있어서 일반인과 관광객들이 자주 찾는 오름 중의 하나이다. 또한, 백약이오름 기슭에는 삼나무가 조림된 숲이 있다. 그리고 오름을 오르는 경사면에는 초록의 초지 등으로 이루어진 풀밭이 나그네를 맞이하고 있다. 보통 제주 한라산과 북한 지역에서만 자란다는 피뿌리풀이 듬성듬성 자생하고 있는 귀한 모습을 볼 수도 있다.

오름을 오르다 보면 넓은 초원이 펼쳐져 있고 제주 말과 한우가 한가로이 풀을 뜯는 모습을 볼 수 있다. 스위스 알프스의 풍경 같은 목가적이고 이색적인 멋이 사람의 마음을 설레게 한다. 사진을 찍으면 스위스의 어느 시골 마을 같아 사진만으로는 제주라는 생각이 떠오르지 않는다. 요즘에는 예비 신혼부부들의 포토 존으로 각광받고 있다. 오름 입구에서는 선남선녀들이 사진 촬영하는 장면을 심심치 않게 볼 수 있다. 결혼을 앞둔 필자의 딸도 남자친구와 함께 오름을 올라 보더니, 자신들도 꼭 이곳에서 웨딩사진을 찍겠다고 말했다. 그래서 요즘 오름은 젊은 연인들의 핫 플레이스(hot place)로 떠오르고 있다.

오름 탐방로는 오름 중에서도 가장 완만한 경사로로 쉽게 오를 수 있어 남녀노소 누구나 이마의 땀을 닦지 않아도 쉽게 정상에 설 수 있다. 정상에서 보는 조망은 각으로 꺾이지 않은 부드럽고 아름다운 파노라마 곡선이라 사람의 마음을 편안하게 해 준다.

분화구 안에서 소들이 풀을 뜯는 풍경은 다른 오름들과 특이한 풍경이다. 아마도 오르기가 쉽기에 가축들도 오름을 좋아하는가 보다. 힐링을 위해서 제주 오름을 찾는 사람들이 한여름에 소나기구름이 몰려오듯이 늘어나고 있다. 좁은 주차장은 관광객으로 인하여 더 이상 차를 주차할 수가 없어 도로변에 길게 대는 실정이다. 인근에는 제주의 전통 민속 마을인 성읍 민속 마을이 성곽 안에 들어서 있다.

사려니오름(四連岳, 西流岳, 思連岳, 524m)

사려니오름은 서귀포시 남원읍 한남리(漢南里)에 위치한 기생 및 측화산이다. 화구(火丘)는 북동쪽으로 깊으면서 넓게 파인 반달 모양의 말굽형 화구를 지닌 화산체이다. 남동쪽 사면에는 삼나무가 조림되어 있고 화구 안쪽에는 자연림이 무성하다. 특히 일제 강점기 때 심은 것으로 알려진 수령이 80년이 넘는 삼나무숲이 줄을 서서 하늘을 찌르고 있는 모습이 장관이다.

사려니는 본래 '실 따위가 흐트러지지 않게 동그랗게 포개어 감다.'라는 의미이다. 오름 정상의 모양이 거대한 바윗돌이 돌아가며 사려 있기에 이런 이름이 지어졌다고도 한다. 하지만 확실치는 않고 전해지는 말이다.

산림에는 전형적인 온대성 산 지대에 해당하는 숲길 양쪽을 따라 졸참, 서어, 때죽, 산딸, 편백 그리고 삼나무 등 다양한 수종이 빽빽이 들어서 있는 울창한 자연림이 넓게 펼쳐져 있다. 오소리와 제주족제비를 비롯한 포유류, 팔색조와 참매를 비롯한 조류, 쇠살모사를 비롯한 파충류 등의 다양한 동물도 서식하고 있다.

서북쪽으로 물, 괴평이, 물찻, 거인악, 거린족, 논고악, 어승악오름 등과 함께 한라산의 턱을 괴고 있다. 또 남동쪽으로는 머체, 넙거리오름 등이 어깨를 나란히 하고 있다. 오름 정상에 서면 남쪽으로 서귀포시 섶섬, 문섬 그리고 지귀도가 서로 속삭이고 있는 장대한 북태평양의 검푸른 서귀포 앞바다가 아름답게 눈에 들어온다. 무더운 여름에 시원한 청량음료를 마신 것 같이 가슴이 뻥 뚫리는 기분을 만끽할 수 있다.

특히 오름 가장자리를 지나는 사려니숲의 숲길은 너무나 유명하다. 힐링을 위해서 이 숲을 찾는 사람들이 해가 갈수록 기하급수적(幾何級數的)으로 늘어나고 있다. 탐방로는 비자림로의 봉개동 구간에서 제주시 조천읍 교래리의 물찻오름을 지나 서귀포시 남원읍 한남리의 사려니오름까지 이어지는 숲길이다. 총 길이는 장장 약 15㎞에 이른다. 그리고 한라산 기슭에 위치하여 숲길 전체의 평균 고도가 약 550m로 높은 편이다. 그야말로 천연 자연림 속에서 세상에서 가장 프레시(fresh)한 산소를 마실 수 있는 곳이다.

물영아리오름(水盈嶽, 勿永我里嶽, 508m)

물영아리오름은 서귀포시 남원읍 수망리(水望里)에 위치한 오름이다. 화산체는 전체적으로 원추형을 이루고 있다. 오름 정상 분화구에 언제나 물이 잔잔하게 고여 있다는 데서 연유한 이름인 수영악이라고도 한다. 인접에 위치한 오름으로 분화구에 물이 고이지 않고 여물었다는 뜻에서 명명한 여문영아리오름이 형제처럼 다정히 바라보고 있다. 두 오름 사이의 넓은 들판에서는 마소의 방목이 이루어지고 있다. 오름 둘레에는 말과 소가 도망가지 못하게 쌓아놓은 잣담이 끝없이 이어져 있다. 또한, 꽃피는 4월이 오면 오름 아래의 넓은 들판에 고사리순이 솟아 올라와 그야말로 고사리 잔치가 벌어진다. 인산인해를 이룬 고사리를 꺾는 여인네들의 손이 사람을 정신없게 만든다.

이곳은 2000년도에 우리나라에서는 최초로 「습지보전법」에 의한 습지 보호 구역으로 지정되었으며 2007년에는 영광스럽게 람사르 습지로 지정되어 철저히 자연 생태계가 보호되고 있다. 수망리 마을 주민들이 체계적으로 오름 보호를 위해 노력하고 있다. 원형이 잘 보존된 습지를 둘러싼 지형과 지질, 경관 생태를 잘 파악할 수 있으며 분화구 내 습지의 육지화 과정과 습지 생태계의 물질 순환을 연구하는 지역이어서 학술적으로도 소중한 자연 공간이다. 오름에는 전설이 떠돌아다니는데 산신이 대노하면 분화구 일대가 안개에 휩싸이고 천둥·번개를 동반한 폭우가 쏟아진다는 말이 전해져 오고 있다.

오름의 하단부에서 산 정상으로 가는 길에는 인공림과 자연림이 조성되어 있어 울창한 숲을 이루고 있다. 오름의 정상 분화구로 올라가는 탐방로는 매우 잘 조성되어 있다. 시작점의 삼나무 숲길은 경사가 급하지만, 똑바로 줄을 서서 환영하는 삼나무들이 있어 숨이 차는 줄도 모르고 발걸음을 옮기게 된다.

이곳은 동식물들의 보고(寶庫)이기도 하다. 멸종 위기종 2급인 물장군과 맹꽁이가 살고 있으며 귀하고 보기 힘든 참개구리, 노란실잠자리도 눈에 띈다. 야생동물인 뿔 달린 노루가 초원을 한가롭게 자유로이 뛰놀며 오소리와 독사, 꽃뱀도 서식하고 있다. 꿩 부부는 새끼인 꺼병이들을 데리고 다니며 먹이를 찾느라고 정신이 없는 모양이다. 식물로는 섬/금새우란, 사철란, 큰 천남성, 물여귀, 물고추나물, 보풀 곰취군락, 찔레나무가 자라고 있다. 그리고 고마리, 뚝새풀,

세모고랭이 등이 널리 분포되어 있다. 꽝꽝, 예덕, 참식, 생달, 때죽나무 등이 빽빽한 숲을 이루고 있으며 산수국은 여름이 오면 둘레길에 화려하게 피어 탐방객을 반긴다.

오름 하단에는 십 리가 넘는 둘레 길이 잘 조성되어 있어 마냥 걷기에 딱 좋다. 탐방로가 다양하여 자연 하천 길, 목장 길, 삼나무 숲길 등 다양한 테마로 즐길 수 있는 길들은 아름다운 풍경을 자랑하며 걷는 즐거움을 누리는 나그네를 언제나 기다리고 있다. 숲 둘레길의 전망대에서 오르면 드넓은 벌판을 마주하게 되는데 가슴이 확 펴지는 상쾌한 느낌을 받는다.

북서쪽으로는 한라산을 비롯하여 말찻, 물찻, 넙거리오름 등이 조망되고 남서쪽으로는 사려니, 머체, 넙거리오름 등과 시원한 성산 앞바다가 내려다보인다. 또 북동 방향으로는 여문영아리, 쳇망, 대록산, 새끼, 따라비, 번널, 병곳오름 등 셀 수 없는 오름의 군락지가 형성되어 있으며 붉은오름 자연 휴양림과 사려니숲의 숲길은 지친 심신을 달래려는 탐방객들이 줄을 이어 찾고 있다.

이곳의 초원과 삼나무 숲을 바라보면 바로 생각나는 것이 영화 <늑대소년>이다. 바람에 눈이 흩날리는 들판을 늑대소년(송중기 분)이 벌거벗은 모습으로 마치 늑대같이 사납게 울부짖으며 네 발로 뛰어다니던 장면이 눈에 선하다.

필자도 이 오름의 매력에 흠뻑 빠져 종종 찾는다. 오름 주차장은 꽤 넓으며 도로 건너 탐방로 입구에는 예쁜 조형물과 자그마한 공원도 만들어 놨다. 입구에는 맛있는 냉면과 강원도 전병을 파는 식당이 있는데 제주 막걸리와 곁들이면 행복의 끝은 어딘가 싶다.

고근산(孤根山, 396m)

고근산은 서귀포시 서호동(西好洞)에 위치하고 있는 기생 화산이다. 분화구의 형태는 원형이며 분화구 주변은 완만한 평지를 이루고 있다. 오름 이름의 유래는 평지 한가운데에 외로이 우뚝 솟은 화산이라고 하여 고근산으로 부르게 되었다. 정말 신기하게도 섬의 370여 개의 오름 중에서 이 오름 주변에서만 오름이 보이지 않는다.

예로부터 전해져 내려오는 전설에 의하면 제주를 창조한 전설상의 거신인 설문대 할망이 무료(無聊)할 때면 한라산 백록담을 베개 삼아 고근산 굼부리(분화구)에 궁둥이를 걸치고 누웠다고 한다. 그리고 서귀포 앞바다의 범섬에 다리를 얹어 물장구를 쳤다는 흥미로운 전설이 전해져 오고 있다.

오름을 오르는 산책로가 예쁘게 조성되어 있고 중간중간에 쉬어 갈 수 있는 쉼터 시설물이 설치되어 있다. 그리 높은 곳에 자리 잡고 있지는 않지만, 정상이 탁 트인 곳에 있어서 산봉우리에 서면 멀리는 마라도에서부터 지귀도까지 제주 남부 바다가 시원하게 조망된다. 또 서귀포 시내의 풍광과 아름다운 제주 월드컵 경기장을 한눈에 들여다볼 수 있다. 특히 서귀포의 아름다운 밤바다와 함께 어우러진 서귀포 칠십리 공원 야경을 보려면 고근산이 적지이다.

남동쪽의 비탈길에 이르면 중턱에 머흔저리라고 하는 곳이 있다. 이곳은 예전에 국상을 당했을 때 곡배하던 곡배단(哭排壇)이 있었고 남서향 비탈의 숲에는 꿩을 사냥하던 강생이(강아지)가 떨어져 죽었다고 전해지는 강생이궤(수직 동굴)가 있다.

오름 중턱에 삼나무, 편백나무, 해송, 상수리나무, 밤나무 등이 조림되어 있고 정상 부근에는 자연석과 어우러져 사스레피나무, 예덕나무, 산철쭉 등이 군락을 이루고 있다. 그러나 예전에는 드물게 해송이 있는 풀밭 오름이었다고 한다. 조석으로 산책과 운동을 즐기는 사람들이 많아지면서 새로운 운동 휴양 명소로 떠오르고 있다.

북방으로 하늘을 올려다보면 좌우로 시오름과 어정이오름이 호위하는 한라산이 장엄한 위세를 떨치며 우뚝 솟아 있다. 서쪽으로는 멀리 활오름이 살짝 보이기도 한다. 오름에서 남쪽 바다를 바라보며 좌로부터 지귀도, 섶섬, 문섬, 범섬, 형제섬, 가파도 그리고 멀리 한반도 최남단 마라도까지 조망할 수 있다. 새섬을 품고 있는 아름다운 서귀포항의 야경은 연인의 마음을 낭만의 세상으로 끌고 가기 위해 부족함이 없을 것이다.

오름은 올레길 제7-1코스에 포함되어 있기도 하다. 서귀포 시민들의 아침 운동 및 산책로로 더 이상 좋은 장소가 없다 해도 틀린 말이 아니다. 20여 분이면 정상에 오를 수 있다. 미취학 아동인 아들, 딸을 데리고 오르는 젊은 엄마의 이마에는 살짝 땀이 맺히고 아이들은 정상에서도 힘이 남아도는지 뛰어노느라 정신이 없다. 2018년에는 모 케이블 방송 프로그램의 출연자들이 일출을 보러 이곳을 오른 적이 있다. 방송이 나간 후 요새는 탐방객들이 길지 않은 오름길에 줄을 서는 풍경이 펼쳐진다. 서귀포 시민들에게는 보물 같은 오름이라 할 수 있겠다. 필자는 서귀포시와 아름다운 제주 남부 바다를 보기 위한 가장 좋은 장소로 이 오름을 자신 있게 추천한다.

쌀오름(米岳山, 567m)

쌀오름은 서귀포시 동홍동(東烘洞)에 위치한 기생 화산이다. 분화구는 용암이 남쪽으로 터져 나간 말굽형이다. 오름의 형상이 쌀 포대를 닮았다 하여 쌀오름이라 하고 마치 산 능선이 여체의 매끄러운 피부와 부드러운 곡선으로 이루어진 것 같다 하여 살(피부)오름이라고도 한다. 다른 이름으로는 솔오름으로도 부른다. 한라산 자락 중산간에 위치하고 있다.

한라산 남쪽 동서를 가로지르는 1115번(산록 도로) 도로변에 잘 조성된 주차장부터 탐방이 시작된다. 내비게이션의 안내를 받으면 통신 부대 쪽으로 가게 된다. 하지만 다 올라가서 길을 찾으려 하면 통제 구역 안내판이 반긴다. 허무하게 되돌아와야 한다. 그런데 허탕은 아니다. 바로 코앞에 한라산 정상의 남벽이 방긋 인사한다. 멋진 한라산의 남쪽 얼굴을 마주할 수 있다.

정상까지 오르는 등정로가 잘 다듬어져 있어서 오르는 데 어려움이 없다. 푸드 트럭이 항상 대기하여 어묵, 토스트, 떡볶이 그리고 커피 등을 준비하여 탐방객들의 입맛을 자극한다. 숲 아래에서는 말과 소를 방목하는데 어린 망아지가 어미 말의 꽁무니를 졸졸 따라다니는 장면이 마치 동물의 왕국을 보는 것 같다. 그러나 탐방로에 있는 그놈들의 흔적은 매우 조심해야 한다.

탐방로는 A, B 코스로 나뉘는데 어느 쪽으로 올라도 무난하다. 하단부는 곶자왈을 걷는 기분이다. 평지를 걷듯 완만한 경사의 숲속은 사람을 참 편안하게 해 준다. 편백나무 숲길은 이 오름의 백미이다. 시간이 허용된다면 이 숲에서 서너 시간 머물며 온몸에 피톤치드를 가득 흡수하여 힐링이 되는 기분을 만끽하기를 바란다. 거의 다 올라가야 힘든 경사로가 나타난다. 그러나 이마에 땀이 맺힐라치면 어느새 정상에 서게 된다. 높은 오름에 속하지만, 시작점이 높아 평지에 있는 오름보다 더 쉽게 고지 꼭대기를 정복할 수 있다.

정상에서 올려다보면 북쪽으로 알방애오름(1,699m)이 받치고 있는 한라산의 웅장한 모습이 조망된다. 서쪽으로는 시오름이, 동으로는 넙거리오름이 나란히 서 있다. 남쪽에는 서귀포 시내와 쪽빛 바다에 두둥실 떠 있는 섬들인 지귀도, 섶섬, 문섬, 범섬 그리고 형제섬 등이 서로의 자태를 뽐내며 자웅을 겨루고 있다. 또 우리나라에서 가장 낮은 땅이자 청보리로 유명한 가파도와 한반도의 막내 섬인 마라도가 실처럼 가느다랗게 보인다. 또한, 제주 서남부의 용머리 해안을 지키는 산방산과 마라도로 가는 선착장을 안고 있는 송악산이 손짓하며 인사한다. 제주 섬 최초의 대표 관광 단지인 중문 지역도 훤히 내려다보인다. 인근에서는 환상적인 서귀포 자연 휴양림을 만날 수 있다.

그야말로 이 오름에 오르면 아름답고 환상적인 제주도 남쪽의 모든 것이 한눈에 들어온다. 이처럼 경이로운 풍광을 또 어디서 감상할 수 있겠는가.

저지오름(楮旨岳, 239m)

저지오름은 제주시 한경면 저지리(楮旨里)에 있는 측화산이며 비교적 가파른 깔때기형의 산상 분화구를 가진 기생 화산이다. 다른 명칭으로는 닥몰오름, 새오름, 저지악 등으로 부른다. 마을 이름이 저지로 되면서부터 생긴 명칭이다. 저지의 옛 이름은 닥모루(닥몰)이었다고 한다. 이는 닥나무(楮)가 많았다는 데서 연유한 것이라고 한다.

해송, 삼, 팽, 육박, 쥐똥, 생달나무 등 오름 전체가 울창한 수풀을 이루고 있다. 그래서 제주도의 자연 생태 학습장으로 각광받고 있다. 또한, 분화구 안에도 낙엽수림과 상록수림이 빽빽하게 자연림 상태를 보이며 안쪽 비탈면으로 보리수나무, 찔레나무, 닥나무 등이 얽히고설키어 있어 화구 안으로의 접근은 곤란하다. 분화구 속에 이처럼 자연림이 울창하게 조성된 것은 드문 일이다. 그래서 오름의 울창한 나무숲은 2005년에 생명의 숲으로 지정되었으며 2007년에는 아름다운 숲 전국 대회에서 대상을 수상하는 영광을 얻기도 했다. 정상까지 오르는 길이 비교적 평탄해서 어린이나 노인을 동반한 가족 단위의 탐방객들이 많이 찾는다. 탐방로는 제주 오름 중에서 가장 깔끔하게 정비되어 있어 오르는 데 매우 용이하다.

정상에 오르면 북부 제주시 방향으로는 늦으리, 금악, 널개, 망, 정월, 마, 밝은오름 등이 줄을 서서 자리 잡고 있으며 동북으로는 한라산이 섬을 내려다보고 있다. 서쪽으로는 이계오름이 보이며 동부로는 마중, 문돗지오름 등이 얼굴을 내밀고 있다. 남쪽 서귀포시 방향으로는 구분, 새신오름 등과 한라산 백록담의 흙무더기라는 산방산이 종 모양을 하고 우뚝 서 있다.

오름 정상은 제주 올레길 제13코스의 종점이기도 하다. 이는 제주의 26개 올레길 중에서 바닷가가 아닌 섬 내륙을 탐방하는 유일한 올레길이다. 인근에는 환상 숲 곶자왈 공원이 자연을 좇는 사람들을 기다리고 있으니 자연과 함께 맘껏 어울리기를 바란다. 또한, 제주 중산간 사람들을 만나보고 그들의 순박한 모습을 보며 인간도 자연의 일부임을 깨닫기를 바란다.

도너리오름(回飛岳, 豚漁岳, 敦奧岳, 道乙岳, 439m)

도너리오름은 제주시 한림읍 금악리(今岳里)와 서귀포시 안덕면 동광리(東廣里) 경계에 있는 말발굽형의 복합형 기생 화산이다. 별칭으로는 돌오름, 돝내린오름, 돌체오름, 도을악으로도 불린다. 오름의 정상부에 있는 굼부리(분화구)가 넓다고 하여 도너리오름이라고 부르게 되었다. 돝내린오름은 옛날에 돝(멧돼지)이 내려왔다는 데서 연유하여 붙여진 이름이라고 전해지며 도너리라는 쉬운 발음으로 바뀐 듯하다. 분화구에는 전형적인 화산의 둥근 분화구 형태가 잘 나타나 있어서 오름의 특징을 잘 보여 주는 곳으로 알려져 있다. 오름의 경사면은 나무숲이 무성하며 정상부는 잡초가 많이 자라는 모습이다.

당오름과 정물오름의 도로를 사이에 두고 마주 보고 서 있는 오름이다. 오름에는 특이하게 사유지가 일부 포함되어 있어 말 등의 가축 방목으로 많이 훼손된 상태이다. 특히 굼부리 안쪽이 많이 망가져 있다. 취재와 학술 목적으로 방문하려면 정부의 사전 허가를 받아야 오를 수 있다.

정상에서 바라본 전경은 산방산과 송악산 그리고 가파도와 멀리 마라도까지 조망할 수 있다. 동북 방향으로는 새별오름과 큰바리메오름을 볼 수 있다. 주변에는 제주 남이섬, 성 이시돌 목장, 오설록 등 자연을 주제로 한 시설들이 다수 분포되어 있다. 이 지역은 제주도에서 목축업을 정책적으로 장려하는 곳으로 푸른 초원이 많이 조성된 것이 특징이다. 여름이면 가축 고유의 냄새를 사랑할 줄 알아야 편안히 탐방할 수 있다.

※ 자연 휴식년제로 2020년 말까지 출입이 금지된 상태이다. 입구까지 가서 멀리서 바라만 보다가 인근의 다른 오름을 탐방하면 그뿐 아니겠는가.

금(악)오름(金岳, 427m)

금(악)오름은 제주시 한림읍 금악리에 위치한 서부 중산간 지역의 대표적인 오름 중 하나이다. 오름 중의 오름이라는 다랑쉬오름과 오름의 여왕이라는 호칭을 듣는 따라비오름이 동부 쪽의 오름을 대표한다면 서부에는 금오름과 새별오름이 그 자태를 뽐내며 우뚝 서 있다. 이 오름은 화산이 폭발하여 용암이 흘러내려서 한쪽이 터진 말발굽형이 아닌 중앙에 분화구 호수가 있는 전형적인 오름이다. 오름 산정부에 대형의 원형 분화구와 산정 화구호(山頂 火口湖)를 갖는 신비의 기생 화산체이다.

주차장에서 시작하는 오름길은 능선 가장자리가 시멘트로 포장되어 있는 길이다. 그러나 차량은 진입이 불가하며 천천히 걸어서 산책하듯이 가볍게 올라가면 된다. 포장길이 실망스러우면 희망의 숲길을 이용하면 된다. 거의 직선인 경사길을 숨을 헐떡이며 오르면 제대로 된 트래킹을 할 수 있다. 남북으로 튀어나온 두 개의 봉우리가 동서 방향으로 낮은 곡선을 이루며 정상부의 둘레를 이루고 있다.

오름 안쪽으로는 원형의 분화구(깊이 52m)가 있다. 금악담(今岳潭)이라는 분화구 호수는 예전에는 풍부한 수량을 갖고 있었다고 한다. 한라산 정상의 백록담같이 분화구 이름이 별도로 있었던 것으로 보아 그 수량을 가히 짐작하겠다. 그러나 현재는 화구 바닥 중앙에 물이 고여 있던 흔적만이 보여 보는 이의 마음을 안타깝게 한다. 비가 많이 오면 호수에 물이 차는 모습을 볼 수 있으리라. 제주어 가운데 검, 감, 곰, 금 등의 말은 신(神)이란 뜻을 가지고 있다고 한다. 즉, 금오름은 신의 오름이라는 뜻으로 제주 서부 사람들이 신성시해 온 오름임을 알 수 있다.

시작점에 생이(새) 못이라는 작은 웅덩이가 있다. 물이 귀했던 제주는 물이 있는 곳이라면 신성시하여 소중하게 여겼다. 이곳은 새들이 날아가다 잠시 쉬며 한 모금 물을 마셨다는 연못이다. 나무는 오름길인 남부 기슭에만 있다. 해송, 삼나무, 찔레, 보리수, 윷노리나무 등이 오름을 지키고 있다.

정상에 서서 사방 조망의 풍광을 보면 이곳이 어째서 신이 머무르는 오름이라고 하는지를 알 수 있다. 남서북 삼면의 시원한 푸른 바다가 우선 눈을 시원하게 해 준다. 육지를 향한 북으로는 방주, 갯머리, 선소오름 등이 있으며 비양도, 한림항, 애월읍, 멀리로는 제주 공항이 보인다. 서쪽으로는 정월, 밝은, 저지, 망오름이 있으며 차귀도, 모슬포항이 두 눈과 렌즈에 꽉 들어찬다. 동남으로는 한라산을 비롯하여 북돌아진, 누운, 가메, 이달, 새별, 정물, 당, 새미소, 밝은오름 등이 줄지어서 서 있으며 산방산, 가파도, 마라도가 조망된다. 그야말로 사통팔달한 조망이 펼쳐지는 곳이다. 정상 남쪽에는 방송송신탑이 세워져 있다. 맑은 날이면 시원하게 하늘을 나는 패러글라이딩의 모습을 볼 수 있다. 주위에는 성 이시돌 목장 등 많은 목장이 있어서 사계절 푸른 초원이 싱그럽다. 그야말로 제주 섬 서부의 보물 오름이 아닐 수 없다.

천아오름(天娥岳, 眞木岳, 133m)

천아오름은 한림읍 상대리(上大里)에 있는 남서쪽으로 용암이 빠져나간 말굽형 기생 화산이다. 제주 서북부 바다 근처와 가장 가까운 유일한 작은 오름이다. 한림읍의 소재지인 시내의 지척에 있다. 오름 숲에는 주로 해송이 자라고 있으며 정리되지 않은 잡목이 어지럽게 우거져 있다. 오르다 보면 꽝꽝나무가 많이 보인다. 초낭, 초남오름, 천아악 그리고 진목악이라고도 한다. 진목이란 상수리나무를 의미한다고 한다.

탐방 길은 한림 천주교회 묘지 구역 안으로 들어가서 왼쪽으로 오르면 바로 정상이다. 사람이 많이 거주하는 해안 근처라 많은 묘지가 눈에 띈다. 먼저 가신 선조들의 영혼을 위하여 명복을 한번 빌어 주면 좋을 듯싶기도 하다. 정상에는 세 개의 봉우리가 능선을 따라 이어져 있으며 오름의 우측 봉우리는 인걸이오름이라 하고 왼쪽 것은 재열오름(매미의 제주어)이라 한다고 한다. 오르기에 매우 손쉬운 오름이니 제주 서부로 발길을 잡고 가다가 한림읍 시내에 잠시 멈춰서 들러 보면 괜찮을 것 같다.

오름 정상에 서면 서북 방향으로 비양도, 한림항, 한림 공원과 섬 북부의 푸른 바다를 바깥마당으로 하는 해수욕장이 보인다. 이곳은 제주의 3대 해수욕장이라고 하는 절경의 협재 해수욕장이며 뜨거운 여름이 오면 진가를 발휘하는 곳이기도 하다.

한라산 가까이 기슭에 제주시 애월읍 광령리의 동명(同名)인 천아오름도 있다. 이곳은 가을 단풍이 빼어난 곳이다.

원물오름(院水岳, 458m)

원물오름은 서귀포시 안덕면 동광리(東廣里)에 있는 기생 화산이며 분화구는 서쪽으로 벌어진 말굽형이다. 정상에 오르면 여타 오름들과는 달리 북쪽 봉우리에 바위들이 박혀 있는 것이 특이하다. 남서쪽에는 고고리(꼭지의 제주 방언)암이라는 매우 큰 바위가 자리하고 있다. 나무는 비탈 일부에 약간의 삼나무와 해송이 조림되어 있는 것이 고작이며 대부분 풀밭을 이루고 있다. 오름 주차장은 넓고 깔끔하게 잘 조성되어 있다. 정상에는 카페 같은 예쁜 산불 감시 초소도 세워져 있다. 이 오름은 정물 및 당오름과 같이 이 근처의 3대 오름이라고도 한다.

남쪽 기슭에는 원물이라고 부르는 샘이 있는데, 예전에는 식수로 이용했다고 한다. 원물의 유래는 조선 시대에 대정(大靜)현 원님이 제주목을 다녀오다 이곳에서 물을 마시고 갈증을 풀었다 하여 붙여진 이름이라고 한다. 아직도 꽤 풍부한 수량이 있는 연못이 보인다. 그래서 오름 입구 주변에는 출장 가는 관원들을 위하여 관이 운영하던 숙식 장소인 원(院)이 있었다고 한다. 그만큼 제주에서는 중산간 지역에 물이 귀했다는 방증일 것이다. 예전에는 제주 시내와 서부를 잇는 교통의 요지였을 것으로 판단된다.

오름 남쪽의 완만한 경사면에는 안덕면 충혼 묘지가 위치하고 있다. 우측으로는 감낭오름과 서로 붙어 있다. 초지가 많이 있어 한가로이 제주 말들이 풀을 뜯는 목가적인 풍경이라 할 수 있겠다. 여름에는 가끔 말들이 탐방로를 가로막고 길을 비켜주지 않는 사고도 생긴다고 한다. 오름 주위에는 목장이 많이 있으며 대표적으로는 성이시돌 목장이 끝을 모르는 초록의 바다를 이루고 있다.

정상에서 동으로는 한라산이 세상을 호령하고 있으며 새별오름이 위치하고 있다. 북서쪽으로는 돌, 당, 정물오름 등이 조망되고 남동방향으로는 병악, 작은 병악오름이 보인다. 남서쪽을 바라보면 거린, 밝은, 북오름 등이 어깨를 붙이고 있다. 그리고 시원한 남방으로는 도너리 오름이 있으며 제주 남부의 끝없는 북태평양 푸른 바다의 가파도와 마라도가 조망되기도 한다. 또 용머리 해안의 산방산, 단산,

송악산 및 모슬봉 등 시원하게 펼쳐진 시야는 사람의 마음마저 가볍게 해 준다. 서부에 가게 되면 시간을 아끼지 말고 탐방하면 좋을 것이다.

정물오름(井水岳, 汀水岳, 466m)

정물오름은 제주시 한림읍 금악리에 자리 잡은 기생 화산이다. 북서쪽으로 넓게 벌어진 말굽형 화구를 가지고 있다. 오름 기슭에 정물샘이 있어서 정물오름이라 한다. 오름 남동쪽으로 당오름과 마주보고 있으며 두 오름 사이는 바로 제주시(한림읍)와 서귀포시(안덕면)의 경계가 되기도 한다. 오름 서쪽 기슭에 비켜서서 화구 앞쪽으로는 알오름이 있는데 이를 정물알오름이라 한다. 화구 안의 사면 기슭(표지판 옆)에는 예전에 식수로 이용했던 정물샘(쌍둥이 샘, 즉 안경샘)이 있고, 우마용 연못이 서너 개 보인다. 그러나 현재는 음용수로는 사용하지 않고 있다.

정상에는 완만한 등성이가 북동 기슭에서 시작하여 자그마한 봉우리를 이루고 남서향으로 다소 가파르게 솟아올라 있다. 바로 인근으로 금, 돌, 당오름 등 세 개의 오름을 벗으로 두고 있다. 정상에는 억새밭이 펼쳐져 있어 포토 존으로 금상첨화인지라 사진광들이 무거운 카메라를 어깨에 메고 오르는 수고를 마다하지 않는다. 오름 안쪽 분화구 기슭에는 원시의 잡목들이 무성하다.

오름의 탐방로는 산책로같이 편안하게 잘 이루어져 있어 남녀노소 가족들이 함께 오르기에 꼭 맞는 오름 중의 하나이다. 탐방로 입구는 성 이시돌 젊음의 집 뒤쪽에 위치하고 있다.

주요 식생은 풀밭과 초지로 이루어져 있으며 해송, 삼나무가 듬성듬성 식생하고 북서 사면 정상부에는 윷노리나무 등이 일부 있다. 정상 능선에는 나무는 거의 보이지 않고 잡풀 등의 초지가 무성하게 자라고 있다. 입구 하단부에는 약간의 소나무 숲이 길을 만들어 주고 있다.

이 오름에는 전설이 전해져 내려오고 있다. 개(강아지)가 가르쳐 준 명당 터라는 이야기가 전해진다. 예전에 금악리에 강씨 성을 가진 사람이 살다가 죽었다. 그런데 그의 유족이 산소 자리를 찾지 못해 애를 태우던 중에 그 집의 개가 수상한 행동을 하기 시작했다. 그 개는 수시로 이 오름에 와서 가만히 엎드렸다가 돌아가서는 상주의 옷자락을 물며 끄는 시늉을 하는 것이었다. 가족들이 이를 이상히 여겨 지관과 함께 따라가 개가 엎드린 곳을 살펴본즉, 그곳 지형이 바로 옥녀금차형(玉女金叉形, 옥 같은 여자가 비단을 짜는 형)의 명당자리였다. 장례 후에 개도 주인을 따라서 숨지자 그 무덤 곁에 묻어 주었고 후손들은 발복했다는 이야기가 전해지고 있다. 아직도 그곳에 그의 무덤이 남아있다고 한다. 그래서 이곳은 오래전부터 명당으로 이름이 높아 묘지가 많다.

정상에 오르면 사방이 확 트여 있어 동쪽의 한라산을 비롯하여 산방산, 새별오름 등 무려 40여 개의 서부 오름들을 거의 다 감상할 수 있다. 북쪽으로는 드넓은 이시돌 목장[1961년에 아일랜드 출신의 한림 천주교회 고(故) 패트릭 제임스 맥그린치 신부에 의해 설립되었다]의 푸른 벌판이 사람을 편안하게 해 준다. 또한, 금(검은, 금악), 밝은오름이 있고 남쪽으로는 당, 돌오름이 있다. 조금 멀리 서쪽 방향으로 한라산 기슭의 서귀포시 안덕면 광평리에 있는 또 다른 돌오름(한라산 둘레 길)이 높게 솟아 있다.

오름 서쪽 도로 건너편에는 제주 탐나라 공화국이 건설되고 있는데 전체가 테마(theme)가 있는 문학예술 공원으로 조성 중이다. 육지의 북한강 상류에 있는 경기도 가평군 남이섬(실제 춘천시 소재)의 전설인 강○○ 부회장의 또 다른 실험이 이루어지고 있는 현장이다. 그의 정신세계는 우리 같은 범인들의 틀에서는 도저히 알아낼 방도가 없다. 그는 자신만의 독특한 아이디어를 통해서 제주의 수많은 공원이 선보이지 못한 새로운 세상을 꿈꾸고 있다. 또한, 남이섬이 아직 미완의 작품이듯이, 이곳 탐나라를 건설하는 데도 절대 서두르지 않아 준공 날짜가 아직 정해지지 않았다고 한다. 그의 느릿함으로 슬로우하게 공원이 건설되고 있는 것이 마음에 와닿았다. 제주 섬 서부에 어떠한 세상이 펼쳐질지는 두고 볼 일이다.

필자는 제주의 많은 오름 중에서 이름이 잘 알려진 오름들의 1차 탐방을 마쳤다. 제주의 아름다움을 한마디로 말하라고 한다면 부드러운 곡선의 섬이라고 말하고 싶다. 한라산의 모습이 그러하듯이, 바닷가의 해안선 역시 아름다운 곡선의 형태로 이루어져 있다. 흔히들 곡선의 아름다움을 표현할 때 우주에서 보는 지구의 둥그런 곡선을 말한다. 또 화가들은 처녀의 허리와 엉덩이의 곡선을 가장 예쁘다고 한다. 그래서 여체의 누드화를 그렇게들 그리려 한다. 사진작가들 또한 그렇다. 섬을 다니다 보면 심하게 각이 진 모습을 발견하기가 힘들다. 그래서 더욱 매력을 느끼게 된다.

우리 민족은 곡선의 아름다움으로 뭐니 뭐니 해도 부처의 자비로운 미소의 얼굴선, 고려 상감청자 그리고 국궁(國弓)의 곡선미를 최고로 친다고 한다. 그런데 제주 오름들의 곡선은 그런 것들보다 더 빼어난 형상을 지니고 있다. 제주의 오름들의 곡선은 백 가지, 천 가지의 다양한 모습이다. 섬의 370여 개의 오름은 제각각 자기 나름대로 독특한 곡선을 지니고 있다. 제주의 오름들은 곡선 축제의 향연을 펼치고 있다.

제주 곶자왈(Gotjawal)

“낭은 돌 으지 돌은 낭 으지(나무는 돌 의지 돌은 나무 의지).” 이 말은 제주의 곶자왈을 한마디로 표현했다고 할 수 있다.

제주도의 곶자왈은 제주인의 삶의 모습 자체이며 역사이고 문화이다. 곶자왈의 수풀들은 제주인의 삶과 닮은 점이 많다. 그곳은 섬 사람들의 서럽고 한 많은 세월과 흔적을 고스란히 담아서 간직하고 있다. 곶자왈이란 ‘화산 활동에 의한 용암 분출물인 현무암 자갈 위로 양치식물, 나무 그리고 가시덤불이 우거진 숲’이라는 제주도 사투리이다. 단어 자체의 어감도 접해 보면 어딘지 투박하며 어렵고 고단하다는 생각이 든다. 곶자왈 속으로 들어가 보면 실제로도 그렇다는 것을 어렵지 않게 깨닫게 된다. 그곳의 식물들은 지표면에 어지럽게 드러난 검은 현무암과 생을 함께한다. 나무들은 땅에 흙이 부족하여 검은 돌을 뿌리로 감싸고 움켜쥐어 돌 틈에 잔뿌리를 내려 박아서 겨우 생존한다. 아주 적은 양의 수분과 영양분을 흡취(吸取)하고 버티며 조금씩 천천히 하늘을 향해 죽지 못해 뻗어 나간다.

제주인들의 삶도 마찬가지였다. 악랄하고 척박한 자연환경에서 곡식 농사도 거의 없이 바다에서 물고기를 잡고 해산물을 채취하며 연명해 왔다. 더구나 귀하고 값이 비싼 전복, 감귤 그리고 튼튼하고 힘센 좋은 말(馬) 등은 말(言)이 진상(進上)이었지, 실은 육지의 왕조에 다 빼앗긴 것이었다. 진상은 좋은 말로 포장된 것일 뿐, 그것은 거의 속국(屬國)이 바치는 조공(租貢)이나 다름없었다. 그러하니 제주 사람들은 그저 자신의 의지와는 전혀 상관없이 그 땅에서 태어나서 선조들처럼 죽지 못해 살아 온 것이었다. 그래서 자연히 제주인은 자갈 숲의 나무처럼 절대 굴복하지 않는 기질을 길러왔다. 마치 밟히고 또 짓밟혀도 절대 죽지 않는 잡초같이 어떠한 시련과 고초를 겪었어도 꺾이지 않고 살아남았다. 그래서 곶자왈은 제주 사람들의 상징이 되었으며 그곳과 함께하며 자긍심을 가지며 위로받아 왔다. 그리하여 요즘 제주인들은 살 만한 세상으로 뒤바뀐 시대를 보며 곶자왈과 그들의 지난 인생 역정을 비교하며 그 은근과 끈기의 삶을 새로이 조명하고 있다.

지질학자들은 곶자왈 형성 시기를 약 10~3만 년 전으로 보고 있다. 제주도의 화산활동 중 최후기 단계 때 화구로부터 분출된 분석과 용암 그리고 분석구의 사면 붕괴로 인해 만들어진 용암 지형으로 판단하고 있다. 제주의 곶자왈 지역은 주로 사람들이 살아가는 해안에서 그리 멀리 떨어져 있지 않다. 해발 200~400m 고도에 동서부에 넓게 퍼져 있다. 제주시와 서귀포시 방향의 남북부 지역은 지형이 경사가 심하여 상대적으로 곶자왈이 발달하지 못했다. 그곳은 한라산 아랫부분 지역인 중산간과 해안과의 완충 지대 역할도 하고 있다. 곶자왈 지대는 네 곳의 지대로 나누어진다. 동쪽의 구좌~성산, 조천~함덕 지대, 서부의 애월읍 그리고 한경~안덕 지대이다.

얼마 전까지만 해도 곶자왈은 거의 쓸모없는 땅이었다. 연료가 부족한 제주 사람들에게는 그저 겨울철 난방용 땔감이나 제공해 주는 곳이었다. 그런데 관광과 여행은 그곳을 획기적으로 변화시켰다. 삶에 지치고 온갖 것으로 인해 스트레스로 고통받던 현대인들은 힐링 장소가 절실히 필요했던 것이었다. 그래서 사람들은 숲속으로 들어가기 시작했다. 보고 즐기는 여행에서 편안히 쉬는 여행으로 패턴이 바뀐 것이었다. 그리하여 제주에서도 누군가 곶자왈의 돌을 치우고 가시덤불을 제거하면서 길을 내기 시작하였다. 그래서 곶자왈 트래킹은 첫발을 내디디게 되었다. 요즘 제주를 찾는 사람들에게 있어서 어느 한 곶자왈을 찾는 것은 필수 코스가 되어버렸다. 그래서 자연적으로 당국에서도 그 지역에 관심을 가지게 되었다. 제주도에서는 곶자왈 지대를 자연 생태계 보전 지역으로 지정하고 있다. 용천수를 상수원으로 사용하는 제주도는 그곳의 지하수를 관리하는 것은 물론이고 동식물 등 생태 분야로까지 보호를 확대하고 있다. 또한, 사회적으로도 학술적인 가치 및 보전의 필요성에 대해 공감대가 형성되고 있다. 이를 바탕으로 제주는 곶자왈 공유화 재단 설립 등을 통해서 곶자왈 지대 내 사유지 매입 등 다양한 보존 활동과 공유화 운동을 활발히 전개하고 있다.

곶자왈의 가장 큰 특징은 난대림과 온대림이 혼효(混淆)하고 있다는 것이다. 즉, 세계에서 유일하게 열대 북방한계 식물과 한대 남방한계 식물이 공생하고 있는 곳이다. 그곳에 들어가면 양(兩) 기후의 식물들을 모두 관찰할 수 있다. 종가시, 개가시, 구실잣밤, 녹, 아왜, 생달, 후박 그리고 동백나무 등 상록 활엽수가 즐비하다. 또 때죽, 팽, 단풍, 곰의말채, 산유자, 이, 예덕 그리고 무환자 등 낙엽 활엽수도 가득 차 있다. 거기에다 곰솔, 해송 등 소나무와 삼나무 같은 상록 침엽수가 그 자태를 뽐낸다. 또한, 600여 종이 넘는 관속 식물이 음침한 땅을 뒤덮고 있다. 제주고사리삼, 으름난초, 순채, 제주물부추 그리고 큰피막이 등의 식물들이다.

동물들을 보자. 섬휘파람새, 직박구리, 까마귀 그리고 꿩 등 텃새가 위세를 부리며 자리 잡고 있는 가운데 긴꼬리딱새, 팔색조 등 희귀 철새들이 월동하며 번식하는 곳이다. 제주 도롱뇽, 참개구리 등 양서류와 쇠살무사, 능구렁이 그리고 도마뱀 등 파충류가 숨어서 먹이를 노리고 있다. 노루, 고라니 같은 포유류는 아무런 경계의 눈초리도 없이 마음껏 뛰논다. 그것들뿐이랴. 사슴벌레, 풍뎅이, 하늘소 그리고 여름에는 반딧불이 등 셀 수 없는 곤충들이 날갯짓으로 나래를 펴고 있다.

그런데 곶자왈을 탐방하는 데 주의해야 할 점이 하나 있다. 바로 야생진드기다. 물론 이놈들은 한반도 어디에서나 봄부터 가을까지 나타난다. 그중에서도 참진드기라는 것이 문제다. 야외 활동을 하다가 이것에 물리면 면역이 약한 사람은 잘못하면 치명적이다. 중증열성혈소판감소증후군(SFTS, Severe Fever with Thrombocytopenia Syndrome)이라는 희귀한 병에 걸리게 되면 큰일이다. 현재까지는 백신도, 맞는 치료 약도 없다고 한다. 그러므로 곶자왈을 방문하게 되면 지정된 탐방로 외에는 절대 들어가지 않기를 바란다. 그리고 풀숲 등 맨바닥에 앉거나 눕지 말아야 한다. 또한, 하산 후에는 출구에 설치된 먼지떨이기로 옷을 깨끗하게 털어야 한다. 귀가 후에는 반드시 입던 옷을 세탁하고 샤워해야 한다. 참 자연을 즐기기도 어려운 세상이라는 생각이 든다. 자, 준비가 끝났으면 이제 몇 군데의 곶자왈을 탐방해 본다.

제주 곶자왈 도립 공원

제주 곶자왈 도립 공원은 서귀포시 대정읍 서귀포시 대정읍 4개 마을(무릉리, 신평리, 보성리, 구억리)에 광범위하게 걸쳐져 있다. 제주 서부의 한경~안덕 지대 중 하나이다. 이 곶자왈은 수풀이 우거져 원시림 지대를 그대로 유지하고 있으며 강수(降水)가 땅속으로 흘러들어 지하수를 만들기 때문에 제주 생태계의 허파라고도 한다. 제주특별자치도에서는 2011년에 이곳을 섬에서는 처음으로 제주 곶자왈 도립 공원으로 지정하였다. 이 곶자왈은 화산 활동으로 이루어진 용암류 지형을 모두 관찰할 수 있다. 특히 거북 등 주상 절리(Turtle Shell Joint)는 이곳에서만 볼 수 있다. 이곳의 나무 생김새는 여느 지역과는 다르다. 이곳의 나무들은 줄기가 다(多) 줄기다. 보통 나무는 하나의 줄기가 뻗어서 사방으로 가지를 치며 자란다. 그러나 이곳의 나무들은 처음부터 동시에 여러 가지가 솟아 나와 함께 자란다. 아마도 온난한 기후로 인하여 어느 놈이 먼저 햇빛을 차지하기 위해서 하늘 높이 자라지 않아도 되기 때문이리라. 곶자왈의 나무들을 보면서 잠시 생각에 잠겨 보며 쉬어 간다. 우리네 사람들도 너무 앞만 보고 브레이크 없이 질주하고 있지나 않았는지 뒤돌아보며 여유롭게 큰 호흡을 하며 느긋해져 본다.

한여름의 곶자왈에서는 용암이 요술을 부려 놓은 풍혈(風穴, 숨골)에 머리를 들이밀고 찬 바람을 맞아본다. 아마도 어떤 최신식 에어컨보다도 시원할 것이다. 자연이 만든 바람이기 때문이다. 탐방로를 따라서 천천히 가다 보면 20여 미터 높이의 전망대 건물을 만나게 된다. 곶자왈은 보통 평지인지라 사방을 조망할 전망대가 거의 없다. 그래서 인공 구조물을 설치해 놓은 것이다. 전망대 탑에 오르면 가슴이 뻥 뚫린다. 푸르른 남해 바다가 한눈에 들어온다. 남서부 방향으로는 산방산, 송악산, 용머리 해안 그리고 모슬포항 등 모든 것들이 눈동자 속에 머무른다. 북동부로는 많은 오름을 비롯하여 한라산이 눈앞에 펼쳐진다. 푸르른 초록의 향연을 하염없이 바라보다 시간조차 잊어버린다. 전망대 바로 아래에는 작은 연못이 있다. 아마도 말테우리(말 목동)가 말을 몰고 와 목구멍에 물을 축이게 했을 것이다. 제주에는 물이 저장되지 않는다. 그래서 작은 연못이라도 보게 되면 반갑다.

또 곶자왈을 어슬렁거리며 걷다 보면 용암 협곡도 볼 수 있다. 그런데 군데군데에 가슴 시린 4·3 희생 유적지도 보인다. 다시는 우리 국민에게 그러한 비극이 없기를 바라며 희생자들을 추모해 본다. 가끔 잣담(현무암으로 쌓아 놓은 말 울타리)이 발길을 멈추게 한다. 고단했을 제주의 말테우리들이 생각난다. 도심에서는 소음이었던 매미 소리가 걸음을 가볍게 해 준다. 이끼가 가득한 바닥에는 양치식물(羊齒植物)이 깔려 있어 고개를 들어 반갑다 인사한다. 이곳에서는 또 하나 특이한 것이 눈에 띈다. 바로 수목의 이름을 적어 놓은 명패이다. 그러나 무슨 나무인지 바로 알려주지는 않는다. 허리를 숙여 이름 덮개를 살짝 들어 주는 수고로움을 가져야만 알 수 있다. 참 재미있다는 생각이 들었다.

곶자왈은 자연 친환경적으로 조성하기 위하여 전망대, 탐방 안내소, 탐방로, 쉼터 그리고 작은 주차장 등 탐방에 필요한 최소한의 시설만을 만들어 놓았다. 그야말로 자연 생태계 체험과 학습 기능을 위한 곶자왈 도립 공원으로 조성한 것이다. 제주의 곶자왈 중에서 탐방로가 가장 잘 만들어진 곳이라 생각한다. 이 곶자왈은 꽤 넓게 조성되었다. 탐방로는 테우리길, 오찬이길, 빌레길, 한수기길 그리고 가시낭길 등 이십 리 길이 넘는 다섯 개의 코스이다. 힐링과 마음의 평화와 안식을 찾기 위해 도시락 가방 하나 짊어지고 온종일 숲속에 들어가 있어도 무방하리라. 폭염 속에 탐방로를 걷다 보면 나무 그늘의 서늘함에 이마에 흐르는 땀방울도 식어 간다.

화순(안덕·상창) 곶자왈 생태 탐방 숲

화순(안덕·상창) 곶자왈 생태 탐방 숲의 숲길은 서귀포시 안덕면 화순리 일대에 위치해 있으며 제주 서부의 한경~안덕 곶자왈 지대 중 하나이다. 이 지대는 서귀포시 안덕면 상창리 여진머리오름(대병악, 大竝岳, 492m)과 족은오름(소병악, 小竝岳, 473m) 일대에서부터 화순리를 지나 산방산 부근 해안변까지의 넓고 긴 원시림 지대이다. 화산 지질학자들은 이 곶자왈의 형성 시기를 7만~3만 년 전의 화산 활동 시기의 용암 분출에 의한 것으로 보고 있다. 곶자왈은 지표면이 주로 돌무더기로 구성되어 있다. 그래서 어떤 농사도 거의 불가능하다. 주로 말과 소를 키우는 방목지, 땔감을 채취하는 정도로 이용했다. 작은 숯가마 그리고 약초 등의 식물을 채취하던 곳으로 이용됐으며 거의 불모지로 취급되었다.

입구는 2차선 도로변에 위치하고 있어 찾기가 쉽고 주차장 시설도 잘되어 있다. 곶자왈 중의 곶자왈이라 할 수 있다. 근처에 마을이 거의 없어서 원시림이 그대로 보존되었기 때문이다. 곶자왈 이끼류와 고사리류(더부살이고사리 등), 개가시나무 그리고 때죽나무 등이 숲을 이루고 있다. 가족들이 트래킹하기에 꼭 맞는 탐방로이다. 곶자왈을 걷기 위해서는 복장에 신경 써야 한다. 긴 옷과 반드시 운동화나 트래킹화를 착용해야 한다. 언제 어디서 뱀이 스르르 기어 나올지 모르기 때문이다.

무성한 나뭇잎들로 인해 약간은 어두컴컴하고 음침한 곶자왈 안으로 들어가 본다. 바람에 실려 오는 꽃향기, 풀 내음 등 자연의 냄새가 코끝을 간질인다. 지근 또는 원거리에서 들려오는 이름 모를 새의 울음소리가 귓밥을 두드린다. 이내 산란했던 마음이 차분히 가라앉으며 평안함이 찾아오니, 풍파의 세상만사가 진통제를 먹은 듯이 모두 사라진다. 콜럼버스가 신대륙을 발견한 것처럼 또 하나의 무릉도원을 발견한 것이 마냥 기쁘고 신기하다.

그리 길지 않은 탐방로는 주민들이 잘 가꾸어 놓았다. 안으로 깊숙이 들어가자 순간 이방인을 깜짝 놀라게 한다. 다름 아닌 황소 모자(母子)가 나뭇잎을 뜯고 있었다. 아프리카 밀림에서 야생 소를 본 것 같은 착각이 들 정도였다. 방목하는 소들이었다. 어미 소 두 마리, 송아지 두 마리였다. 그들도 좁은 탐방로를 따라 어슬렁거린다. 온 들판이 제 안마당인 양 헤집고 다니며 풀을 뜯는 황소들조차 곶자왈은 돌아다니기가 버거운 모양이었다. 그처럼 곶자왈은 뾰족한 검은 돌과 가시덤불이 엉킨 원시림이다. 그래서 송아지를 끌고 다니는 어미 소조차 사람이 만들어 놓은 숲속의 오솔길을 좋아하나 보다. 어미 소 옆에 조용히 서 있는 송아지들의 맑고 천진난만한 눈망울이 지금도 눈에 선하다. 수많은 탐방객과 교류해서인지 어미 소나 송아지들이 사람을 경계하거나 두려워하는 모습은 찾아볼 수가 없었다. 송아지에게 다가가 사진을 한 컷 찍고 등을 쓰다듬어 주었다. 그랬더니 선홍색의 긴 혓바닥을 내밀며 애교를 부리며 내 옷자락을 조심스럽게 물어뜯었다. 그런데 탐방로 곳곳의 대인 지뢰(방목 소 잔여물)는 조심해야 한다. 앞서가는 사람은 반드시 따라오는 사람들에게 경고해 주어야 한다. 그렇지 않으면 밟아 미끄러져 한동안 그놈들의 향기를 맡아야 하지 않을까. 곶자왈의 황소가 특별한 추억을 만들어 주었다.

곶자왈을 걷다 보면 낮고 긴 돌담이 보인다. 잣담(말 울타리)이 돌로 쌓여 있다. 그러나 이곳에도 또 보기 싫은 일제 강점기 때 일본군의 군 막사 터가 아직도 남아 있다. 탐방로 끝부분에는 전망대가 있다. 곶자왈에서는 보기 힘든 곳인데 약간에 구릉이 있어 자연 전망대가 된 것이다. 바로 눈앞에 종 모양을 한 산방산이 나타난다. 시원한 바람을 맞으며 확 트인 전경을 보니 마음까지 통쾌해졌다.

교래 곶자왈·자연 휴양림(自然 休養林)

교래 곶자왈·자연 휴양림(自然休養林)은 제주시 조천읍 교래리(橋來里)의 제주 돌 문화 공원 내에 탐방로가 조성되어 있다. 동쪽의 조천~함덕 곶자왈 지대 중 하나이다. 교래 곶자왈을 탐방하려면 입장료를 내고 들어가야 한다. 사설인 제주 돌 문화 공원 울타리 안에 있기 때문이다. 걷는 코스는 세 개의 코스가 있다. 매표소를 지나 우측에는 물장오리오름 호수를 본뜬 연못이 있다. 전설에 의하면 제주를 만든 설문대 할망이 한라산의 물장오리(산정호수, 938m) 물이 깊다 하여 들어갔다고 한다. 그런데 나오질 못하고 영영 자취를 감추고 말았다. 또 설문대 할망이 아들들인 오백 장군을 먹이기 위해 죽을 끓였다는 대형 솥을 연못처럼 만들어 놓은 하늘 연못도 있다. 공원 안에는 돌 문화 박물관이 매우 잘 지어져 있다. 시간을 가지고 자세히 돌아보면 현무암을 비롯한 돌의 형성 시기 및 형태를 잘 알 수 있다. 또한, 제주도의 형성에 대한 모든 것을 공부할 수 있다. 세상에서 보지 못한 아름답고 기괴한 수석들도 전시되어 있다. 미술작품을 전시하는 갤러리가 있으며 야외에는 넓은 정원과 함께 오백장군상을 제주 현무암으로 오백 개의 돌로 조각해 놓았는데 그 모습이 장관이다. 돌 민속품 및 두상석 야외 전시장도 있다. 그야말로 돌에 대한 모든 궁금증을 다 해소할 수 있게 잘 꾸며 놨다.

곶자왈에 들어서면 제주도의 원시 자연 숲속에 돌 문화를 알 수 있게 전시해 놓았다. 우리 조상들이 선사 시대부터 시작하여 탐라, 고려, 조선 시대 그리고 현대에 이르기까지 돌을 어떻게 이용하여 생활하고 돌 문화를 이루어 왔는지 곶자왈을 돌면서 한눈에 볼 수 있게 꾸며놨다. 제3코스 중에는 제주 민속 마을도 조성해 놓아 제주인들의 예전 생활 풍습을 알게 해 놓았다. 제주 전통 초가 마을인 세거리집, 두거리집 그리고 돌한 마을이 조성되어 있다. 곶자왈 뒤에는 늪서리오름과 바늘오름이 위치해 있다. 왼쪽 숲에는 시(市)에서 교래 자연 휴양림을 조성해 놓아 찾는 탐방객들이 편안하게 쉴 수 있게 해 놨다. 휴양림 왼쪽으로는 늪서리오름이 우뚝 서 있고 뒤에서는 큰지그리오름(598m)이 곶자왈과 휴양림을 내려다보고 있다. 오름 정상에 오르면 전망대가 있다. 오름이 높은 편이라 서부의 한라산을 비롯하여 동남북 쪽의 제주 바다를 모두 조망할 수 있다. 약 십 리 정도 길이의 오름 산책로와 오 리(五 里)의 생태 관찰로가 조성되어 있다. 가족들과 휴식을 취하면서 1박 2일 정도 즐기면 딱 좋은 곳이라는 생각이 든다.

애월 곶자왈 지대 금산 공원(金山 公園)

애월 곶자왈 지대 금산 공원(金山 公園)은 제주시 애월읍 납읍리(涯月邑 納邑里)에 있는 공원이다. 이 곶자왈은 애월읍 유수암리(涯月邑 流水岩里) 노꼬메오름(834m)에서 시작되어 애월읍 납읍리와 원동리까지 약 이십여 리에 걸쳐서 분포하고 있다. 그 절정이 금산 공원이다. 이곳의 나무들은 보호목이라 대부분 우람하다. 후박, 종가시, 메밀잣밤, 동백, 생달, 식 그리고 아왜나무 등 아열대 식물이 빽빽하게 들어서 있다. 여름에 찾게 되면 바닥에 검은 후박나무 열매들이 깔린 것을 볼 수 있다. 전설에 의하면 이곳은 원래 돌무더기 땅이었다 한다. 그런데 건너편 금악봉(今岳峰)이 훤히 보이므로 납읍 마을에 화재가 자주 발생했다고 한다. 그래서 이곳에 나무를 심어서 액막이한 것이 금산 공원의 시초라고 한다. 공원 입구에는 동제(洞祭)를 지내는 포제단(酺祭壇)이 있다. 사당 안마당에는 적어도 백여 년은 훨씬 넘어 보이는 고송(古松)이 떡 하니 버티고 있다. 처마 끝에 거의 붙어 있는데도 베지 않은 것으로 봐서는 소나무를 신성시하는 것 같다. 바로 옆에는 향토 민속 유물을 갖춘 작은 박물관이 있다. 제주 올레길 제15코스에 위치하고 있다. 마을 제사 포제는 아직도 남성만 참석할 수 있다고 한다. 여자들은 마을에서 따로 굿판을 벌여 마을의 무사 안녕을 기원한다고 한다.

이곳은 제주에서 가장 좁은 곶자왈이며 바닷가에서 지근거리에 있어 찾기가 쉽다. 그런데 여름에는 온몸에 모기 기피제를 바르고 입산해야 한다. 맑은 대낮에도 모기떼가 습격한다. 쏘이면 따갑다 못해 아프기까지 하다. 공원 바로 옆에는 납읍 초교가 있는데 학생들의 동시를 현수막으로 제작하여 전시하고 있다. 자기들 마을에 관광객이 많이 방문해 주기를 바라는 동시들을 보니 그 동심에 기특하다는 생각이 들었다. 하늘엔 항상 제주 공항으로 가는 비행기가 떠 있다. 납읍리는 예로부터 반촌(班村)으로 유명했다고 한다. 예로부터 이 마을의 문인들이 시를 짓거나 담소를 나누는 휴양지로 이용되었기 때문에 경작지와 인가가 주위에 있었으나 숲의 보존이 잘 되었다고 한다.

선흘 곶자왈(동백 동산)

선흘 곶자왈(동백 동산)은 제주시 조천읍 선흘(善屹)리에 조성되어 있다. 동쪽의 조천~함덕 곶자왈 지대 중 하나이다. 유네스코(UNESCO) 세계 자연유산에 등재된 거문오름 용암 동굴계에 속하는 곶자왈이다. 이곳은 거문오름에서부터 북오름을 지나 선흘리까지 이어진다. 이곳은 평지에 형성된 난대 상록 활엽수림 지역으로 면적이 광활하다. 주요 지질 사이트로는 먼물깍(곶자왈 습지), 상돌 언덕, 튜물러스(용암 언덕)와 새끼줄 구조, 대섭이굴, 목수물굴, 도틀굴, 게여멀물, 반못 및 함몰지 등이 있다. 모두 용암이 빚어낸 작품들이다. 먼 곳의 물이라는 뜻을 가진 먼물깍 습지[2011년에 람사르(Ramsar) 습지로 지정]에는 순채, 어리연꽃, 통발 그리고 송이고랭이 등 다양한 습지 식물이 자생하고 있다. 동물로는 긴 꼬리 딱새, 팔색조 등 희귀 조류와 비바리뱀, 맹꽁이 등의 양서, 파충류가 서식하고 있다. 식물로는 동백나무를 비롯하여 제주에서 처음으로 발견된 제주고사리삼, 백서향 등 다양한 희귀 식물이 자생하고 있어서 생물 다양성의 보고라고 할 수 있다. 먼물깍은 소규모 연못으로 우기 시에만 물을 볼 수 있는 습지로 변하는 건습지이다.

용암보다 뜨거운 인간의 발자국이 원시림의 뿌리를 무참히 짓밟아도 현무암석을 움켜쥔 곶자왈 나무뿌리는 절대 소멸하지 않는 강인한 생명력을 보여 준다. 숲속에서 나뭇잎 사이로 보이는 하늘을 올려다보라. 따스하고 정겨운 햇살이 심장에 와 닿는다. 지저귀는 새 소리는 반갑고 오래된 친구를 부르는 것 같다. 천천히 구불구불 곡선 숲길을 걸으며 숲의 향기로운 냄새를 맡아 보라. 느림의 미학을 느끼며 오염된 심신을 정화하는 체험을 할 수 있는 곳이다.

이 곶자왈은 일명 동백 동산이라고도 한다. 무려 십만여 그루의 동백나무가 발 디딜 틈이 없을 정도로 빽빽하게 하늘을 찌르고 있다. 아마도 동백나무 군락지로서는 세계에서 최대일 것이다. 겨울에 피는 빨간 동백꽃은 가히 환상적이다. 동백 동산이 유지되어 온 사연은 매우 깊다. 일제 강점기 때부터 주민들은 동백나무를 지키기 위해 주야로 타동에서 오는 나무꾼들을 감시하며 붙잡아서 처벌까지 했다고 한다. 그 결과로 해안에서 멀지 않은 평지에 광활한 곶자왈이 남아 있게 된 것이다.

동백꽃의 꽃말은 진실한 사랑, 고결한 사랑이다. 동산을 지켜온 주민들의 마음인 듯하다. 동백꽃은 세 번 핀다고 한다. 한 번은 겨울철에 나뭇가지에 핀다. 두 번째는 땅에 핀다. 동백은 꽃이 질 때 꽃잎이 낱개로 떨어지는 것이 아니라 꽃송이 전체가 한꺼번에 떨어져서 바닥에 핀다고 한다. 그리고 세 번째는 마음속에 핀다. 동백꽃을 잊지 못하는 연인들의 가슴 속에서 핀다고 한다. 마음에 담을 만한 얘기다. 동백 동산 곶자왈에서 동백꽃을 느껴 보라. 곶자왈의 탐방로는 십 리가 조금 넘는다. 곶자왈은 홀로 걷기에는 부담이 되는 곳이다. 나무 그늘로 인해서 햇빛이 거의 없는 어두운 숲속을 바라보노라면 금방이라도 맹금과 맹수가 나타나서 눈알을 빼갈 듯, 심장을 쑤실 듯한 두려움을 느끼게 된다. 사랑하는 연인, 친근한 가족, 다정한 친구와 함께 손깍지를 끼고 걸으면 안성맞춤일 것이다. 그런데 제주 곶자왈은 이정표를 따라서 탐방로만 이용해야 한다. 한

번 길을 잃으면 출구를 못 찾고 빙빙 돌아서 빠져나오지 못한다. 사방이 가시덩굴로 우거져 있어서 방향 감각을 잃어버려 길을 찾을 수가 없기 때문이다.

동백 동산 입구에 있는 안내 센터에서는 단체 관광객이 가이드를 원하면 친절히 안내해 준다. 또한, 주민들이 곶자왈에서 채취한 도토리로 만든 수제비와 칼국수를 별미로 맛볼 수도 있다.

한남 난대 아열대 식물 시험 연구소

한남 난대 아열대 식물 시험 연구소는 서귀포시 남원읍 한남리(漢南里)에 위치하고 있다. 정문을 통과하자마자 천선과나무가 열매를 뽐낸다. 하늘의 천사들이 내려와 따먹는 열매라고 한다. 무화과처럼 생겼는데 그렇게 매력적인 맛은 아니다. 숲은 시험 연구소에서 관리해서 그런지 나무의 생장이 아주 예쁘고 잘 정돈된 모습이다. 곶자왈 양옆에 사려니오름(524m)과 넉거리오름(廣街岳, 437m) 형제처럼 나란히 서 있다. 시험 연구소 시험림에 들어가면 하늘이 높다 않고 끝이 보이지 않는 삼나무 전시림을 구경할 수 있다. 가히 경이적인 삼나무 숲이다. 한번 들어가면 나오고 싶은 생각이 없어질 정도로 편안한 곳이다.

그곳의 삼나무 숲은 제주도 어민들의 희망이었다. 일제 강점기 때 어부들은 섬에 고깃배를 만들 재목이 매우 부족한 것에 대한 서러움이 항상 가득 있었다. 그래서 마을 회의를 거듭하고 거듭한 끝에 일본 사람들이 가벼워서 선재(船材)로 많이 사용한다는 삼나무를 구하기로 했다. 그래서 작은 배를 타고 목숨을 걸고 거친 풍랑을 헤치며 일본의 대마도(對馬島)로 향했다. 그 섬에서 미래의 후손을 위한 삼나무 묘목을 가져다 심은 것이 계기가 되어 현재 수령(樹齡) 80년 이상 된 삼나무 숲길이 조성되었다. 그 숲길을 걸으면 고단했던 제주 어민들의 노고와 숨결을 느끼지 않을 수 없다. 그 숲이 이렇게 아름다운 숲으로 변모한 것이다.

탐방 중에 다래나무 가지 위에 검은 쇠살무사가 가지에 올라타 혀를 내밀며 사람들을 매섭게 쏘아보는 모습을 보았다. 가이드가 나뭇가지로 나무를 두들겨 보지만, 미동도 하지 않는다. 그냥 지나쳐 조금 더 앞으로 가니 탐방로 옆에 어린 노루 한 마리가 빤히 이방인들을 바라보며 눈을 마주친다. 마치 제 놈이 모델이라도 된 듯한 양 으스댄다. 아마도 수십 년간 사람의 발길이 멈춘 곳이라서 동물들이 인간이 얼마나 위험한지 잘 모르는 듯하다. 순간 나 자신이 자연과 함께하고 있다는 것을 느끼니 묘한 감정이 들었다.

숲길 탐방을 마치고 나오는 길에는 사려니오름(524m)을 올라갔다가 내려오면 금상첨화다. 오르는 길에는 활엽수가 가득하다. 정상에서 올라도 여느 오름처럼 전망 조망이 거의 불가능하다. 활엽수림이 눈앞을 가리기 때문이다. 겨우 나무 사이로 약간 조망이 가능하다. 반면에 내려오는 길은 급경사에 삼나무 숲이 길을 가로막는다. 한 나무에 일곱 개의 가지가 하늘로 솟아 있는 칠형제 삼나무가 눈에 띈다. 참으로 신기하다. 탐방로는 잘 정비되어 조성되어 있다. 아쉽게도 넉거리오름은 아직 탐방이 불가능하다. 연구소에서 개방을 준비 중이라고 한다.

탐방은 예약제이다. 하루에 300명으로 제한되어 있고 안내원이 동행하며 설명을 곁들인다. 접근하기가 힘들다. 대중교통으로는 불가능하다. 차량의 내비게이션에 서귀포 위생 쓰레기 처리장을 세팅하고 가면 된다. 수많은 곶자왈 중에서 숲속에 들어가고 싶으면 이곳에 가 보면 후회하지 않을 것이다.

사려니 숲

사려니 숲은 서귀포시 표선면 가시리(加時里) 한라산 끝자락에 위치하고 있다. 다시 발길을 돌려 중산간 사려니('살안이' 혹은 '솔안이'라고 부르는데, 여기에 쓰이는 살 혹은 솔은 신성한 곳이라는 신역의 산명에 쓰이는 말이다. 즉, 사려니는 신성한 곳이라는 뜻이다) 숲에 다다른다. 비자림로(榧子林路)를 시작으로 하여 물찻오름과 사려니오름을 거쳐 가는 숲길로 삼나무 숲이 우거진 1112번 지방 도로 초입에 위치하고 있다. 천혜의 원시림이 그대로 잘 보존되어 있으며 도로변 양측으로는 하늘을 찌르는 삼나무 길이 절경으로 펼쳐져 있다. 졸참, 서어, 때죽, 편백, 삼나무 등 다양한 수종이 서식하고 있다. 평균 고도는 550m이나 트래킹하기에는 전혀 부담이 없다. '제주시 숨은 비경 31곳' 중 하나로서 훼손되지 않은 청정 숲길로 이름이 알려져 있다. 이곳은 유네스코가 지정한 제주 생물권 보존 지역이기도 하다.

그동안 대부분의 관광객은 제주 여행을 하게 되면 주로 빼어난 절경인 해안 위주로 여행하는 경향을 보였다. 그런데 요즘은 한라산으로 가는 중간 산지가 많이 개발되어 섬 속의 뭍인 숲속을 즐기는 사람들이 증가하는 실정이다. 제주도는 모든 것이 다 갖추어진 곳임에 틀림이 없는 것 같다. 삼나무 숲으로 길게 늘어진 도로에 이르자 그 경관과 신선한 공기는 머리끝부터 발끝까지 온몸이 힐링되는 느낌을 주기에 전혀 부족함이 없다. 총 15㎞를 횡단하는 숲길이다. 다만 다 걸을 수 없는 경우에는 20여 분만 걸어도 되는 짧은 숲길 순환코스가 있다. 이곳 또한 그동안 보지 못했던 태고의 초목을 볼 수 있으며 거의 평지로 이루어져 남녀노소 누구나 대화를 나누며 마냥 천천히 걸으며 사려니 숲을 마음껏 즐길 수 있다.

이 숲의 주위는 오름들의 경연장이다. 동쪽으로는 자연 휴양림이 조성된 붉은오름[적악(赤嶽), 건을근악(件乙斤嶽), 건근악(件斤嶽), 자악(赭嶽), 적악봉(赤嶽峯), 자악(赭嶽), 적악봉(赤嶽峯), 569m]이 우뚝 서 있으며 서쪽으로는 말찻오름(644m)과 물찻오름(718m)이 마주 보고 있다. 또 북동으로는 검은오름, 쳇망오름, 구두리오름 그리고 서남쪽으로는 가친오름과 마흔이오름 등 수십 개의 오름이 줄을 서 있다. 사려니 숲은 숲 중의 숲이라 할 수 있다. 먼저 붉은오름 방향 쪽에 있는 숲 입구 도로에 진입하면 눈이 휘둥그레지는 양옆의 삼나무 숲이 사람을 압도한다. 사람이 심었는데 분명히 신이 가꾸어 놓은 숲을 보면 경악을 금치 못한다. 삼나무들은 열을 맞추어 곧게 하늘로 뻗어 있는데 위를 쳐다보면 나무 끝이 하늘에 닿아 있는 것처럼 착각을 자아내게 한다. 삼나무 숲을 뒤로 물리며 숲속으로 들어간다. 비자림로 입구까지는 약 10㎞ 정도이며 자동차가 다닐 수 있는 넓은 트래킹 코스이다. 아마도 예전에 산불 방지를 위해 임도를 구축해 놓은 듯싶다.

봄철에는 마치 하얀 솜을 나무에 덮어 놓은 듯한 길 양측의 때죽나무꽃이 사람을 유혹하여 설레게 한다. 또한, 한여름에는 푸른 보랏빛의 산수국꽃이 방긋 얼굴을 내밀며 미소 짓는다. 산수국 군락은 끝이 없으며 지나가는 사람의 발걸음을 시간 가는 줄 모르게 잡아 놓는다. 숲의 절정인 짧은 곶자왈 순환 코스로 들어가면 삼나무 군락지를 시작으로 수많은 원시림이 박수치며 사람을 환영한다. 탐방로를 걷는 여행객들은 "우리나라에 어떻게 이런 아름답고 환상적인 숲이 있었는가!" 하고 탄성을 지른다. 제주도에 가면 반드시 가봐야 할 곳이 아닌가 한다.

절물 자연 휴양림

절물 자연 휴양림은 제주시 봉개동(奉盖洞)에 위치하고 있으며 뒷산 절물오름(사수악, 寺水岳, 단하악 丹霞岳, 697m)이 품고 있다. 한라산 기슭 오름 분화구 아래 국유림에 조성했으며 1997년에 개장했다. 절물(寺水)은 예전에 그곳에 큰 절이 있었는데 샘물이 펑펑 솟아나 귀한 물이라 인정되어 약수 및 병자를 치료하는 데 사용되었다고 한다. 그래서 절물이라는 이름이 붙여졌다고 한다.

이곳의 하루 최대 수용 인원은 약 천여 명이다. 제주시에서 관리하고 있다. 입구부터 울창한 수림이 보이는데 대부분이 수령 40여 년 이상 된 삼나무이다. 이 숲에 오래 머무르면 지친 사람의 피로를 풀어주는 피톤치드를 온몸에 실컷 받을 수 있다고 한다. 삼나무 외에도 곰솔, 올벚나무, 산뽕나무가 분포하고 있으며 더덕, 두릅 등의 나물 종류도 다양하게 분포하고 있다. 삼나무와 곰솔 조림지에 조성된 산책로는 가장 친밀한 사람과 걷고 싶은 길이다. 큰오색딱따구리, 산까마귀, 휘파람새 등의 조류들이 나닐고 노루가 한가로이 풀을 뜯는 모습이 참 자연적이다.

휴양림을 통해서 오를 수 있는 기생 화산인 절물오름의 정상까지는 한 시간 정도면 충분히 왕복 가능하다. 정상에는 전망대가 멋지게 설치되어 있어 말발굽형 분화구를 볼 수 있다. 하늘이 파랗게 화창한 날씨를 보이면 동쪽으로는 성산 일출봉이, 서쪽으로는 제주에서 제일 큰 하천인 무수천이, 북쪽으로는 제주시가 한눈에 보인다. 오름을 오르다 보면 중간에 약수암(藥水庵)이라는 작은 암자가 보이는데 암자 동쪽 인근에 절물이라는 유명한 약수터가 있다. 제주시가 지정한 제1호 약수터로 유명하다. 아무리 가물어도 절대 마르지 않는다는 약수터는 신경통 및 위장병에 특효가 있다고 하며 제주도 및 시에서는 음용수 적합 수질 검사를 수시로 하고 있다. 약수는 사시사철 흘러나오는 깨끗한 물이다. 조선 시대에 가뭄이 들어 중산간 지역의 마을 우물이 모두 말랐을 때도 주민들이 식수로 이용했을 정도로 풍부한 수량을 자랑한다. 이 물을 마시고 여러 난치병을 고쳤다는 얘기가 있다. 한 바가지 떠서 들이켜니 온몸이 시원함을 느끼며 실제 지치고 찌든 몸이 깨끗해지고 치유되는 기분이 들었다.

휴양림에는 전망대, 등산로, 순환로, 산책로, 야영장 등의 편의 시설과 체력 단련 시설, 어린이 놀이터, 민속놀이 시설 및 야외 교실, 자연 관찰원, 목공예 체험장, 교육 자료 전시관, 임간 수련장, 숙박 시설 등 다양한 시설들이 모두 갖춰져 있다. 시원한 작은 폭포도 있으며 예쁘게 가꾸어 놓은 잔디 광장 중앙에는 금붕어가 헤엄치는 연못도 있다. 가족 혹은 연인끼리 오붓한 한때를 보낼 수 있다. 산책로는 비교적 완만하고 경사도가 낮으며 계단이 없이 설치되어 있다. 그래서 약자나 어린이도 편하게 이용할 수 있으며 보호자를 동반하면 휠체어 장애인도 다닐 수 있게 길을 잘 꾸며 놨다.

이곳은 제주 시내에서 멀지 않아서 시민들과 여행객들이 즐겨 찾는 숲이다. 탐방로는 네 개의 코스로 조성되어 있다. 장생 흙 숲길(11.1㎞), 숲모르(숯을 굽던 등성) 편백 숲길(8㎞), 오두막 오름길(절물오름, 1.6㎞) 그리고 너나들이길(3㎞) 등이다. 어느 코스도 빼놓을 수 없는 아름다운 곳이다. 그래서 모두 추천해 본다. 취향에 맞춰 골라서 걸어도 좋으며 시간을 내서 전 코스를 다 걸으면 더욱 좋다. 삼나무와 곰솔 조림지에 조성된 산책로와 그늘 공간은 바다에서 불어오는 시원한 바람과 절묘한 조화를 이뤄 한여름에도 시원한 한기를 느낄 수 있다. 인근에는 거친오름 탐방로가 있으며 큰개오리오름, 샛개오리오름 그리고 족은개오리오름 등도 가 볼 만하다.

휴양림 주변에는 많은 관광지가 분포해 있다. 한라 생태 숲, 용암동굴인 만장굴, 기생 화산인 산굼부리와 고수목마, 비자림, 몽도암 관광 휴양 목장, 노루 생태 관찰원, 사려니숲 숲길, 4·3 평화 공원, 교래 자연 휴양림, 돌 문화 공원 등을 함께 방문하면 제주를 알고자 하는 데 더욱 도움이 될 것이다.

붉은오름(赤嶽, 569m) 자연 휴양림

붉은오름(赤嶽, 569m) 자연 휴양림은 한라산 남동부의 서귀포시 표선면 가시리에 있는 훼손되지 않은 원시림을 간직하고 있는 숲이다. 한라산 기슭에 있는 붉은오름이 이 절경의 숲과 하모니를 이루고 있다. 오름을 덮고 있는 돌과 흙은 화산으로 인한 용암의 잔재물인 화산 송이(scoria) 때문에 유난히 붉은 빛을 띠고 있다. 그래서 이 오름을 붉은오름이라고 부른다. 하지만 현재는 숲이 정글이라 할 정도로 빽빽이 우거져 있어 자세히 보아야만 돌과 흙이 검은색이 아니라 붉다는 것을 알 수 있다. 또 이 오름의 다른 이름은 적악(赤嶽)외 건을근악(件乙斤嶽), 건근악(件斤嶽), 자악(赭嶽), 적악봉(赤嶽峯) 등으로 자악(赭嶽), 적악봉(赤嶽峯) 등으로도 불리었다. 붉은오름이라는 이름을 가진 오름은 제주도에 여러 개가 있는데 이곳이 특히 아름답다고 할 수 있다.

휴양림에는 천연 자연림뿐만 아니라 인공으로 조림한 삼나무와 곰솔 숲도 울창한 모습으로 나그네를 기다리고 있다. 또 숲속 곳곳에 평상을 설치해 놓아 방문객들이 편히 오래도록 쉴 수 있게끔 배려한 것이 감사할 따름이다. 제주도 중산간의 전형적인 전경과 독특한 풍경이 어우러져 모든 이의 고향처럼 아늑함과 더불어 평화롭고 정겨움을 줄 수 있는 곳이라 하겠다.

오름 반대편에는 상잣성(말들이 도망가지 못하게 산 둘레에 쌓아 놓은 돌 울타리) 숲길(3.2㎞), 어우렁더우렁 길과 해맞이 숲길(6.7㎞)이 잘 꾸며져 있고 휴양림과 더불어 숲속에서 밤을 보낼 수도 있다. 숙박도 가능하다는 얘기다. 그런데 사전 예약제라는 것을 잊으면 안 된다. 이런 숲 속에서 하룻밤 묵으면 얼마나 좋을까 하는 마음이 든다.

이른 봄이면 겨울의 기운이 채 가시기도 전에 숲의 양지에서는 복수초가 예쁜 노란 꽃잎으로 봄소식을 알린다. 또한 곰솔, 편백, 삼, 누리장, 때죽, 자귀, 박쥐, 청미래덩굴, 참식, 참빗살, 산딸, 덧, 상산, 쥐똥, 졸참, 단풍, 꾸찌뽕, 참식 그리고 떡갈나무 등 마치 수목원에 들어와 있는 것처럼 다양한 수종의 나무가 숲을 이루고 있다. 또한, 숲 바닥에는 천남성과 고사리류와 여러 음지 식물들이 서로 엉키며 퍼지고 있다. 분화구 안에도 나무숲이 조성되어 있는데 주로 밀림에서 많이 볼 수 있는 활엽수가 자라고 있다. 그리고 섬의 귀염둥이 명물인 노루와 꿩과 같은 새들이 뱀, 말벌 등도 함께 살아가고 있다.

여담으로는 고려 시대 삼별초와 여몽(麗蒙) 연합군의 싸움에서 병사들이 많이 죽어서 흘린 피로 인해서 붉은오름이 되었다고 하는 말도 안 되는 전설이 구전되기도 한다.

휴양림 내에는 숲속의 집, 산림 문화 휴양관, 생태 연못, 산림욕장, 잔디 광장, 세미나실, 방문자 센터, 맨발로 거닐 수 있는 산책로와 야자수 매트 탐방로 등 다양한 시설이 갖춰져 있다.

서북쪽을 올려다보면 한라산을 비롯하여 물찻, 말찻, 물장오리, 견월악, 절물, 거친, 가문이, 민, 검은, 쳇망, 구두리오름 등이, 남서 방향으로는 민, 머체악, 거린악, 사려니, 마은이, 논고악, 가친오름 등이 줄을 서 있다. 동쪽으로는 오름 중의 오름인 다랑쉬오름을 비롯하여 주위에 용눈이, 백약이, 산굼부리, 거문, 백약이, 동검은이 그리고 물영아리오름 등 참말로 보석 같은 오름들이 셀 수 없을 만큼 군락을 이루며 어깨를 맞대고 있다. 이 오름들의 향연은 사람의 마음을 설레게 하고 벅차게 만든다. 그래서 필자는 개인적으로 제주 동부 쪽에서는 이곳이 가장 마음이 끌리는 곳이다. 또한, 한라산 방향으로 조금만 이동하면 한라산 등반로인 성판악 코스가 있으며 한라 생태숲, 절물 자연 휴양림, 제주 교래 자연 휴양림 등 넘쳐나는 천혜의 원시 자연 휴양림에 방문할 수 있다. 사려니숲 숲길은 온종일 트래킹할 수 있을 정도로 깊고 길다. 그리고 제주의 옛 생활 풍습을 그대로 볼 수 있는 제주 성읍 민속 마을도 인근에 자리하고 있다.

성산 일출봉, 만장굴, 비자림, 돌 문화 공원 등과 제주의 깨끗한 용천수로 생산하고 있는 명물인 삼다수 공장이 인근 지역에 있다. 정말 제주 섬은 우리 국민에게 주는 축복의 선물이라는 생각을 감출 수가 없다.

서귀포 자연 휴양림과 치유의 숲

서귀포 자연 휴양림과 치유의 숲은 한라산 남부 기슭의 서귀포시 대포동(大浦洞), 즉 섬의 중산간 지역에 자리 잡은 광활한 자연 숲이다. 한마디로 서귀포시로 가다가 쉬고 놀면서 온종일 걸을 수 있는 힐링의 숲길이다. 이곳은 한라산 국립 공원 내 국유림에 조성된 온대, 난대, 한대 식물 자원이 폭넓게 분포된 울창한 숲으로 이루어져 있다. 제주 남부 주민들의 자연 속 여가 생활의 욕구를 충족시키고 생태 학습과 관찰 경험을 제공하기 위하여 조성된 것으로 1995년에 개장한 숲이다.

휴양림은 육지의 웬만한 산보다 높은 해발 700여 미터에 위치하고 있어 사람이 최적의 상쾌함을 느낄 수 있는 곳이다. 강원도 평창의 대관령을 생각하면 거의 맞을 것이다. 숲 안에는 전망대, 탐방객센터, 숲속의 집, 산림욕장, 생태 관찰로, 잔디 광장, 족구장, 목재 인도, 옹달샘, 배구장, 어린이 놀이터, 정자, 체력 단련 시설 등 시민들이 원하는 거의 모든 휴양 시설이 갖춰져 있다. 또한, 밤을 보내고자 하는 방문객을 위해서 숲의 곳곳에는 산막, 캠프파이어장, 취사장, 오토 캠핑장 등의 시설물이 편리하게 자연 친화적으로 잘 조성되어 있다.

수용 인원은 하루 최대 1,500명 정도로 잡고 있다. 봄과 여름에는 가끔 힐링 음악회가 개최되니 행운이 있으면 이를 관람할 기회도 있을 것이다. 한여름에 탐방로를 걷다가 제주 섬에만 있는 곶자왈 숨골에서 나오는 자연 에어컨 바람을 쐬면 이마에 흐르는 땀방울이 순식간에 사라질 것이다. 따뜻한 봄부터 가을까지 연인, 가족, 친구들과 함께 질 좋은 풍성한 삼림욕과 산책, 캠핑을 마음껏 즐길 수 있는 곳이다.

숲에는 각종 식물이 자연을 벗 삼아 역동적으로 자라고 있다. 양치류는 석송, 실고사리, 선바위고사리 등이고 나자식물(裸子植物, gymnospermae)은 비자나무, 주목, 소나무, 곰솔과 식재되어 있는 삼나무, 편백 등이다. 또한, 피자식물(被子植物, Angiospermae)은 참억새, 조개풀, 털대사초 등의 외떡잎식물과 홀아비꽃대, 서어나무, 졸참나무 등의 쌍떡잎식물도 관찰할 수 있다. 이곳에 서식하는 개족도리,

고란초, 사철란, 수정난풀, 목련, 새우란 등은 보호 대상 식물이므로 조심해서 다루어야 한다.

한라산 방향으로는 거린사슴, 갯머리오름, 민모루, 시오름 그리고 미악산(쌀오름) 등 제법 높은 오름들이 많이 있다. 인근에는 한라산 영실 등반로, 영실기암, 중문 관광단지, 중문 해수욕장, 천제연 폭포, 삼매봉 공원(외돌괴), 천지연 폭포, (소)정방 폭포, 제주 관광 식물원 등의 관광지가 관광객들에게 어서 오라고 손짓하고 있다.

휴양림에서 동쪽으로 상쾌한 공기를 마시며 약간 차를 달리다 보면 서귀포시 대륜동(大倫洞)에 있는 치유의 숲이 나타난다. 이 숲은 평일은 300명, 주말에는 600명이 탐방 가능하며 사전 인터넷 예약제이다. 거기에다 유료 입장이니 알아두어야 할 것이다. 숲에서는 각종 치유 프로그램 체험과 맨발 걷기, 족욕 등을 경험할 수 있다. 특히 차롱(대나무로 만든 제주도의 그릇) 도시락 또는 차롱 치유의 도시락이라고 하는 특별한 음식이 있는데, 매우 신기하다. 이곳의 지역 주민들이 제공하는 것인데 숲을 방문하면서 미리 예약해야만 이용이 가능하다. 도시락 안에는 전복, 부침개 등 제주 해산물과 특산물로 요리한 맛있는 음식이 가득하다. 정말 웰빙 시대에 건강에 도움이 되는 알찬 도시락이다. 방문하면 꼭 맛보기를 추천한다.

치유의 숲 탐방 코스는 여러 갈래가 있다. 가멍오멍(가며오며) 숲길(1.9㎞)은 여행객이 편안하게 걷는 길이다. 데크 길도 잘 설치되어 있어서 휠체어도 무난하게 이용할 수 있어 장애인도 자주 찾는다. 우회로의 호근 산책로도 잘 조성되어 있으니 함께 걸으면 좋을 것이다. 가베또롱(가뿐한) 치유 숲길(1.2㎞)은 잣성을 따라서 걷는 길이다.

이 길은 예전에 제주 말테우리들이 말을 방목하면서 깊은 산속이나 다른 곳으로 말이 도망가지 못하도록 설치한 돌담길이다. 이 숲길의 돌담길을 걸으면서 서울의 덕수궁 돌담길을 생각하는 나그네도 있지 않을까 하고 엉뚱한 생각을 해 보며 미소를 지어 본다. 벤조롱(산뜻한) 치유 숲길(0.9㎞)은 계곡 길이 많으며 녹색의 길이 있다. 이끼의 푸름이 몸과 마음에 싱그러운 상쾌함을 가져다주는 숲길이다. 치유의 공간인 벤조롱 숲은 편백나무가 피톤치드를 듬뿍 뿜어내어 고단한 사람의 심신을 충분히 힐링해 줄 것이다.

숨비 소리(해녀가 물질 후 물 밖으로 나오며 내는 숨소리) 치유 숲길(0.7㎞)은 붉가시나무의 군락으로, 봄에는 숲 바닥에 떨어진 상록수의 낙엽을 볼 수 있고 가을과 겨울에 걸쳐서는 도토리를 주워서 만져볼 수도 있는 독특한 숲길이다. 아이들을 데리고 낙엽 밟는 소리를 듣고 도토리를 주우면서 함께 시간을 보내면 더 없는 가족 여행이 되리라 믿는다. 오고생이(오롯이) 치유 숲길(0.8㎞)은 돌길이 주는 고즈넉함이 보존된 숲길이다. 연인과 또는 노부부 등 가족들과 조용히 두 눈을 감고 명상하듯이 걸을 수 있는 차분하고 고요한 숲길이다. 쉬멍(쉬며) 치유 숲길(1.0㎞)은 단풍나무 군락이 있는 숲길이다. 붉가시나무에서 떨어져서 떼굴떼굴 굴러다니는 도토리가 가득한 숲길이다.

엄부랑(엄청난) 치유 숲길(0.7㎞)은 빽빽한 삼나무 군락지로 줄지어 서 있는 나무들을 보면 압도당하리라. 숲에 관한 신비로움과 호기심을 가지고 있는 사람이라면 누구나 쉽게 걸을 수 있는 숲길이다. 산도록(시원한) 치유 숲길(0.6㎞)은 돌계단과 계곡을 끼고 있으며 음이온이 가득한 숲길이니 긴 시간 동안 머물러 있기를 요청한다. 놀멍

(놀며) 치유 숲길(2.1㎞)은 시오름으로 가는 길이다. 오름 정상에 올라가 서귀포와 한라산을 조망할 수 있다. 하늘바라기 치유 숲길(1.1㎞)은 푹신하고 완만한 경사로로 낙엽수림과 삼나무, 편백나무 숲의 다양한 경관을 느낄 수 있는 숲길이다.

머체왓 숲길과 소롱콧 길

머체왓 숲길과 소롱콧 길은 한라산을 등지고 서귀포시 남원읍 한남리(漢南里) 중산간 지역에 위치하고 있다. 북쪽으로는 사려니, 넙거리, 머체오름이, 남쪽으로는 고이오름 등 네 개의 오름이 둘러싸고 있는 원시 수풀을 그대로 간직한 곶자왈이다. 동북 방향으로는 물영아리오름을 비롯하여 수십 개의 오름 군락이 호위하고 있다. 머체왓 숲길(6.7㎞)의 머체는 돌의 제주도 방언이고 왓은 밭이라는 뜻이다. 소롱콧 길(6.3㎞)의 소롱콧은 곶자왈 형세가 마치 작은 용을 닮았다고 해서 붙여진 이름이다.

머체왓 숲길은 제주의 많은 곶자왈 중에서도 가장 자연 그대로의 원시 수림이라 할 수 있다. 그래서 숲길을 트래킹할 때는 잡념을 가질 수가 없다. 자칫 잘못하면 길을 잃기가 십상이다. 길을 안내하는 감귤 표식과 리본을 똑바로 바라보며 걸어야 한다. 그야말로 정신 똑바로 차리고 긴장을 놓아서는 안 된다는 말이다. 혹시라도 길을 잃게 되면 탐방로 중간마다 설치해 놓은 119 긴급 구조 지점 번호를 알고 있어야 한다. 숲길을 걸으면서 스마트폰으로 촬영해 놓는 것도 좋은 방법이라 하겠다.

탐방로 주변의 벌판에는 말 방목장이 산재해 있다. 주변을 지나게 되면 조용히 걸어야 한다. 임신 중인 암말을 놀라게 하면 유산이 될 수 있다고 한다. 잘못하면 태어나지도 않은 망아지 값을 변상하게 될지도 모르겠다. 아무 생각 없이 딱 하나, 숲길을 걷는 것에만 몰두하게 되면 자신도 모르게 자연 속에 파묻히게 된다. 비로소 자연과 하나가 되어 세속에서 잃어버렸던 자아를 되찾게 되고 힐링의 기쁨을 느끼게 될 것이다.

삼나무와 편백나무 숲속에서는 충분한 휴식을 취하며 심신의 모든 좋지 않은 기운을 세척하면 더없이 좋을 것이다. 더구나 넓은 평상까지 군데군데에 설치해 놓아 편안하게 쉴 수 있도록 배려했다. 심신이 너무 피로하여 눈이 감기면 잠시 잠을 청하면 한순간에 새로운 기운이 불쑥 솟아오를 것이다.

이곳은 파란 하늘을 덮은 커다란 동백나무가 숲을 이루고 있다. 옛 집터들이 그대로 남아 있는 것이 보이는데 제주 4·3 사건 때 희생당한 사람들이 살던 마을이라고 안내판이 설명해 준다. 다시는 이 아름다운 제주에 그러한 비극적인 일이 일어나지 않기를 바라는 마음이다. 그곳을 지나면서 일행과 잠시 영면을 비는 묵념을 올렸다.

이곳의 들판은 봄이 찾아오면 제주의 명물인 고사리가 세상을 점령하는 곳이다. 그래서 주민들이 뜻을 모아 녹색의 벌판에서 고사리 대축제를 개최한다. 제주 사람들은 물론이고 관광객들도 제주의 맛있는 고사리를 맛보려고 몰려온다. 제주 남부의 따스한 봄볕을 가득 쐬면서 자연의 축제를 즐기면 아마도 그 행복감은 가늠할 수 없을 것이다.

소롱콧 길은 한남리의 서중천과 소하천 가운데에 삼나무, 편백나무, 소나무와 잡목 등이 우거져 있는 숲길이다. 하늘을 찌르는 침엽수림을 걸으며 자연을 즐기는 기분은 이 길을 걷지 않은 사람이 어찌 알겠는가. 탐방로에 여러 개의 방사탑이 세워져 있는 것으로 보아 예전에는 사람들이 살던 마을이 있었다고 본다. 이 두 길은 아직 널리 알려지지 않았다. 그래서 원시 천연림이 유지되고 있는지도 모르겠다. 잡초 하나라도 소중히 여기는 마음으로 자연을 즐기기를 바란다.

에코 랜드 곶자왈

에코 랜드 곶자왈은 제주시 조천읍 대흘(大屹)리에 소재하고 있다. 제주도에서 가족 피크닉 장소로 최적일 것이다. 광활한 곶자왈에 조성된 사설 공원이다. 소형 레저형 기차 여행을 하면서 곶자왈 숲을 즐길 수 있는 곳이다. 특히 제주 토종마 포니가 뛰어노는 모습이 아주 귀엽다. 중간역에서 내리면 봄여름의 꽃 축제를 볼 수 있는데, 장관이 아닐 수 없다. 시원하고 넓게 만들어 놓은 호수의 정경이 일품이다. 연못이 거의 없는 제주에서는 진풍경이다. 호수를 가로지르는 좁은 다리를 걸으면 정말 신난다. 공원을 맘껏 즐기고 약 오 리가량 되는 곶자왈 산책로는 또 다른 맛을 느끼게 한다. 탐방로가 잘 조성되어 있으며 중간에 붉은 화산 송이가 듬뿍 들어 있는 족욕탕에 발을 담그면 여행의 피로가 한순간에 싹 가시는 기분이다. 나오는 길에 있는 힐링 숲 카페에서 고소하고 진한 향기를 내뿜는 커피 한 잔을 마시면 파라다이스가 어디에 또 있겠는가 싶다.

청수 곶자왈

청수 곶자왈은 한경면 청수리(翰京面 淸水里)에 있으며 자연환경이 여느 지역보다도 청정하여 한여름에 반딧불이 축제를 여는 곳으로 유명하다. 환상 숲 곶자왈 공원(사유지, 입장료가 있다)은 한경면 저지리(楮旨里)에 소재하고 있으며 오래전에 현 농장주가 곶자왈을 사들여 정성을 다하여 탐방로를 예쁘게 꾸며 놓았다. 특이한 점은 농장주의 가족이 가이드 역할을 하며 설명과 함께 탐방로를 안내하는 친절한 곶자왈이라는 점이다. 제주 유리의 성 곶자왈은 한경면 저지리에 위치한다. 사설이며 유리의 성에는 우리가 감히 상상도 할 수 없는 유리 작품들이 전시되어 있다. 곶자왈 산책로에도 유리 예술품들이 설치되어 있어서 특이한 곶자왈 숲을 만끽할 수 있다.

제주 여행에서의 팁이 하나 있다. 바로 교통사고를 주의해야 한다는 것이다. 여행객들은 주로 렌터카를 이용하여 이동한다. 도심 생활에서 받은 스트레스와 찌들었던 마음을 풀어 젖힌 여행객들은 시원하고 상쾌한 공기를 마시며 뻥 뚫린 도로를 맘껏 달리게 된다. 그래서 자연적으로 액셀러레이터 페달을 힘껏 밟으며 운전을 즐긴다.

그런데 제주는 간선 도로를 빼고는 대부분 꼬불꼬불한 2차선 도로가 대부분이다. 더구나 울창한 나무와 숲으로 인해서 전방 시야가 매우 좁아진다. 그래서 자칫 과속으로 인하여 방어 운전이 어렵게 되어 대형 교통사고가 자주 발생한다. 필자도 곶자왈에서 시내 숙소로 가던 중에 아무 생각 없이 좌회전하는 여성 운전자의 차량과 일촉즉발의 접촉 사고가 일어날 뻔했다. 지금도 그 당시를 생각하면 등에 식은땀이 나고 소름이 돋는다.

제주도에는 전국의 푸드 트럭의 8할 정도가 모여 있다고 한다. 그만큼 수요가 있으니 전국에서 몰려와 있는 것일 게다. 여행객이 가는 곳이라면 푸드 트럭도 간다. 진정 푸드 트럭의 천국이다. 가끔 제주 TV에서는 푸드 트럭을 다큐멘터리로 보여 줄 정도다. 실제로 음식 가격도 저렴하고 맛의 질도 훌륭하다. 이제 제주를 여행하는 데 있어서 볼거리뿐만 아니라 먹을거리도 지천에 있게 되었다. 눈과 입이 모두 즐거운 여행지가 제주일 것이다.

필자는 제주도 구석구석을 돌아다니면서 소개하고 있다. 그리고 한편으로는 우리나라에 제주도라는 아름다운 섬이 없었으면 큰일 날 뻔하지 않았겠나 하는 안도의 한숨도 쉬어 본다. 이 섬은 사람을 끌어들이는 마법을 부린다. 보고 봐도 또 보고 싶고, 가고 가도 또 가고 싶은 곳이라 감히 말하고 싶다. 필자가 나름대로 터득한 제주도를 바로 알고 즐기는 방법을 알리고자 한다. 우선 첫 번째, 제주도 여행은 아름다운 해안가의 절경과 명승지를 찾아서 즐겨 본다. 두 번째로는 체력을 길러서 남한의 영봉(靈峰)인 한라산을 등반한다. 그곳 정상의 백록담을 체험하고 제주도의 사방팔방 전체를 조망하면 제주도를 반쯤은 즐기게 되는 것이다. 그다음에는 세 번째로 섬에 동서남북으로 흩어져 있는 오름(370여 개)들을 올라가 보는 것이다. 그리하면 비로소 제주가 아름답게 보이게 된다. 그리고 마지막으로 곶자왈을 탐방하면 제주도 여행의 종지부를 찍으며 제주 섬의 참모습을 알게 된다. 자연 속으로 들어가면 사람이 독불장군이 아니고 자연의 일부라는 것을 느끼게 된다. 유행가 제목처럼 신토불이(身土不二)의 진정한 의미를 깨닫게 되는 것이다. 나 자신이 자연과 일체라는 것을 알게 되는 것이다.

'벨롱벨롱'이란 말은 '반짝반짝'이라는 제주도의 정겨운 방언이다.

아, 제주 해녀(海女)님!

제주도는 그림 같은 풍경을 가진 아름다운 섬이다. 맑고 선명하게 톡톡 튀는 에메랄드빛의 푸르른 바다, 검게 빛나는 현무암의 기암괴석(奇巖怪石)으로 수놓은 해안가는 눈이 부실 정도의 빼어난 절경을 뽐낸다. 그래서 제주도는 한 번도 안 가본 사람은 있으나 한 번만 가 본 사람은 없다고들 한다. 그런데 제주 바다에는 그보다 더 아름다운 것이 또 하나 있다. 꽃보다 여자라고 했던가.

섬을 여행하다 보면 찬 바람이 쌩쌩 불어오는 북서풍의 계절인 겨울철을 빼고는 해안에서 그리 멀지 않은 바다 위에 무엇인가 둥둥 떠 있는 것이 눈에 들어온다. 하얀 포말(泡沫)을 뿜으며 출렁이는 바다 위에 흰색 또는 주홍색 빛깔의 둥그런 공 같은 것들이 너울너울 춤추고 있는 것을 쉽게 볼 수 있다. 제주 방언으로는 테왁이라고 하는데, 일종의 부표(浮漂)이다. 제주 해녀들이 그곳에서 물질하고 있다는 표시이다. 가만히 앉아서 테왁을 주시하고 있으면 검은 오리발 물갈퀴를 하늘로 치솟으며 바닷속으로 잠수하는 사람이 희미하게 눈에 띈다.

'제주도' 하면 생각나는 게 돌, 바람 그리고 여자다. 그래서 삼다(三多)의 섬이라고들 한다. 그런데 그것들은 일차적인 요소인 물질이여서 너무 추상적이다. 제주의 실제 삼다의 참모습은 오름(산, 봉우리),

곶자왈(숲과 가시덤불) 그리고 바람의 딸이라고 하는 해녀라고 해야 맞는 말일 것이다. 이들은 삼차원적이고 구체적이며 제주의 본래 형체라고 할 수 있다. 그런데 지금은 아니지만, 제주에서 '여자' 하면 해녀를 이름이었다. 아이러니하게도 여자가 많다는 것은 역설적으로 여자에 비해 남자가 부족하다는 말이었다. 다시 말하면 남편이나 아들들을 험한 바다 위에서 북망산천 길로 먼저 보내고 홀로 사는 해녀들이 많다는 얘기였다. 해녀는 제주에서 잠녀(潛女)라고도 한다. 얼마 전까지만 해도 제주 도심에 사는 일부 여성들을 빼고는 동네 앞바다에서 제주 여자들은 물질하며 연명해 왔다. 요즘에는 어린이집에 들어갈 만한 예닐곱 나이의 어린아이부터 헤엄이 가능하다면 백발의 노인에 이르기까지 거의 예외가 없었다.

요벤드 레 에헤 끊어진들 에헤 신서란이 에헤 씨 말랐더냐 에헤 유리잔을 에헤 눈에다 붙이고 에헤 두렁박을 에헤 가슴에 안고 에헤 우리 배는 에헤 잘도 간다 에헤 참매끼 에헤 가슴에 안고 에헤

(후렴) 이어도 사나 에헤 이어도 사나 에헤 어잇잇 에헤 이엇 사나 에헤 총각차라 에헤 물에들 에헤 양식 싸라 에헤 물에 들자 에헤 요벨 타고 에헤 어딜 갈꼬 에헤 진도 바다 에헤 골로 간다 에헤

바람일랑 에헤 밥으로 먹고 에헤 구름으로 똥을 싸 물결일랑

집안을 삼아 집안을 삼아 싫은 어머니 떼어두고 싫은 어미 떼어두고 에헤 이어도 사나 에헤 부모 동생 에헤 한강 바다 에헤 집을 삼아 집안 삼아 한강 바다 집안 삼아 에헤 너른 바다 에헤 앞을 재어 에헤 한길 두길 들어가 통합 대합 비쭉 비쭉 이어도 사나 미역귀가 너훌너훌 미역에 정신 들여 에헤 이어도 사나 에헤 미역만 에헤 하다 보니 에헤 숨 막히는 줄 모르는구나 숨 막히는 줄 모르는구나 에헤

우리 어멍 날 날 적에 무신 날에 날 낫던가 이여도 사나 이여도 사나 어망은 나를 달도 없이 해도 없이 낳았더냐

혼벡상지 등에다 지곡 가심 앞의 두렁박 차곡 한 손에 빗장을 줴곡 한 손에 호미를 줴곡 혼질두질 수지픈 물속 허위적 허위적 들어간다.

위 노래들의 가사는 〈잠녀가(潛女歌)〉의 일부이다. 제주 해녀들이 목숨을 걸고 물질하면서 슬프게 부르는 구절이다. 그야말로 제주의 가난하고 핍박받는 여인으로 태어나 한(恨) 많은 세상을 죽지 못해 사는 애달픈 노래이다. 특히 소녀 해녀가 "어망은 왜 나를 낳아서 이런 고생을 시키나.", "물에 빠져 죽으라고 바다에 보냈더냐." 하는 신세를 한탄하는 구절을 들으면 가슴이 저민다.

필자는 제주의 매력에 푹 빠져 제주도와 부속 새끼 섬들에 발길을 돌리며 터벅터벅 다니고 있다. 그런데 제주를 조금씩 알게 되면

서 보이지 않는 곳에서 제주인들의 삶의 고통과 눈물을 볼 수 있었다. 그리고 그 중심에는 제주 해녀들이 슬프디슬프게 자리 잡고 있음을 알고 매우 놀랐다. 바로 그 자리는 거칠고 투박하며, 날카롭고 차디찬 바닷가의 검은 돌의 모습이었다. 그래서 그녀들을 경외(敬畏)하는 마음으로 해녀님이라 불러 본다.

뭐니 뭐니 해도 제주 여행의 백미는 아름다운 해안가를 찾는 것이다. 그리고 그곳에서 해녀들이 물질로 잡아 온 뿔소라, 해삼, 성게 그리고 돌문어 등을 보면 입안에 침이 고여 참을 수 없다. 바다 내음을 들이마시며 소주 한 잔에 그것들을 안주로 곁들이면 세상만사가 부럽지 않다. 그런데 어떤 이들은 해산물들의 가격을 흥정하며 "값이 비싸다."라느니, "싱싱하지 않다."라느니 실랑이를 부리다 그냥 가버리곤 한다. 순간 떠나버린 손님의 뒷모습을 바라보며 해녀들은 허탈해하며 인상을 찡그린다. 필자는 그러한 장면을 보게 되면 씁쓸한 생각이 든다. 일반적으로 생각하면 가격이 비싸지 않다고 할 수는 없다. 그러나 그 뿔소라에는 제주 해녀들의 눈물이 들어 있고, 그 해삼에는 제주인의 삶의 고단함이 묻어 있다는 것을, 그 성게알에는 그녀들의 목숨이 걸려 있다는 것을 알게 되면 곧바로 발길을 돌릴 것이다. 그녀들은 물질로 번 피 같은 돈을 들어 보이며 "저승에서 벌어와 이승에서 쓴다."라고 한다.

해녀 박물관에서 해녀 사진전을 열었던 해녀 전문 사진작가 문○○은 제주 해녀들을 이렇게 얘기한다.

제주 해안 옥빛 바다 위, 물때마다 피어나는 아름다운 꽃들, 두둥실 떠 있는 테왁과 수면에 떠 오르는 해녀들의 모습은 제주 바다를 아름답게 수놓는 꽃. 바다에서 들려오는 해녀들의 숨비 소리는 늘 나의 발목을 붙잡는다. 들숨과 날숨 사이, 물속과 물 밖의 경계 그 숨 속에 그네들의 삶이 있고, 해녀들의 삶은 그래서 삶의 끝의 치열함이 있다. 그들에겐 욕심이란 곧 죽음을 의미한다. 욕심은 곧 물숨을 부르고 삶의 경계를 넘어버린다.

그렇다. 제주 해녀들이 물질하는 모습은 슬프면서도 아름다운 꽃들이다. 그녀들의 숨비 소리를 내며 하는 바닷속으로의 잠수는 식구들의 목숨 줄이 걸려 있었다. 숨비 소리는 해녀들이 물질을 마치고 물 밖으로 올라와 가쁘게 내쉬는 숨소리이다. 그 소리는 '휘이 휘이' 하는 휘파람 소리 같다.

물숨(바닷속에서의 호흡)은 곧 죽음이다. 해녀들이 물질하다가 물속에서 호흡하게 되면 그것이 마지막 숨이 된다. 황천길로 향해 가는 숨이다. 그래서 해녀들은 물질하면서 '욕심은 곧 죽음'이라는 진리를 깨닫는다. 물질하는 해녀들이 물속에서 가장 반가워하는 것이 손바닥만 한 전복과 돌문어이다. 왜냐하면 그놈들을 잡으면 큰돈이 되기 때문이다. 그런데 물질을 하다가 숨이 턱에 차서 수면으로 올라와야 하는데 그것들이 눈에 확 들어온다. 순간 생각이 많아진다. '저 전복을 따 오면 우리 식구 하루 치 식량인데, 돌문어를 잡아서 눈에 넣어도 아프지 않을 손주 새끼들 용돈을 주면 아주 좋아하겠지' 그래서 그것들을 취할 욕심에 물 위로 올라오지 못하고 손을 뻗는 순간 물속에서 숨을 쉬어버린다. 바로 물숨이다. 바로 생의 마지막 숨이 되어 버리는 슬프고 가련한 한 마디이다. 제주 출신의 영화감독 고○영은 오랜 기간 해녀들을 따라다니며 〈물숨〉이라는 영화도 만들었다. 참 가슴이 쓰린 영화이다. 물질을 두고 제주에서는 "여자로 태어나느니 차라리 소로 태어나는 것이 낫다."라는 말이 있다. 소보다도 못한 대우를 받으며 살아가는 자신들의 신세가 오직 처량했으면 그러했겠는가. 어느 연로한 해녀 할망은 무명 흰 물 적삼과 두건을 보여 주며 혹여라도 물질하다가 죽으면 하얀색의 주검으로 쉽게 발견되기 위함이라고 말한다. 그 말에 두 눈에서 눈물이 쏟아졌다. 제주 해녀들은 바다 거북이를 용왕님의 막내딸로 생각한다. 그래서 물질 중에 물속에서 거북이를 만나면 손을 흔들어 인사하며 좋아한다. 또 제돌이(방생 돌고래 이름)가 이끄는 남방 돌고래 한 떼가 나타나 물질하는 해녀들을 위로하며 재롱을 떠는 모습에는 잠시나마 시름이 가라앉는다. 거북이와 돌고래는 행운을 가져다준다고 믿기 때문이다.

제주의 해녀 유래는 이렇다. 그 유래의 내용에 마음이 언짢아진다. 예부터 제주에서는 귤, 말 그리고 전복을 육지 조정에 진상(進上)했다. 본래 비바리(포작인, 鮑作人)라고 하는 남자가 해안에서 전복을 잡아서 진상했다. 그전에는 해녀가 없었다. 그저 제주 섬의 아낙네들도 육지처럼 집안일과 밭일을 주로 했었다. 그런데 조정에서는 전복 진상 양을 늘리라고 제주 목사(牧使)에게 명령했다. 기다렸다는 듯이 탐관오리(貪官汚吏)들은 마치 로마 시대의 식민지였던 유대인들의 세리처럼 진상뿐만 아니라 자신들의 몫을 따로 챙기며 착취하기 시작했다. 설상가상이었다. 비바리들은 물량을 채우지 못하면 잡혀가서 돈으로 충당하던지, 아니면 곤장(棍杖)을 맞아야 했다. 그래서 할당량을 채우지 못한 남자들은 육지나 한라산 깊은 곳으로 도망하여 도적이나 화전민이 되었다. 그러나 남자들이 없다고 해서 전복진상이 면제되지는 않았다. 결국 아낙네들이 물속으로 뛰어 들어가야만 했다. 제주 해녀의 시작이었다. 그녀들은 차마 아이들과 죽을 수가 없어서 해녀가 된 것이었다. 그녀들은 아기를 출산하고 사흘만에 뼈마디가 끊어지는 고통을 안고 차디찬 물속으로 다시 뛰어들어가야 했다.

어떤 이들은 아름다운 제주 바다에서 물질하는 제주 해녀들을 보면서 낭만적이라고들 한다. 그러나 그녀들의 속을 들여다보면 결코 제주 바다는 아름답지 않다. 절대 낭만적일 수가 없다. 우리는 고소한 커피의 향과 맛을 즐기거나 통통 튀는 축구공으로 축구 경기를 즐기면서 그 커피와 축구공을 만들기 위해 얼마나 많은 사람들, 심지어 어린아이들까지 피눈물을 어떻게 흘렸는지는 알지 못한다. 제주의 해녀들도 마찬가지다. 우리가 제주 바다 해안에서 술 한 잔에 맛있는 해산물로 안주를 즐기는 것은 해녀들의 엄청난 수고가 스며있는 것이다.

제주 해녀들은 오랜 물질로 인하여 해녀 병인 만성 질환에 시달린다. 물 표면과 깊은 바닷속의 기압 차로 인해서 걸리는 병이다. 그 해녀 병은 주로 귓병과 무릎 관절염이다. 나이 드신 해녀들은 나직한 말소리는 잘 알아듣지 못한다. 그래서 그분들과 얘기를 나누려면 마치 말싸움이라도 하는 것처럼 큰소리를 질러야 한다. 또한, 그녀들의 무릎에는 물이 차는 병이 생겨 대부분 절뚝거리며 걷는다. 그래도 그분들은 수영이 안 될 때까지 바다를 찾는다. 이 모습을 볼 때면 정말 가슴이 뭉클해지며 마음속이 예리한 칼날로 도려내듯이 에인다. 제주도 해안에는 순비기나무라는 식물이 자생한다. 바닷가에는 비바람이 세서 나무가 위로 자라지 못하고 줄기가 옆으로 자란다. 이 나무의 열매에는 두통을 치료하는 물질이 있다고 한다. 만성 두통에 시달리는 해녀들은 이 열매를 씹으며 두통을 다스렸다고 한다.

해녀콩은 제주 해변과 토끼(문주란)섬 등에서 자라는 콩류 식물이다. 강한 독성을 가지고 있어서 식용으로 사용하지 못한다. 임신을 원치 않았던 제주 여인들이 낙태를 위해서 몰래 섭취했던 콩이다. 해녀콩은 제주도 해녀의 한과 슬픔을 간직한 꽃이다. 그래서 꽃 색깔도 슬퍼서 연분홍빛이다. 해녀들은 고단하고 지친 심신인데도 실수하여 덜컥 회임(懷妊)이 되어버리는 경우가 있었다. 이들에게 새 생명에 대한 기쁨과 축복은 전혀 다른 세상의 이야기였다. 하늘이 노랗고 막막하여 물질 중에 섬에서 익어가는 해녀콩을 몰래 따서 망사리에 숨겨왔다. 그리고 그것을 삶아 먹고 낙태를 시켰다고 한다.

해녀는 그 능력에 따라서 상군, 중군 그리고 하군으로 나뉜다. 상군은 젊고 물질을 매우 잘하는 해녀로 깊은 수심에서 해산물을 채취한다. 중군은 중간 정도의 물질 실력을 갖춘 해녀이다. 그리고 하군은 연로한 해녀로서 해안이 낮은 수심에서 물질하는 해녀다. 어린 소녀들이 물질하는 바다를 애기 바당, 늙은 할망들이 물질하는 곳을 할망 바당이라고 한다. 물개처럼 수영을 잘하는 상군 해녀가 앞장선다. 그리고 깊은 바당 밭에 이르러 테왁을 끌어안고 뒤따라오는 해녀들을 뒤돌아보며 어서 오라고 손짓한다. 제주 해녀들은 새해를 맞아 첫 물질을 시작하기 전에 곳곳에서 큰 행사를 치른다. 해신당(海神堂)에서 제사를 올리고 바다의 영등 할망에게 무사를 비는 영등(迎燈)굿을 올린다. 제주 사람들은 아직 토속 및 무속 신앙의 전통이 많이 남아 있는 편이다. 제주시 구좌읍 종달리에 있는 해신당(海神堂)이 유명하다. '지(紙)'는 해녀가 물질을 시작하기 전에 해신당에서 용왕에게 제사를 지내고 종이에 매우 귀한 쌀을 세 움큼 종이에 싸서 바다로 던지는 행위를 말한다. 지금도 이어져 오고 있으며 요즘에는 안전한 물질은 물론이고 가족들의 건강과 부자가 되게 해 달라는 소원을 빌며 지를 바다에 던지곤 한다.

해녀들의 장비는 간단하다. 지금은 방수와 방한이 되는 고무 슈트의 잠수복을 입지만, 예전에는 거의 물소중이, 물적삼, 물수건 등 속곳(옷)만 입은 잠뱅이가 전부였다. 또 물질 도구는 물안경, 태왁, 망사리, 빗창 그리고 까꾸리였다. 해녀들이 물질할 때 반드시 챙겨야 하는 세 가지 필수품이 있다. 쑥, 껌 그리고 뇌선이다. 쑥으로 물안경을 닦아 코팅 효과를 내서 물속에서 김이 서리지 않게 한다. 귀에 물이 들어가는 것을 막기 위해 씹던 껌으로 귓구멍을 막는다. 그리고 수압의 두통을 이기기 위해 뇌선이라는 두통약을 먹는 것을 잊지 않는다.

제주 해녀는 사회 및 애국 활동도 활발하게 펼쳤다. 학교 바당이라는 곳이 있다. 성산읍 온평리의 해녀들은 물질을 해서 학교까지 세웠다. 온평리에는 그 공적을 기리는 해녀 공로비가 세워져 있다. 또 그녀들은 일제 강점기 때 3·1 만세 운동에 적극적으로 참여 했으며 1932년도에는 일제의 해산물 수탈에 반기를 들어 대대적인 항일 운동도 전개했다. 제주시 구좌읍 상도리에는 제주 해녀 항일 운동 기념탑(濟州 海女 抗日 運動 紀念塔)을 세워 매년 기념식을 하고 행사도 개최한다. 이렇듯 제주 해녀는 제주를 역사를 이끌어 온 근간이라 할 수 있다.

제주 해녀들은 제주에서만 물질한 것이 아니었다. 해외 원정으로 물질을 수출도 했다. 1895년에 부산으로 가서 첫 출가 물질을 한 해녀들은 일본, 중국 그리고 러시아까지 물질을 하기 위해서 이주해야 했다. 물론 그분들이 좋아서 자발적으로 고향 제주를 떠난 것이 아니라는 것은 누구나 어렵지 않게 눈치챌 수 있다. 바로 목구멍이 포도청인지라 산 입에 거미줄 칠 수가 없어서 피눈물을 흘리며 가족들과 생이별한 것이었다. 부산 사람들은 제주 전통 해녀복을 입고 물질하는 제주 해녀들을 보고 "제주 년들은 홀딱 벗고 물질하며 하늘 보고 방귀 뀐다."라며 조롱과 희롱하며 천대했다. 그 당시 육지 사람들은 해녀들의 물질을 생전 처음 보았을 테니 이런 말을 한 것도 무리가 아니었을 것이다. 더구나 조선 시대에 그랬으니 말이다. 해녀들이 물질하는 모습을 멀리서 보고 아낙네들이 홀딱 벗고 바다에서 해괴망측한 짓을 하는 것으로 인식했을 것이다. 또 일제 강점기 때인 1922년에는 '군대환(君が代丸, 기미가요마루)'이라는 여객선을 타고 일본 오사카(大阪)에 상륙하여 해외 첫 출가 물질을 했다. 그 배는 그 당시 제주에서 오사카를 오가는 여객선이었다. 그리고 후에

제주 해녀들은 중국 산둥반도와 러시아 극동 바다까지 진출했다.

일본 해녀 아마(あま)의 유래는 근간이 조선 해녀다. 일말(一抹)에는 임진왜란 때 왜적이 제주 해녀를 잡아가서 물질을 시킨 것이 일본 해녀의 기원이라는 설도 있다. 그런데 일본은 아마가 해녀의 원조라고 주장하고 있다. 그들은 뻔뻔스럽게도 유네스코에 아마를 인류 무형 문화재로 등재 신청하였다. 그러나 유네스코는 제주 해녀의 손을 번쩍 들어 주었고, 제주 해녀가 인류 무형 문화재로 등재(2017년)되었다. 또한, 유네스코에서는 제주 해녀 공동체를 세계 무형 문화재로 등재했다. 바로 해녀들의 공동 물질에 의한 수집, 공동 판매 그리고 이익의 공동 분배 원칙을 높이 평가한 것이다. 그 아름다운 원칙은 지금까지 지켜져 오고 있다. 상·중군 해녀는 하군 삼촌(어르신) 해녀들의 물질 장소에서는 작업하지 않는 배려를 하고 있다. 해안가의 불턱은 해녀들이 물질하기 전후에 옹기종기 모여서 회의나 물질 기술을 전수하는 장소이다. 작업 후에는 모닥불을 피워놓고 함께 정리하는 곳이기도 하다. 유네스코 등재 후 해녀들에게는 작게나마 위로의 선물이 주어지고 있다. 연로한 해녀 할망들인 70~80대 나이의 해녀들에게 매달 십만 원과 이십만 원을 지원금으로 정부에서 보조하고 있다. 용돈을 받고 까맣게 주름진 얼굴이 펴지며 작은 미소라도 지었으면 하는 바람이다.

그런데 영광은 순간이라고, 제주 해녀가 문화재로 등재되는 경사를 맞이했는데도 불구하고 해녀는 얼마 안 가서 사라질 판이다. 제주의 경제 환경이 개선되면서 해녀들이 급격히 줄어드는 실정이다. 제주 여인들이 목숨을 건 물질을 기피하는 현상으로 인해서 이제 제주 해녀는 기록에서만 보게 될 위기에 처했다. 아무래도 정부가 장려하여 해남(海男)이라도 발굴해야 하지 않을까 싶다. 얼마 전에는 서울 명문대 출신의 어느 처녀가 물질을 배워보겠다고 해녀 학교에 입학했다. 그녀가 교육을 받는 모습이 TV 다큐멘터리로 방영될 정도였다. 젊은 해녀는 귀하고 귀한 신줏단지가 되었다.

현재(2016년 통계) 제주도에는 약 사천여 명의 해녀들이 거센 파도와 싸우며 물질을 이어가고 있다. 그런데 그중 대부분(약 73%)이 60대 이상으로 연로한 상태이며 관광객들의 필수 코스인 아름다운 섬 우도에 가장 많다.

제주 여자들은 억척스럽고 강인하다. 또 투박하고 무뚝뚝하다. 육지 사람들이 말이라도 붙일라치면 알아듣지도 못하는 사투리로 툭툭거리는 것 같다. 그래서 첫인상은 매우 비호감이다. 그것은 그녀들의 삶의 환경 때문이다. 그러나 그들을 알게 되고 사귀게 되면 정직하고 아주 배려심이 많다는 것을 알 수 있다. 이는 어렸을 때부터 몸에 밴 공동체 생활 의식 때문일 것이다. 이기주의로 독불장군이면 공동체에서 쫓겨나기 때문이다.

필자는 제주 해녀의 현실 생활적 고통과 불행에 주로 초점을 맞추었다. 그녀들은 물질을 마치고 불턱 한가운데에 모여서 모닥불을 지핀다. 서로 온기를 느끼며 동그랗게 둘러앉아 오순도순 수다를 떠는 해녀들의 모습이 정겹다. 종이컵으로 마시는 달고 쓴 커피 향기 위로 그들의 웃음과 희망도 함께 피어오른다. 제주 해녀들이 물질하는 모습이야말로 바로 제주인의 삶의 모습이라고 해도 과언이 아니라고 생각한다. 해녀 할망의 굵게 파인 주름진 얼굴에서 피어나는 웃음이야말로 제주 여인의 진정 아름다운 모습이 아닐까 한다.

그리고 바다로 물질하러 가는 제주 해녀 어르신들을 보며 반가운 얼굴로 인사말을 건네 본다.

"삼촌들, 오널도 바당 밭으로 물질하러 감수광?"

※ 자료 출처: 제주 해녀 박물관.

제주의 고사리(Bracken, 蕨菜)

춥고 어두웠던 긴 겨울이 다 하지 못한 심술을 '휙' 부리며 물러난다. 그러면 남도 제주도에도 살랑살랑 봄바람이 불어온다. 이어서 새봄을 맨 먼저 알리고자 따뜻한 남쪽 용머리 해안의 유채밭에서 노란 유채꽃이 꽃망울을 터트린다. 그런데 제주에 봄소식을 전하는 또 한 녀석이 있다. 4월 초순이 시작되면 섬에는 덤불이 우거진 야산과 들판에 어느 잡초보다도 먼저 지천으로 제주 고사리가 얼굴을 내밀며 솟아오른다. 고사리 대가 자라는 모습은 정말 진풍경이다. 꺾고 또 꺾어도 오뚝이처럼 땅속을 박차고 쑥쑥 솟아 올라온다. 자라는 속도도 매우 빠르다. 우후죽순(雨後竹筍)이라 했던가. 대죽보다 고사리의 성장 속도가 더 빠른 것 같다. 꺾고 나서 단 이틀이면 또 꺾을 만큼 자란다.

고사리의 명칭은 다양하다. 아기 손이 피어나는 모습처럼 예쁘다 하여 고사리, 잎이 손으로 턱을 괸 모양으로 말려 있다는 뜻의 괴살이 그리고 한자 표기로는 어린잎이 주먹을 쥐고 있는 모습 같다 하여 권두채(拳頭菜)라고도 한다. 이름이 참 재미있고 앙증스럽다.

그래서 봄철이면 제주 아낙네들은 온종일 고사리를 꺾으러 들판을 휘젓고 돌아다닌다. 제주 고사리는 맛도 좋고 높은 가격으로 팔려서 가계 살림살이에 많은 보탬이 되기 때문이다. 심지어는 육지

사람들이 고사리 여행 패키지로 투어를 올 정도다. 제주 벵디(들판)는 4월 초부터 약 한 달여 동안 고사리를 뜯는 여인들로 인산인해를 이룬다.

고사리 아낙네들의 복장은 가히 전쟁터에 나가는 전사들의 차림이다. 겉옷으로 갑옷만 걸치지 않았을 뿐이다. 모자는 두 눈만 살짝 내보이고 어깨까지 덮는 밭일하는 여인들의 특수 모자이다. 긴 팔에 코팅 처리된 장갑을, 긴 바지에 거의 무릎까지 올라오는 긴 장화를 착용한다. 흡사 모내기를 끝낸 농부가 논에 김매러 가는 모습이다. 그야말로 온몸을 감싸고 또 싸맨 복장이다. 심지어는 얼굴에 까만 선글라스까지 착용한 아주머니도 보인다. 정말 완전무장이다. 모슬렘 여인들이 부르카를 입은 것보다 더 심하면 심했지, 못한 것 같지 않은 모습이다. 이렇게 고사리 꺾는 여인들이 완전히 폭 싸매 입는 이유는 단 하나뿐이다. 물리면 치사율이 엄청 높은 야생진드기 때문이다. 이놈들은 아직 예방 백신도 없고 특별한 치료제도 없는 실정이다. 우리나라에서는 4월부터 10월까지 들판에서 발견된다고 한다. 정말 들녘에서 일하는 농부들에게는 공포의 대상이 아닐 수 없다.

고사리는 다년생의 식물로서 세계적으로 가장 널리 펴져 있는 양치식물(羊齒植物, fern)이다. 그리고 지구상에서 가장 오랜 기간 살아남은 환경 적응력 1등인 대표적인 끈기의 식물이기도 하다. 남극 대륙처럼 극한 지역이거나 사막과 같이 폭염과 건조한 지방을 제외한 모든 대륙에서 관찰할 수 있다. 우리나라 한반도에서도 흔히 볼 수 있는 식물이다. 양지나 음지 모두 잘 적응하고 환경 조건이 나쁜 곳에서도 잘 생육하고 번식한다. 그러나 신기하게도 토양이 오염된 곳에서는 생육하지 못한다.

고사리는 고혈압을 조절하는 데 아주 좋은 음식이다. 그래서 고사리는 우리 국민이 첫 번째로 치는 건강 음식이다. 고사리는 봄철에 땅속을 뚫고 나온 대가 자라서 잎이 피면 식용으로 쓸 수 없다. 입이 피어 버리면 질기고 맛이 없어져 먹을 수가 없다. 그래서 이파리가 피기 전에 머리 부분이 벌레처럼 징그러울 때 채취하여 뜨거운 물에 데쳐서 양념에 무쳐 먹는다. 고사리는 '산에서 나는 소고기'라고 불릴 만큼 풍부한 영양소를 함유하고 있어서 우리나라의 대표적인 산나물로 인기가 높은 편이다. 또 꺾어서 데친 후에 말린 것들은 통풍이 잘되고 건조한 곳에 보관하여 일 년 열두 달 요긴하게 사용하는 식재료이기도 하다.

고사리는 효경(孝敬)의 귀한 봄나물 중의 하나라고 한다. 고사리는 반드시 잎이 피기 전의 고개 숙인 고사리만 나물로 먹을 수 있다. 또한, 산나물 마을 아주머니들이 고사리를 꺾으려면 하나 꺾을 때마다 허리를 굽히지 않으면 안 된다. 그래서 고사리를 채취하면 돌아가신 부모님을 생각하게 한다고 하여 효도하는 나물이라고도 한다. 그런데 고사리는 독(毒)이 있어서 생으로 그냥 먹으면 크게 탈이 난다. 꼭 끓는 물에 삶아서 하루 이상 물에 불려서 바짝 말렸다가 섭취해야 한다.

우리 조상들은 고사리 맛을 보고 고소한 고기 맛이 난다 했다. 그래서 부모나 조상들의 기일(忌日)을 맞으면 제사상에 삼색 나물 중 하나로 반드시 고사리를 올린다. 제주 들판에 봄이면 왜 고사리가

지천으로 피어나는지는 정확히 알 수 없다. 또 해풍을 맞으며 청정 지역에서 자라서인지는 몰라도 맛이 수입산이나 육지 고사리보다 훨씬 뛰어나다.

필자의 어린 시절에 어머니는 푸르른 5월이 되면 동네 주위의 산속을 헤매고 다니셨다. 그뿐만 아니라 이십 리가 넘는 산길을 걸어서 포천의 광릉 수목원 뒷산에까지 진출하여 나물을 뜯어다 삶아서 파셨다. 그래서 필자도 가끔 따라다니면서 고사리와 봄나물을 채취한 기억이 난다. 그때의 고사리는 가늘고 작았던 것 같은데 제주 고사리는 소위 대가 검은빛을 띠어서 '먹고사리'라고 한다. 굵고 길어서 꺾을 때 소리도 '또똑' 하며 제법 소리가 크다. 낚시꾼은 손맛으로 낚시를 한다고 하는데 고사리를 꺾을 때의 느낌도 별반 다르지 않은 것 같다. 그래서 고사리를 꺾으러 한번 들판에 나가면 중독 현상이 생긴 것처럼 발길을 돌리지 못한다. 필자도 안사람의 성화를 못 이겨서 고사리를 꺾으러 다녀 봤다. 처음에는 귀찮고 허리까지 뻐근하여 짜증을 부렸다. 그런데 시간이 조금씩 지나니 고사리를 꺾는 묘한 느낌이 중독 현상을 나타내어 허리가 아픈 것은 까맣게 잊고 몰두해 버렸다. 참 신기한 일이다.

고사리는 지구에서 가장 오래 살아남은 생물 중의 하나다. 제주의 고사리는 제주도 사람들의 지난 시절 고난의 삶과 꼭 일치하는 식물임이 틀림없는 것 같다. 변화무쌍한 긴 세월 동안 적응하며 견뎌온 모습은 우리 한민족, 특히 제주인들을 많이 닮았다. 제주 섬사람들을 상징하는 단어로는 끈기, 은근, 인내, 고통, 잡초 그리고 극복 등이 있다. 고사리는 형제가 아홉이라고 한다. 고사리를 꺾으면 그 자리에서 새싹이 아홉 번 난다고 한다. 실로 대단한 생명력이다. 고사리에는 단백질과 칼슘이 특히 많이 함유되어 있다고 한다. 생각해 보니 제주도에 유난히 고사리가 많은 이유를 알 것 같다. 예전에 우리나라에는 최고로 힘든 시절이었던 봄철에 보릿고개라는 기간이 있었다. 그야말로 먹을 것이 다 떨어져서 냉수만 마시며 견디던 기간을 말함이다. 그런 와중에도 특히 제주 사람들은 더 굶주렸다. 그래서 신이 자비를 내려서 이른 봄에 제주 섬 곳곳에 고사리를 나게 해 주지 않았나 하는 생각이 든다. 섬사람들은 봄이 오면 들로 나가 고사리를 채취해 삶아 먹으며 그 기나긴 인고의 세월을 버틴 것이 아닌가 싶다.

제주의 봄철에는 자신의 키보다도 커다란 부대 자루로 만든 고사리 배낭을 지고 힘들게 걷고 있는 사람들을 어렵지 않게 볼 수 있다. 거북 등같이 투박한 손으로 꺾은 고사리를 가득 채우고 등에 짊어지신 할머니 삼촌(어르신)을 보게 되면 짠한 생각도 들게 된다. 거칠고 시커먼 주먹으로 연신 이마 위의 땀을 닦으며 들판을 헤매며 고사리를 찾아서 돌아다닌다. 주름진 얼굴에 힘들어하는 모습에서 우리 어머니의 모습을 보게 되기 때문이리라. 그 할망의 검게 그을리고 쭈글쭈글 주름진 얼굴 모습이 바로 제주 사람들의 생생한 역사일 것이다. 어르신의 굽은 등이 시원하게 활짝 펴지는 날을 바라본다.

어머니의 기제사 때 제사상에 올라온 제주 고사리나물을 맛있게 먹으며 어머니 생각에 눈물이 난다.

제주의 올레길

올레는 제주 방언으로 좁은 골목을 뜻하며 통상 마을의 큰길에서 집의 대문까지 이어지는 좁은 길을 말한다. 도보여행 코스로 각광을 받고 있는 제주 올레길은 언론인 서명숙 씨를 중심으로 구성된 사단법인 제주올레에서 개발한 것이다.

올레길에는 말 모양의 이정표와 함께 리본이 달려 있다. 두 개의 리본 중에서 파란색은 제주도의 푸른 바다를 상징하고 주황 리본은 제주도의 대표 특산품인 감귤을 상징한다고 한다. 이 표식들을 따라가면 길을 잃지 않고 올레길을 걷는 데 문제가 없을 것이다.

현재 제주 섬에서는 많은 사람이 올레길에 서 있다. 가족, 친구 그리고 여인 등 삼삼오오 동행인끼리 정다운 담소를 나누며 걷는 모습이 일반적이다. 그런데 최근에는 나 홀로 외로이 걷는 사람들이 많이 눈에 들어온다. 그 사람들은 무엇 때문에 무작정 힘들게 걸음을 재촉하는 것인가. 어떤 무엇인가가 회색 빌딩 속의 현대인을 심하게 압박하고 짓누르고 있기 때문이다. 그 해소 방법을 천혜의 자연 속에서 찾으려는 것이 아니겠는가. 결국 인간도 자연의 일부이다.

올레길은 2007년 9월 8일을 기점으로 해서 서귀포시 성산읍의 시흥 초등학교에서 성산 일출봉 바닷가의 광치기 해변까지인 제1코스에서 첫걸음을 떼면서 시작되었다. 지금부터 간단하게 26개의 올레길 코스를 밟아 보자. 걸어야 할 거리는 우리 조상들이 사용하던 십 리, 이십 리 등으로 표기하고 소요 시간은 반나절, 온종일 등 정감 어린 표현을 사용했다.

제1코스(시흥 초등학교~광치기 해변)

제주 올레길의 시점이며 서귀포시 성산읍 시흥 초등학교에서 성산읍 성산리 광치기 해변까지의 총 사십 리 정도다. 반나절 조금 넘게 걸으면 종점에 이를 수 있다.

이 코스를 시작으로 대망의 26개 올레길의 장도에 오르게 된다. 총 수백 리를 걸어야 마지막 제21코스의 종점에 도착하게 되는 만큼 마음가짐을 다부지게 가져야 한다. 꼬불꼬불한 비경의 아름다운 해안 길과 또는 내륙 중산간 지역의 곶자왈도 통과해야 하며 목가적인 방목장과 밭담이 쌓인 끝없는 농촌 마을도 지나야 한다.

이 구간은 오름 두산봉(말미오름)을 올라야 하며 두말하면 잔소리일 우도와 유네스코에서 지정한 인류의 최고 자연 자원인 성산 일출봉이 구간 안에 있다. 그래서 아마도 올레길 기획자가 일부러 이곳을 출발점으로 잡았나 보다. 자, 이제 굳건한 마음으로 제주 자연을 마음껏 감상하러 첫발을 내디뎌 보자. 우리 속담에 "시작이 반이다."라고 하지 않았는가.

제1-1코스(우도 올레 천진항~천진항)

우도의 올레길이다. 천진항에서부터 다시 천진항으로 한 바퀴 돌아오는 코스이다. 총 거리는 약 사십 리이며 트래킹 소요 시간은 천천히 걸어서 태양이 머리 꼭대기에 서기 전에 끝난다.

우도봉을 비롯하여 섬의 모든 곳을 탐방할 수 있다. 특히 섬에서 바라보는 본섬의 성산 일출봉과 푸르른 바다 그리고 멀리 한라산이 바라다보이는 경관은 환상적인 아름다움을 자랑한다. 우도에 관해서는 전에 언급한 제주의 부속 섬을 참조하기 바란다.

제2코스(광치기 해변~온평리 포구)

광치기 해변부터 서귀포시 성산읍 온평리 포구까지 총 사십 리의 거리로 비교적 짧은 코스라 하겠다. 트래킹 소요 시간은 대략 반나절을 조금 넘게 걸으면 되는 시간이다.

제주의 시초의 전설이 있는 고·양·부 삼 씨의 혼인지를 비롯하여 커피 박물관, 빛의 벙커 그리고 오름 대수산봉이 있다. 요즘도 연인들이 혼인지를 많이 찾고 있으며 전통 혼례식을 하고자 하는 신혼부부는 이곳에서 결혼식을 올린다.

제3코스(온평 포구~표선 해비치 해변)

서귀포시 성산읍 온평리 포구에서부터 표선면 표선 해비치 해변/해수욕장까지의 조금 긴 코스이다. 총 길이는 반백 리가 조금 넘는 거리이다. 동쪽으로부터 해안을 따라서 서쪽의 서귀포 방향으로 거의 한나절 동안 다리의 힘을 빌려야 하며 쉽지 않은 마음가짐으로 걸어야 한다.

모래사장이 하얗고 넓은 해수욕장이 뜨거운 정열의 피서객을 기다린다. 해수욕장 개장 시기에는 여러 부류의 축제가 개최되는 곳이다.

제4코스(표선 해비치 해변~남원 포구)

표선면 해비치 해변에서부터 서귀포시 남원 포구까지의 코스다. 총 길이는 무려 오십 리 하고도 오리를 걸어야 하는 올레길 코스 중에서 가장 긴 구간이다. 발바닥 보호 장치를 하고 탐방 길에 올라야 한다. 아침부터 식사를 잘 챙겨 먹고 마음을 굳게 먹고 걸어야 무사히 완주할 수 있다. 탐방 소요 시간은 대략 온종일 걷고 또 걸어야 할 것으로 계산하고 있다.

남원읍은 서귀포시와 같이 제주에서도 감귤이 달기로 유명한 과수원이 밀집해 있는 곳이다. 봄날에 따스한 봄볕과 시원한 바닷바람을 맞으며 절경의 해안로를 실컷 걸어 보자.

제5코스(남원 포구~쇠소깍)

서귀포시 남원 포구에서부터 쇠소깍에 이르는 코스이다. 걸어야 할 거리는 삼십 리가 조금 넘는 길지 않은 코스이다. 동행인과 담소를 나누며 놀면서 가도 반나절이면 충분하다고 본다.

코스 대부분이 아름다우며 따뜻한 해풍을 맞고 푸른 바다를 맘껏 즐기며 걷는 곳이다. 물론 절경의 해안 산책로는 기본이다. 해안마다 한치, 오징어를 말리는 모습이 정겹다. 월척을 꿈꾸는 낚시꾼이 낚시질하는 모습이 매우 진지하다. 포구에는 남원 해수 풀장이 있다. 이곳에는 드물게 볼 수 있는 올레 안내소도 있다. 아름답고 조용한 위미항이 있으며 큰엉(언덕) 숲길을 걷다 보면 하늘에 선명히 찍힌 한반도의 모습을 볼 수 있다. 요즘 소문이 빠르게 퍼지는 위미리 동백 군락지도 있다.

코스 종점에서는 바다와 맞닿은 가장 아름다운 작은 호수인 쇠소깍이 보인다. 처음 이 호수를 보는 사람들의 공통점은 눈이 커진다는 것이다. 느릿하게 쉬멍가멍(쉬며가며) 여유를 부리며 심신이 힐링되는 것을 느껴보자. “고랑 몰랑 바사 알주.”라는 말이 있는데, “말로는 모르고 봐야 알지.”라는 제주 방언이다.

제6코스(쇠소깍~외돌개)

제주 남부 서귀포시 하효동 바닷가에 있는 쇠소깍에서부터 외돌개까지의 코스이다. 역시 트래킹 길이는 약 삼십오 리 정도이며 짧은 편이다. 천천히 걸어가도 다리가 힘들기도 전에 완주가 가능하다.

제주 올레길 가운데서도 가장 아름다운 해안 절경을 가진 코스이다. 또한, 서귀포 앞바다에는 섭섬, 문섬 그리고 범섬 등이 어우러져 환상적인 풍경이 한 폭의 풍경화로 펼쳐진다. 걸을 때마다 진경(珍景)의 경관이 사람의 발걸음을 멈추게 한다. 중간에 있는 서귀포시 보목동의 보목 포구에서는 초여름 제주의 귀염둥이 물고기인 자리돔 축제가 열린다. 소정방 폭포와 정방 폭포는 따로 설명할 필요가 없다.

제7코스(외돌개~월평 마을 아왜낭목 쉼터)

서귀포시 서홍동 제주의 랜드마크라 할 수 있는 외돌개에서부터 서귀포시 대천동 월평 마을 아왜낭목 쉼터까지 이르는 코스다. 총 길이는 대략 사십 리에서 약간 모자란다. 걷기에 적당한 거리이고 반나절 정도를 계산하여 걷는다면 종점에 도착할 수 있다.

올레길 제6코스와 버금가는 빼어난 해안 절경을 간직한 길이다. 외돌개를 비롯하여 황우지 선녀탕과 국내 최대 크루즈선이 정박할 수 있는 민관복합 강정 해군 기지가 그 위용을 드러내고 있다.

제7-1코스(외돌개~월드컵 경기장)

외돌개로부터 서귀포시 신시가지를 관통하여 2002년 서귀포 월드컵 경기장까지의 이르는 코스이다. 총 길이는 약 사십 리 정도이며 트래킹 소요 시간은 오전 중이면 편안히 종점에서 점심식사를 할 수 있을 정도로 보면 된다.

서귀포 시민들의 자연 휴식 장소인 고근산(오름)을 통과하고 서호동에 있는 신비의 하논 분화구를 탐방할 수 있다. 폭우가 쏟아지면 그 대가로 하늘이 내려주는 선물인 엉또 폭포가 예측 불가능할 정도로 엄청난 물을 계곡 아래로 떨어뜨린다.

제8코스(월평 마을 아왜낭목 쉼터~대평 포구)

서귀포시 대천동 월평 마을 아왜낭목 쉼터에서 서귀포시 안덕면 감산리 대평 포구까지의 제법 긴 거리이다. 걸어야 할 총 거리는 오십 리에 가까울 정도로 빡빡하며 강행군이 될 것이다. 소요 시간은 동쪽의 해가 서쪽의 붉은 노을을 만드는 시간만큼 투자해야 한다. 에너지를 충분히 충전하고 활기차게 출발하기를 바란다.

이 코스에는 화산의 용암이 빚어 놓은 가장 위대한 걸작이자 우리나라에서 가장 아름다운 대포동 주상 절리가 있다. 또 아시아의 최대 사찰 중의 하나인 약천사를 방문할 수 있고 중문 관광단지도 이 구간 안에 있다. 여름에는 중문 색달 해수욕장에서 색다른 해수욕을 즐길 수도 있다. 아름다운 해안을 가진 예래 포구에서 맛있는 활어회 한 접시를 시켜 맛보면 걸으면서 생긴 피로가 확 사라지지 않겠는가.

제9코스(대평 포구~화순 금모래 해변)

대평 포구에서부터 안덕면 화순리 화순 금모래 해변까지의 코스이다. 총 길이는 본섬 올레길 코스 중에서 가장 짧은 이십 리에 불과하다. 가벼운 마음으로 산책하는 기분으로 반나절의 반 정도만 걸어 보자.

먼저 환상적인 해안의 절벽 박수기정이 나그네의 눈을 휘둥그레지게 만든다. 당일에 제10코스로 넘어갈 생각이 없으면 항상 시원하고 맑은 물이 흐르는 창고천을 찾아가 보라. 이 하천은 제주 섬의 다른 계곡과는 달리 사계절 내내 물이 철철 넘치게 흐른다. 창고천 생태 공원(倉庫川 生態 公園)을 방문하여 자연에 깊숙이 들어가 보고 아름다운 안덕 계곡에 발을 담그고 동심으로 돌아가 물장구를 한 번 쳐 보자. 종점에는 제주 유일의 반짝이는 금모래 해수욕장이 있으니 여름에 트래킹하는 탐방객들은 그냥 지나치지 못할 것이다.

제10코스(화순 금모래 해변~모슬포항)

화순 금모래 해변/해수욕장에서부터 서귀포시 대정읍 하모리 모슬포항까지의 코스이다. 총 길이는 대체로 걷기에 적절한 사십 리 정도이다. 트래킹 소요 시간은 반나절을 투자하면 될 것으로 보인다.

이 코스의 해안선도 당연히 아름답지만, 절경의 관광지 또한 많이 자리하고 있다. 백록담을 퍼 놓은 흙더미라는 산방산과 그 산을 받치고 있는 신비한 용머리 해안, 서쪽으로는 바로 인근에 단산과 송악산이 해변가에 있다. 제주 본섬을 다 돌아보고도 또 가 보고 싶은 섬인 가파도와 한반도의 최남단인 마라도를 오가는 선착장이 바로 모슬포항이다. 제주의 서남부를 여행하기에 딱 맞는 코스라 하겠다.

제10-1코스(가파도 올레 상동 포구~가파 포구)

서귀포시 대정읍 가파리의 가파도 올레 상동 포구에서부터 가파 포구까지의 매우 짧은 거리이다. 상쾌한 해풍을 맞으며 멀리 마라도가 바라보이는 푸른 바닷가의 해안로를 걸으면 모든 잡념이 사라지는 곳이다. 총 거리는 십 리가 조금 넘는다. 워낙 작은 섬이다. 약 한 시간 정도 걸으면 종점에 도착하여 서운함을 간직하고 끝나버린다. 발바닥에 열이 나려 하면 끝나버린다. 그냥 섬을 한 바퀴 돌고 봄에 섬을 가로질러서 청보리밭을 걸으면 그뿐이다. 그러나 그곳의 풍광은 절대 소홀히 할 것이 아니다.

섬은 해발 고도 20m로 한반도에서 가장 키가 작은 섬이다. 가파도에 가면 상동 우물이 있다. 섬에서 가장 귀한 것은 식수였을 것이다. 그 우물이 섬 가운데에 아직도 남아있다. 섬에서 잡은 해물로 만드는 해물 짬뽕은 우리나라에서 가장 맛있다고 자신한다. 코스 해안로에 있는 허름한 보말 칼국수 집은 정말 맛이 일품이다. 테이블이 별로 없어서 늦으면 기다려야 한다.

청보리밭을 지나면 해풍에 산들거리는 맥랑(麥浪)이 여행객의 발걸음을 잡고 놓아주지 않는다. 주민들은 탄소 가스 없는 친환경 섬을 조성하기 위해서 엄청난 노력을 기울이고 있다. 이곳에는 특별한 집도 보인다. 집의 아주머니가 조개껍데기를 이용해 모자이크 담벼락 집을 만들어 놓았는데 이색적인 풍경이 카메라 셔터를 계속 누르게 한다.

상동 포구의 여객선 터미널 항구 옆 해안 도로에는 아담스럽게 자리 잡은 작은 카페가 있다. 가파도가 좋아 육지에서 제주도로, 다시 이 섬으로 이주한 여사장이 홀로 영업하고 있다. 카페에서는 커피와 식음료 등도 팔지만, 가파도에서 생산한 청보리 미숫가루 차가 일품이다. 주인은 묻지도 않았는데 가파도 자랑을 자리를 뜰 때까지 늘어놓았다.

제11코스(모슬포항~무릉 생태 학교)

모슬포항에서부터 서귀포시 대정읍 무릉리의 무릉 생태 학교까지의 코스이다. 해안에서 해안으로 가는 코스가 아니라 한라산 방향 중산간 지역으로 향하는 코스이다. 총 길이는 제법 걷기에 버거운 오십 리에 조금 못 미치는 길이다. 부지런히 걸으면 한나절에서 약간 빠지는 시간이 걸린다.

모슬봉에 올라서 제주 서남부의 푸른 바다를 감상하고 도에서 심혈을 기울인 제주 도립 곶자왈 공원은 반드시 들러 봐야 할 것이다. 추사 김정희 선생의 유배지가 잘 보존되고 있고 종점인 무릉 생태 학교에서 자연 생태에 관하여 알게 되면 우리의 자연이 더욱 소중하게 느껴질 것이다.

제12코스(무릉 생태 학교~용수 포구)

무릉 생태 학교부터 제주시 한경면 용수리 용수 포구까지의 거리이다. 이 코스는 섬 내륙에서 다시 해안 길을 따라서 걷는 산책로이다. 총 거리는 사십 리를 조금 지나친다. 여유 있는 마음으로 한낮의 태양의 에너지가 다 소비되기까지 걷는다고 생각하고 걸으면 종착지에 도착한다.

이 코스에서는 역시 수월봉과 차귀도가 대표적인 명소이다. 제주에서 수월봉에서 차귀도를 배경으로 감상하는 일몰의 대장관이 최고라 하겠다. 수월봉 등대에 올라 수월이의 애잔한 전설을 들으며 고마우신 부모님을 생각해 보자. 시간을 내서 차귀도 탐방을 빠트리지 말기를 바란다. 고산리 선사 유적지도 찾아보고 선사 시대 사람들이 제주에서 살았던 모습도 살펴보자.

제13코스(용수 포구~저지 마을회관)

용수 포구에서부터 제주시 한경면 저지리 저지 마을회관까지의 코스이다. 총 길이는 하루에 걷기에 적당한 사십 리에 약간 못 미치는 거리이다. 다리에 반나절 정도 힘을 실어주어야 하는 시간이다. 제주 26개 올레길 가운데에서 제11코스와 같이 바닷가에서 좀 더 섬 내륙(중산간 지역)으로 향하는 코스이다.

제주에서는 제법 큰 식수원인 용수 저수지를 지나가고 제주 낙천 의자 공원이 있는 낙천 마을을 통과한다. 이곳을 지나가다 보면 주민들의 단합된 노력에 감탄하게 된다. 종착지인 저지오름은 아름다운 숲을 간직한 오름이다. 코스는 자연과 농지 그리고 돌담 등을 벗삼아서 걸어야 한다. 해안로를 걷다가 바다가 보이지 않는 지역을 걷다 보면 다소 지루할 수도 있다. 그러나 제주 섬의 또 다른 자연을 즐겨 보자.

제14코스(저지 마을회관~한림항 비양도 도항선 선착장)

저지 마을회관부터 제주시 한림읍 한림리 한림항의 비양도 도항선 선착장까지의 거리이다. 코스 길이는 정신을 가다듬고 걸어야 할 정도의 긴 거리이다. 총 길이는 거의 오십 리에 가까운 거리로 좀 벅찬 거리이다. 동해의 해를 바라보며 시작하여 저녁나절에 해가 서해로 넘어가는 시간을 소비해서 걸어야 종착지에 도착할 수 있다. 제13코스와 정반대로 저지 마을에서 한림항까지의 탐방 길이다.

다소 힘들겠지만, 섬 내륙에서 다시 시원한 해안으로 향한다는 기대를 가지고 천천히 걸으면 종점에 다다른다. 해안에 도착하면 금능, 협재 해수욕장과 백년초로 유명한 월령리 선인장 마을을 지나게 된다. 한림항 앞바다 지척에 있는 아름다운 비양도가 환상적이다. 비양도는 자동차가 없는 섬이기도 하다. 바로 이산화탄소 제로(0)를 추구하는 클린 섬이다. 자동차 없이 걷는 길은 참 평안하다. 한편, 협재 해수욕장 맞은편에 있는 한림 공원에 들어가 보면 얼마나 아름답게 공원을 조성해 놓았는지 그 아름다움에 감탄하지 않는 방문객이 없다. 사설이라 유료이다.

제14-1코스(저지 마을회관~오설록)

저지 마을 마을회관부터 서귀포시 안덕면 서광리에 있는 오설록까지의 거리이다. 총 길이는 가볍게 걸어서 완주할 수 있는 대략 이십 리 하고도 오 리만 더 가면 되는 거리이다. 완주 소요 시간은 반나절 이상 필요하지 않다.

녹색의 바다가 펼쳐져 있는 오설록에서 녹차 밭을 감상하고 진한 녹차 한 잔도 음미해 보라. 문돗지오름 정상까지는 방목하는 말들이 있어서 말이 오름을 오르는 평화롭고 목가적인 전원 풍경이 정감 어리게 펼쳐진다. 저지 곶자왈도 함께 탐방하여 제주의 자연에 푹 빠져 보자.

제15코스(한림항 비양도 도항선 선착장~고내 포구)

한림항 비양도 도항선 선착장에서 제주시 애월읍 고내리 고내 포구까지의 거리이다. 이 코스는 자연 농촌 마을을 횡단하는 처음 개설 코스인 A 코스가 있고 나중에 신설한 해안 도로를 걷는 B 코스가 있다. A 코스의 거리는 사십 리 길이다. 탐방객의 발바닥에 많은 열이 나야지만 종점에 도달할 수 있다. 한편 B 코스는 A 코스보다 다소 짧은 삼십 리가 조금 넘는 거리다. 완주에 필요한 소요 시간은 약 반나절 정도다. 코스가 갈라지는 부분인 한림읍 수원리 사무소까지의 거리를 빼면 총 길이가 무려 칠십 리 정도 되는 장거리이다. 아마도 두 코스 모두 완주하려면 하루 낮 동안의 태양의 에너지로는 부족할 것 같다. A 코스는 한림항에서 출발하려 한림읍 대림리, 귀덕3리와 애월읍 금성리, 납읍리, 곽지 과오름, 고내봉을 지나 고내 포구에 이르는 길이다. B 코스는 제주 서북부 해안 도로 중에서 가장 빼어난 절경을 자랑하는 코스이다.

A 코스는 해안에서 가까운 금산 공원을 통과하며 B 코스는 물이 맑고 깊지 않은 아름다운 곽지 해수욕장을 지나게 된다.

B 코스에는 명소가 트래킹하는 여행객을 기다리고 있다. 맨도롱

또똣이라는 봄날 카페이다.

'맨도롱또똣'이란 말은 제주도 방언이다. "맨도롱하다."는 '기분이 좋다'와 또똣하다라는 '따뜻하다'의 제주 방언이 합쳐진 말이다. 즉, '먹기 좋을 만큼 알맞게 따뜻함'이라는 다정다감한 표현이다.

제주시 애월읍 애월리 애월항 부근의 드라마 <맨도롱또똣>의 배경이 된 해안가는 가히 비경이라 해도 전혀 손색이 없다. 바다 빛깔은 멀리 푸른색으로부터 옥빛, 흰색 그리고 검은색 등의 네 가지 색이 어우러져 사람의 넋을 빼놓는다. 그곳에서 망부석이 되어 바다를 바라보고 있다고 해서 누가 시비를 걸겠는가. 세계에서 가장 아름다운 해변이라는 하와이의 와이키키 해변과 이탈리아 카프리섬 해안이 전혀 부럽지 않다.

제16코스(고내 포구~광령1리 사무소)

고내 포구에서 제주시 애월읍 광령1리 사무소까지의 코스이다. 총 소요 거리는 사십 리가 조금 넘는 거리이다. 나그네는 해가 중천에 머무르게 될 때까지 발과 다리에 미안해하며 걸어야 종점에 도착한다.

고내 포구에서 해안로를 걷다가 남쪽 한라산 방향의 내륙 쪽으로 방향을 튼다. 제주에서는 보기 드문 민물 호수인 아름다운 수산 저수지는 신선들이 유유자적하게 노니는 동양화에서나 볼 법한 신기한 낙락장송을 감상할 수 있는 곳이다. 광령 초등학교를 지나서 조금만 더 가면 종착지인 광령1리 사무소 마당이 보인다.

제17코스(광령1리 사무소~동문 로터리 산지천 마당)

광령1리 사무소로부터 제주 원도심 동문 로터리 산지천 마당까지의 거리이다. 총 거리는 거의 오십 리 길로 다소 길다고 느끼겠지만, 워낙 관광지가 많아서 지루하지는 않을 것이다. 아름다운 경치를 보면서 힘내서 걸으면 대략 하루 낮의 모든 시간을 잡아야만 완주할 수 있다.

시점에서 출발하여 한라산에서 흘러내리는 무수천 중류에서 계곡 길을 따라 화산이 빚어 놓은 환상적인 주상 절리를 감상하며 걷다 보면 어느새 바닷가 하구에 도착한다. 이후 테우 해수욕장을 지나 도두항과 제주 공항 옆에 있는 도두봉오름을 거쳐 제주 북부 해안 길을 걷다가 제주의 랜드마크인 용두암을 만난다. 아름다운 용연을 지나 제주도의 원도심지인 제주목 관아와 관덕정에 들러 잠시 머물다 종착지인 동문 재래시장 산지천 광장으로 향한다. 산지천은 한라산에서 발원하여 제주항으로 흐르는 하천이다. 이 코스는 연안은 에메랄드, 먼바다는 검푸른 빛깔의 바다가 출렁이고 신의 영역인 검은 현무암의 조각 예술품이 조화를 이루고 있다. 해안로를 따라서 자리 잡은 수많은 활어횟집의 백 가지 조명은 불야성을 이루며 낮밤을 구별하지 않고 손님을 기다리고 있다. 매우 흥미진진한 코스라 하겠다.

제18코스(동문 재래시장 산지천 마당~조천 만세 동산)

동문 재래시장 산지천 마당에서 출발하여 제주시 조천읍 조천리에 있는 3·1 조천 만세 동산까지의 거리이다. 주로 해안로를 따라 걷는 코스이며 짧지 않은 길이지만 제주 북부의 아름다운 해안을 즐기며 걷다 보면 종점이다. 소요 거리는 약 사십오 리이며 완주하는데 필요한 시간은 대략 온종일 정도 투자해야 한다.

제주항을 지키고 있는 사라봉오름에 올라 제주 시내와 미항인 제주항을 실컷 감상하고 이웃해 있는 별도봉을 지나 성인병 치료에 효과가 있다는 삼양 검은 모래 해수욕장에서 모래찜질을 하고 고려조의 서러움을 간직한 아담한 원당봉오름에서 약간의 체력을 충전하고 조천으로 향한다.

조천항은 예전에는 제주와 육지를 연결하는 최단 거리 바닷길인 제주 출발항이었다. 그래서 그곳에는 연민의 연북정이 언덕 위에 우뚝 세워져 있다. 이곳은 조선조에 대죄 또는 엄청나게 억울한 누명을 쓰고 사지(死地)의 제주로 유배 온 신하들이 정자 마루에 올라 북쪽 한양 도성의 있는 임금에게 큰절을 올리며 한시바삐 불러 주기를 간절히 바랐던 곳이다. 종착지인 3·1 조천 만세 동산에서는 일제 강점기 때 제주인들의 나라를 사랑하던 애국심도 마음속에 간직하면 참 좋을 것 같다.

제18-1코스(추자도 올레 추자항~추자항)

이 코스는 제주시 추자면 추자도 추자항에서부터 다시 추자항까지 돌아오는 탐방로이다. 총 약 사십 리를 넘게 걸어야 할 거리이다. 그런데 소요 시간이 꽤 많이 걸린다. 무려 온종일 시간을 소비해야만 섬을 한 바퀴 돌 수 있다. 이유는 작은 산을 서너 개 올라가야 하기 때문이다.

상추자도와 하추자도로 나눠진다. 흙과 돌의 색깔이 제주 본섬과 다른 추자도이다. 본섬의 검은 흙과 현무암과는 달리 추자도는 육지의 황토와 화강암으로 이루어진 제주도와는 조금은 이질적인 멋이 있는 섬이다. 추자도는 예전에 완도의 부속 섬이었던 육지에 뿌리를 둔 땅이기 때문이다. 주민들의 말투도 제주 사투리가 아니라 전라도 사투리이다.

제주 여객선 터미널에서 쾌속선을 타고 한 시간 반가량 바닷길을 달리면 상추자도 추자항에 입항한다. 항구에서 북쪽으로 걷기 시작하면 마을 뒤에 고려 말기 비운의 대장군이었던 최영의 사당이 있다. 봉굴레산(85m)을 거쳐 큰산(142m) 전망대에 오르면 먼저 추자항을 반달처럼 둘러싼 주황색 지붕의 아담한 집들이 한눈에 들어온다. 아름다운 항구와 어우러진 항구 마을의 모습은 이탈리아의 나폴리를 발로 뻥 걷어찰 만하다. 넋 놓고 예쁜 풍광을 감상하다가 산 정상에 서서 사방의 바다를 둘러본다. 그리하면 어느 뛰어난 조각 예술가가 깎아놓은 듯한 조각품을 바다에 띄워놓은 것처럼 보이는 아름다운 섬들이 셀 수도 없이 펼쳐져 있다. 이곳의 백미이다. 상추자도를 떠나 추자교를 건너 하추자도로 향한다. 남쪽에 위치한 섬의 돈대산(164m)에 올라 역시 상추자도에서 관람했던 천혜의 자연을 내려다보고 돌아온다. 파란 하늘, 푸른 바다가 펼쳐지는 뻥 뚫린 세상, 맑고 깨끗한 공기 그리고 상쾌한 바다 내음을 맘껏 흡입하며 천천히 걸어 보자.

항구에 있는 작은 식당에서 추자도의 명물인 조기 매운탕을 맛보는 것은 어떨까. 기사 양반의 구수한 해설과 함께하는 단돈 천 원짜리 셔틀버스를 타는 맛은 다분히 색다르다. 1박 2일 코스의 여행 일정이 좋을 듯싶다. 제주와 다른 맛이 풍기는 올레길이다.

제19코스(조천 만세 동산~김녕 서포구)

조천 만세 동산에서 시작하여 제주시 구좌읍 김녕리 서포구까지 이르는 길이다. 총 거리는 약 오십 리에 조금 못 미친다. 주로 해안로지만 종점으로 가면서 내륙으로 걷게 된다. 대략 소요 시간은 천천히 걸어서 낮 동안의 모든 하루를 투자해야 하는 좀 벅찬 거리라 할 수 있다.

출렁이는 푸른 바다와 하얀 거품을 토해내는 파도를 벗 삼아서 고불고불한 아름다운 해안 길을 걷게 된다. 걷다가 다리에서 좀 힘들다고 신호를 보낼 때가 되면 신천지가 눈에 들어온다. 섬에서 손에 꼽을 만한 빼어난 해안 절경이 나타난다. 바로 함덕 해수욕장을 안고 있는 함덕 해변이다. 수많은 연인, 가족 그리고 외국인까지 대부분 이곳을 다녀가며 사진 속에 추억을 쌓는다. 언덕마루에 서 있는 그림 같은 카페에서 진한 아메리카노 커피를 한 잔 마시고 코앞의 서우봉오름을 지나 발길을 열어서 걸어 본다.

해안 길을 마냥 걷다 보면 고요하고 소담스러운 작은 북촌 항이 보인다. 작은 어선, 조업하는 어부 그리고 물질하는 해녀들을 바라보며 그들의 고단한 생활도 잠시 생각해 본다. 다시 발을 디디며 전진한다. 구좌읍 동복리 마을이라는 곳에서 잠시 내륙 중산간 지역으로 발길을 틀어서 걷는다. 바닷길을 벗어나 숲길과 밭담 길을 걸어본다. 진한 초록의 숲속 향기를 맡으며 섬 밭에서 자라는 농작물을 관찰하며 걷는 것도 의미가 있을 것이다.

다시 발길은 제주 동일주 도로를 건너 김녕 서포구에 다다른다. 이 코스의 종점이다. 역시 경치는 어디 흠잡을 데가 없다. 올레길을 마치고 최근에 문을 연 김녕 해수 사우나에서 지친 몸을 담그면 어느새 피로가 사라진다. 수고한 자신에게 상을 주듯이 저녁 식사에 반주를 한 잔 곁들이면 아마도 천하를 얻은 것보다 더 이상 풍족한 기분은 들지 않을 것이다.

제20코스(김녕 서포구~제주 해녀 박물관)

구좌읍 김녕 서포구에서부터 제주시 구좌읍 하도리 해녀 박물관까지의 코스이다. 총 거리는 대략 사십오 리이며 완주하는 데 필요한 시간은 대략 반나절을 걸은 후 조금 힘을 내면 종점에 다다른다.

수심이 얕고 물이 맑아 한여름이면 가족 단위로 북새통을 이루는 김녕 성세기 해수욕장을 지나 섬을 찾는 연인들과 청춘들이 필수로 다녀가는 가장 아름다운 월정리 해변을 지나간다.

이 코스의 해변은 화려하지는 않지만, 고요하고 어머니의 품 같은 편안함을 주는 길이다. 걷다가 한국 에너지 기술 연구원 앞에 다다르면 이색적인 풍경이 눈에 띈다. 해안로를 따라서 무수한 작은 돌탑들이 탐방로 옆에 쌓여져 있는 것이다. 누가 처음 탑을 쌓았는지는 알 수 없지만, 올레길 탐방객들이 지나가며 하나씩 올리다 보니 하나의 그림이 되었나 보다. 필자도 가족의 화목과 건강을 빌면서 예쁜 돌 하나를 올려 보았다. 길을 재촉하다 뒤돌아보며 바람이 많은 섬의 해안 강풍에 견딜 수 있을지, 아니면 무너지면 다시 쌓는 것인지 살짝 걱정되었다. 해안 무료 주차장에 세워져 있는 노란 푸드트럭이 귀엽게 손짓한다. 진한 커피 향이 해풍을 타고 코끝에 닿으니 발길이 저절로 트럭으로 향할 수밖에 없었다.

잠시 땀을 식히며 쉬다가 나그네는 목적지를 향해 떠난다. 종착지인 해녀 박물관에 도착하여 제주 해녀를 자세히 알고자 박물관 안으로 들어가 본다.

제21코스(하도리 해녀 박물관~종달 바당)

하도리 해녀 박물관에서 출발하여 제주 올레길의 마지막 코스를 열심히 걸어 보자. 제주시 구좌읍 종달리 종달 바당(바다) 해안에 도착하면 파란 말이 종점인 것을 알려준다. 확인 스탬프를 꾹 눌러 찍으면 올레길 탐방의 종지부를 찍게 되는 것이다. 소요 거리는 비교적 짧은 편이다. 총 소요 거리는 약 이십 리를 걷고 오 리만 더 가면 된다. 느긋함을 즐기며 힘을 빼고 걸어도 반나절 정도만 걸으면 시간은 충분하다.

이 코스는 빼어난 해안을 간직하고 있다. 그래서 해변에 전망대까지 설치해 놓았다. 하도 해수욕장에 도착하면 해수욕뿐만 아니라 각종 해상 놀이가 가능하다. 카약, 스노클링 그리고 어촌 체험도 할 수 있다. 가수 문주란의 고향이 제주인데, 문주란이라는 예명은 토끼섬(문주란섬)의 문주란(文珠蘭)이 아름다워서 그렇게 지었다고 한다. 그 섬이 바로 이곳에 있다.

바다에 붙어 있다 하여 지미봉이라 하는 오름을 숨을 고르며 올라가 정상에 서면 세상 어느 곳에서도 보지 못한 전망이 펼쳐진다. 마치 오름이 바다 한가운데에 떠 있는 섬처럼 느껴지며 제주 동부의 모든 풍광을 즐길 수 있다. 하산하여 한적한 종달항에 도착하면 우도로 가는 가장 빠른 페리 여객선이 손님을 기다린다. 우도는 주로 성산항에서 가지만 사실 가장 단거리는 종달항이다. 항구에서 우도를 바라보면 정말 코앞이다. 종점 바로 옆에는 자연산 횟집이 수수한 차림으로 서 있다. 낚시로 잡은 활어회는 가격이 상상을 초월할 정도로 엄청나게 저렴하다. 푸른 바다를 벗 삼아 회 한 점에 소주 한 잔을 기울이면 기나긴 올레길 탐방의 피로가 싹 사라져 버릴 것이다.

알면 소통하기 쉬운 제주어(語)

제주 섬을 여행하면서 수집한 정감 어린 제주 말을 정리해 본다. 제주 방언은 처음 들으면 육지 사투리처럼 거의 알아들을 수가 없다. 서울의 표준어하고는 전혀 다르기 때문이다. 지금은 대부분의 사람이 표준어를 쓰고 있지만, 시골 등에서 삼촌(어르신)들을 만나면 아직 제주 말을 사용하시는 것을 볼 수 있다. 알면 소통하기 쉽고 여행의 맛이 더욱 배가될 것이다. '제주말-표준말'의 형태로 가나다 순으로 정리해 보았다.

가

가민(사)-가면(서)
가베또롱-가뿐한
간낭-양배추
간세-게으른
간세다리쇠- 게으름뱅이
갈라 먹다-나눠 먹다
감저-고구마
강-가서
강생이-강아지
감수광-가십니까
검질-잡초
갯노물-갓(채소)
게염지-개미
게믄-그럼
게메-그러게
고고리-꼭지
고치글라-같이 가자
고슬-가을
굳잘-곧장
고루-가루
곱닥헌-아름다운
골갱이-호미
괭이-굳은살
구들-방
궨당-친척
경허지맙서-그렇게 하지 마세요
곶자왈-숲 자갈
깅이-게
고맙수다-감사합니다
곱닥하다-예쁘다
고팡-창고
고장-꽃
괸당 문화-권당(친척) 문화
구덕이-광주리
굴묵낭-느티나무

나

낭썹-나뭇잎
넉둥내기-윷놀이
네-연기
노고록-편안한
노물-나물
논짓물-용천수
놈삐, 무수-무우

다

다금바리-자바리
달랑-혼자
답도리-닦달하다
닦아수다-내렸습니다
대비-양말

도새기-돼지
데끼다-던지다
돗궤기-돼지고기
도채비운장-산수국
독새기-달걀

똘-딸
두린 때-어릴 때
둠비-두부
뜨르-평지

마

마농-파
마심-하시지요
멜짝멜짝-낮게
머체-돌, 멜-멸치
메옹이-성사리
맹개, 빨래기-망개
말호끔 물으쿠다-여쭤볼게요
맛조수다게-맛있습니다

맨도롱또똣-기분 좋게 따뜻한
맵지롱-맵다
모당-모아/함께
모멀-메밀
몬딜-모두(몬딜 지꺼진 호루/모두 즐거운 하루)
모녀-먼저
몬딱 도르라-함께 달리자
몰테우리-말 목동

몰-말
무시겐 허젠?-뭐 하니?
무시거시-무엇이
물메-물이 있는 산(水山)
물꾸럭-문어
민바구리-오징어

바

바당-바다
배또롱-배꼽
벵듸-들판
벨낭-나무를 하다
베랑곱다-독특하고 예쁘다
벨롱벨롱-반짝반짝
베지근하다-기름지고 담백하다
보민-보면
보름-바람
뽕똘-야무진 사람
불미쟁이-대장장이
비바리-처녀
빌레-용암의 넓고 큰 돌
벤조롱-산뜻한
베렝이-벌레
부루-상추
비지기-바지

사

산도롱하게-시원하게
산듸-밭벼
삼촌이영-어르신이랑
상삐-행주
사리마다-팬티
산도록-시원한
삼촌-어르신
살암보면-살다 보면
삽주-아요
섭-잎
생/왕기리-무말랭이
생이-새
소랑-사랑
(나 이녁 소뭇 소랑햄수다/저 당신을 매우 사랑합니다)
소뭇-사뭇/매우
속암수다-수고하십니다
속숨하다-조용하다
솔치다-살찌다
송키-채소
수눌어간다-함께 품을 교환하다
수눌멍-서로서로 도우며
~수다-~습니다
수리대-족대
숙데낭-삼나무
식개-제사
실례호쿠다-실례하겠습니다

아

알(뜨르)-아래(에)
아리롱 구리롱-아롱다롱
아웨기-밭매는
아적밥-아침밥
양지-얼굴
예팬-여자
왓-밭
와랑와랑-힘차게
어수다-없습니다
엄부랑-엄청난
얼다-춥다
엉장-낭떠러지
오고생이-오롯이
어느새 오쿠과-언제 오십니까
오름-산
오멍 보멍 가멍-오며 보며 가며
오메기-좁쌀
오토미-옥돔
용심내다-화내다
와리다, 와리단
-조바심내다 , 서두르다가
요망지고-똑바르게 잘하고
~우다-~입니다
우영팟-작은 텃밭
울뜨르, 우터레-위에
을쿤하다-서운하다
이녁-당신
이루후제-다음에

자

자파리-장난
작산-철이 든
잠대-쟁기
정지-부엌
장탱이-넓은 항아리
조근조근-빨리빨리
조들지마랑-걱정하지 마라
조록-자루
조름에-뒤꽁무니
조배기-수제비
조케-조카
존당-좋은 나무/땔감
조들어지다-걱정이 된다
졸락-노래미
주멩기- 주머니
지꺼지게-신나게
지꺼진-즐거운
지레기-키
지슬-감자

차

초신-짚신

카

코시롱하다-고소하다

콥데사기-마늘

타

태역-잔디

테우-뗏목 배

통시-변소

파

패마농-쪽파

폭낭-팽나무

폭삭 속았수다
-굉장히 수고했습니다

하

하영덜 속암수다-많이들, 다들 수고하십니다

허당도-그러게도

허곡-하고

허당도-그러게도

허벅-물 항아리

허젠허난-하자니까

햄수다/과-했습니다/까

호끔-조금

호루-하루

혼듸-함께

혼저옵서예-어서 오세요

에필로그(Epilogue)

우리 현대인들은 온갖 스트레스를 받으며 살아가고 있다. 그런데 그러한 스트레스를 제대로 관리하지 못하고 해소할 시간조차 없기에 결국 이는 병환으로 발전한다. 그때서야 자신을 돌아보게 된다. 그러나 시간은 기다려 주지 않는다. 병들어 있는 마음과 몸은 쉽게 회복되지 않는다.

어떻게 살아야 잘 사는 것인지. 직장에서 끊임없이 받아야 하는 스트레스, 청년 취준생(취업 준비생)이 몸부림치며 좋은 직장을 구해야 하는 절박감 그리고 청소년들은 대학 입시에 몰려 하이에나 같이 밤거리를 배회하는 것이 현재의 모습이다. 그래서 현대인들의 생활 양상은 대인 기피 현상에 혼밥, 혼술, 혼영 등이 트렌드화되어 버렸고 심지어는 관태기(대인 관계에서 오는 권태기)라는 말까지 나오게 되었다. 우리는 이러한 현실에서 탈주하기 위하여 발버둥 치고 있다. 그러한 방법 중에서 가장 쉽고 그 효과가 확실한 것은 자연 속으로 뛰어 들어가는 것이라고 믿는다. 잠시 복잡한 현재의 상태에서 벗어나 여행을 하는 것이리라.

필자는 아름다운 한반도의 막내둥이 제주를 사랑하며 찬미한다.

제주 섬은 우리 현대인들이 요구하는 모든 것을 완벽하게 갖춘 자연이다. 제주도의 해안가의 올레길을 걸으며 오름에 올라 곶자왈 숲속으로 들어가 병든 심신을 정화하고 재정비하는 기회를 놓치지 않기를 바란다. 신과 자연이 준 선물, 천혜의 땅 제주로 다 같이 떠나 보자.

그러나 제주는 요즘 자연이 파괴되는 몸살을 앓고 있다. 관광객이 물밀 듯이 밀려 들어와 많은 부작용을 낳고 있다. 쓰레기는 포화 상태를 넘어 제대로 처리를 못 하는 지경에 이르렀고 하수처리도 정상적으로 이루어지지 않고 있다. 그리고 일부 지역에서는 수돗물까지 부족한 상태에 처하게 되었다. 난개발로 인한 자연 훼손은 계속 진행되고 있다. 이제 제주를 사랑하고 찾는 사람들은 숨 고르기를 하며 하늘이 내려 준 신비롭고 아름다운 천혜의 보물섬을 지키기 위하여 고민해야 한다고 생각한다. 왜냐하면 한 번 파괴된 자연은 영원히 복구가 불가능하기 때문이다.

또 제주 섬은 관광객으로 인한 딜레마에 빠져 있기도 하다. 수많은 관광객으로 인하여 제주는 급속도로 발전하고 있다. 그리고 새로 입도(入道)하는 이주민들이 늘어나고 있다. 그래서 부작용이 나타나고 있는데 바로 난개발이다. 요즘은 제주 섬사람들을 세 분류로 나눈다고 한다. 원주민, 선주민 그리고 이주민이다. 선주민은 섬으로 들어 온 지 30여 년 이상 된 사람들을 말하고 이주민은 최근에 이주한 사람들을 말한다. 이렇게 굳이 나누는 이유는 사람들이 갑자기 증가하다 보니 화합이 잘 이루어지지 않고 서로 반목이 생기기 때문이다. 이것도 새로운 제주도가 해결해야 할 문제이다. 서로 배려하고 양보하는 자세가 필요하다고 보겠다.

글을 마치며 많은 부족한 점을 느낀다. 혹여나 진실이 왜곡되거나 사실이 아닌 부분이 있으면 한시라도 빨리 지적해 주시기를 바란다. 또한, 필자의 글로 인하여 언짢았거나 마음의 상처를 입었으면 혜량(惠諒)하여 모두 용서해 주시기 바란다.